エウリピデス

悲劇全集

4

西洋古典叢書

凡例

一、本全集はエウリピデスの全作品（断片は除く）の翻訳である。『1』から『5』まで5分冊で完結する。

二、翻訳にあたってはJ・ディグルの校訂本J. Diggle, *Euripidis Fabulae* I（1984），II（1981），III（1994），Oxford Classical Textsを底本とした。またG・マリー校訂の右の旧版も時に応じて併用した。

三、テクストにおける校訂記号――削除記号、挿入記号など――は訳文でもそのまま再現した。

四、訳註は原文の理解に資するものにとどめ、訳文中に（1）、（2）、（3）で示して脚註とした。

五、訳文欄外下部の漢数字は行番号を示す。ただし翻訳の性格上、原文行との厳密な対応は期しがたく、あくまでもこれは目安である。

六、固有名詞は原則として音引きしない。

七、ギリシア語の φ, θ, χ の音の表記は π, τ, κ と同音に扱う（例、Ἀφροδίτη アプロディテ）。

八、野外劇場で上演されたギリシア悲劇には固有の形式がある。それを尊重し、作品の各部分の呼称も伝統的なものを用いた。「プロロゴス」（合唱隊の入場に先立つ部分。序詞もしくは前口上）、「パロドス」（合唱隊の入場歌）、「エペイソディオン」（合唱隊の歌舞に挿まれた部分。すなわち舞台上で俳優によって演じられる場面）、「スタシモン」（合唱隊の歌舞の部分）、「エクソドス」（劇の終結部分）、「コンモス」（合唱隊と舞台上の俳優との嘆きの歌）がそれである。ただし、このような場面分割が困難な劇もある。

九、合唱隊がうたう歌の部分は、「ストロペー」（旋舞歌）と「アンティストロペー」（対旋舞歌）と呼ばれる一対の詩節が何対か続き、最後に「エポードス」（結びの歌）が添えられるのが一般的な形式である。それぞれの詩節のはじめにそれを示しておいた。

十、古代の学者の手になる「ヒュポテシス」（古伝梗概）が残存する場合はこれを訳出し、各作品の前に収めた。これは概ね作品の粗筋、配役、上演年代などを紹介するものであるが、必ずしも劇の内容に添うとは言いがたい場合もある。読者はこれを現代の劇場の案内パンフレット的なものとして読むもよし、読まずにただちに本文に入るもよし、である。

目次

エウリピデス　悲劇全集　収録作品（全5冊）

第1分冊
アルケスティス
メデイア
ヘラクレスの子供たち
ヒッポリュトス

第2分冊
アンドロマケ
ヘカベ
嘆願する女たち
エレクトラ

第3分冊
ヘラクレス
トロイアの女たち
タウロイ人の地のイピゲネイア
イオン

第4分冊
ヘレネ
フェニキアの女たち
オレステス
バッコス教の信女たち

第5分冊
アウリスのイピゲネイア
レソス
キュクロプス

エウリピデス

悲劇全集

4

丹下和彦 訳

ヘレネ

ヒュポテシス（古伝梗概）

ヘロドトスはヘレネについて調査し、以下のように言っている、すなわち彼女はエジプトに赴いたと。ホメロスでもそういうことになっていて、『オデュッセイア』ではヘレネがトオンの妻女ポリュダムナから貰った愁いを散じる薬をテレマコスに提供させていると。しかしエウリピデスの言うところはこれとは異なる。というのは、彼ら［ヘロドトスとホメロス］はヘレネはトロイア陥落後［の帰途］メネラオスともども難破してエジプトに立ち寄ることになり、そこで薬を手に入れて来たと言っているのであるが、エウリピデスに言わせると、ヘレネはほんとうはトロイアへは行かなかった、行ったのは彼女の幻影であるというのである。すなわちヘラ女神の意を汲んだヘルメス神が彼女をこっそり盗み出し、エジプト王プロテウスに預けて護らせた。プロテウスの死後その息子テオクリュメノスが彼女との結婚を画策するが、彼女はプロテウスの墓所に歎願者として身を寄せた。そこへメネラオスが姿を現わす。彼は海で船を失ったが、失わずにすんだわずかの仲間を［海岸の］洞穴に収容して来たのである。二人［ヘレネとメネラオス］は相談し、策略を巧みに用いてテオクリュメノスを欺き、死んだメネラオスのために海上で犠牲式を行なうとの口実を設けて船に乗り込み、祖国へ無事に帰り着く。

　登場人物は、ヘレネ、テウクロス、合唱隊、メネラオス、老婆、使者、テオノエ、テオクリュメノス、第二の使者、ディオスコロイである。

登場人物

ヘレネ　スパルタ王メネラオスの妻
テウクロス　サラミスの領主テラモンの子。兄のアイアスとともにトロイア戦争に出征したが、自殺した兄アイアスを救えなかったとのことで父から勘当を蒙り、キュプロスに赴く途中エジプトに立ち寄る
合唱隊　エジプトの地に捕われの身となっているギリシアの乙女たちより成る
メネラオス　スパルタ王でヘレネの夫。トロイア戦争後、帰途難破し、エジプトに漂着する
老婆　エジプト王テオクリュメノスの館の召使で門番役を務める
使者　メネラオスの従者
テオノエ　エジプト王テオクリュメノスの妹
テオクリュメノス　エジプト王
第二の使者　テオクリュメノスの従者
従僕　テオノエの
ディオスコロイ　ヘレネの兄弟に当たる双子の神カストルとポリュデウケス。ゼウスを父とするゆえにディオスコロイ（ゼウスの息子たち）と呼ばれる。本篇ではカ

ストルが代表して発言する

場所・時

ナイル河畔のテオクリュメノス王の館の前

昼間

〔プロロゴス〕

［ヘレネが登場し、プロロゴスを述べる］

ヘレネ　これなるは美わしきニンフらの住まうナイルの川辺、
この川こそ天《そら》より降り来る雨に代わり、
融けた白雪でエジプトの国土《くにつち》を潤おすもの。
プロテウス[1]が存命のころは彼がこの地の王でした。
[2]［パロス島[3]に住居し、エジプトを治めていたのです。］
彼は波と戯れるニンフ[4]の一人プサマテを妻に娶りました。
彼女がアイアコス[5]と離別したのちのことです。
館には二人の子供が生まれました。
嫡男のテオクリュメノス［敬虔に世を送れということで］
それに気高き乙女子エイドです。この子は
幼な子のころは母親の宝ものでした。
嫁入りも近い娘盛りを迎えたいま、

(1) 海神。ホメロスでは「海の老人」と呼ばれている。メネラオスはトロイアからの帰途難破してエジプトに漂着するが、その際プロテウスを捕らえて、身の行く末を聞き出す。『オデュッセイア』第四歌三五一行以下参照。ここでは前エジプト王とされている。

(2)［ ］の部分は後代の挿入として削除が要求される箇所。以下同。

(3) ナイル河口の島。アレクサンドリア時代は巨大な灯台で有名。

(4) 海神ネレウスの娘たち。

(5) アイギナ島の領主。行ない正しく敬虔で、義人とされた。死後冥府で亡者を裁く裁判官を務めた。

テオノエと皆から呼ばれています。神さまの世界、
いまの世、それに先の世のこともすべて見通せるからです。(6)
ご先祖のネレウスゆかりの予知能力を裏切りません。(7)
さて、わたくしの祖国は世に知られた
あのスパルタ、父親はテュンダレオスです。伝えられた話では
神ゼウスが白鳥に身を変えて
わが母レダの許へ飛び来たったとのこと。
鷲の追跡を逃がれるとの触れ込みで、まんまと
床入りをたくらんだのです、もしこの話がほんとうだとしますと。
わたくしの名はヘレネ。さあ、この身に受けた禍を
お話しましょう。美しさを競う三人の女神さまが
イダの山の洞窟にアレクサンドロス(8)を訪ねて行きました。
ヘラとキュプリス、それにゼウスから生まれたアテナです。
美しさの度合いを判定してもらおうと思われてのこと。
キュプリスはわたくしの美しさを――もし不幸が美しいと言えるなら
それを餌にアレクサンドロスを色仕掛けで取り込んで、
競争に勝ったのです。そこでパリスはイダ山中の牛舎を捨て、

(6) テオノエとは「神の意思」の意。
(7) ネレウスもまたその子のプロテウスも予知能力を有していた。
(8) 別名パリス。トロイア王プリアモスの息子。

わたくしと世帯を持とうとスパルタへと赴いたのでした。
ヘラは他の女神に負けたことを根にもって
アレクサンドロスとわたくしとの結婚を無効にしようと、
わたくしではなく、大気から造ったわたくしそっくりの幻に生命を吹き
　込み、
プリアモスの息子に与えたのです。彼はわたくしを手に入れたと思って
　いますが、
それは空しい思いなしで、手に入れてなんかないのです。さらに
別にゼウスの計画というのがあって、それも禍の因になっているのです。
どういうことかといいますと、ゼウスはギリシアの地と哀れな
プリュギアびととのあいだに戦を起こしたのですが、それは
膨れ上がる人間の数から母なる大地の負担を減らし、
またギリシア随一[1]の男を世に知らしめるためでありました。
でもトロイア戦争でギリシア兵らの槍の誉れにと目されたのは
このわたくしではない、わたくしの名前です。
ヘルメスがわたくしを大気の襞の中に取り込んで
雲で隠し、――ゼウスはこの身を気にかけてくださっていたのです――

(1) アキレウスを指す。

ここのこのプロテウスの屋敷へと置いてくれたのです。
わたくしがメネラオスとの結婚生活を汚さずにすむよう、
人のうちで最も誠実なる者を選んでのことです。
というわけでわたくしはここにいるのです。でも可哀そうな夫は
軍勢を招集し、わたくしを取り戻そうと意気込んで
イリオンの城市へと出掛けて行きました。
わたくしのために、スカマンドロスの流れの傍らで
多くの命が失われました。わたくしはこの一切を耐えているのに
憎まれる一方、そして夫を裏切ってギリシアに大戦争を
引き起こした女と思われているのです。
なぜまだわたくしは生きているのでしょう。それは神ヘルメスから
こう聞いたからです。いずれはあの世に名高いスパルタの地へ
夫とともに帰り住むことができよう、わたくしはトロイアへは
行かなかった、よその男と寝床を共にすることもなかったとわかっても
　らえると。
プロテウスが陽の光を仰いでおられたあいだは、結婚を
迫られるおそれはありませんでした。ところが彼が地の下の

闇に隠れておしまいになると、その身罷ったお人の息子が
わたくしを娶《めと》りたいと言い出したのです。わたくしはこれまで夫
だった人を何より大事と思い、このプロテウスさまの奥都城に
嘆願者としてこうお縋りしているところ、夫への操を護っていただこう
と。
たとえギリシア中にわが悪名が轟きわたろうと、
ここにあるこの身だけは恥を忍ぶことにならぬようにと。

［テウクロス登場］

テウクロス　この堅固な館のご主人はどなたかな、
屋敷のたたずまいはプルトス(1)の館とも見紛うほどだ。
堂々たる柱廊といい、軒蛇腹といい、また基礎の造りもな。
やや。
神よ、わたしは何たるものを眼にするものか。見えているのは
この上なく憎々しい吸血鬼の姿、わたしとギリシアの男らすべてを
ひどい目に遭わせてくれた女だ。そなた、ヘレネとそっくりの罪で
神の誹《そしり》を受けるがよい。もしいま踏んでいるのが

（1）富の神。

よその土地でなければ、この狙い違わぬ弓矢で、
ゼウスの娘に似ている罰だ、そなた死んでいるところだ。

ヘレネ　おおひどい人、どなたか知りませんが、なぜわたくしをお避けになる、
他人《ひと》の罪でなぜわたくしを憎まれます？

テウクロス　間違った。怒りにまかせてつい度を越してしまった。
いや、ギリシアじゅうがあのゼウスの娘をば憎々しく思っているものですから。
ご婦人、さっき言ったことはどうかお赦しを。

ヘレネ　あなたはどなたです。ここへはどちらから見えました？

テウクロス　アカイア(2)の人間ですよ、あなた。あの惨めな目に遭わされた、ね。

ヘレネ　それならヘレネを憎んだとて驚くには当たりません。
［で、お国はどちらです、どなたのお子と名乗られるのでしょうか？

テウクロス　わが名はテウクロス、生みの父親はテラモン、
この身を育ててくれた祖国はサラミスの島です。

ヘレネ　どうしてまたこのナイルの地までやって来られました？］

（2）ここではギリシアと同義。

テウクロス　父祖の地を追放されて逃げて来たのです。
ヘレネ　それはまたお気の毒に。で誰にお国を追い出されたと？
テウクロス　父親のテラモンです。これ以上血の濃い身内はいないというのに。
ヘレネ　理由《わけ》は？　難しい事情がありそうですね。
テウクロス　兄のアイアスがトロイアで死んだのが、わたしには仇となりました。
ヘレネ　どういうことです？　あなたの剣で命を絶たれたというわけでもないでしょうに。
テウクロス　自ら剣の上に身を投げて命を絶ったのですが。
ヘレネ　狂気に駆られたのでしょうか。冷静であれば誰がそんなことをしましょうか。
テウクロス　ペレウスの子アキレウスのことはご存じでしょう。
ヘレネ　もちろん。かつてヘレネの求婚者であったと聞いています。
テウクロス　彼が死んだあと、その武具をめぐって仲間うちに争いが起きました。
ヘレネ　それでまた、なぜアイアスがそんな目に遭うことになるのです？

テウクロス　武具が他人の手に渡ったので、彼は死を選んだというわけです。

ヘレネ　彼のこの不幸にあなたも苦しめられているというわけですか？

テウクロス　彼と死を共にしなかったということで。

ヘレネ　ということは、よその方、あなたはあの名高きイリオンの都へ行かれたのですね。

テウクロス　ええ一緒に城を落としたのですが、この身もお返しを受けました。

ヘレネ　もう火を掛けられ焼き尽くされたのでしょうか？

テウクロス　城壁の跡もしかとわからぬほどまでに。

ヘレネ　おお、哀れなヘレネ、そなたゆえにプリュギア[1]が滅びたとは。

テウクロス　アカイアびとにとってもそう。大いなる禍が生み出された。

ヘレネ　城市《まち》が落ちてどれほどの年月が経ちます？

テウクロス　作物を穫り入れる年の巡りにしてほぼ七度。

ヘレネ　それまでトロイアにはどれほどの年月いたのですか？

テウクロス　月の数では多いが、年に直せば一〇年。

ヘレネ　ではあのスパルタ女は捕まったのですか？

(1) トロイアに同じ。

テウクロス　メネラオスが彼女の髪の毛を摑んで引っ張って行きました。

ヘレネ　その哀れな女子をあなたはじっさいに見たのですか、それとも人から聞いた話ですか？

テウクロス　見ました、いまこの眼であなたを見ているのとまったく同じようにね。

ヘレネ　よく考えてください、神さまから送られた幻影《まぼろし》ではありませんでした？

テウクロス　話題を変えてくれませんか。彼女の話はもうたくさんです。

［ヘレネ　幻影を本物と思っておられるのでは？

テウクロス　自分の眼で見たんですよ。見るも心の働きのうちです。］

ヘレネ　メネラオスは奥さんともども、もう故郷《ふるさと》に？

テウクロス　アルゴスにもエウロタス(1)の川辺にも、まだのようです。

ヘレネ　ああ、悪い報せです。それが悪い報せとなるような人がいるのです。

テウクロス　奥方とともに姿を消したとかいう話です。

ヘレネ　帰りの船路はギリシアびと皆と一緒ではなかったのですか。

テウクロス　一緒でした。でも嵐でばらばらになってしまったのです。

(1) スパルタの川。

ヘレネ　大海原のどこの波の背で。
テウクロス　アイガイオン[2]の海原の真中を渡っていたときです。
ヘレネ　その後メネラオスが帰り着いたのを、誰も見てないのですか。
テウクロス　誰も。彼は死んだと、ギリシアでは噂されています。
ヘレネ　この身は破滅だ……。で、テスティオス[3]の娘は生きているのでしょうか?
テウクロス　レダのことですね。死んであの世へ行きました。
ヘレネ　ヘレネの起こした恥ずかしい評判のせいで身罷ったというのではないでしょうね?
テウクロス　生まれよろしきその喉首を括って、という話です。
ヘレネ　テュンダレオス[4]の家の子供ら[5]は息災にしていますか、それとも?
テウクロス　死んだとも、死んでいないとも言えます。どちらとも言いかねるのです。
ヘレネ　強いて言えばどちらです? ［独白］ ああ、辛い、このたびの禍は。
テウクロス　あの人たちは天に昇って星神になったといいます。
ヘレネ　それはいいことを言ってくれました。他には何か?
テウクロス　妹[6]のせいで剣で命の緒を絶ったと。

（2）エーゲ海。
（3）ヘレネの母レダの父親。
（4）前スパルタ王。
（5）双子のカストルとポリュデウケス。
（6）すなわちヘレネ。

これで話はじゅうぶんでしょう。泣き言は繰り返したくありません。
わたしがこの王の館へ参上したのは
予言者テオノエ殿にお会いしたいと思ってのこと。
どうかお取り次ぎいただきたい。予言をいただけるようにな、
船の道をどの方向に取れば海の中の地キュプロスへ
うまく辿り着けるか。いや、そこへ住むようにとアポロンから
託宣をいただいたのです。しかも遠い祖国にちなんで
島の名をサラミスとするようにとまで。
ヘレネ　いえ、あなた、航路は自ずとわかります。それよりとにかく
この地を発ってお逃げになるがよろしい。この地の領主
プロテウスの子と会うより前にです。あの男はいま犬を頼りに
野獣狩りに出て留守ですが、
ギリシアびとと見れば捕らえて殺す男です。
どうしてだかは、知ろうとなさらないでください。
わたくしも申しません。申したところで力になってあげられませんもの。
テウクロス　よくぞおっしゃってくださった、ご婦人よ。どうか神さま方が

ご親切のお返しをあなたにお与えなさるように。
あなたは身はヘレネにそっくりだが、心根は
同じではない。いやまったく違っておられる。
あの女子《おなご》はエウロタスの流れの辺《ほとり》には帰り着くことなく、
惨めに死に果てるがよいのだ。ご婦人、あなたのほうはずっと幸運に恵まれますように。

［テウクロス退場］

〔パロドス〕

ヘレネ　おお、大いなる苦しみに大いなる嘆きを始めるにあたって
どんな嘆きの声を挙げたものか、いや、どの調べを選ぼうか、
涙歌か、挽歌にするか、はたまた哀歌か、ああ。

〔ストロペー一〕

翼もつ娘らよ、
大地の子の乙女子ら、
セイレンたちよ、さあどうかわたくしの嘆きに
訪れ来よ、リビュアの

横笛（ロートス）また縦笛（シューリンクス）あるいは
弦楽器（ポルミンクス）を手にし、
このわたくしの嘆きに満ちた禍に
ふさわしい涙をも携えて。
受難《くるしみ》には受難を、歌には歌を、
この嘆きをともにしてくれる歌を、
どうかあの血塗られし身の
ペルセパッサ(1)が送り届けてくれますように。
その闇の館でかの女神が
わたくしからの涙ながらのお供え、
亡び果てた死者たちのための祝ぎ歌を、
受け取ってくださるためにも。

〔アンティストロペー一〕

［合唱隊登場］

合唱隊　わたしらは紺青色の水の辺《ほとり》の
蔓《つる》が渦なす若草の上、

（1）冥府の女王。ペルセポネに同じ。

金色に輝く陽の光に
紫紅色《あかむらさき》の衣をば温め干しておりました、
葦の穂の近くに。するとそのとき、
〈ご主人さまの〉[2]嘆きの声が挙がるのが
耳に入りました、リュラーの弦には乗らぬ嘆きのひと節が。
それはナイアス[3]か誰か、ニンフが
山中を逃げまどいつつ挙げる
嘆きの歌さながらに
泣き嘆く叫び声だったのです、
パンの岩穴で
その求愛を拒んで挙げる
するどい悲鳴そのものだったのです。

〔ストロペー二〕

ヘレネ　ねえ、蛮族の船の櫂の俘虜《とりこ》となりし者、
ギリシアの乙女子らよ、
アカイアの船人の一人がやって来た、

（2）Murray の校本で読む。
（3）川のニンフ。

わたくしの許へ、涙に涙を携えて、来たのです。
イリオンは勢い烈しい炎に焼かれ、
崩れ落ちた。
多数の者の殺し手、このわたくしゆえに、
多大な苦しみの素、このわたくしの名前ゆえに、
レダ(1)は首を括って死にました。
恥にまみれた
わたくしを苦にして。
わが夫《つま》は海原をさすらったあげく、
身を滅ぼしました。
祖国の飾り、
カストルとその双子の兄弟も
消え失せた、消え失せせました。
葦繁るエウロタスの流れの辺《ほとり》、
馬の蹄の高鳴る場所を、また
若者らが身を責める体育場をあとに残して。

(1) ヘレネの母。

〔アンティストロペー二〕

合唱隊　ああ、ああ、嘆きの種に満ちたあなたの定めよ、
行く末よ、ああ、あなた、
惨めに人生を送る、そういう途に
あなたは捕まった、取り憑かれた、あのときに。
ゼウスが空から雪白の白鳥の翼も著く舞い来たり、
あなたをお母さまから生ましめたあのときに。
あなたに無い禍などあるでしょうか。
何かを我慢せず生きてきたことがあったでしょうか。
母《はは》さまは身罷り、
ゼウスの胤の愛しき双子(2)は
幸せ薄い。
故郷の土地は見るすべもなく、
町々に噂が流れます、
あなたは異国の男と
寝床を共にする定めになったと。
そしてあなたの旦那さまは海の波に

(2) カストルとポリュデウケス。

生命を埋め、もうはや
父祖の館も青銅の社にお住まいの女神(1)をも
いまは祝《ことほ》ぎ祀ることもない。

〔エポードス〕

ヘレネ　ああ、プリュギアびとの誰が、
いえギリシアの地の誰が、
イリオンに涙を呼ぶ樅の木を
伐り出したのか。
それから拵《こしら》え上げた禍呼ぶ船に
かのプリアモスの子(2)は
荒えびすの櫂をば取り付け、
わが家へと海を渡って来た。
［この上ない不幸を呼ぶ美を追い求め、
わたくしとの結婚を果たそうと］
また謀《たくら》み深く、多くの者に死をもたらす女神キュプリスも来りて
ダナオイびとら(3)に、［またプリアモスの一族に］死をもたらした。

(1) アテナ女神。スパルタのアテナ女神は青銅板を張った社に鎮座していたところから。

(2) パリス（＝アレクサンドロス）。

(3) ギリシア人を指す。

おお、数かずの禍にまみれた不幸なこの身！
そして黄金の高椅子に座を占める
ゼウスの畏き后ヘラは
マイアの脚速き子(4)をば
下界へと送り込まれた。
そしてこの方は、青銅の宮居にまします
アテナの女神に捧げるために
薔薇の緑葉を袂に摘み取っていたわたくしをば、
掠め取って空高く
この幸薄き土地へと運んでおいて、
諍いを、無常な諍いを起こしたのです、
プリアモスの子らと、ギリシアの子らとのあいだに。
シモエイスの流れ(5)の辺《ほとり》で呼ばれているわたしの名前は
虚しい噂の主《ぬし》にすぎません。

〔第一エペイソディオン〕

合唱隊の長　あなたがお苦しみのことは、よくわかります。でも仕方あり

(4) ヘルメス神のこと。

(5) トロイアの城市の近辺を流れる川。

ません、
生きていく上でどうしてもということは、安んじて耐えなければ。
ヘレネ　皆さん、わたくしは何という定めに繫ぎ止められたものでしょう。
母はわたくしを人間界の鬼子となるように生み落としたのでしょうか。
[ギリシアの女も、また異国の女といえども、
雛鳥をくるむ白い殻を生み落としたためしはない(1)。
ところがレダはゼウスと交ってそんなふうにわたくしを生んだという話です。]
だってわたくしの人生は、そして日々の出来事も、奇怪なことばかりですもの。
元はといえばヘラのせい、またこの美貌こそがその原因。
できることなら絵のように一度消して、美しい姿の代わりに
醜い姿に成り変わることができればよいのに。
そしていまわたくしが蒙っているひどい定めを
ギリシアびとたちが忘れてくれて、よい定めのほうを思い出してくれたらよいのに。
いまひどい定めのほうを思い出している、それと同じに。

(1) すなわち胎生でなく卵生で。

一つの定めだけに眼を向けて神々から痛めつけられる者は、
たとえ重荷であろうとも、耐えてゆかねばなりません。
ところがわたくしは数多くの禍の擒になっているのです。
まず第一に不正を犯したわけではないのに、汚名を着せられています。
これはじっさいにやった場合よりもずっと大きな禍です。
自分とは関係のない悪業を身に負うのですから。
次には、祖国の地から異国へと、神さまの手で住む場所を
変えられてしまったことです。そして親しい者から引き離され、
自由の身から奴隷の身へと成り変わりました。
この異国の民は一人を除いて全員奴隷なのです。
寄る辺ないこの身の定めを留め置く錨はただ一つ、
いつか夫がやって来て禍から救い出してくれようと思っていたのに、
あの人は死んでしまった。もうこの世にはいない。
母も逝った。彼女を殺したのはわたくしだと——
不当な濡れぎぬだ、いややはりわたくしに罪がある。
館にわが宝として生まれたあの娘[2]は、
婿も取らず生娘のまま歳を重ねて頭に霜を頂く。

（2）ヘレネとメネラオスの子供ヘルミオネ。

ゼウスの胤といわれる双子のディオスコロイも、
いまはいない。ありとある不幸を背負い込んで喘ぐわたくしは
事実上死んだも同然、じっさいは死んでいないのだけど。
［そしてこれが最悪のことなのだけど、もしも祖国へ帰っても
閂をかけて家から閉め出されてしまうでしょう、トロイアへ行った
わたくしヘレネがメネラオスと一緒に帰って来たと思われて。
もしも夫が生きていれば、わたくしたちだけにそれとわかる割り符で
おたがいに認知できるはずです。
だけどいまそんなことはありえません。彼はもう生きて帰ることもない
　でしょう。］
なぜまだわたくしは生きているのでしょう？　わたくしにどんな運勢が
　残されているというのでしょう？
禍に取って変わりそうな結婚を選び、
異人の男と住むことになるのでしょうか、豊かな食卓に
つくことに。でも女というものは好きになれぬ男を夫にすれば、
自分の身までもが嫌になってくるもの。
［死ぬのがいちばんよい。どうしたらきれいに死ねましょう。

空中高く首を吊るのは不様です。
奴隷たちのあいだでも賎しいこととされています。
剣で死ぬのは気高く美しいところがあります。
しかも思い切れば一瞬にして生とおさらばできます。」
わたくしは禍の底、ここまで深く落ち込んでしまいました。
他の女なら美しいことは幸運の印、
でもわたくしの場合、まさにその美しさが身を滅ぼしたのです。

合唱隊の長　ヘレネさま、さっきの男が言ったこと、どこの何さまであれ、
すべてほんとうのことだとは、お思いになりませぬよう。

ヘレネ　でもはっきりと夫は死んだと言いました。

合唱隊の長　話というものは、嘘の場合はたいていはっきりとしたものです。

ヘレネ　反対にほんとうの話もはっきりとしています。(1)

合唱隊の長　いいことでも悪いほうへ、悪いほうへとお取りになるのですね。

ヘレネ　不安に取り憑かれてつい恐ろしいことを考えてしまうのです。

合唱隊の長　どうです、館の内では親切にしてもらっていますか？

（1）Murray の校本で読む。

ヘレネ　妻になれと言い寄っているあの人以外は皆味方です。
合唱隊の長　ではどうすべきかおわかりですね。座り込んでいるそこのお
　墓を離れて……
ヘレネ　何を言おうと、何を忠告してくれようというのです？
合唱隊の長　館の中へ入って、あの万《よろず》のことに通じている
海神ネレウスの娘テオノエさまに、旦那さまのことを
お訊きになったらいかがです、まだ生きているのか、
いやもうこの世の光を失った身の上なのか。それをよくよく聞き分けて、
その成り行き次第で喜ぶもよし嘆くもよしです。
何もはっきりとわからないうちからくよくよしていては、
好いことは何も起きないじゃありませんか。さあ、わたしを信じなさい。
[この菩提所を離れて、あの娘御にお会いなさい。
それで万事、明らかになります。館の中にいる人が真実を
話せるのに、何でまたあなたは遠くを捜すのです？]
わたしもあなたにご一緒して館の中に入り、
あの娘御の予言を聞きたいと思います。
女は女同士、苦しみは分かち合うべきですから。

ヘレネ　皆さん、おっしゃることはわかりました。
それでは歩みを進めてください、館へと。
館内《そこ》でのわたくしの試練のありさまを
知ってもらえるように。
合唱隊の長　喜んでご要望に応じましょう。
ヘレネ　ああ、今日の日のこの辛さ！
はたしてどんな言葉を、涙を催す
どんな悲しい言葉を聞くことになるのだろう。
合唱隊の長　苦しみの予言者よろしく、
ねえあなた、先に泣いてしまってはいけません。
ヘレネ　可哀そうにあの人は、わたくしのためにどんな目に遭わされたの
でしょう。
はたしてこの世の光を仰いでいるだろうか、
四頭立ての太陽の馬車道を、また星々の歩みゆく道筋を。
それとも大地の下の死者の世界で
永劫の時を過ごす定めに落ちているのだろうか。
合唱隊の長　この先起きることを

もっと好いようにお考えになったら？

ヘレネ　だってわたくしはおまえに、水辺の葦の緑映ゆるエウロタスに
呼びかけて誓いましょうから。
わたくしの夫が死んだというあの話が
もしほんとうであるならば、
——この話、わたくしにはとても嘘とは思えない——
首に綱を巻いて
死んでしまうと、
いいえ、身に刃を突き立て
血を流して死のうと、
冷たい鋼《はがね》と争い肉を切り裂かれて。
わたくしは生贄となるのです、あの三人の女神さまたち(1)への、
そしてまたイダの山中の牛小屋の辺《ほとり》、
洞に住まう
あのプリアモスの子(2)への。

合唱隊の長　この禍がどこかへ飛んで行き、
あなたがお幸せになりますように。

(1) パリスを審判役として美を競ったヘラ、アテネ、アプロディテ。

(2) パリス（＝アレクサンドロス）。

ヘレネ　哀れトロイアよ、
汝はじっさいには無かった行為のせいで滅び、悲惨な目に遭った。
キュプリスから恵まれたわたくしの美貌が
おびただしい血と大量の涙を生み出した。
苦しみに苦しみが、涙に涙が重なり、悲惨さ極まった。
母親は息子を失い、
娘は髪を下ろした、
死者の身内だもの、
プリュギアの波立つスカマンドロスの川の辺で。
一方、ギリシアの地も声挙げて
叫びに叫び、嘆きに掻き昏れた。
頭を手で打ち、
頬の柔肌に爪を立て、
掻きむしって血に染めた。

かつてアルカディアにありし幸多きカリスト[3]よ、
ゼウスとの契りの床から

（3）ニンフ。

四つ足の姿[1]で抜け出た娘御よ、
そなたは悪運に憑かれたわたくしより何と恵まれていることか。
そなたは毛むくじゃらな四肢の獣の姿となって、
――凶暴な眼つきの女獅子の姿[2]――
だが苦しみの重荷は脱ぎ捨てたのだ。
またかつてアルテミスがその美しさに嫉妬して
供廻りの踊りの輪から追い出した、黄金の角もつ雌鹿、
メロプスの子の巨人族の娘[3]――そなただってそうだ。
ところがこの身はダルダニア[4]の城市を滅ぼした。
そして呪われたアカイアの人間たちをも。

［ヘレネ退場］

［メネラオス登場］

メネラオス　おお、かつてピサ[5]のオイノマオス[6]と
四頭立ての馬車競技を争ったペロプスよ[7]、
［そなたが細切れにされて神々の食膳に上げられた］[8]あのとき
そのまま神々のあいだで生命を捨てていればよかったものを。[9]
そうすればそのあとわが父アトレウスもこの世に生を享けることもなく

（1）カリストはアルテミス女神につき従い処女のまま狩猟をして暮らすことを誓ったのに、その妊娠した姿に怒ったアルテミスによって熊に変えられた。
（2）伝承ではカリストは熊に変身させられたのだから、ここの女獅子は意味をなさない。Murray の読みを採って「そなたはその優しい眼でその姿形を柔らげている」とすべきかもしれない。
（3）タユゲテのこと。アトラスとプレイオネの娘でゼウスとのあいだにラケダイモンを生んだ。アルテミスが彼女をゼウスから隠そうと雌鹿に変えた。
（4）トロイアに同じ。
（5）ペロポネソス半島西北部地方の町。オリュンピアの東隣り。
（6）アレスの子でヒッポダメイアの父。

また父がアエロペと床を共にして、世に知られた二人
アガメムノンとこのわたしメネラオスとを生むこともなかったものを。
なぜならこの上ない大軍勢を —— いやけっして大袈裟な言い方ではない
——
船でトロイアへ送り込んだのはわたしだと承知しているからだ。
ただ大王のように強制して兵を出させたわけではない、
自ら志願したギリシアの若者らを率いていったのだ。
算えればいくらでもいる、いまはもうこの世に無き者も、
目出たくも海の危険を逃がれえて、
死んだとされていたのに無事わが家へ帰り着いた者も。
だがこのわたしは、惨めなことに灰色の海の波の上を
彷徨《さまよ》いつづけている、イリオンの城砦を落として以来ずっとだ。
そして祖国へ帰りたいという願いはあるのに、
どうやら神さま方はそうはさせてくださらぬようだ。
リビュアへも寄った、そのどこも荒涼として船を着けようにも
受け入れてもらえぬ土地だった。そして祖国近くまで来るといつも
風が来た方へ押し戻し、あとはもうこの身を祖国へ帰してくれるような

(7) タンタロスの子。ヒッポダメイアに求婚し、父オイノマオスと馬車競技を争ってこれに勝ち、ヒッポダメイアを得た。
(8) テクスト不全。πεισθείς を πριοθείς と読み替える。
(9) ペロプスは父タンタロスによって神々の食膳に供するよう殺され料理されたが、のち再生した。

順風を帆に受けることはなかったのだ。
そしていま、船が難破し、仲間の者を失って
この土地へ漂着したという次第。
船は岩礁にぶつかって粉々に砕け散った。
船体のいろいろな部品のうち、残ったのは竜骨だけだ。
それに乗っかったおかげでこの身は思いもよらぬ幸運に恵まれ、
辛うじて命拾いした。トロイアから連れ帰って来たヘレネもだ。
ここがいったいどこなのか、土地の名も住む人の名もわからない。
それを訊きに人込みの中へ入って行くのが憚られるからだ。
[このみすぼらしい服装が知られてしまうのでな]
いまはこの体たらくを恥じ隠している身の上だ。
身分ある者が身を落とすと、そんな境遇には慣れていないものだから、
以前から不幸だった者よりもはるかに苦しむことになる。
とにかく、無一物であるのが辛い。食べるものも、身にまとう衣服も
ないのだ。身にまとっているのが難破した船の
帆布であることからも、そのことはわかっていただけよう。
以前身に着けていた衣服も麗々しい上着も、それに飾りも、

海が奪い取ってしまった。わたしは洞穴の奥に
わたしのすべての禍の元となった妻を残して
ここへやって来た。生き残った仲間の者たちには
妻の身を守るようにと言いつけておいた。
わたしは一人で歩き廻っている。あちらにいる仲間の者たちに
必用な品を求めてのことだ。探せば手に入るかもしれぬと思うてな。
さてここに来たのは、周りに壁を引き巡らせた館、
誰か裕福な人間の堂々たる門構えが眼に入ったがため。
物持ちの家から難破者に何か貰えるものはないかと
期待してのことだ。生活の糧を持たぬ者からは、
その人にたとえ助けたい気持ちがあっても、何も貰えまいからな。
おおい、どなたか館の門番はおられませぬか。
この難渋の身を奥へ取り次いではくださらんか。

［老女登場］

老女　門の前に立つのはどなたです。館から離れませぬか、
戸口に立ってご主人さまに面倒をおかけするようなことは

しないでもらえませぬか。そうでないと死ぬことになりますぞ、
ギリシア者は。招かれざる客ですぞ。

メネラオス　おお、ご老女、おっしゃることはごもっとも。
そのとおりだ、わかります。でもどうかおだやかに。

老女　立ち去ってくだされ。わたしは言いつけられているのだ、風来坊さんよ、
ギリシアの人間は誰一人この館には近づけぬようにとな。

メネラオス　おっと、手を伸ばして(1)乱暴に突いたりしないでくれ。

老女　言うとおりにしないからだ、おまえさんが悪いのだ。

メネラオス　館内《なか》のおまえさんのご主人に取り次いでくださらんか。

老女　取り次いだって無駄だと思うがな。

メネラオス　難破した旅の者がやって来たのだ、おろそかにはできぬ客人だろう。

老女　ここではなくどこか他《よそ》の家へ行かれるがよい。

メネラオス　いやだ、奥へ通らせてもらうぞ。おまえさんにもついて来てもらいたい。

老女　手を焼かせるおひとじゃな。どうせすぐに力ずくで押し出されま

（1）Murray の校本どおり προσειλεῖ と読む。

しょう。

メネラオス　ああ、あの音に聞こえしわが軍勢いずこにやある。

老女　彼方《かなた》ではそなたもひとかどのおひとであったかもしれぬが、此方《こなた》では違いますぞ。

メネラオス　おお、ダイモン(2)、この身の虫けらさながらに貶《おとし》められるとは！

老女　なぜ眼《まなこ》を涙で濡らすのです？　何を辛がっているのです？

メネラオス　以前は幸せな身の上だったのが偲ばれて。

老女　帰って、お仲間のところで泣いたらどうです？

メネラオス　ここは何というところだ、この王の館は誰のものだ？

老女　これはプロテウスさまのお館。ここはエジプト。

メネラオス　エジプトだと？　何という不運だ、こんなところへ流れ着いたとは！

老女　光り輝くナイルの流れをなぜに非難なさる？

メネラオス　いやナイルの悪口を言ったわけではない。この身の成り行きを呪っているのだ。

老女　人生うまくゆかぬ者は数多い。そなた一人だけではない。

（2）人間各自に影のごとく付き添う避けがたい宿命。

メネラオス　そなたが王と呼ぶそのお方はご在宅かな？

老女　そちらにあるのがそのお方の菩提所で、いま国を治めておられるのはそのお方のご子息です。

メネラオス　その方はどちらにおられる？　外出中かそれともご在宅か？

老女　お留守です。ともかくギリシアびとは大のお嫌いで。

メネラオス　どういう理由でだ？　わたしもたいそうなおもてなしを受けているが。

老女　ヘレネがここの館においでだ、あのゼウスの姫御の。

メネラオス　何だって？　いま何と言った？　もう一度言ってくれ。

老女　テュンダレオスのお子で、スパルタ育ちのあの方。

メネラオス　どこから来たというのだ？　これはいったいどういうことだ。

老女　ラケダイモン(1)の地からここへやって来た。

メネラオス　いつのことだ？　まさか洞穴の妻が奪われたわけではあるまいな。

老女　それは、旅の方、ギリシアの連中がトロイアへ出掛けて行くより前のことじゃ。

さあ、館から立ち退いておくれ、館には騒動がもち上がって

(1) スパルタに同じ。

いるのじゃ。主の館も大揺れしそうじゃ。
そなたも間の悪いときに来たものじゃ。ご主人さまに捕まったら、
死というもてなしを受けることになろうぞ。
わたしはギリシアの人間を悪く思ってはいない、厳しい言い方をしたのは
ただご主人さまを畏れ憚《はばか》ってのことじゃ。
メネラオス　何と言おう、どう言ったらよいのだ？　何しろこれまでの禍に続いて、
いままた禍の出来《しゅったい》したことを、惨めにもこの耳に聞いたのだから。
もしトロイアから妻を取り返してここまで連れて来た、そして
彼女はいま洞穴にかくまわれている、
ところが一方妻と同じ名前をもってはいるが、
妻とは別の人間がこの館に住んでいるとなると――
その女はゼウスの子供だと言ったな。
ひょっとしてナイルの岸辺には、ゼウスという名の男が
誰かいるのだろうか。空の上にはたしかに一人いらっしゃるが。
別のスパルタがどこかにあるのか、美しき葦生《お》うる

エウロタスが流れるあの土地以外に。
他にテュンダレオスという名前で呼ばれている人がいるのだろうか。
また、ラケダイモンとかトロイアとかいう同じ名をもつ土地が
別にあるのか。わからん、どう考えたらよいのだ。
同じ名前を持つものは多くの土地にたくさんある。
国だって女だってそうだ。どうやらそういうことらしい。
べつに驚くようなことではない。
召使ふぜいの脅しに屈してたまるか、
わたしの名を聞いて食い物を提供しようとせぬような、
そんな非情な心の持ち主はおらぬはずだ。
「人も知るあのトロイアの炎上、火を点けたのはこのわたしだ。
地上どこにも知らぬ人とてないこのメネラオスだ。
館の主の帰参を待とう。駆け引きの手《て》段は
二通りある。もし相手が非情な心根の人間なら、
この身を隠して難破した船のところまで戻ろう。
だがもし穏やかなところを示してくれるようなら、
いま難渋しているこの身を助けてくれと、乞うてみよう。」

惨めも惨め、これこそ禍の極みだ、
自分も王たる身の上でありながら他の王に命の糧を
乞い願わねばならぬとは。だが仕方あるまい。
人間切羽詰れば何でもできるという。
これはわたしが言うのではない、ある賢人の言葉(1)だ。

〔エピパロドス(2)〕

［合唱隊とヘレネ、再登場］

合唱隊　聞いてきました、あの予言のできる娘御から、
王の館に入って訊こうとしたことを。
メネラオスはまだまだ光の射さぬ
地下の国に落ちて
身を隠すことはしていないと、
まだ海の波の上にあり、
疲れ果てつつ
いまだ故国の港に行き着いてはいないはずだと。
漂白の生活に心も朽ち、友と頼る者もなく、

（1）イオニアの自然哲学者タレスの言葉に「必要こそ最強、すべてを支配するがゆえに」がある。ディオゲネス・ラエルティオス（加来彰俊訳）『ギリシア哲学者列伝』（上）、岩波文庫、三八頁、『ソクラテス以前哲学者断片集』（内山他訳）第一分冊、岩波書店、一九九六年、一三九頁。

（2）「第二パロドス」の意。合唱隊の再登場を言う。

さまざまな土地を
経巡り渉いていると、海を漕ぎ渡りながら、
トロイアの地を出て以来ずっと。

〔第二エペイソディオン〕

［ヘレネ登場］

ヘレネ　わたくし、このお墓の脇の以前《まえ》に座っていたところへ
また戻ってきました。テオノエから嬉しい言葉を聞いて。
「あの人には万事がすっかりお見通し。はっきりと言ってくれました、
わたくしの夫は生きて陽の光を仰いでいると。
あちらこちらと数知れぬ海の道を行き来し、
漂白の旅に疲れ果てながらもここにやって来よう、
そしてそのとき苦しみはついに終わるのだと。
でも一つだけ、やって来ても無事でいられるかどうかは、言ってくれなかった。
いやわたしはそれをはっきり問い質すことをしなかったのだ、
ただもう生きていると言ってくれたのが嬉しくて。

さらに彼女は彼がこの土地のすぐ近くまで来ていると言った、
難破してわずかな仲間と浜に打ち上げられたと。
ああ、あなたはいつ来てくれるのでしょう。何としてでも来てほしいのに。」
おや、あれは誰だろう。ひょっとしてわたしは罠にはめられたのか、
プロテウスの神をも畏れぬ息子[1]の策略で。
さあ、脚速い仔馬かバッコスに仕える信女さながら、急いでお墓に
縋りつかなくては！　だけどわたしを捕らえようとしに来たあの男、
何とも見すぼらしい身なりだこと。

メネラオス　おい、一所懸命手を伸ばして
墓の台座に、犠牲を焼く柱に縋ろうとしているが、
やめなさい。なぜ逃げる？　いまそなたの姿を眼にして、
このわたしは驚きのあまり口も利けない。

ヘレネ　［合唱隊に］皆さん、わたくしはひどい目に遭っています。この男、
わたくしをお墓に近づけさせないのです。わたくしを捕らえて
求婚を断わっている王さまに渡そうという魂胆です。

メネラオス　わたしは盗人ではないし、また悪党の手先でもない。

（1）エジプト王テオクリュメノスのこと。プロテウスはその父親で前のエジプト王。

ヘレネ　身体に着けているのは衣服とは言えぬ代物。
メネラオス　その速い逃げ足をやめるのだ、恐れんでよい。
ヘレネ　止まります。お墓に縋りつきましたもの。
メネラオス　そなたは誰だ？　女子《おみなご》よ、この眼に見ているそなたの顔は誰の顔だ。
ヘレネ　あなたこそ誰です？　わたくしも同じことを訊きたい。
メネラオス　これほどよく似た人をこれまで見たことがない。
ヘレネ　おお、神さま。だって、愛しい人に出会えるのも神さまからの贈物ですから。
〈メネラオス　そなたはギリシアびとか、それともこの土地の女か？〉
ヘレネ　ギリシアびとです。それよりあなたの生まれも知りたい。
メネラオス　女子よ、見たところそなたはヘレネそっくりだ。
ヘレネ　わたくしには、あなたはメネラオスそっくり。もう言葉もないくらい。
メネラオス　そなたはこの不幸この上ない男をぴったり言い当てた。
ヘレネ　ああ、やっとあなたの妻の手の中に戻って来てくれました。
メネラオス　どの妻のだと？　着物に手を触れないでくれ。

ヘレネ　わが父上テュンダレオスがあなたに嫁入りさせた……

メネラオス　炬火を手にするヘカテよ[1]、われに送るなら善意の幻を。

ヘレネ　ごらんになっているのはエノディア[2]に仕える夜の幻ではありません。

メネラオス　一人で二人の女の夫にはなれん。

ヘレネ　他のどんな奥さまの旦那さまだと？

メネラオス　洞穴に隠してある。プリュギアから連れ帰って来たのを。

ヘレネ　わたくしを除いて、他に誰もあなたの妻はおりません。

メネラオス　心は正常だが眼が病んでいるというのだろうか。

ヘレネ　わたくしを見ていながら、自分の妻を見ているとは思えないのですか？

メネラオス　姿かたちは同じだ。だが確信が持てんのだ。

ヘレネ　よく見てください。確信してもらえるにはこれ以上何が欠けているのでしょう。

メネラオス　よく似ている。それだけは否定しない。

ヘレネ　あなたの眼以外に、誰があなたを得心させるというのです？

メネラオス　もう一人妻がいるという事実が頭を悩ませるのだ。

(1) アステリアとペルセスの娘。人間にあらゆる富を与える女神となる。また冥府と関係し、あらゆる精霊、呪法の女神として炬火を手に十字路に姿を現わすと考えられた。

(2) ヘカテに付くエピセット。それを名詞化したもの。ヘカテと同義。

ヘレネ　わたくしはトロイアへは行きませんでした。行ったのは幻です。
メネラオス　しかし誰がそんな生きた肉体《からだ》を造り出したのだ？
ヘレネ　大気です。あなたの妻は、それを使って神が造り出したものです。
メネラオス　どの神さまが造り出したと？　そなたの言うことはとても信じられん。
ヘレネ　ヘラです。身代わりにしたのです。わたくしがパリスのものとならぬように。
メネラオス　どういうことだ。そなたはここトロイアとに同時にいることができたのか？
ヘレネ　名前はどこにでもあることができます。身体はそうはいきませんが。
メネラオス　わたしのことはもう放っておいてくれ。苦労はいやというほどしてきた。
ヘレネ　ではわたくしを残して行くと？　あの幻の妻を連れて行くと？
メネラオス　せめて息災であってくれ、ヘレネにそっくりのそなただから。
ヘレネ　もう終わりだ。せっかく会えたのに夫にできないなんて。
メネラオス　そなたよりもトロイアで舐めたひどい苦労のほうを、わたしは信じる。
ヘレネ　ああ辛い！　わたしよりもっと惨めな女が他に誰かいるだろうか。
最も愛しい人がわたしを捨てて行く。この上はもうわたしは
わが祖国ギリシアの地へ帰り着くことはできないだろう。

［メネラオスの使者登場］

使者　メネラオスさま、捜しましたぞ、やっと捕まえました、
この見知らぬ土地をあちこち歩かされましたがな。
いえ、あとに残った配下の者らから送り出されて来たのです。
メネラオス　何ごとだ？　見知らぬ連中から略奪を受けたとでもいうのか。
使者　奇蹟が起きました。いえそう言っても言い足りぬくらいです。
メネラオス　申してみよ。そんなに慌てるとはよほどの椿事《ちんじ》だな。
使者　耐えてこられた数かずのご苦労も無駄に終わったと、こう申し上げ
ましょう。
メネラオス　むかしの苦労を嘆いておるのだな。それで何を言いたいのだ。
使者　奥さまが大気の層へと立ち昇って
見えなくなりました。われらがお守りしていたあの聖なる洞をあとに

大空に姿を隠してしまったのです。
こう言い残して、「おお可哀そうなプリュギアびとよ、また
すべてのアカイアびとよ、あなたたちはわたしのためにスカマンドロス
　の川辺で
命を落としたが、あれはヘラの仕組んだたくらみだった。
皆誤解したのだ、ヘレネはパリスのものになったと、なってもいないの
　に。
わたしは決められただけの時間を過ごしたので、
役目はこれで終わりました、父なる大空へ
戻ります。哀れテュンダレオスの娘は、罪もないのに悪い噂を
不当に身に受けていたのです。」と。
　［ヘレネの姿を眼に留めて］
おや、これはこれは、レダの娘御。ここにおられたのですか。
あなたが星座の彼方へ行かれたものと思い、
そう申し上げておりました、翼のあるお身体をしておいでとは
つゆ知りませず。なりませぬぞ、このようにまたわれらを
虚仮《こけ》にするとは。イリオンでは旦那さまも戦友の皆さんも、

さんざん苦労をかけさせられたのですぞ。
メネラオス　これでわかった。この女の言うことがほんとうだったのだ。
ああ待ちに待った日よ、
今日こそそなたをわが腕に抱くことができるのだ。
ヘレネ　ああ、誰よりも愛しいメネラオス、長いこと待った甲斐が
ありました。いまこそ喜びの時が来たのです。
嬉しいことに、皆さん、わたくしは夫に会えました。
こうして愛しい腕を投げ掛けます、長い日数を
経たのちに。
メネラオス　わたしのほうもそなたを。言いたいことは一杯あるのに、
まずそれをどう口切りしたらとよいのか、わからない状態だ。
ヘレネ　ああ嬉しい、頭の髪は総毛立ち、
涙がこぼれます。
その身体にこの腕を巻きつけましょう、
ねえあなた、喜びを逃がさぬように。
メネラオス　おお、この上なく喜ばしい光景《ながめ》よ、文句のつけようがない。
この手に摑んでいるのはゼウスとレダの娘だ。

ヘレネ　その婚礼をかつて白馬に乗る兄たち(1)が
松明を掲げて祝ってくれた……
メネラオス　以前神はわが家のわたしの許からそなたを連れ出したが、
それはいまよりもっと、幸せな別の定めへと、
そなたを導くためだったのだ。
ヘレネ　禍転じて福となり、あなたとわたくしは結ばれました。ねえ、
時間はかかりましたが、でもわたくし、いまのこの定めを喜びたい。
メネラオス　喜ぶがよい、わたしも同じことを同じように心に願おう。
なぜならわれら二人、喜びも悲しみもともにすべきだからだ。
ヘレネ　皆さん、ねえ皆さん、
これまでのことはもう嘆きません、悲しんだりはしません。
わたくしの夫が戻って来てくれたのです、
トロイアからやって来てくれるのをずっと待ち続けていたその人が。
メネラオス　そなたはわたしを、わたしはそなたをこうして抱いている。
長い年月を費やしたいまになって、やっと女神ヘラの手管を悟った。
ヘレネ　わたくしの涙は喜びの涙、苦悩ではなく
喜びに満ち満ちています。(2)

（1）ヘレネの兄弟ディオスコロイ（カストルとポリュデウケス）のこと。

（2）六五四―六五五行はMurrayの校本で読む。ただしこの二行の話者は底本どおりヘレネとする。

メネラオス　何と言えばよいだろう。いったい誰がこんなことを予想した
　ろうか。
ヘレネ　こうしてあなたを胸に抱くのは思いもよらぬこと。
メネラオス　それはわたしもだ。そなたはあのイダ(3)の町に、
あのイリオンの嘆きに満ちた城砦に行ったものと思っていたのに。
いやじっさい、どうやって館から抜け出したのだ?
ヘレネ　ああ、辛い話の始まりまでさかのぼって、
ああ、辛い話を聞きたいとおっしゃる。
メネラオス　言ってくれ、聞かねばならぬ。何もかも神のなされたことだ。
ヘレネ　これからお話しする話は
好きでする話ではありません。
メネラオス　でも話してくれ。苦労話も聞くには楽しい。
ヘレネ　異国の若者(4)との婚礼の床へ
船を走らせることも、不埒な結婚を
恋い求めることも、したわけではありません。
メネラオス　どの神が、いやどのような定めがそなたを祖国から攫《さら》って
　行ったのだ?

(3) トロイアの山。「イダの町」とは次に出てくるイリオン（トロイア城市）のこと。

(4) トロイアの王子パリス。

ヘレネ　あのゼウスのお子が、ねえあなた、ゼウス〈とマイア〉のお子[1]が
わたくしをナイルの川辺へと送って来たのです。
メネラオス　驚いた話だ、誰が送っただと？　何ということを言い出すのだ。
ヘレネ　わたくしは泣きました、涙で眼を濡らしました。
ゼウスの妻たるあの方がわたくしを滅ぼしたのです。
メネラオス　ヘラのことか？　あの方はなぜわれら二人に禍を及ぼそうと思われたのだろう？
ヘレネ　ああ嘆かわしいのはあの女神ら[2]の沐浴、あの泉、
あそこで女神らは身をすすぎ磨いたのです、
判定の場へ出て行くときに。
メネラオス　そのときの判定ゆえにヘラはそなたにこんな禍を課したというのか[3]。
ヘレネ　パリスの許からわたくしを引き離そうと……[4]
メネラオス　　　　　　　　　　　　　　　　どうやってだ？　話してくれ。
ヘレネ　キュプリス[5]がわたくしをやると約束していたあの人から……

(1) ヘルメス神のこと。

(2) パリスに美の判定を受けた、ヘラ、アプロディテ、アテナの三女神。

(3) テクスト不全。

(4) 次行とアンティラベー（半行対話、割ぜりふ）を形成する。以下同。

(5) アプロディテに同じ。

メネラオス　何と
いうことだ。
ヘレネ　こうして哀れにもわたくしをエジプトへ連れて来たのです。
メネラオス　そして幻影《まぼろし》を身代わりにした――そうそなたから聞いた。
ヘレネ　またいま嘆かれるのは〈あなたの〉館を襲った不幸、
ああ母上さま！
メネラオス　　それはまた何だ？
ヘレネ　母上はもはやこの世にいない。わたくしの恥ずかしい
偽りの結婚のゆえに、首括りの縄の輪を結んだのです。
メネラオス　おお何と！　で、娘のヘルミオネについてはどうだ？
ヘレネ　嫁にもゆけず子供もなく、ああ、あなた、あの子は
わたくしの恥ずかしい偽りの結婚を恨んでいるのです。
メネラオス　おお、パリス、おまえはわが家を完膚なきまでに滅ぼした！
ヘレネ　それだけではない、あなたもそして青銅の武具で身を鎧った
何万という数のギリシア兵も、彼が滅ぼしたのです。
神さまが不幸な定めの、呪われた身のこのわたくしを、
国から町からそしてあなたの許から追い出したのです。

あのときわたくしが館とあなたの寝床をあとにしたのは
恥ずべき結婚を求めてのことではありません。
合唱隊の長　今後幸せな境遇になれるとすれば
これまでの不幸は帳消しになりましょう。
使者　メネラオスさま、わたしめにも喜びのおすそ分けを。
予測はつきますが、はっきりとはわかりかねますので。
メネラオス　爺よ、さあおまえも話に加わるがよい。
使者　こちらはイリオンでの苦労の元になったお方ではないので？
メネラオス　ないのだ。われらは神さまに騙されていたのだ、
［雲から造った有害な偶像を手にしていたのだ］。
使者　［何ですと？］
雲のために無駄な苦労をしたのですと？
メネラオス　これはヘラの仕業だ。元はといえば三人の女神の争いだ。
使者　何ですと？　この方はほんとうにあなたの奥方ですか。
メネラオス　これがそうだ。その点は言うことを信じてもらってよい。
使者　おお、お嬢さま、神さまの遣り口は何ともはや多彩で、またいかに
捉えどころのないものであることでしょう。とにかく万事をうまくお変

えになる、
「こちらまたあちらと入れ替えて。人間苦労する者もいれば、
苦労知らずでいたのが次にひどい目に遭う者もいます。
その時々の境遇が変わらずに続くことはないのです。
あなたも旦那さまもそれぞれに苦労をなさいました。
あなたは人の噂に痛めつけられ、こちらは戦ごとに逸って。
この方は一所懸命追い求めながら、そのときには何も得られなかった。
それがいま、うまく事が運んで労せずして僥倖を得られた」。
あなたは年老いた父上やディオスコロイ(1)さまを辱めることは
しなかったし、噂されているようなことをなさったのでもなかった。
いまわたしにはあのあなたの婚礼の歌がよみがえってきます。
松明の火が思い出されます、四頭立ての馬車に並んで走りながら
この手で運んだものでした。花嫁となったあなたは
この方とともに馬車に乗り、幸せに満ちた実家を後にされたのでした。
主人に関わることを尊重せぬような者、喜びを共にせず
苦しみを共に苦しまぬような者は、悪い召使です。
「わたしは、身はたとえ召使でありましょうとも、

(1) ヘレネの兄弟。

心ばえの殊勝な奴隷に算え上げられたい。
名前の上では自由人ではありませんが、
心はそうありたいのです。なぜなら、これは一つの身に
二つの禍を受けるよりはずっとよいことだからです、
心根も卑しく、身分も奴隷で周りの他人の言いなりというよりは。〕
メネラオス　さあ、爺、戦場ではわたしのために働いて
苦労を山ほどし尽くしてくれたが、
いまはわたしの幸運を分かち合うおまえだ、
残して来た仲間のところへ行って伝えてくれ、
おまえが見たままのこの様子、われらのあるがままを。
皆は浜辺に待機し、おそらくわたしを待ち受けていると思われる
闘いを見守っているようにと、
この女《ひと》をこの地から盗み出せるかどうかを、
〈また〉どうすればわれらがその運勢《つき》を一つにまとめて
異国人の地から逃げ出せるか、その可能性があるのならそれを考えてい
てくれるようにと。
使者　そういたしましょう、ご主人さま。いやまったく予言者の言うこと

は
嘘だらけで取るに足らぬものだと得心がいきました。
［燃える火の炎を見ても、また鳥の啼き声を聞いても
これといったものは何もありませんでした。だいたい鳥が人間に
幸をもたらすと考えること自体が馬鹿げています。］
カルカス[1]はギリシア軍に何一つ言えず告げられずじまいでした、
雲で出来た女のために仲間の者が死んでいくのを眼にしながらね。
ヘレノス[2]もそうです。虚しく国は滅ぼされてしまいました。
［神に言うおつもりがなかったからだと、おっしゃいますか。
ではなぜ予言を求めたりするのでしょう。神々にこそ犠牲を捧げて
その善意を窺うべきで、予言の術からは離れるべきなのです。
それは人生を誑《たぶら》かすものとして作り出されたものにすぎません。
怠け者が占いの火の力で富者になった例はありません。
思慮と判断力こそ最上の予言者なのです。］　［使者退場］
合唱隊の長　予言についてはわたしもあの老人と同じ考えです。
誰しも慈しみ深き神とともにいませば、
最上の予言を手にしていることになりましょう。

（1）トロイア戦争に従軍したギリシアの予言者。
（2）トロイアの王プリアモスとヘカベの息子。予言能力を持っていた。

ヘレネ　よし。ここまではずっとうまく運んできています。
でもご苦労さま、あなた、トロイアからの帰り道はどうでした？
知ったとて何の役にも立ちません。でも知りたい気持はあるのです、
［身内の者には身内の不幸を知っておきたいという気持が］。
メネラオス　いや、多くのことをたったひと言で一気に訊いてくれたわ。
何と言ったものだろうか、アイガイオン[1]での難破、
エウボイアの岸のナウプリオス[2]の篝《かがり》火。
また立ち寄ったクレタ[3]やリビュア[4]の町、
それにペルセウスの監視所[5]。いや、話したところでとても
満足させられまい。話しているうちにこちらが辛い気持ちになるだろう、
［苦労を耐えてきたのだ。その苦しみをもう一度味わうことになろう］。
ヘレネ　お訊きした以上のことをおっしゃってくださいました。
他のことはさておき、一つだけお聞かせください。どれほどの期間
海上を波の背に揺られて彷徨《さまよ》い歩いたのですか？
メネラオス　トロイアに一〇年いたあと船上の人となり、
七年間あちらこちらを巡り歩いてきた。
ヘレネ　ああ、お気の毒に、長い年月だったのですね。

(1) エーゲ海。
(2) トロイア遠征に参加したパラメデスの父。パラメデスがオデュッセウスの奸計によって殺されたのを恨み、ギリシア軍の帰国を待ちうけてエウボイア島の岸で篝火を焚いて進路を誤らせ多くの船を難破させた。
(3) エーゲ海南部の大島。
(4) 北アフリカの臨海部。
(5) ペルセウスが海の怪物を退治してアンドロメダを助けた場所とされるところ。ナイル・デルタの西方。ヘロドトス『歴史』第二巻一五参照。

　でもその間せっかく命拾いしたのに、ここへは殺されにやって来た。

メネラオス　何だと？　どういうことだ？　妻よ、おまえがわたしを殺す
　というのか？

ヘレネ　［逃げて、できるだけ早くこの土地から離れるのです。］
この館に住んでいる男があなたを殺しましょう。

メネラオス　そんな目に遭わされるようなどんなことを、わたしがしたと
　いうのだ？

ヘレネ　わたくしとの結婚を邪魔する歓迎されざる客ということです。

メネラオス　それは誰かわたしの妻と結婚したがっている者がいるという
　ことか？

ヘレネ　無理やりわたくしに迫っているのです、拒んでもなお。

メネラオス　それは誰か有力者か、それともこの土地の王か？

ヘレネ　この地の王で、プロテウスの息子に当たる男です。

メネラオス　そうか、それであの門番から聞いた話の謎が解けた。

ヘレネ　この異国のどの館の門に立たれました？

メネラオス　ここのだ。乞食のように追い払われた。

ヘレネ　まさか食べ物をねだったのではないでしょうね、ああ恥ずかしい

こと！

メネラオス　やったことはそうだ、言い方は別として。

ヘレネ　わたくしの結婚の話もすべてご存じですね。

メネラオス　知っている。だがじっさい何ごともなかったのかどうか、それは知らぬ。

ヘレネ　神聖な寝床は侵されていないと、ご承知ください。

メネラオス　何かそれを証明するものがあるのか？　言っていることが真実ならば嬉しいのだが。

ヘレネ　この菩提所の脇のみすぼらしい寝場所が見えましょうか？

メネラオス　敷布団が見える、可哀そうにな。いったいどうしたのだ？

ヘレネ　結婚させられないですむよう、あそこでお願いしているのです。

メネラオス　祭壇がないためか、いや異人らの慣習《しきたり》に従ってのことか？

ヘレネ　この菩提所が神のお社と同様、わたくしを護ってくれるのです。

メネラオス　そなたを船で家へ連れ帰ることは無理だろうか？

ヘレネ　わたくしの結婚話なんかより、剣があなたを待ちうけています。

メネラオス　そうなればこの世でいちばん惨めな身の上となるだろう。

ヘレネ　恥じることはありません、ここからお逃げなさい。

メネラオス　そなたを放《ほう》ってか？　トロイアを滅ぼしたのはそなたゆえのことだったのだぞ。

ヘレネ　わたくしの結婚であなたを殺すことになるよりはましです。

メネラオス　それは男にあるまじきこと、イリオンの勇士にふさわしからぬことをせよということだ。

ヘレネ　王は殺せますまい、おそらくそう願ってはおられましょうが。

メネラオス　奴の身体は剣では傷つけられぬとでもいうのか？

ヘレネ　いまにわかりましょう。不可能なことに挑戦するのは賢人のすることではありません。

メネラオス　では黙ってこの腕を縛ってくださいと差し出すのか？

ヘレネ　進退谷《きわ》まったところにいます。何か工夫しなければなりません。

メネラオス　何もしないで死ぬよりは何かして死ぬほうがずっとよい。

ヘレネ　わたくしたち二人が助かりそうな希望が一つだけあります。

メネラオス　賄賂を使うのか、一戦交えるのか、それとも談判に持ち込むのか？

ヘレネ　もし王があなたが来たことを聞きつけていなければ。

メネラオス　あちらはわたしが誰か知らんだろう、絶対にな。明かす者などいはしない。
ヘレネ　じつは館内《なか》に彼には味方となる神にも等しい者がいるのです。
メネラオス　館の奥深くで何か声が聞けるようになってでもいるのか？
ヘレネ　そうではありません。妹です。テオノエという名前の。
メネラオス　予言者めいた名前[1]だな。どんなことをするのか言ってくれ。
ヘレネ　すべてを見通せるのです。あなたがここにいることを兄に告げるでしょう。
メネラオス　もう終わりだ。気づかれずにはすむまいから。
ヘレネ　二人して彼女に頼み込めば、説得できるかも……
メネラオス　どうしてくれと？　わたしにどんな希望を持たせようというのだ？
ヘレネ　あなたがここにいることを兄に告げてくれるなと。
メネラオス　二人して説得すればこの土地から脱け出せそうか？
ヘレネ　彼女の協力があればたやすく。でも内緒では無理です。
メネラオス　そなたの仕事だ。女は女同士というから。
ヘレネ　彼女の膝にこの手が触れぬということはけっしてありますまい[2]。
メネラオス　もし彼女がわたしたちの言うことに耳を貸してくれなければ

（1）九頁註（6）（7）参照。

（2）相手の膝を抱くのは嘆願の動作である。

どうなる？

ヘレネ　あなたは殺され、哀れなことにわたくしは力ずくで結婚させられましょう。

メネラオス　わたしを裏切るのだな。力ずくを口実にして。

ヘレネ　いいえ、聖なる誓いをあなたの頭《こうべ》にかけて誓います……

メネラオス　何と言ってだ？　死にますと？　寝床を代えるようなことはしませんと？

ヘレネ　同じ剣で死んで、あなたの傍らに横たわりましょう。

メネラオス　それを誓う印にわたしの右手を取れ。

ヘレネ　取りましょう。あなたが死ねばこの世の光とお別れします。

メネラオス　わたしもそなたを奪われればこの世とおさらばする。

ヘレネ　どうやって死ねば名声が得られるでしょう？

メネラオス　この墓の塚の背でそなたを殺し、わたしも果てよう。

だがまずはそなたの結婚をめぐって、一大闘争を

闘うことだ。われと思わん者は掛かって来るがよい。

トロイアでの名声を恥ずかしめるようなことになってはならんし、

またギリシアへ帰ったときに、後ろ指をさされるようなことはご免だ。

何といってもこのわたしはテティスからアキレウスを奪い取った男[1]、
テラモンの子アイアスの自害を目撃し、またネレウスの子[2]が愛児を
失ったのを見届けた男だ。そのわたしがおのれの妻のために
命を落とすのをいさぎよしとしないことがあろうか。
とんでもないことだ。もし神が賢明な心の持主であるなら、
立派な心掛けの者が敵の手に倒れた場合、
墓の中に軽い土で覆い隠してくれよう。
だが悪しき心の輩は台地の硬い岩礁の上に放り出されるのだ。

合唱隊の長　神々よ、タンタロスの血を引く一族の者[3]がどうぞいつか
幸せの身となり、禍からおさらばできますように。

ヘレネ　ああ、哀れなわたし、これがわたしに課せられた巡り合わせ。
メネラオス、わたしたちはもうお終いです。館から予言者の
テオノエが出て来ます。扉の横木がゆるめられて
きしむ音がしています。逃げて！　いえ、逃げて何になろう。
あの人はどこにいてもお見通しですもの、あなたがここに
辿り着いていることは。ああ、可哀そうな方、わたしたちはお終いです。
トロイアで命拾いしたのに、異人の土地からこれまた異人の里へ

(1) アキレウスがトロイアで戦死して母テティスと死別することになったことをこのように言った。

(2) ネストルのこと。ネストルの子アンティロコスはトロイアで戦死した。

(3) メネラオス一家を言う。タンタロスはメネラオスの曾祖父に当たる。

その剣の刃にかかるためにやって来たとは。

［テオノエ登場］

テオノエ　［侍女に向かって］さあそなた、明るく燃える松明を持ってわたしの先に立ち、
神聖な慣習《しきたり》どおりに大空を隈なく燻しておくれ。
天空からの清らかな風の息吹きを身に受けられるように。
またおまえは、誰か不敬にも足で踏みにじって進路を
穢す者がいたら、わたしの前に立ち、わたしが通れるように
樅の木の松明を打ちつけて清らかな炎を振り舞いておくれ、
そして神へのわたしの日ごとの奉仕が終わったのちは、
炉の火を館の内へふたたび戻しておくのです。
さてヘレネ、わたしの託宣は、さあ、いかがかしら？
ほらそこにあなたのご主人メネラオスの姿がある、
船を奪われ、またあなたの似姿から解放されて。
可哀そうに、どれほどの苦労をくぐり抜けて来たものか。
それなのに家へ帰る道も知らず、ここに留まったものかどうかもわから

ない。
じつは今日、ゼウスの臨席のもとに神々のあいだで
そなたの処置について議論が行なわれることになっています。
ヘラは、以前はそなたを快く思ってはいなかったのだが、
いまでは好意的で、ヘレネともども生きて故国へ帰したいと
望んでいる。アレクサンドロスとの結婚はキュプリスから贈られた
偽りの結婚だったことをギリシア中に知らしめるためです。
キュプリスはそなたの帰国を邪魔する気でいます。
ヘレネとの偽りの結婚を餌にして美人競争の勝利を買い取ったことが
暴露され糾弾されることを恐れるからです。
さてどちらにするか、決定権はわたしにある。キュプリスの望むとおり、
そなたがここにいることを兄に告げてそなたを破滅させるか、
それともいま一度ヘラに味方してそなたの命を救うか、
そなたがいつこの土地へやって来るか、来たら言えと
兄から言われているのを兄には内緒にして。
［誰ぞ兄上のところへ、この者がここにいることを
告げに行かぬか、この身の安全が保障されるように。］

ヘレネ　お嬢さま、あなたのお膝元へ身を沈め、お願いいたします。
この身、わたくしとこの夫のためには幸薄き座につくも厭いませぬ。
夫とはやっと遭えたばかりなのに、それをその死ぬところに立ち会わせ
　るなんて。
どうぞお兄さまには言わないでください、この愛しい夫が
わたくしの腕の中へ戻って来たことは。
助けてください。お願いです。お兄さまのために、
あなたのその敬虔な御心を裏切るようなことはしないでください。
邪悪で不正な感謝を買い取ってはなりませぬ。
神は暴力を憎まれる。誰も自分の持ち物を手に入れるのに
力ずくでするようなことはしてはならぬとされています。
[不正な富は何であれ放棄すべきです。
天空はすべての人間に共通のもの。
そして大地もそう。その地上で自分の家を財産で一杯にしようと
他人の財産を取る、それも力ずくで奪い取るなんてことはしてはならな
　いのです。]
ヘルメスはよく事情を汲んで——わたくしには辛いことでしたが——

このわたくしをあなたの父上に預けられました、夫のために
身を守ってやるようにとね。その夫がいまここにいてわたくしを取り戻
　したいと願っているのです。
[それが死んでしまってはどうして取り戻せましょうか。お父上は
どうすれば死んだ者に生きている者を返してやれるというのでしょう。
ヘルメスのこと、それにお父上のことをよくお考えくださいますよう
　に。]
神は、そしていまは亡きお父上は、隣人の所有物は元に戻すべしと
はたして思うでしょうか、それとも思わないでしょうか。
わたくしはそう思うと思います。ですから立派なお父上より
愚直なお兄さまのほうにお気遣いするべきではありません。
もしあなたが予言者であり、神々を信じる立場にありながら
お父上の正しいお考えをないがしろにし、
間違っているお兄さまのほうに肩入れなさるとすれば、
神の世界のすべて、いまのことや未来のことはわかるけれども
正義の何たるかを弁えぬということであれば、それは恥というものです。
禍のうちに沈んでいるこの惨めなわたくしを

お助けください、せっかくの巡り合わせ(1)にどうかもう一押しを。
この世にこのヘレネを憎いと思わぬ者は誰一人としていません。
ギリシアでは、わたくしは夫を裏切ってプリュギアの
黄金満つ館へ逃げていったと噂されています。
もしギリシアに帰り、〈ふたたび〉スパルタの地を踏んだとき、
人々が自分らは神の策略でひどい目に遭ったのだ、わたくしは
けっして身内の者を裏切ったのではないと見たり聞いたりして知ってく
　れれば、
人々はふたたびわたくしを貞節な女と見てくれましょう。
またわたくしは嫁に行けなかった娘を嫁入りさせましょう。
そして今日までの放浪の苦しみはこの土地へ残して
わが家での豊かな生活を味わい愛しみましょう。
でももしこの人が戦死して葬送の薪に燃やされていたら(2)、
遠くからこの場にいないその身を涙ながらに惜しんだことでしょう。
ところがいま彼はこの場にいて生命ある身です、それが奪い取られると
　いうのでしょうか？
それはおやめください、ねえお嬢さま、お願いいたします。

(1) Murray の校本どおり *τύχης* で読む。すなわち夫婦の再会を意味すると解釈する。

(2) Allann に従い Schenkl の読み（*κατεφθάρη*）を採る。

どうかお情けを、あの正義感にあふれたお父上のことを
どうかお心にかけてください。何といっても子供にとりましては、
立派な父親から生まれて、その父と振舞いを同じくするというのは
最も美わしい名誉にほかなりませんから。

合唱隊の長　おっしゃったこともそうですが、あなたの身の上もまた
お気の毒です。しかしメネラオスさまの言い分も聞いてみたい、
ご自分の命についてどうおっしゃるのか。

メネラオス　わたしはあなたの膝元にあえて身を屈《かが》めることはせぬし、
眼を涙で濡らすこともせぬ。不様な真似をすれば
トロイアでの栄光をこの上なく恥ずかしめることになろうからな。
なるほど生まれの良い人間は禍に見舞われたとき
眼から涙を流すものと言われている(1)。
だがそれは美しいことではない。いやたとえ美しいとしても、
わたしは勇猛心をさしおいてそんな真似をするつもりはない。
でも、もしあなたが妻を連れ帰りたいとの当然の願いをもっている
異国の男を手助けしてやってもよいとお思いであれば、
妻を返し、そしてわたしを助けてください。その気がないというのなら、

（1）ホメロス『イリアス』第一歌三四九行の古註に「勇士は涙もろい」とある。しかし悲劇の中では涙もろいのは勇士にあるまじきものとされる。たとえばソポクレス『アイアス』三一九―三二〇行、『トラキスの女たち』一〇七一―一〇七五、一一九九―一二〇一行、またエウリピデス『ヘラクレス』一三五四―一三五六行、『オレステス』一〇三一―一〇三二行などを参照。

わたしは惨めな身となるが、なに、いまがはじめてというわけではない、
もう慣れっこだ。だがあなたは悪い女ということになりましょう。
わたくしたち二人にふさわしく、そして正しいとわたしたちが思っていること、
そして何よりもあなたの心の琴線に触れるだろうこと、
それを父上のお墓に縋りながら申し上げよう。
「おお、この墓石を住居《すまい》とされる老王よ、
お返しください、お願いですからわたしの妻を返してください。
妻はゼウスがわたしのために護ってやれとここのあなたの許へ送り込んで来たもの。
死んだ身のあなたがわたしに返せないのはよくわかっています。
でもこの人はあの世の父親が呼び戻されて、
以前は評判がよかったのにいまになって悪評に晒されるのを
よしとはしないでしょう。いま全権を握っているのはこの人ですから」。
おお、冥府の王ハデスよ、あなたをわたしは戦友と呼ぼう。
あなたは、この妻のためにわたしがふるった剣に斃れた多くの屍を
受け取った。報酬は受けているのだ。

さあ、あの者どもをもう一度生き返らせるか、
それともあの敬虔な父親よりもずっと強い力をもつはずのこの人[1]に
わたしの妻を返すように仕向けてください。
もしあなた方がわたしから妻を取ろうというのなら、
妻が言い残していることをあなたに告げよう。
ご承知おきいただきたいが、乙女御よ、われわれは誓いを立てているのです。
まずあなたの兄上と一戦交えようということです。
あちらかわたしか、どちらか一方が死ぬ。簡単な話です。
ところが彼のほうが闘いで雌雄を決することをせず、
われら二人をこの墓のところに閉じ込めて餓え死に追いやるとするなら、
まず妻を殺し、次いでわたしもこの両刃の剣を
わが腹に突き立てて果てる覚悟。
この墓石の上に身を置いてな、そうすれば血が川となって
墓石から流れ落ちよう。われらは二体の骸を
このよく磨かれた墓石の上に並べて横たえることになろう。
あなたには尽き果てぬ苦しみ、父上には咎めとなって残ろう。

(1) テオノエ。死んだ父プロテウスにはヘレネを返す力はないが、テオノエはそれを可能にできるということ。

あなたの兄上はこの女《ひと》を妻にすることはできぬ、
いや他の誰であろうとも。このわたしがもらい受けてゆく、
わが家へは無理とあらば、あの世までな。
[こんなことを言って何になる。涙流して女々しい振舞いをするほうが
思い切った行動に出るよりもずっと同情を買いやすいだろうに。
さ、殺すがよい、それがよいと思うなら。そなたが殺すのは賤しい輩で
　はない。
いやそれはともかく、わたしの言うことを聞き届けてほしい、
そうすればあなたは正しい行ないをすることになり、わたしは妻を取り
　戻せるのだ。]
合唱隊の長　お嬢さま、以上言われたことをどう裁くかはあなたの胸一つ。
皆が喜べるようなご判定をなさってください。
テオノエ　わたしは敬神の念篤く生まれついてもいますし、常日ごろそう
　ありたいと思ってもいます。
そしてわが身を愛してもいます。ですからわが父の名誉を
穢すようなことはしませぬし、兄に情けをかけたために
わが身が不名誉の烙印を押されるようなことはせぬつもりです。

わたしの中には生まれつき正義の大いなるお社が
あるのです。それはネレウス[1]から引き継いだものですが、
メネラオスよ、それをわたしは保持すべく試みてみましょう。
ヘラさまには、あの方はあなたに好意を寄せようと思っておられるので
すから[2]
わたしもそれに同意します。キュプリスさまもわたしに
親切でいてくれますように。わたしとは歩調が合わないお方ですけど[3]。
［わたしは生涯ずっと処女《むすめ》でいるつもりです。］
そなたがそこの父の墓のところで口にした父への非難の言葉は、
わたしも同じ意見です。もしあなたに奥さまをお返しできねば、
わたしは不正を働くことになりましょう。なぜなら生きておれば
父はあなたに奥さまを、奥さまにあなたをお返ししただろうからです。
こうしたことの応報は、大地の下にいる者にも
また地上の人間すべてにも適用されるからです。死者の
心は生きてはいませんが、不死なる大気の中に溶け込んで
永劫に意識を持ちつづけるのです。
手短かに申しましょう。あなた方がわたしに頼んだ件は

（1）ポントスとガイアの子。海の老人と呼ばれ、予言能力をもっていた。テオノエの先祖に当たる。九頁註（7）参照。
（2）八八〇行以下参照。
（3）キュプリスは愛の女神だがテオノエは処女の身であるから。次行参照。

黙ってあげます。兄の愚かな振舞いに
加担するつもりはありません。
そうすることが正しいことなのです、彼にはそう思ってもらえないで
しょうが、
彼を不敬の道から敬神の道へ引き戻してやればね。
あなた方はご自分で何らかの方法《みち》を見つけてください。
わたしは一歩身を退《ひ》いて黙っておりましょう。
まず神々に祈ることから始めて、お願いするがよろしい、
キュプリスには祖国へ帰るのを許していただけるように、
またヘラにはあなたとあなたの旦那さまとが安全でいられるという
そのご意向を変えることをなさらぬようにと。
ああ、いまは亡き父上さま、あなたはこのわたしに力があるかぎり、
敬神に代えて不敬と呼ばれるようなことはけっしてありますまい。
［テオノエ退場］

合唱隊の長　無法な振舞いをする輩が吉運を授かったためしはありません。
正しい行ないにこそ救済の希望はあるのです。

ヘレネ　メネラオスさま、この方についてはもう心配いりません。

ここからはわたしたち、たがいの意見を一つにして
救済への方策を相談しなければなりません。
メネラオス　それでは聞いてくれ。そなたはこの屋敷に長く逗留していて
王の召使たちとも顔なじみだ。
ヘレネ　それはどういうことです？　でも見込みがありそうですね。
わたしたちのどちらにも役に立つことをやろうというのですね。
メネラオス　四頭立ての馬車を操る人間誰かを丸め込んで、
われわれにそれを提供してもらえるようにできないだろうか？
ヘレネ　やってみましょう。でもどんなふうに逃げるのです？
王の治めるこの国の土地には不案内のわたしたちですよ。
メネラオス　無理だと言うのか。ではどうだ、館の中に身を潜めて
この両刃の剣で王を殺すというのは？
ヘレネ　兄が殺されようとしているのに、妹がそれを
黙って許すとは思えません。
メネラオス　船を使えば逃げられそうなのに、その船もないときている。
わたしの船は海中の藻屑となった。
ヘレネ　ちょっと聞いてください、女にも気の利いたことが言えるかもし

れません。
あなたは死んでいないのに死んだと言われるのはどうですか?

メネラオス　ぞっとしない鳥占だな。でも吉と出るというのなら、言ってくれ。
死んでいないのに死んだと言われてもけっこうだ。

ヘレネ　ではわたしはあの不敬な男の前で妻の身にふさわしく
髪を下ろし、葬いの歌をうたってやりましょう。

メネラオス　そうやれば、われら二人に何か助かる当てがあるのか?
そなたの言う案はあまりぱっとせぬような気がするが。

ヘレネ　あなたが海で死んだということで、形式《かたち》だけでも
葬式をあげてやりたいと、ここの王にお願いするのです。

メネラオス　それが許されたとしよう。だがそのあと船もないのに
どうやって逃げ出すのだ、この身は仮埋葬したとして。

ヘレネ　船を用意するように言います。あなたのお墓へのお供えを
海の腕の中へ投げ落とすことができるように。

メネラオス　うまい思いつきだが一つ問題がある。陸《おか》に墓を作れと
言われたら、せっかくの案が台なしだ。

ヘレネ　ギリシアの慣習《しきたり》では、海で死んだ者の墓は
陸に作らないのがふつうだと言ってやります。
メネラオス　またしても妙案だな。それではわたしも一つ船に
一緒に乗り込んで、一緒にお供えを投げ込もう。
ヘレネ　もちろんあなたも、それにまた難破を逃がれた
部下の水夫らも一緒にいてくれなければなりません。
メネラオス　もし停泊中の船が手に入れば、
皆武装して犇《ひし》めき合うことになる。
ヘレネ　全体の指揮はあなたが取ってくださらねば。ただもう
帆が順風を受けてよく走ってくれますように。
メネラオス　そうなろう。神もわが苦しみを止めてくださろうから。
だがそなたはわたしが死んだことを誰から聞いたというつもりだ。
ヘレネ　あなたから。あなただけが死を免れた、と言ってください、
アトレウスの子(1)と一緒に航海していたが彼が死んだのを目撃したと。
メネラオス　そうだ、この身にまとっている襤褸《ぼろ》が
そなたの言う難破の話の証拠になってくれよう。
ヘレネ　かえってよかったのです。その折りは時の利を得られなかったの

（1）すなわちメネラオスのこと。

ですが。
でもその折りの惨めさがいまに幸運と変わるでしょう。
メネラオス　そなたと一緒に館の中へ入るべきだろうか、
それともこの菩提所のところにおとなしく残っているほうがよいのか。
ヘレネ　ここにいてください。もし彼があなたに何か危害を加えようとすれば、
このお墓とあなたの剣とがあなたを守ってくれましょうから。
わたしは館内《なか》へ入って髪を切り、
白い衣を喪服に着替え、
頬に爪を立てて肌を血で濡らしましょう。
さあ伸《の》るか反《そ》るかの大勝負です、途は二つに一つ。
企みが見破られれば死なねばならぬ。そうなるか、
それともあなたの身を救い、故国へ帰れるか。
おお、ゼウスの寝床に身を沈める女神ヘラよ、
二人の哀れな人の子を苦労の淵から甦らせたまえ。
両手を天に差し延べつつお願いいたします。
あなたは星々のきらめく天上にお住まいですから。

またあなた、わたくしの結婚を餌に美神の座を射止められた
キュプリス(1)よ、ディオネ(2)の娘の。どうかわたくしを滅ぼしたりはなさい
　ませぬよう。
迫害はもうじゅうぶんです。これまであなたはこのわたくしの
身体ではなく名前を蛮人の地に送り、わたくしを苦しめてきました。
もしわたくしを殺そうとのおつもりなら、どうぞ祖国の地で
死なせてください。なぜ数ある禍にいまだ満足なさらないのです？
愛を偽り、謀略《たくらみ》の術《すべ》を考案し、
家屋敷(3)を血で染める媚薬を作りつづけるのです？
もしあなたが度を過ごしさえしなければ、それさえなければあなたは
神々のうちで人間に最も甘美な方であられるでしょうに。ほんとうに。
〔ヘレネ退場〕

〔第一スタシモン〕

〔ストロペー一〕

合唱隊　木々の繁みの陰に住み
歌の集いに座を占めるそなたに

(1) キュプリスすなわちアプロディテがヘラ、アテナとの美人競争で審判役のパリスを、ヘレネとの結婚を餌に買収したことを示す。
(2) キュプリスつまりアプロディテの母。ゼウスと交わってアプロディテを生んだ。
(3) Murray の校本で読む。

わたしは呼びかけよう、
この上なく歌の上手な
歌い鳥、
愁いの歌姫夜鶯《ナイチンゲール》に。
おお、喉を震わせ囀《さえず》る者よ、
ここへ来てわたしの嘆きをともに歌っておくれ、
ヘレネの可哀そうな苦労の数かずを、
またアカイア勢の槍のもと
トロイアの女らの涙に満ちた定めを、
このわたしに合わせて。
あのときあの男が荒えびすの船の櫂で灰色の海を渡り、
プリアモスの一族には罪なこと、
ラケダイモンからあなたを、妻として拉し去った、
ああヘレネ、あの疫病神の婿パリスが
アプロディテの援けを受けて。

〔アンティストロペー一〕

夥しい数のアカイアびとが槍に打たれ石礫を喰らって
息を止められ、哀れやいま
冥府の住人となっている。
そのため妻らは惨めにも
髪を下ろし、
屋敷内に夫の姿は消えている。
またあかあかと篝火《かがり》を焚いて海に囲まれたエウボイアを
照らし出し、たった一人の海行く男[1]が
無数のアカイアびとを殺めた、
カペレイアの岩場、
アイガイオンの波洗う岸辺で
偽りの星影を灯し、船を難破させて。
そのときからメネラオスは
寄る港もない見慣れぬ風体の者らが住む厳しい土地へ、
冬の風に煽られて祖国から遠く吹かれて行った。
船に乗せて運ぶは戦の褒美、いや褒美ではない

（1）ナウプリオス。七六七行および六〇頁註（2）参照。

ダナオイびと[2]を戦に巻き込んだ戦の因《もと》、ヘラの手になる聖なる幻だった。

〔ストロペー二〕

神とは何か、いや神でないものとは、いやその中間にあるものとは？
いくら追い求めても、人の身でどうして言い当てられよう、
神の働きがこちらまたあちらと、当てにならぬ、また思いもよらぬ
偶然の力で跳び廻るのを見ている身には、
その究極の境界が見えたなどと。[3]
おおヘレネ、あなたはゼウスの娘として生まれた人。
ゼウスは翼もつ身となって、レダの懐の中へ
あなたを生んだのだった。
なのにあなたはギリシア中に
信頼できぬ、不正な、そして不敬な裏切り者と喧伝された。
人の世で確実なことは何なのか、わたしにはわからない。
神の言葉はほんとうだということはわかったが。[4]

（2）アカイアびと、すなわちギリシア人に同じ。

（3）Murray の校本で読む。

（4）テクスト不全。Murray, Dale で読む。

〔アンティストロペー二〕

浅はかな者よ、汝らは戦と
腰の強い槍の穂先で名声を勝ち得、
愚かにも死でもって労苦を解消しようとするとは。
もし血塗られた闘争が諍いの決着をつけるとなれば、
人の住む都に諍いの種が尽きることはない。
そのためにこそ彼らはプリアモスの地(1)に墓所を得たのだ(2)。
ああヘレネ、あなたにはできたのに、
あなたをめぐる戦をば言葉で正しくおさめることが。
だが、いま彼らは地下の冥府で御霊《みたま》を鎮められている。
火炎がゼウスの雷火さながらに城壁に吹きつけたのだった。
打ち続く受難にあなたは耐える、
惨めにもその悲しい身の上を(3)。

〔第三エペイソディオン〕

〔テオクリュメノス登場〕

テオクリュメノス　ご機嫌よろしゅう、父上の御霊屋《みたまや》よ。この出口のとこ

(1) トロイア。
(2) テクスト不全。
(3) 末尾の三行はテクスト不全。

ろに
プロテウスよ、あなたを葬ったのはわたしからの挨拶を受けていただく
ため。
館に出入りするときはいつも、父上、
息子のこのテオクリュメノスはあなたにご挨拶をいたします。
召使ども、おまえたちは犬と狩猟の網とを
王宮の中へ仕舞い込んでくれ。
さて、このわたし、われとわが身に我慢がならぬ。
どうあっても悪漢どもを死刑にできないという体たらくでな。
いまも聞いたところによると、誰かギリシアびとが明らかに
この地へやって来たのに、見張りの眼を逃がれたままだということだ。
きっと密偵《スパイ》だ、いやヘレネをこっそり盗みに来た奴かもしれぬ。
捕らえられでもすれば、死ぬことになるぞ。
おや、見たところ奴はもう一仕事済ませたようだ。
テュンダレオスの娘は墓の台座をすっかり引き払い、
この土地から海の外へと連れ出されてしまった。
おおい、供の者、閂をゆるめ、馬小屋を開けろ。

そして馬車を引き出せ。
わたしが妻にと思い定めている女が知らぬまにこの土地から
連れ去られるなんてことは、何が何でもあってはならぬからな。
待て。探す相手が家の中にいるのが見える。
まだ逃げてはいなかったのだ。
そこのあなた、あなたはなぜまた白いのに代えて
黒い着物を肌につけているのです？　またなぜその品のいい頭《おつむ》に
鋏を当てて髪を切り落としてしまったのです？
それになぜ泣いたりして、その頬をきらめく涙で
濡らしているのです？　夜中の夢に取り憑かれて嘆いているのか、
それとも国許での噂を何か聞いて
それが辛くて胸が痛むのか。
ヘレネ　ご主人さま――いまではもうあなたのことをこうお呼びしています――
破滅です。わたくしは何もかも失いました。この身は無《ゼロ》です。
テオクリュメノス　どんな不幸にはまっているというのだ？　何ごとが起きたのだ？

ヘレネ　メネラオスが――ああ、どう言えばよいのか――亡くなりました。

テオクリュメノス　［その言葉、喜ぶつもりはない。運が向いてきたとは思うが。］どうしてわかったのだ？　テオノエがあなたに教えたのかな？

ヘレネ　あの方と、それから夫が死んだ時その場にいた者が言ってくれました。

テオクリュメノス　では誰か人が来て、それは確実だと言ったのだな。

ヘレネ　来ました。その人はわたくしが願っているところへ行ってくれればよいのですが。

テオクリュメノス　それは誰だ？　どこにいる？　もっとはっきりしたことが知りたい。

ヘレネ　そこのお墓のところに身を屈《かが》めて座っているのがその人です。

テオクリュメノス　アポロン！(1)　何とまあみすぼらしい身なりをしていることか。

ヘレネ　ああ辛い、わたくしの夫もこんなふうだったろうと思います。

テオクリュメノス　この男はどこの人間だ、どこからここへやって来た？

ヘレネ　ギリシアびとです。わたしの夫と一緒の船に乗っていた者です。

（1）驚きの間投詞。

テオクリュメノス　メネラオスはどんなふうにして死んだと言っている?

ヘレネ　この上なく哀れに。海の水豊かな波に呑まれて。

テオクリュメノス　異国の海のどのあたりを航海していたときだ?

ヘレネ　リビュア[1]の無情な岩礁に打ち当てられて。

テオクリュメノス　しかしこの男、一緒の船に乗っていながら、どうして助かったのだ?

ヘレネ　高い身分の者より下級の者の方が時として幸運であるものです。

テオクリュメノス　で、どこで船の残骸とおさらばして、ここへ辿り着いた?

ヘレネ　メネラオスではなく、この者のほうが死んでしかるべきだったその場所で。

テオクリュメノス　あの男は死んだ。で、こ奴はどの船でここへ来た?

ヘレネ　通りがかった船に救われたと言っています。

テオクリュメノス　あなたの代わりにトロイアへ送られたあの厄介者はどこへ行った?

ヘレネ　雲で作った像のことですか?　高空へ消えました。

テオクリュメノス　おおプリアモスよ、トロイアの地よ、そなたらは〈何

(1) 北アフリカ東部の地域。

と〉無駄に滅び去ったことか！　一二二〇
ヘレネ　このわたくしもプリアモス一族の不幸に与る身です。
テオクリュメノス　こ奴はそなたの夫をまだ埋葬していないのか。それとももう埋葬したのか。
ヘレネ　埋葬せぬままです。ああこの身に降りかかる禍の辛さよ！
テオクリュメノス　それであなたは金髪の巻毛を切り落としたのか。
ヘレネ　愛しい人ですから。あの人はどこにいようとこの身から離れません。(2)　一二二五
テオクリュメノス　泣いて当然の禍だ。
〈ヘレネ　　〉(3)
〈テオクリュメノス　　〉
ヘレネ　妹君に気づかれずにすませるのはたやすいと思いますが。
テオクリュメノス　いや駄目だ。で、どうするのだ？　その墓のところにずっと腰を据えるつもりか。　一二二八
ヘレネ　わたくしはあなたの手を逃がれ、夫に操を立たいのです。　一二三〇
テオクリュメノス　なぜわたしを虚仮《こけ》にする、死んだ者はもうあきらめたらどうだ？　一二二九

（2）テクスト不全。意訳を試みる。
（3）〈　〉はテクスト不全。以下同。

ヘレネ　ええ、もうやめます。さあ、あなたはわたくしとの結婚のご準備を。

テオクリュメノス　長いこと手間取ったが、しかしここまで来たのは上首尾だ。ことここに至ってわたしは満足だ。

ヘレネ　休戦条約を結びましょう。わたくしと仲直りです。

テオクリュメノス　そなたとの諍いは止めにする。空に消えるがいい。

ヘレネ　お膝に縋ってお願いします。あなたはわが友なのですから……

テオクリュメノス　縋りついてまで嘆願するその当てはいったい何だ？

ヘレネ　死んだわが夫の葬儀をしてやりたい、望むのはそれです。

テオクリュメノス　何だと？　姿がない者の墓を作るのか、それとも影を葬るつもりなのか？

ヘレネ　ギリシアの慣習《しきたり》です。海で死んだ者は……

テオクリュメノス　どんなふうにやるのだ。ペロプスの裔の者(1)はその点抜け目あるまい。

ヘレネ　中は空《から》のまま、経帷子そのものを葬ります。

テオクリュメノス　葬ってやるがよい。この土地の好きなところに墓を建ててやれ。

(1) ペロプスはペロポネソスの征服者。アガメムノン、メネラオス兄弟の父アトレウスはペロプスとヒッポダメイアの子。

ヘレネ　船乗りが死んだ場合はそんなふうに墓は建てません。

テオクリュメノス　ではどうする？　ギリシアびとの慣習はわかりかねる。

ヘレネ　死者に必要なものすべてを海へ持ち出します。

テオクリュメノス　死んだ亭主のためにそなたにしてやれるものが何かあるか？

ヘレネ　［メネラオスを指しながら］この者が知っています。これまで不幸な目に遭ったことがないわたくしにはわかりかねます。

テオクリュメノス　おお客人、そなたは嬉しい報せをもって来てくれた人だな。

メネラオス　わたしゃ死んだ者には嬉しくはありませんが。

テオクリュメノス　そなたらは死者の骸をどんなふうに海に葬るのだ？

メネラオス　めいめいがその持ち合わせている財産《かね》に応じて。

テオクリュメノス　その財産《かね》だが、この女の場合いくら要るというのか、言ってみろ。

メネラオス　まず死者には血が捧げられねばなりません。

テオクリュメノス　何の血だ？　言ってくれ、言われるとおりにしよう。

メネラオス　あなたご自身でお決めを。あなたが与えてくださるものでじゅうぶんです。

テオクリュメノス　異人の里では牛か馬のを使うのが慣習だ。

メネラオス　どうぞそれを。ただし申し分ないやつのでないと駄目です。

テオクリュメノス　うちの豊かな家畜にはその手のものを欠かしたことがない。

メネラオス　それに空の棺を布で覆ったのを持ってきてください。

テオクリュメノス　そうしよう。その他に何か慣習として用意するものがあるか。

メネラオス　青銅の武具を。故人は槍を友とする男でしたから。

テオクリュメノス　ペロプスの裔の者にふさわしい得物を提供しよう。

メネラオス　さらにこの他に大地が生み出すかぎりの美しい花と果実を。

テオクリュメノス　そんなものをどうするのだ？　どうやって波間に投げ入れる？

メネラオス　船と櫂を操る漕ぎ手が必要です。

テオクリュメノス　船は陸からどれくらい海に出なければならぬのだ？

メネラオス　櫂のしぶきが陸から見えるか見えぬかくらいのところまで。

テオクリュメノス　なぜだ？　どうしてまたギリシアはそんな慣習を守っ

ているのか？
メネラオス　波が穢れを陸まで打ち返さぬようにするためです。
テオクリュメノス　櫂の動きも素早いフェニキアの船が用意されよう。
メネラオス　けっこうです。メネラオスさまにとっても喜ばしいことです。
テオクリュメノス　その仕事はこの女抜きで、そなた一人でじゅうぶんできるのではないか。
メネラオス　これは母親の、また妻の、また子供のすべき仕事なのです。
テオクリュメノス　亭主を弔うのはこの女の仕事というのだな。
メネラオス　死者の掟をないがしろにせぬことこそ敬虔というもの。
テオクリュメノス　いいだろう。妻が敬虔な女であるのはわが意とするところだ。
では館に入り、死者を飾るものを取って来て
〈　　　　　　　　　　　　　〉
そなたを手ぶらでここから送り出したりはせぬ。
この女の喜ぶことをしてくれたのだからな。またそなたはわたしに
嬉しい話を持って来てくれたのだから、その襤褸《ぼろ》着の代わりに
きちんとした衣服、それに食糧も受け取ってもらおう。それで故国へ

帰っていただく。いま見るそなたはあまりに惨めだ。
さてあなたは、おお可哀そうな人よ、その身を甲斐なきことのために
やつれさせてはならぬ 〈
　　〉メネラオスの死は定めだったのだ。
嘆いてみたとて死者は生き返ることはできぬ。
メネラオス　［ヘレネに向かい］お若い方、あなたのなさるべき仕事は
いまのご主人を愛すること、そして死んだ人のことは忘れることです。
いまの状況を考えればそうなさるのがいちばんです。
もしわたしが運よく命を繋いでギリシアへ帰れたら、
あなたの以前の悪い噂は雪《そそ》いであげましょう。もしもあなたが
夫にとってふさわしい妻になるというのであれば。
ヘレネ　そういたしましょう。夫も今後わたくしを責めるようなことは
ありますまい。すぐ近くにいるあなたご自身わかってくださいましょう。
さあ、お気の毒なあなた、館へ入ってお風呂を使い
着替えをなさってください。わたくしからの気遣い、手間取らせは
しません。あなたもわたくしの愛しいメネラオスにその身にふさわしい
ことを

いっそう心を込めてしてくださいましょうから、
あなたが受け取るべきものをわたくしから受け取ってくだされば(1)。
〔テオクリュメノス、メネラオス、ヘレネ退場〕

〔第二スタシモン〕

〔ストロペー一〕

合唱隊　かつて山棲みの神々の母神(2)が
足取りも激しく駆け抜けた、
緑の谷間を、
水走る川の流れを、
吠え轟く海の波を、
家を出た娘を恋い慕いながら、
口にするのも恐れ多い名前の方を(3)。
唸るシンバルは差し貫くような
音を立て、叫ぶ。
母神が獣らを
車駕《くるま》の軛《くびき》に付け、

(1) 一二八八行以下のこの箇所は、テオクリュメノスの手前、メネラオスもヘレネもたがいに見知らぬ仲を装ったものの言い方をしつつ、夫婦間のたがいの本音を吐き出すかたちになっている。したがってせりふは表裏二重の意味をもつ。

(2) 大地母神デメテル（アジア起源の大地母神キュベレと同一視される）。

(3) ゼウスとデメテルの娘ペルセポネのこと。彼女に恋をした冥府の王ハデスがニュサの野で花摘みをしていた彼女を冥府へ拉し去った。

乙女らの踊りの輪から
連れ去られた
娘の姿を求めて〈　　〉(1) ときのことだ。(2)
目にもとまらぬ速さで〈付き従うは〉二柱の女神、
アルテミスは弓矢で、
恐ろしい眼の［アテナ］女神は槍で武装していた。
［だがゼウスは］空の高みからそれを見ながら
〈　　〉(3)
また別の定めを裁定しておられた。

〔アンティストロペー 一〕

母神は方ぼうを忙《せわ》しく訪ね廻る
その苦しみの仕事を、
たくらまれて拉致された娘を
狂おしく(4)探しあぐねたのちにやめ、
イダのニンフの棲む
雪を被った岩山へと辿り着き、

(1) テクスト不全。
(2) 以下二行は Kannicht で読む。
(3) 欠損。
(4) Verrall の読みを採り、Kannicht の校本で読む。

雪に埋もれた岩間の茂みに
悲しみのあまり身を沈める。
そして人間らに対し大地を不毛にし、
〈　　　　　〉(5)
耕地に作物が稔らぬようにし、
人間の血筋が絶えるようにし、
家畜らには葉の多いつる草の
新鮮な牧草を与えることをしなかった。
町々からは生命が消えた、
神々への犠牲はとだえた、
祭壇で神餅が焼かれることもなくなった。
水量豊かな泉が
白く輝く水を噴き出すことも許さなかった、
娘を失った悲しみは忘れがたかったのだ。

〔ストロペー 一二〕

さて、こうして神々にも人間の種族にも

(5) 欠損。

食事の供給が止まったとき、
ゼウスは母神の憎しみのこもった怒りを
和らげようとして、こう申された、
「行け、聖なる優雅の女神ら（カリテス）よ、
行って娘のことで
怒り狂うデメテルから
苦しみを取り去ってやれ、汝らの声の力で。
また詩女神ら（ムーサイ）よ、讃歌を歌い踊ってやれ」。
するとその時、大地の下で鳴り響くような音の青銅と
皮を張り巡らせた太鼓とを真先に手にしたのは
至福の神々の中でもとりわけ美しい
キュプリスの神。それで母神は笑みを洩らし、
両の手に受け取られた、
深い音の笛（アウロス）を、
湧き上る声に心喜ばせて。

〔アンティストロペー二〕

あなた(1)は掟に反し、不敬を犯して
室内に火を燃やした。
そして大いなる母神の怒りを
買った、おお子供よ、女神への供犠を
ないがしろにしたというので。
若鹿の斑入りの皮衣には
大いなる力が宿る、
聖なる杖を飾る
常春藤《きづた》の蔟葉《むらば》にもまた。
それにロンボス(2)を空中に
円を描いて振り廻すことにも、
またブロミオス(3)に憑かれて踊る信女らの髪や
母神を祀る夜っぴいての祭(4)にも。
…………………………………………(5)
あなたはただ見目形だけがご自慢だった。

(1) ヘレネを指す。ペルセポネは冥府へ、ヘレネはエジプトへ「隠されたこと」に両者の共通性が認められる。

(2) ディオニュソスやキュベレの信仰で用いられた祭具。木製で円形をし、先に紐がついたもので、振り廻して唸り声を出した。

(3) バッコス神に同じ。

(4) エレウシスの祭、キュベレの祭などを指すか。

(5) テクスト不全。難読。

〔第四エペイソディオン〕

〔ヘレネ登場、合唱隊に向かって〕

ヘレネ　皆さま方、館の中のことはこちらには上首尾。
と言いますのが、あのプロテウスの娘御は
わたくしの夫の所在を尋ねられてもここにいることを隠し、
〔兄上には言っていません。死んで大地の下にいて〕
この世の光を仰いではいないと、わたくしのために言ってくれています。
夫はこの好機《チャンス》をこの上なく上手に摑み取りました。
すなわち、彼が海中へ投げ込むはずになっていた武器を、
楯はその把手《とって》にやんごとなき手を通して持ち、
槍は右手に摑んで自ら運びます、
わたくしが行なう死者への手向けを手伝うかのような振りをして。
戦闘となったときに備えて身を武具で鎧ったわけです。
櫂を揃えた船に乗り込んだとき、
多勢のこの土地の者らを打ち負かすためです。
わたくしは彼の難破したときのままの衣服を

着替えさせ、風呂に入れ
久しぶりに川の真水で身を洗ってあげました。
さて、あそこにわたくしとの結婚をもう手に入れたと
思っているお方が出て来ました。
口をつぐみましょう［合唱隊の長に］そなたも分別をもって
口を慎しむようにお願いします。[1] わたくしたち二人が無事に助かり、
あなたもいずれ助け出せるようになるには、それが肝心です。

テオクリュメノス　召使たち、この客人[2]が言ったとおりに順々に、
海中に葬り埋める供えの品々を運んで行け。
ヘレネ、わたしの言うことが嫌でないなら
それに従ってそなたは、ここに残ってくれ、そなたがここにいても
またいなくても、そなたの亭主への務めは同じことだろう。
わたしは心配なのだ、ひょっとしてそなたが
妙な気を起こして海の波間に身を投じるのではないかと、
前の亭主への愛しさが募った果てに、ひょっとしてな。
この世にいないというのにそなたの嘆きようは尋常ではないからな。

ヘレネ　あら、わたくしの新しい旦那さま、当然ではありませんか、

（1）Rauchenstein の読みに従う。また底本は一三八七行の次に一行の欠行を想定するが、その必要を認めない。
（2）メネラオスもテオクリュメノスとともに登場している。

最初の結婚を、その夫婦生活を大事に思うことは。
わたくし、夫を愛するがあまり、一緒に死にたいくらいです。
でも死者に殉じて〈このわたくしが〉死んでも、
あの人には何の餞《はなむけ》になりましょう。さ、このわたくしも
行って死者を懇ろに弔うのをお許しくださいませ。
神々があなたにわたくしの望むだけのものをお与えなさるように、
またこの客人にも、このたびの件で協力してくれますから。
メネラオスとわたくしのために骨を折ってくだされば、そのあと
あなたはこのわたくしを当然の見返りとして館の妻に迎えることに
なりましょう。これで万事祝着となります。
誰にこの供え物を積んで行く船を出させるのか、さ、ご命令を、
この身がたっぷりとお恵みに与れますように。

テオクリュメノス　[従者に] さあ行って、この二人に五〇櫓のフェニキア風の船と
漕ぎ手とを用意してやれ。

ヘレネ　[メネラオスを指して] 葬儀を執り行なうこの者が船の指揮をしてよろしいですね。

テオクリュメノス　よろしい。わが配下の船乗りはこの者の指揮を受ける。

ヘレネ　いま一度ご命令を、皆の者がしかと承知するように。

テオクリュメノス　二度でも三度でも言おう、そなたの気のすむまで。

ヘレネ　あなたに幸ありますように。そしてわたくしにも、この計画《もくろみ》から。

テオクリュメノス　泣きすぎてその頬を溶かしたりせぬようにな。

ヘレネ　今日こそわたくしはあなたに感謝の気持ちをお示ししましょう。

テオクリュメノス　死んだ者は戻らん、心配するだけ無駄だ。

ヘレネ　この世でもあの世でも力をもつ人間がいると申しているのです。

テオクリュメノス　夫にしようとしているこのわたしはメネラオスにけっして劣らぬ男だ。

ヘレネ　あなたが悪いと言っているのではありません。ただ幸運が開けるのを待っているだけです。

テオクリュメノス　そなた次第だ、わたしに心を開いてくれさえすればうまくゆく。

ヘレネ　愛しい人を愛せよと、いまさら教えていただかなくとも。

テオクリュメノス　望みとあらば、わたし自ら出動して力を貸そうか。

ヘレネ　いけません。奴隷に仕えることはなりません、王さま。

テオクリュメノス　よろしい。それがペロプスの裔の者ら(1)の習慣《しきたり》であれば
　仕方ない。
わが館は穢れていない。メネラオスはここで
生命を吐き出したわけではないからな。さあ誰か行って
わが総督らに伝えるのだ、わが館に婚礼の祝いの品々を
献上するようにとな。そして国じゅうに
祝福の歌声が湧き上がるようにするのだ、
ヘレネとわたしの婚礼を寿ぐ歌が羨望を込めて歌われるようにな。
客人よ、そなたは行って海の腕の中へ、
以前はこの女《ひと》の夫であった者のためにこの品々を投げ入れ、
このわたしの妻となる人を連れてもう一度この館まで急いで戻って来て
　ほしい。
この女との婚礼の祝宴をわたしと一緒にしてくれたあと、
故国《くに》へ帰るもよし、ここでゆっくり暮らしてもらってもよいぞ。
メネラオス　おお、ゼウス、父とも賢き神とも呼ばれる方よ、
われらをごらんあれ、そして禍から解き放ちたまえ。
禍を苦労して岩山の上へと運び上げてゆくわたしたちに、

(1) スパルタの人間を指す。

力をお貸しください。たとえ指先で触れてくださるだけでも
われらはその望む運勢に到達できるのです。
苦労はこれまで重ねてきたのでもうじゅうぶんです。
神さま方、これまであなた方をお呼びしたのは無駄骨や苦痛の種をこの
　口からたっぷり
聞いていただくためでした。だがわたしはもういつまでも割りを食って
　ないで、
正しい足取りで歩んでもよかろうと思います。一度お恵みを下されば、
今後はわたしに吉運をお授けくださることになるのです。
〔ヘレネ、メネラオス退場〕

〔第三スタシモン〕

〔ストロペー一〕

合唱隊　おお、シドンより来たフェニキアの
脚速き船よ、ネレウスの起こす
波によく馴染む船よ、
美しく舞うイルカたちの

先導を務める者よ、
風が落ちて海が凪ぐときは
ポントスの娘[1]、灰色の眼をした
ガラネイア[2]はこう言うだろう、
「帆を張れ、
海ゆく風を待ち
松材の櫂を手に取れ、
おお、水夫よ水夫よ、
汝等はヘレネをばペルセウスの国許[3]の
良き港[4]もつ浜辺まで送ってゆくのだ」。

〔アンティストロペー 二〕

そしてヘレネはそこの川波の傍ら[5]で
レウキッポスの娘ら[6]と遭うことだろう。
あるいはアテナのお社のまえで
久しぶりに踊りの輪に加わって、
あるいは夜っぴいて騒ぐ

(1) 海神。
(2) 凪を擬人化したもの。
(3) ミュケナイ。ペルセウスはミュケナイの建国者。
(4) ミュケナイの外港ナウプリアを指す。一五八六行参照。
(5) スパルタの川エウロタスの岸辺。
(6) ヒラエイラとポイベ。この二人はヘレネの兄弟カストルとポリュデウケスそれぞれの妻であった。

ヒュアキントスの祭[7]に参加して。
アポロンと投げ合った
円盤のその縁に当たって死んだ
あのヒュアキントスの。ゼウスのお子[8]は
この日を犠牲の日として斎《いつ》き守るようにと
スパルタ全土に申し渡したのだった。
また館に残して来た若い娘にも（遭うだろう）、
〈　　　　　　〉
その子の結婚を祝う松明はいまだ点《とも》されていない。

〔ストロペー二〕

できることなら翼をもって空を飛んで行きたい、
リビュアの鳥たちが
列をなして
冬の雨を避け
飛んで行くところへ、最年長の
導き手の笛の音に

（7）ヒュアキンティアと称するスパルタで七月に行なわれた祭事。
（8）すなわちアポロン神。

導かれて、干からびた大地や
肥沃な土地を
鳴き渡ってゆく頭鳥《かしらどり》(1)に付き従って。
おお、首長の鳥たちよ、
空ゆく雲の仲間よ、
プレイアデス(2)の中へ
夜光る星座オリオンの許へと飛んで行け(3)。
そしてエウロタスの傍らに降り立ち
告げ知らせるのだ。
メネラオスはダルダノスの都(4)を落として
いまにわが家に帰って来ようと。

〔アンティストロペー二〕

さあ来てください、馬の背にまたがり
中空の道を駆け抜けて、
テュンダレオスのお子たち(5)よ、
輝き巡る星々の下

(1) 鶴のこと。

(2) 牡牛座の星団すばるのこと。アトラスとプレイオネの七人の娘。オリオンに追いかけられ鳩となったのをゼウスが哀れんで星に変えた。

(3) プレイアデスやオリオンの光る十月中、下旬に鶴は地中海を越えて北アフリカへ渡っていく。

(4) すなわちトロイア。ダルダノスはトロイアの創建者。

(5) ヘレネの兄弟のディオスコロイのこと。

天空にお住まいのあなた方、
ヘレネの救い手となる方がたよ、
薄緑色の海の波を越え、
大海に砕け散る
濃紺の荒波を越えて、
船乗りには穏やかな順風を、
どうかゼウスの許から送ってやってほしい。
そして異国の男と契ったという妹御の
あの不名誉な噂をぬぐい去ってください。
あれはイダの山での争い(6)の
逆恨みから彼女に負わされたもの。
彼女はイリオンの地へは行っていないのです。
アポロンが造成したあの城砦へは。

〔エクソドス〕

［第二の使者、テオクリュメノス、テオノエの従僕登場］

第二の使者　王さま、お館には最悪の事態が出来《しゅったい》しました。

(6) ヘラ、アプロディテ、アテナ三女神の美人競争。

何とまあこの口からお聞きになるのは、おそらく思いもよらぬ痛手。
テオクリュメノス　何ごとだ？
第二の使者　　　　　　　　　結婚のお相手はどうぞ他の女性に。
ヘレネはこの土地から出奔してしまいましたから。
テオクリュメノス　翼で飛んでか、それとも足で歩いてか？
第二の使者　メネラオスが彼女をこの土地から攫《さら》って行ったのです。
自分で自分のことを死んだと触れ込みに来たあの男です。
テオクリュメノス　おお、とんでもないことを言ったな。だがどこの船だ、
彼女をこの土地から連れ出したのは？　言っていることが信じられん。
第二の使者　あなたが客人に提供したあの船です。あなたの配下の水夫ら
ともども姿を消しました。簡単にいえばこういうことです。
テオクリュメノス　どういうことだ。詳しく知りたい。おまえも同道して
　行った
あれだけの人数の水夫らが一人の手でやっつけられるなんて、
わしには想像もつかぬ。
第二の使者　あのゼウスの姫御は、この王さまのお館を出て
海辺まで行きますと、優雅に歩を運びながら

夫を嘆き悼む声を挙げました。見事なまでのお芝居です。
夫は死んでなんかいません、すぐそばにいたのです。
わたしどもは王家の造船所の構内まで参りますと、
五〇の漕座と櫂とを装備するに足る大きさのシドン[1]の船を処女航海へと
引き下ろしました。次々と仕事がこなされてゆきます。
ある者は帆柱を立て、またある者は櫂を取り付けます。
手早く櫂が配置され、帆が一つにまとめられます[2]。
そして舵がロープで吊り下ろされます。
この作業の最中、事態をじっと窺っていた者たち——
それはメネラオスと同行するギリシアびとらでしたが、それが
浜辺へと下りて来ました。難破者のような服装をしていて、
立派な顔つきですが、見るもむさくるしい様子でした。
やって来た彼らを見ると、アトレウスの子[3]は
大っぴらにいかにも同情を禁じえぬといった調子で言いました、
「おお、何と可哀そうになあ。ギリシアのどの船から、どのようにして
ここまで来られた、船が難破したあと。
さあ諸君も亡くなったアトレウスの息子の葬儀を手伝ってください。

(1) 中東フェニキアの地中海沿いの町。

(2) この時点では帆はまだ張られない。一六一二行で帆が上がることになる。

(3) メネラオス。

テュンダレオスの娘のこの人が遺体なしの弔いをしようというのです」。
そこで一同はそれらしいふうに涙を流しながら
メネラオスへの水葬のお供えをもって船に乗り込みました。
わたしどもはいぶかしく思いました。ですから
たがいに言い交わしました、乗って来る数が多すぎるぞと。
それでもあなたの命令を守って、表立っては何も言わずにおりました。
船の指揮は客人に任せろとあなたがおっしゃったがために
すべて今回の混乱が生じたのです。
他の軽い品物は手古ずることもなく船中に
積み込みました。ところが牛は立ち尽くしてその脚を
渡し板に踏み出そうとはしません。
いえ、眼をぐるぐる廻して吼《ほ》え声を挙げ、
背中を曲げ、角を横目でにらみ
身体に触わられるのを嫌がる仕末です。そこでヘレネの夫が
呼ばわりました、「おおイリオンの都を落とした者らよ、
さあギリシアの習慣《しきたり》どおり、その若い肩に
牛の体をかつぎ乗せて、舳先へ

積み込むのだ、そしてすぐにも手にした剣を
打ち込んではどうだ、死者への生贄に」。
彼らはこの命令に従って牛を引き摑んで運び、
甲板の上へ降ろしました。
馬のほうはメネラオスがその首と額をさすってやって
船に乗り込むように仕向けました。
最後に、船に荷が全部積み込まれたあと、
ヘレネが船梯の階段をその踝美しい足で踏んで乗り込み、
後甲板の中央に座を占めました。
そしてその傍らには名目上は故人となっているメネラオスその人が。
その他の者は右舷と左舷に同数ずつ、
二人一組になって座りました。その上着の下には
剣を隠し持っています。そして水夫長の号令が聞こえたとたん、
波間にはわれらの喚声が満ちわたりました。
陸から遠すぎもせず近すぎもせぬところまでやって来ると、
舵取りがこう尋ねました。
「客人、まだ先へ進めますか、それともこのあたりでよろしいか。

この船をどう進めるかは、あなたの胸一つです」。
すると彼が言いました、「これでじゅうぶんだ」。そして右手に剣を持つ
と
舳のほうへゆっくり進んで行き、生贄の牛の側に立つと
死んだ仏のことなど一言も触れず、
喉首を切ってこう祈りました、「おお、海に住まう
海神ポセイドン、それにネレウスの聖なる娘御らよ、
わたしと妻とをナウプリア(1)の浜までこの地から無事に
助け出したまえ」。迸る血が流れとなって
波間へ飛び、客人に吉と出ました。
すると誰か叫ぶ声がしました、「騙されたぞ。
船を戻そう。水夫長、きちんと指示を出せ。
舵取り、舵を回すんだ」。だが牛の生贄を終えるや、
アトレウスの子はすっくと立ち上がり、味方の者らに声をかけた、
「何を愚図ぐずしている、ギリシアの国の精鋭《はな》よ、
蛮人の奴ばらを切り殺して船から波間へ
放り込め」。あなたの配下の水夫らに向かっては

(1) ミュケナイの外港。一四六三、一四六四行参照。

水夫長が反対のことを叫びます。
「さあやらぬか、おまえは梁材を引き抜いて槍の代わりにしろ、
おまえは漕座を壊し、おまえは櫂を櫓臍からはずして
敵の異人どもの頭を血まみれにするのだ」。
皆さっと立ち上がり、ある者たちは手に
船の丸太材を取り、また別の者らは剣を引っさげて
船中が血の川になりました。艫のほうからはヘレネの
叱咤する声が聞こえます、「トロイアでの栄光はどこへ行ったのか、
蛮族の男らに見せつけてやりなさい」。激戦のなか、
倒れる者が出る、また起き上がる、ずっと横たわっているのは
死者と見てよろしい。メネラオスは武具に身を固め、
仲間が苦戦しているのを見て取るとそこへ、
剣を右手に駆けつけます。水夫らは
皆船から泳いで逃げました。彼が水夫らを
漕座から一掃したからです。それから舵取りのところへ歩み寄り、
船を真直ぐにギリシアへ向けるようにと言いました。
そして帆柱が立ち上がる、順風が吹いて来る。

彼らは陸を離れて行きました。死を免れたわたしは
錨の脇から海へ入りました。
そのあと泳ぎ疲れたわたしを一人の漁師が
助け上げ、上陸させてくれて、あなたにこの報告が
できるようにしてくれたのです。節度ある猜疑心、
人間にとってこれより有益なものはありません。［第二の使者退場］

合唱隊の長　王さま、あなたもわたしもメネラオスに気づかなかったとは。
そばにいたのに、思いもよりませんでした。

テオクリュメノス　このわたしが女の手管にしてやられるとは、ああ情けない、
結婚が逃げて行った。もし追跡をかけて
船が捕らえられるものなら、労をいとわずすぐにでもあの異人らを捕らえてやるのだが。
それよりいまはわたしを裏切った妹のやつを折檻だ。
彼女《あれ》はわが家にメネラオスがいるのを知っていながら、わたしに言わなかった。
今後はもう誰であれ、予言で人を騙すことは二度とできぬようにしてや

る。

従僕　おお、これは、どこへ行かれます、ご主人さま、誰を殺そうと？

テオクリュメノス　正義が命じるところへだ。さあ、脇へ退いて道を空けろ。

従僕　お着物を離しませぬ。とんでもない悪事へと逸っておられますから。

テオクリュメノス　奴隷の分際で主人に指図するつもりか？

従僕　心掛けはまっとうです。

テオクリュメノス　そうは思えぬ。わたしに許さぬというのなら──

従僕　許すわけにはまいりません。

テオクリュメノス　あの極悪人の妹を殺すのを──

従僕　この上なく敬虔なお方です。

テオクリュメノス　わたしを裏切ったやつだ──

従僕　少なくとも立派な裏切り、正義の行為です。

テオクリュメノス　わたしの花嫁を他の男に与えよって、

従僕　少なくともいち

ばんふさわしい方に。

テオクリュメノス　わたしの持ち物なのに、誰がふさわしいというのだ？

従僕

お父上から受け継いだあの方が。

テオクリュメノス　いや、あれは運（テュケー）がわたしに与えたものだ。

従僕

必然（ト・クレオーン）がそれを奪い去った。

テオクリュメノス　わたしを裁こうなんて、もってのほかだぞ。

従僕　でも言う

ことが正当であるなら。

テオクリュメノス　わたしのほうが支配されるのか、支配するのではなく。

従僕

神の御心に添うため、正義に悖《もと》ることはしないために。

テオクリュメノス　どうやら死にたいと見えるな。

従僕　殺しなさい、でも妹御

を
殺すのは反対です。さ、わたしのほうを。ご主人さまのために
この身を犠牲にするのは、忠義の奴隷にとってこの上ない名誉です。

［カストル、機械仕掛けの神として登場］

カストル　この地の王テオクリュメノスよ、怒りを鎮めよ、そなたが怒る
のは
間違っている。そなたに呼びかけるのは
双子の兄弟ディオスコロイ[1]だ。われらはレダを母とし、
そなたの館から逃げたあのヘレネの兄弟に当たるものだ。
そなたの腹立ちはわかるが、結婚はそなたに割り当てられてはなかった
のだ。
ネレウスの娘神[2]から生まれた乙女、そなたの妹テオノエには
何の罪もない、神々と父親のまっとうな伝言を
尊重しただけにすぎない。
［あの女[3]はいまのいままでそなたの館に
ずっと住み続けるよう決められていたのだ。

（1）「ゼウスの息子たち」の意。ゼウスと白鳥レダとの子で、双子神カストルとポリュデウケスのこと。
（2）海神ネレウスの娘プサマテのこと。
（3）すなわちヘレネ。

だがトロイアの礎《いしずえ》が壊わされ、
神々にその名前を貸す必要がなくなったので、姿を消したのだ。
彼女はこれまでどおりの夫婦の結び付きに戻り、
わが家へ帰って夫と生活することになっている。」
よいか、そなたの妹に死を呼ぶ剣を向けてはならぬ、
今回の彼女の処置は正しかったのだと心得るがよい。
ほんとうならもっと以前にわが妹を救い出せていたはずだ。
ゼウスはわれらを神にしてくださっていたのだから。
しかしそのわれらとて、運命と神の意向には逆らえなかった。
神々はこのままでよいとのご意向だったのだ。
そなたに言うのはこれだけだ。わが妹へはこう言おう。
夫とともに航海を続けるがよい。順風に恵まれよう。
そなたの二人の兄弟であるわれらは救助者として
海上を添い駆けし、そなたを国許まで送って行こう。
そなたは人生の終わりに達し、それを終えたときには
神と呼ばれることになる。［そしてこのディオスコロイとともに
灌奠《そそぎ》の水をともに供えられることになる。］また人間からの捧げ物を

われらとともに受けられよう。それがゼウスのご意向だからだ。
そしてマイアの子[1]がそなたをスパルタから、　一六七〇
パリスに娶らせないようにその身を隠して
空中を運び去り、最初に降ろした場所、
アクテ[2]を見張るように横たわる島のことだが、
そこは今後人々にヘレネ島と呼ばれるようになろう。
わが家から盗み出されたそなたを受け入れてくれたからだ。　一六七五
また放浪者メネラオスには、至福の者らの島に住むことが
神から定めとして与えられている。
なぜなら生まれ良き者らを神は憎からず思うからだ。
ただ彼らは名もなき無数の者らより忍ぶべき苦労は多いけれども。
テオクリュメノス　おお、レダとゼウスとのお子よ、妹御をめぐる　一六八〇
これまでの争いは水に流しましょう。
彼女は家へ帰るがよろしい、それが神々の意に叶うのであれば。　一六八三
わが妹ももう殺そうとは思いません。　一六八二
あなた方は、この上なく優れまたこの上なく賢い妹御と
血を同じくするご兄弟であることを、誇りに思ってよろしいのです。　一六八五

（1）ヘルメスのこと。
（2）アッティカの古称。このヘレネ島はスニオン岬の東側に位置している。

あなた方に祝福を、ヘレネのこの上ない生まれの良さを示す
心根を愛でて。あれこそ多くの女の中に二つとしてないものです。

［合唱隊　神々の現われる姿はさまざま、
神々は多くのことを思いもよらぬ仕方で成し遂げられる。
思っていたことがそのとおりに実現せず、
思いもよらぬことに神は道をおつけになる。
今回のこともそのようなかたちで結末がついた。[1]］

［全員退場］

（1）この末尾の五行は『アルケスティス』、『アンドロマケ』、『バッコス教の信女たち』の末尾と共通する。

フェニキアの女たち

ヒュポテシス（古伝梗概）

一

エテオクレスはテバイの王権を手に入れたのち、兄弟のポリュネイケスからその正当な権利まで奪い取った。国を追われたポリュネイケスはアルゴスへ赴き、アドラストス王の娘を娶った。彼は祖国への帰参の情やみがたく、義父を説得してじゅうぶんな戦力をテバイへ集結せしめた。兄弟の母親はポリュネイケスを休戦条約を結んだ上で城内へ入るよう説得したが、エテオクレス王の意地が固く子供たちを和解させることはできなかった。ポリュネイケスは軍勢を配備すべく城内から退出した。テイレシアスは、もしクレオンの息子メノイケウスが軍神アレスへの生贄に捧げられるならばテバイ勢が勝利するであろうと予言した。若者はすすんで自らの身を犠牲に捧げた。テバイ勢はアルゴスの将たちを斃した。エテオクレスとポリュネイケスは一騎討ちをして相方ともに斃れた。二人の母親は彼らの死骸を眼にするや子らのあとを追って自ら果て、彼女の弟クレオンが王位に就いた。アルゴス勢は戦いに破れて退散した。幸運を手にしたクレオンは露骨な振舞いに出る。カドモスの国許で斃れた敵兵を墓に葬ることを許さず、またポリュネイケスの遺骸もむき出しのまま放置し、オイディプスを祖国から追放した。彼は人間として従うべき法を遵守せず、また怒りを払拭して不幸な者に憐みをかけることもしなかったのである。

二

『フェニキアの女たち』は情に訴えるところの多い劇である。まずクレオンの息子が祖国のために城壁から身を投げて死ぬ。次いで二人の兄弟がたがいの手にかかって共に斃れる。またその母親イオカステが子供らのために自ら果てる。さらにテバイに攻め寄せたアルゴス勢が戦死を遂げる。そしてポリュネイケスは墓無しのままに放置される。さらにまたオイディプスが祖国を追放され、娘のアンティゴネも彼に同行することになる。劇は登場人物が多く、また多くのすばらしいせりふに満ちている。

三

この劇は舞台の見栄えという点では優れているが、あれこれ詰め込みすぎるところがある。城壁の上から［城外を］眺めるアンティゴネは劇の構成要素たりえていないし、ポリュネイケスが休戦して姿を見せるのも無意味である。何よりもオイディプスがお喋りっぽい歌とともに追放されてゆく姿はまったく必然性がない。

四、託宣

ラブダコスの子のライオスよ、そなたは子供誕生の幸せを請い願っている。
愛しい子供が授かろう。だがそなたには定めが下ることになる、
その子供の手にかかって死ぬという。クロノスの子ゼウスが、
ペロプスの憎しみを込めた呪いをよしとして受け容れたからだ、
そなたは彼の愛しい息子を拉致したのだったな、彼はこれが全部そなたに降りかかるよう祈願したのだ。

五、スピンクスの謎掛け

この地上に、二本足、四本足、声は一つ、また三本足でもある
という生き物がいる。地上、空中、海中を動き廻っている者のうちで
そいつだけが姿を自在に変える。
しかしそいつが多くの足で身を支えて歩むときほど
その四肢に宿る力はずっと弱いものであるのだ。

六、謎解き

死すべき者らに不吉な調べを歌う歌姫よ、聞け、たとえ好まずとも、
われらが声を、汝が過ちの行き着く先を。
汝が言うのは人間だ。母胎から生まれて
地上を這い廻るときは、まず四本足だ。
老年になると三本目の足である杖に縋って歩む、
首を支え、寄る年波に腰を曲げながら。

七、文献学者アリストパネス(1)によるヒュポテシス

〈　〉アルゴス勢を率いたポリュネイケスのテバイ遠征およびポリュネイケス、エテオクレス兄弟の破滅、そしてイオカステの死。この筋書きはイオカステの項を除けばアイスキュロスの『テバイ攻めの七将』

(1) アリストパネスは前二五七年頃生まれ、前一八〇年没。文献学者で、アレクサンドリア図書館長を務めた。ホメロスビュザンティオンのアリストパネスと呼ばれる。古代屈指のをはじめとする古典作品の校訂と註釈で有名。

にもあるものである。

ナウシクラテスが執政官の年に〈上演された〉〈　　〉エウリピデスは二等賞〈　　〉それについての上演記録を残した。というのはさらに『オイノマオス』と『クリュシッポス』と〈　　〉は残っていないからだ。合唱隊はフェニキアの女たちから成る。プロロゴスを述べるのはイオカステである。

八

登場人物は、イオカステ、守り役、アンティゴネ、フェニキアの女たちから成る合唱隊、ポリュネイケス、エテオクレス、クレオン、テイレシアス、メノイケウス、使者、第二の使者、オイディプスである。

登場人物

イオカステ　オイディプスの妻
守り役
アンティゴネ　アンティゴネの
合唱隊　オイディプスとイオカステの娘
ポリュネイケス　フェニキアの女たちより成る
エテオクレス　オイディプスとイオカステの息子
クレオン　オイディプスとイオカステの息子。テバイ王
テイレシアス　イオカステの弟
メノイケウス　盲目の予言者
使者　クレオンの息子
第二の使者
オイディプス　前テバイ王

場所・時

テバイの王宮の前

アルゴス軍によるテバイ攻めの当日、昼間

〔プロロゴス〕

［イオカステ登場］

イオカステ　［[1]おお、天空の星々の中に道を切り開き、
黄金をちりばめた馬車を駆りゆく］
ヘリオス[2]よ、脚速き馬で火炎を巡らし進む方よ、
あなたはあの日、何という禍々しい光をこのテバイに差し
向けられたことでしょう、カドモスが海沿いのフェニキアの地[3]をあとに
この土地へとやって来たあのときのことです。
カドモスはキュプリスの娘ハルモニアを娶り、
ポリュドロスを儲けました。そしてこの子からラブダコスが
生まれたと言われます。さらに彼から生まれたのがライオスです。
このわたくしはメノイケウスの子供と呼ばれています。
［クレオンはわたくしと一つ腹の兄弟です。］
わたくしの名前はイオカステ。父がつけた名前です。

（1）［　］の部分は後代の挿入として削除が要求される箇所。以下同。
（2）太陽神。
（3）ギリシア語ではポイニケ。現レバノンの海岸部。フェニキア人はテュロス（現ハイファ附近）を出自とすると言われる。

わたくしはライオスの妻となりました。館の内での夫婦生活も
長くなりましたが、子宝には恵まれぬままでした。そこで
ライオスはアポロン神に詣でて尋ね、またお願いもしました、
館に世継ぎの男の子を持てますようにと。
するとアポロンはこうおっしゃった、「おお、良馬に恵まれしテバイの
　王よ、
神の意とするところに抗って子種を畑に蒔くものではない。
もしおまえが子を儲ければ、その子がおまえを殺めよう。
そしておまえの家全体が血の道を歩むことになろう」と。
ところがライオスは快楽に負け、酔いにまかせて
わたしに子種を蒔き、胎児を仕込んでおいてから
犯した過ちに気づき、神の託宣を考慮して、
その赤子をキタイロンの岩山の聖なるヘラの野[1]に
捨て置くようにと牛飼に託したのです、
[両の踝の真中を鉄串で突き貫いて。
このことからギリシアでは、彼は「膨《ふく》れ足（オイディプス）[2]」として知ら
　れています]。

（1）ゼウスとヘラが婚姻の契りをした場所とされる。

（2）オイディプスとは「膨《ふく》れ足」の意。

ところがその赤子をポリュボス[3]の馬飼が拾い上げ、
家へ持ち帰って女主人の手に委ねたのです。
彼女はわたくしが腹を痛めたその赤子に
乳房をくわえさせ、自分が生んだ子だと夫を言いくるめたのです。
やがてその子が成長し頬にうっすら鬚が生えてきたころ[4]、
そのわが子は自分で知ったかそれとも誰かから聞いてのことか、
実の両親を知ろうとしてポイボス[5]の社へと
出掛けて行きました。一方わが夫ライオスも
捨て児にした子供が死んだかどうか
知りたく思って出掛けて行き、ポキス[6]の二股に分かれる
ちょうどそのところで、二人はばったり出会ったのです。
そしてライオスの馭者が命じました。
「旅の者、王のために脇へ退いて道を空けられよ」。
しかしこちらは尊大な態度を崩さず無言で歩みを進めます。
すると馬が彼の足の腱を蹄にかけて流血させました。
それから —— 禍の枝葉末節は省くことにいたします ——
息子が父親を殺し、馬車を奪って育ての親

（3）コリントス王。
（4）原語では「赤茶色の頬」で、すなわち頬鬚が生えて成人になったことを示す。
（5）アポロンの異称。
（6）ギリシア本土中部の地。デルポイはその首邑。

ポリュボスに贈りました。そしてスピンクス[1]が
テバイの町を襲って略奪し、わが夫もうこの世にいませんでしたから
弟のクレオンがわたくしの婿取りの布令を出しました。
誰か賢い乙女スピンクスの謎を解いた者があれば
その者を婿の座につけようと。ところが何という成り行きか、
わが息子のオイディプスがスピンクスの謎歌を解いたのです。
[それで彼がこの国の王に決まり、
褒美としてこの土地の王杖を手にしたのです。]
そして哀れなことに、彼はそれと知らずに生みの母と結婚し、
母親は息子と床を共にすることになったのです。
わたくしはわが息子とのあいだに二人の息子を生みました。
エテオクレスと、武勇で世に知られたポリュネイケスです。
それに二人の娘たちも。一人は父親がイスメネと名づけ、
いま一人の姉のほうは、わたくしがアンティゴネと名づけました。
わたくしとの結婚が母親との近親婚だと知ってから
オイディプスはすべての受難を耐え忍んだのち、
おぞましくもわれとわが眼に向けて潰れよとばかり

（1）頭は人間、身体は獅子の怪物。テバイに出現し、市民に謎掛けをして答えられない者を捕らえて食べた。

黄金の留め針を突き差して瞳を血まみれにしました。
息子たちが成人して頬が鬚で黒くなったとき、
彼らは父親を部屋に閉じ込めました。なまじっかな手段では
消えそうにない父親の人生航路を風化させるために。
あの人は館の中に生きています。こうした身の成り行きに心狂い、
わが子らに向けて罪深い呪いをかけています、
二人は研ぎすました鉄の刃でこの家財産を切り分けるがよいと。
これに恐れを成した二人は、二人が一緒に住んでいると
神が呪いを成就させかねぬと考え、
話し合って取り決めたのです、弟のポリュネイケスがまず
すすんでこの土地から出ること、
そしてエテオクレスが国に留まって支配権をもつこと、
これは一年交代とすることを。ところが支配という軛に
取り込まれると、エテオクレスは王座を離したくなくなり、
ポリュネイケスを追放人として国から追い出したのです。
そこでポリュネイケスはアルゴスへ行き、アドラストスと縁《えん》戚を結び
アルゴスの大勢の兵士らを引き連れてやって来た。

そしていままさにこの七つ門もつ城壁のところまで迫って、
父親譲りの王笏と国土の分け前を要求しているのです。
わたくしはこの争いの糸をほぐそうと、ポリュネイケスに
戦端を開く前にエテオクレスと和平を結ぶよう説得しました。
送った使者の話では、彼は出向いて来るとのことです。
おお、天空に輝く光の襞に住まうゼウスよ、
どうかわたくしどもをお助けください、子供らを和解させてやってください。
あなたが賢いお人であるならば、いつも同じ人間が
不幸なままにいるのを放っておかれてはなりません。

［イオカステ退場］

［アンティゴネ、守り役、望楼上へ登場］

守り役　お館にも、父上さまにも誉れとなるお子アンティゴネさま、
あなたさまの、乙女部屋を出て
お館の最上階の部屋へ登り、アルゴスの軍勢を見てみたいとの
たってのお願い、お母さまはお許しになりましたが、
お待ちください、わたくしめが行く道を調べてみましょう、

市《まち》の者が誰か通りに姿を見せてはいまいか。
こんなことは奴隷の身のわたくしにも、また姫さまにも
よい評判とはなりませぬ。アルゴス軍のことで見聞きしたことは
すべて、すっかりわかっておりますから、お話しましょう。
先ほどわたくしめがお兄さまのところへ休戦の約定を携えて
こちらから出向き、またあちらからこちらへ戻って来たわけですから。
さあ、市の者でこの館に近づく者は誰もおりません。
この古びた杉の木の梯子をお登りなさい。
そしてごらんになるがよろしい、平原を、そしてイスメノスの流れ、
ディルケの泉のあたりにどれほどの敵の軍勢がいるか。

アンティゴネ　さあ手を、その年寄りの手を若いわたしの手に
梯子の上から差し延べて、
登る足を引っ張り上げてちょうだい。

守り役　さ、お嬢さま、摑まりなさい。ちょうどよかった。
ほら、アルゴス軍が動きを見せているところです。
たがいに部隊を分離させておりますぞ。

アンティゴネ　おお、レトのお子の

女神ヘカテ(1)さま、平原いっぱいを掩った青銅の武具が
　照り輝いている。
守り役　ポリュネイケスさまはなまなかな装備でこの国へ押し寄せたもの
　　ではありませんぞ。
　たっぷりの馬、数多の武器を糾合してのことですからな。
アンティゴネ　ねえ、門は扉で閉じられ、また青銅を巻いた横木は
　アンピオン(2)の手になる城壁の石組みに
　しっかり取り付けられてあるでしょうね。
守り役　ご安心なさい。市《まち》の内部《なか》は安全です。
　[さあ、よろしいですか、まずあの男をごらんなさい。]
アンティゴネ　あの白い羽根飾りのついた兜の男は誰なの？
　前へ出て軍勢の指揮をとっている、
　青銅の楯を腕に軽々と下げている男は。
[守り役　大将ですよ、お嬢さま。(3)
アンティゴネ　　　　　　　　　どちらの出身の者なの？
　さあ教えて爺や、名前は何というの？]
守り役　あの者はミュケナイの生まれだと言われています。

(1)「レトの姫」は通常アルテミス。ここではアルテミスと同一視されている。アルテミス、ヘカテ、セレネは婦人を守る女神。また夜の女神としてしばしば混用される。

(2) ゼウスとアンティオペの子。ゼトスとは双生の兄弟。二人でテバイの王権を得た。竪琴の名手で、テバイの城壁を造成するとき、その楽の音に石が勝手に動いて城壁が出来上がったという。

(3) 次行とアンティラベー（半行対話、割ぜりふ）を形成する。以下同。

レルナの流れの(4)辺《ほとり》に住まうヒッポメドンという王です。
アンティゴネ　まあ、何て横柄な、何て怖ろしげな様子かしら。
大地の底から生まれた巨人族のよう。
描かれた絵にあるようにまばゆいばかりの
顔をしていて、人間の種族とは似ても似つかない。
守り役　ディルケの流れを渡っている男が見えますか、
［あの大将が。
アンティゴネ　武装の仕方が一風変わっているわ。］
アンティゴネ　あれは誰なの？
守り役　　　　オイネウスの子の
テュデウス、アイトリア人(5)ならではの闘争心を胸に秘めた男です。
アンティゴネ　では、爺、あの者は
ポリュネイケスの奥さんの姉妹を
連れ合いにしている人ではありませんか？
まあ、装いが一風変わっていて、異国かぶれだこと。
守り役　お嬢さま、アイトリアの者は皆楯を携えています。
そして槍を投げては一発必中という連中です。

(4) アルゴスを流れる川。一帯は沼沢地でヘラクレスのヒュドラ（水蛇）退治で知られる。

(5) コリントス湾西北部に住む部族。

［アンティゴネ　爺、おまえはどうしてそんなによく知っているの。
守り役　先ほど楯の紋章を見て覚えたのです。
兄上さまに和戦の申し入れを持って行った時です。
武装した連中を間近に見てわかったんですよ。］
アンティゴネ　あれは、あのゼトス(1)の菩提所あたりを歩き廻っている、
髪の毛を垂らした男は誰？　眼つきが怖く、
一見してまだ若い、
大将らしい。だって彼の後ろに
完全武装した一団がついて歩いているもの。
守り役　あれはパルテノパイオスです、アタランテの子の。
アンティゴネ　あの男は、山の辺をその母親(2)とともに駆け巡る
アルテミスさまが弓で制して滅ぼしてしまわれるがよい、
わたしの市《まち》を落とそうとしてやって来たのだから。
守り役　そうなればよろしいが、お嬢さま。でも彼らもそれなりの言い分
　があってここへやって来ているのです。
その点わたくしは心配なのです、神の眼が公平に働くとなると。
アンティゴネ　母を同じくするわたしのお兄さま、

(1) テバイの城壁を造成したアンピオンの双生の兄弟。その墓と伝えられるものが城市の北にあった。

(2) アタランテは狩りの名手。また次のアルテミスは狩猟を司る女神。

禍多い生にうまれついたあの方はどこ?
ねえ爺や、教えて、ポリュネイケスはどこにいます?
守り役　あの方はニオベ(3)の七人の娘の墓の近く、
アドラストス王のそばに立っています。
見えますか?
アンティゴネ　はっきりとは見えない、でも
身体の輪郭とそれらしい胸のあたりが何とか。
風のように速い雲の動きを
両足に与えて空中を駆け、
お兄さまのところまで行けたら、そして愛しいあの首に
久しぶりにこの腕を巻きつけることができたら、
哀れ祖国を追われたあの方の。
物具は黄金色、何と目立つ姿かしら、ねえ爺や、
曙の陽の光さながらに照り輝いているわ。
守り役　いずれこの館へお見えです、あなたを喜ばせようと、
休戦ということでね。
アンティゴネ　　　こちらのあれは、爺や、誰です、

(3) テバイのアンピオンの妻。七男七女の母。生んだ子供の数で二人の子供（アポロンとアルテミス）しかいないレトを侮辱したので、レトは怒って二人の子供に命じてアポロンには七人の男の子を、アルテミスには七人の女の子をすべて殺させた。パウサニアス『ギリシア案内記』第九巻第十六章七参照。

戦車に乗って白馬を御している男は？
守り役　お嬢さま、あれは予言者のアンピアラオスです。
生贄を一緒に連れています、血に飢えた大地に血を吸わせようと。
アンティゴネ　ああ、黄金の帯締めた日輪の娘御、
月の女神の黄金色の円い光よ、
あの者は何とおだやかにまた控え目に、
馬たちに交互に鞭を当てながら駆り立てて行くのでしょう。
で、この国に恐ろしい悪態をついたカパネウスは
どこにいます？
守り役　彼は城壁をよじ登る方法を
思案しています、壁の上下を計測しながら。
アンティゴネ　おお。女神ネメシス(1)よ、大気をとよもすゼウスの雷《いかずち》よ、
またきらめく稲妻の光よ、
尊大な大口を抑えて黙らすのはあなたの仕事です。
あの者は槍の力でテバイの女性を捕虜にして、
ミュケナイの女に与え、
レルナのトリアイナ(2)へ行かせて

(1) 人間の無礼な言辞行動に対して怒り罰を下す女神。
(2) 古註ではポセイドンが三叉の戟で大地を打ちアミュモネのために泉を湧かせたアルゴス地方の土地の名という。アミュモネはダナオスの五〇人の娘の一人。

ポセイドンの手になるアミュモネの泉で
水汲みの奴隷仕事をさせると言っています。
そんなことはけっしてけっして、おお女神さま、
ゼウスの神の金髪の娘神アルテミスさま、
そんな奴隷仕事はしなくてすみますように。

守り役　お嬢さま、さあ、もうお館へ戻って
ご自分のお部屋にいらっしゃるように。
ごらんになりたかったことは満足ゆくまで堪能なさったでしょう。
いま国じゅうが大騒ぎになっているところですから。
女たちが群をなして王宮へ押し寄せて来ています。
何にでもケチをつけるのが女たちの仕事、
ちょっとした話のきっかけでも捉えたら
あとは針小棒大、よからぬことをたがいに
喋り散らすのが彼女たちの楽しみなのです。

［アンティゴネと守り役、望楼から姿を消す］

〔パロドス〕

〔合唱隊入場〕

〔ストロペー一〕

合唱隊　わたしはテュロス(1)沖の波濤《はとう》をあとにやって来ました。
フェニキアの島から、
ロクシアス(2)への捧げ物として、
ポイボスのお社に仕える召使として。
この神は雷に打たれる
パルナソス(3)の尾根の下を住居とされている。
わたしはイオニアの海は
船で漕ぎ渡り、シケリアの
周りに広がる不毛の海原は、
こよなく美わしい音色を奏でながら
空中に馬を駆るゼピュロス(4)の
息吹きを受けて越えて来ました。

(1) 中東シリア沖の島。フェニキア人はここを出自とするとされる。前三三二年アレクサンドロス大王に攻められたときに大陸と突堤で繋がれて陸続きになった。
(2) アポロン神の異称。次行のポイボスも同じ。
(3) デルポイの町の背後に聳《そび》える山。
(4) 西風を擬神化したもの。

〔アンティストロペー一〕

故郷の町から
ロクシアスさまへのお初穂に選ばれて、
わたしはカドモスの地[5]へとやって来ました。
音に聞こえたアゲノル[6]の裔の地、
わたしたちと同族のライオス王[7]の城砦へと
送られて来たのです。
そして奉納の黄金製の御像と同様に
ポイボスへ仕える召使となりました。
だけどその前にまだカスタリアの泉[8]の水が
わたしを待ち受けています。
ポイボスにお仕えするためには、このわたしの
乙女らしい豊かな髪を洗い清める必要があるのです。

〔エポードス〕

おお、デュオニュソスに捧げる狂乱の祭を催す尾根の上、
二つ峯の形に燃え上がる炎で

(5) テバイ。テュロスより来訪したカドモスが建設した町。
(6) テュロスの王で、カドモスの父。
(7) カドモスの曾孫。オイディプスの父。
(8) デルポイにある泉。

光り輝く岩場よ、
また汝、葡萄樹よ、日々
果汁を滴らし、つぼみから
たわわに房を育てるものよ、
また龍の住まう聖なる洞穴よ、
また神々の物見の座よ、
そして雪に打たれる聖なる山よ、
わたしは恐れから解き放たれて
不死なる神を讃える歌舞いの群となりたい、
ディルケの泉(1)を離れ
世界の中心ポイボスの住居(2)のそばで。

〔ストロペー二〕

いま、わが城壁のすぐ前に
勢い激しきアレスの神が迫って
この国に、――ああどうかそうならないように――
血塗られた戦の炎を燃え立たせようとしている。

(1) テバイにある泉。
(2) 原語 γύαλα は「洞穴」の意。デルポイのアポロン神殿はパルナソス山の麓の盆地にあるところからの表現。『イオン』二二〇行、『アンドロマケ』一〇九三行に同じ用法がある。

友の痛みは分かち合わねばならぬ、
もしもこの七つの城塔をもつ城市《まち》が
何かの禍を蒙るというのであれば、
それはフェニキアの地も分担してしかるべきもの。ああ、ああ。
共通の血、共通の子孫が
角もつイオ(3)から生まれた。
そこに由来する禍は、われらがともに分かち合って当然なのだ。

〔アンティストロペー二〕

城市の周りを雲のごとく
びっしりと楯が取り巻き、きらめいている。
血なまぐさい戦闘を告げる印だ。
いまにもアレスの神がそれに立ち会って
オイディプスの息子たちに
エリニュス(4)たちからの禍を科すだろう。
おおペラスゴスびとの国アルゴスよ、
わたしはあなたの力を恐れる。

(3) アルゴスのヘラの女神官。ゼウスに愛されたイオは、ゼウスの妻ヘラの怒りを避けるため、ゼウスによってその姿を牛に変えられた。古註によれば、イオからエパポスが生まれ、エパポスからリビュエが、リビュエからベロスが、ベロスからポイニクスとアゲノルが、アゲノルからカドモスが生まれた。アゲノルはテュロスの王としてフェニキア人の祖となり、カドモスはテバイの祖となった。つまりフェニキア人とテバイ人は血縁関係にあることになる。

(4) 復讐の女神。殊に近親者の殺人事件によく現われる。

そして神からもたらされるものを。なぜなら不正ではないからだ、
子供が武装してわが家に戻って来て、
このように戦を仕掛けることは。

〔第一エペイソディオン〕

〔ポリュネイケス登場〕

ポリュネイケス　門番たちが守る扉の閂《かんぬき》がこの身を受け入れてくれた。
おかげで城壁の中へ易々と入ることができた。
だからこそ恐れてもいるのだ、網にかけて捕らえたこのわたしを
無傷のまま易々とは外へ出さぬつもりではないかと。
そのためあちらまたこちらと、四方八方へ目配りを
せねばならぬ、何か罠が仕掛けられていないかとな。
だが手は剣で武装しているから、
この身は大丈夫だという自信はある。
おや、あれは誰だ？　いや物音に驚かされただけか？
危険を冒そうとする者にはあらゆるものが恐怖の的になる、
敵地のただ中を行くという、場合も場合だからな。

とにかくわたしは母を信じた、そして同時に信じてもいない、
母はわたしを休戦条約を結ぶためにここへ来るようにと説得したのだ。
さてこの身を守ってくれる場は間近だ。（祭壇の炉は
近くにあるから。）それに館には人影がしている。
さあ剣は暗い鞘に収めて、
館の前に立っている女たちに訊いてみよう、どこの誰なのか。
［合唱隊に向かって］異国の女よ、教えてくれ、そなたらはどこの国から
このギリシアの館までやって来たのか。

合唱隊の長　フェニキアの地がわたしを育てた祖国です。
アゲノルの裔のまた裔の者が戦で得た戦利品のうち、
わたしをば最高の奉納の品としてここのポイボスへと送って寄越したのです。
そしてオイディプスのあの世に聞こえたご子息[1]が
わたしをロクシアスの聖なる神託伺いに、その祭壇へと遣わそうとした折りも折り、
アルゴスの軍勢が城市《まち》に迫ったというわけです。
今度はあなたが答える番です。いったい誰なのです、

(1) 現テバイ王エテオクレス。

テバイの地の七つ門もつ城砦へとやって来たあなたは。

ポリュネイケス　ライオスの子のオイディプスがわが父、そして
メノイケウスの子のイオカステがわたしの生みの母親だ。

合唱隊の長　［これはこれはわれらの親戚に当たる方、
われらを送り出したアゲノルの裔の子らの王とは同族の、］
あなたの前に膝を折り平伏いたします、王よ、
われらが祖国の慣習《しきたり》に則りまして。
ああ、あなたは久方ぶりに生まれ故郷へ戻ってこられたのだ。
おう、おう。王妃さま、王妃さま、お館の前までお出ましを、
扉を開け放って。
聞こえますか、この方の生みのお母さま？
何をぐずぐずしておいでです、はやく館のお部屋を抜けて出て
お子さまを抱いておあげなさい。

［イオカステ登場］

イオカステ　フェニキアの女たちの声を聞いて
おお、若い娘たちよ、わたくしは老いた脚を引きずり、

震える足取りでやってきました。
おお、これは息子よ、そなたの顔を見るのは
久しぶり、もういつからのことかわからぬくらいです。
さあ母の胸に腕を廻し、
頬と髪を、さあ
こちらにおくれ、
黒髪の巻毛で
わたしの首を掩い尽くしておくれ。
ああ、やっとそなたは姿を見せてくれた、
思いがけなく、思いもよらずわたくしの腕の中へ。
何と言えばよい？　どんな方法でもよい、
手を使っても口を使っても、どうやったら
このひと通りではない喜びを
こちらまたあちらと
踊り廻って表わして、この久しぶりの喜びに
浸れることでしょう、ああ、わが子よ、
そなたは父の家を捨てて空にした、

実の兄に虐げられ国を追い出される羽目となって。
身内の者からも残念がられ、
テバイの国からも惜しまれたのに。
これがためわたくしは悲しみのあまり
わが白髪を涙ながらに刈り、
白い衣服はこれを脱ぎ、吾子よ、
これこのように黒くくすんだ衣を、それに代えて
身にまとっているのです。
館の中に眼の光を奪われたままでいるあの老父は、
家の軛をはずれた
二頭立ての兄と弟に対して
未練の涙を流しつづけ、
剣へと走って
己が手で命果てようとしたり、また
梁の上の縄でくびれようとしています、
子供らへ呪いをかけたことを悔やみながら。
つねに悲痛な叫び声を挙げ、

彼は闇の中に隠されたままでいるのです。
吾子よ、聞けばそなたは
嫁取りをして
遠い異国の地に世帯をもち、
子づくりの楽しみを味わっているとのこと、
そして異国者との縁結びを大切にしようとしているとのこと。
でもこれはこの母の身にとっても、
またご先祖のライオスにとっても
百害ある異国との縁組みです。
わたくしは「結婚式に」付きものの、幸せな母親の仕事、
松明の火をそなたに点けてやることは、した覚えがありません。
嫁取りがなかったのですから、イスメノスの流れは喜ばしい
沐浴の儀の水の当てにされることもありませんでしたし、
テバイの町じゅうそなたの嫁の輿入れに喜び騒ぐこともなかった。
どうかなくなってほしい、武器にしても戦にしても、また
そなたの父にしても、いまのことの原因《もと》になっているものは！
またオイディプスの館に狂乱の嵐を引き起こした

何かの神霊にしたってそうです。
これらの禍事で痛むのはけっきょくわたくしなのですから。
合唱隊の長　痛みに耐えて子供を産むのは女にはひと苦労、
でも女の身は誰も子供は可愛いものです。
ポリュネイケス　母上、わたしがこうして敵地へ乗り込んできたのはよく
　よく考えた上でのことですが、
いや浅はかであったかもしれません。自分の祖国のすべてを
愛しく思うのは当然のこと、そうでないという輩は
言葉を弄んでいるだけで、本心はそう思っているのです。
わたしはここへ来るのが怖かった、
兄上が何かたくらんでいてそれで殺されるのではないかと。
ですから町中を通るのも抜き身を下げたままで
四方を警戒しながらやって来ました。わたしが頼りにするものは一つ、
休戦協定とあなたの保証です。わたしを祖国の城壁内に入れたのは
それだったのです。こうして来てみると泣かずにはおれません、
久しぶりに館を眼にし、神々の祭壇を拝み、
身体を鍛えた体育場、そしてディルケの流れを見ますとね。

この全部からわたしは不当にも追い出され、いまは異国の町に
住んでいるのです、眼からとめどなく涙を流しながら。
さて、この悲しみにまた新たな悲しみが——眼に映るあなたは
頭の髪を短く削り、黒い衣を身に着けたお姿。
ああ辛い、このわたしの不幸。
母上、親しい身内のあいだの憎しみは何と恐ろしいものでしょう。
[そして和解することの難しさ。
ところで、年老いた父上は館内《やかたうち》で何をなさっているのでしょう、
闇を見つめながら。また二人の妹たちはどうしています?
たぶんわたしの亡命を悲しみ嘆いてくれていましょうが。]
イオカステ　どなたか神さまがオイディプスの一族をむごくも滅ぼしてしまわれた。
始まりはこうでした、わたくしが戒めを破って子供を生んだ、
そう、忌わしくもそなたの父と結婚し、そなたを生んだ。
でもいまさらそれを言ったって——神々の定めたことは受けて耐えるしかないのです。
さてどう訊いたものだろう、訊きたいことがあるのだが、

そなたの心を傷めることになりますまいか。でもどうしても訊きたい。

ポリュネイケス　さあ、お訊きください、ご随意に。母上、あなたの欲するところは、このわたしも同様に望むところですから。

イオカステ　［ではまずどうしても知りたいことから尋ねます。］祖国から疎外されるということはどうです、大きな不幸ですか？

ポリュネイケス　この上なく。じっさいの体験と話とでは大違いです。

イオカステ　具体的にはどうなのです？　亡命者には何が辛いのです？

ポリュネイケス　いちばんのものはただ一つ。自由な物言いができないことです。

イオカステ　奴隷と同じということですね、自分の思いを告げられないというのは。

ポリュネイケス　上に立つ人間が理不尽なことを言っても耐えねばなりません。

イオカステ　賢くない人間に調子を合わせるのも辛いことですね。

ポリュネイケス　でも利を得ようと思えば、おのれを殺してでも黙って従うほかありません。

イオカステ　希望が亡命者の支えになってくれましょう、よく言われることですが。

ポリュネイケス　たしかにそれの眼差しは美しい、でも足取りは鈍い。

イオカステ　時間が経てば希望は空しいものだとわかりましょうに。

ポリュネイケス　そこには何か魅惑的なもの、禍の最中の凪のようなものがあるのです。

イオカステ　結婚して生計を立てる前は、どうやって暮らしていました？

ポリュネイケス　食うや食わずの毎日でした。

イオカステ　父の身内や仲間うちの人間が助けてくれることはなかったのですか？

ポリュネイケス　落ちぶれないことが肝心です。いったん落ちぶれたとなれば、友情もくそもありません。

イオカステ　生まれの良さも敬意を払ってもらえなかったと？

ポリュネイケス　持つべきものを持ってないと駄目です。出自《うまれ》は何の足しにもなりません。

イオカステ　人には祖国こそがいちばんのようだねえ。

ポリュネイケス　それがどれほどいいものか、あなたには言えますまい。

イオカステ　どういういきさつでアルゴスへ行ったのです。何か思惑があってのことなの？

ポリュネイケス　ロクシアスがアドラストス[1]にある神託を告げたのです。

イオカステ　どんな？　それはどういうこと？　わからない話だねえ。

ポリュネイケス　娘たちを猪と獅子に娶わせよと。

イオカステ　ねえ、おまえもその名の獣と何か関係があるというのですか？

ポリュネイケス　わかりません。でも神（ダイモーン）がわたしをこの巡り合わせに呼び寄せたのです。

イオカステ　神は賢い方ですからね。で、どうやって結婚に漕ぎつけたのです？

ポリュネイケス　夜でした。わたしはアドラストスの館の玄関を叩きました。

イオカステ　放浪の亡命者の常套手段、一夜の宿を求めてのことですか？

ポリュネイケス　そのとおりです。ところがもう一人流浪の者がやって来たのです。

イオカステ　それは誰です？　その人もまたきっと惨めな身の上だったの

（1）アルゴス王。

でしょう。
ポリュネイケス　テュデウスです、父親はオイネウスだということです。
イオカステ　アドラストスはどうしてそなたらを獣と思ったのでしょう?
ポリュネイケス　われら二人が寝場所を奪い合ったからです。
イオカステ　そこでタラオスの息子[2]は神託の意味を悟ったのですね。
ポリュネイケス　そしてわれら二人に二人の乙女を与えたのです。
イオカステ　結婚して幸せですか、それとも不幸せ?
ポリュネイケス　目下のところこの結婚は非の打ちどころがありません。
イオカステ　ところで、そなたはどうやって軍勢を説得し、ここまでついて来させたのです?
ポリュネイケス　アドラストスは二人の婿に次のように誓ってくれました。
[テュデウスとわたしとに。というのは彼はわたしの義理の兄弟ですから。]
二人とも祖国へ戻してやろうと。まずはわたしからと。
ダナオイびと[3]、そしてミュケナイびとの精鋭が多数
従軍してくれています。苦悩は多かろうがどうしてもというならと好意を
寄せてくれて。何といってもわが祖国を攻めようというのですから。

(2) アドラストスのこと。

(3) ダナオイびとも次のミュケナイびともホメロスではギリシア人の総称として用いられた。ここではホメロスにおけるギリシアの代表的都市アルゴスの市民の意で用いられている。

神に誓って言いますが、わたしは自分から望んで武器を手にしたのではない、
いちばん血の濃い人間(1)が先に仕掛けてきたのを受けただけなのです。
さあ、今回のこの騒動の解決はあなたにかかっています、
［母上、同族の身内の者を和解させて］
あなたとわたしと国全体の苦悩をお終いにしてください。
［古いむかしの言い草ですが、かまわん、言いましょう。
人間にとって金銭はこの上なく価値のあるもので、
また人間世界の中で最大の力をもつものでもあると。
わたしがここへ数多の槍を率いて来たのも
それがゆえ。生まれがよい人間でも貧乏すれば何の取柄もありません。］
合唱隊の長　あそこにエテオクレスさまも休戦協定のために
やって来られます。母親のイオカステさま、あなたのお仕事ですよ、
お子たちを休戦に導くようにお話を持ってゆかれませ。
エテオクレス　母上、やって参りました。来ましたのはあなたの御意に
添うため。何をすればよろしいのか、さあどちらか口切りを。

(1) エテオクレスのこと。

［というのも、わたしは城壁に沿ってぐるりと二重に兵士らを
配置する仕事を中断して(2)きたのです。さあわれら二人へのあなたの
調停の話をお聞きしましょう。それがためにあなたはわたしを説得して
この男を休戦協定の下に城壁内へ迎え入れたのでしたな。］

イオカステ　落ち着きなさい。速いばかりが能ではありません。
時間をかけた話は最良の知恵(3)を生み出してくれます。
眼を怒らせたり、息を荒げたりするのはおよしなさい。
そなたの見ているのは首から切断されたゴルゴンの頭ではない、
わざわざやって来てくれたそなたの弟ですよ。
さあ、顔を弟の方に向けなさい。ポリュネイケスに。
相手と同じところに焦点を合わせて見れば、
よいことも言えるし、この子の言い分も聞けようというものです。
わたしはそなたたちに何かいい忠告ができたらと思っているのです。
身内が身内に腹を立て、
一つ所へ落ち合って顔を突き合わせる場合、
会いに来た理由だけを考えたらよい、
過去のわだかまりは一切水に流すのです。

（2）Kinkel の校本どおり πόλιν でなく μόλις で読む。

（3）Murray その他の校本どうり σοφοῖς でなく σοφόν で読む。

さ、ポリュネイケス、そなたから先に申しなさい。
ダナオイびとの軍勢を引き連れて来たのはそなたです、
不当な目に遭っているという口実でね。このたびの禍事、
どなたか神さまが裁き手となり、仲裁の労をとってくださるとよいのだ
が。

ポリュネイケス　真実の言葉というものは単純なものです。
正しいことにはあれこれ説明を加える必要はありません、
それ自体がちゃんとした規格をもっていますから。しかし不正な言葉は
それ自体が病んでいるので、きちんとした処方が必要です。
さて家の財産の件では、わたしとこちらの彼との配分は
よくよく考えました。[1] オイディプスがかつてわれら二人にかけた
呪いを蒙りたくなかったからです。
そこでわたしのほうがすすんでこの国を出て、
一年間この彼に祖国の統治を任せたのです。
［次にはわたしが交代して国を治め、そのときには
この彼に対して憎しみや、妬み心を抱いて何か不正な仕打ちをしたり、
またされたり、そういったとかく起こりがちな事態は起こさないという

（1）六六行以下参照。

条件でです。」
ところがこちらの彼はそれを約束し、神にかけて誓ったのに
言ったことは何一つ実行せず、逆に
王権と館のわたしの取り分とを独占しているありさまです。
だがいまわたしは、わたしの取り分を受け取ることができれば
軍勢をこの国から遠ざけるだけの用意はあるのです。
今度は代わってわたしがわたしの家に住むのです。
そしてこちらの彼にはわたしと同じ期間だけここから出ていただく。
そうすれば祖国を荒廃に導くことはない、城塔に登ろうとして
造りのよい梯子を運び付けることはないのです。
もしこれが認められない場合は、こちらもやることはやりますぞ。
神さま方がわたしの証人だ。
わたしのほうはすべて正義をもって事を行なったのに、不当にも
不敬極まりなく祖国を奪われてしまっているのですから。
以上申し上げたことはどれ一つとして、母上、言葉をあちこちから
集めてもつれさせたりはせず、賢い人間にもふつうの人間にも
正しいと思えることを言ったつもりです。

合唱隊の長　わたくしはギリシアの地で育った者ではありませんが、
　理路整然としたよくわかるお話しであったと思います。
エテオクレス　もしもすべての人間が美についても知についてもみな同じ
　考えだったら、
人間に論争なんて生まれるはずはなかったろうに。
ところがいま、この世に似たもの、同じものは何一つない。
たとえ言い方は同じでも、実質は違うのだ。
母上、わたしは何一つ隠さずに申しましょう。
わたしは星々の許や太陽が上る天上へ、また地の下へでも
行ってもよろしい、ただ一つのことが可能となるならば、
すなわち神々のうち最大の神、王権さえ獲得できるならばです。
これは価値のあるものです。それを、母上、自分のために使わず
他人に渡すなんてことは、わたしはするつもりはありません。
人間怯懦であれば、多くのものを失って、得るものは
わずかです。この奴が武器を携えて襲来し、この国を滅ぼして
自分の望むものを手に入れようというのは恥ずべき行為であると
わたしは思います。テバイにとっては屈辱にほかなりません、

もしもわたしがミュケナイの槍の力に怖じ気づいて
こ奴に王権を渡すような真似をすれば。
こ奴は、母上、武力を背景に休戦協定を結ぶなどということを
すべきではないのです。すべて話し合いで片づくことなのです、
武器を取って戦い合うようなことでも。
だが、こ奴が別のかたちでこの土地に住みたいというのなら、
それは可能です。もっとも喜んで認めるというわけではないが。
［主権はわが手にあるのに、どうしてこ奴に従わねばならん？］
こういうわけですから、火が迫り、剣が舞い来たるも可なりです。
さあ馬を軛につけ、平原を戦車で満たすがよい、
わが王権はけっしてこ奴には渡しませぬからな。
人間どうしても不正を働かねばならぬとあれば、
王権のためにこそそうするのが最善。それ以外はまっとうに振舞わねば
　ならぬが。
合唱隊の長　立派な行為でないのに、言葉を飾って喋々すべきではありま
　せん。
それはよろしくない、正義に反します。

イオカステ　吾子よ、齢を取れば何もかもが悪いというものでも
ありません、ねえエテオクレス。経験を積めば
若者より賢いことが言えるのです。
吾子よ、そなたはなぜ野望という、神々の内で最悪の
神を追い求めるのです。おやめなさい。それは不正な神です。
それは多くの幸せな家や町に入り込んで来て、
それに関わった者たちを破滅させて立ち去るのです。
そなたはその神に取り憑かれている。それよりも吾子よ、
公平の神を敬うほうがましです。この神はつねに仲間と仲間、
町と町、また戦友と戦友を結び付ける働きをします。
なぜなら公平は人の世の基本となるものだからです。
劣等な者は優等の者に対してつねに敵意を抱き、
諍いの日を始めるものです。
しかるに公平の神は人間界に尺度と重さの単位とを
設定し、そして数を区切りました。
光をもたぬ夜の眼と太陽の光とは
一年間等分にその歩みを進めます。

その両者いずれも、遅れをとって恨みを抱いたりするようなことはありません。
太陽も夜も決められたとおりに動くのです。とすれば、
そなたもわが家の財産を公平に分け合ってはどうですか。
「こちらにも分かち与えては？　正義はどうなるのです？」
なぜそなたは王権、不正に得た幸福を
高く評価し、重要視するのです？
人から仰ぎ見られることが大切なのですか？　空しいことです。
いえ、家に多くのものを持ちながらさらに苦労を重ねたいのですか？
優越とは何でしょう？　単なる名前にすぎません。
分別ある人間は、満足するものがあればそれでじゅうぶんです。
「人間が得ている財産は個人のものではない。
わたしたちは神からいただいたものを管理しているのです。
神が望めば、それはわたしたちの手からまた離れるのです。
富は永久のものではなく、はかないものなのです。」
さあ、そなたに二つの考えを示して尋ねるとしましょう、
王権を取るか国を救うほうを取るかと。

王権だと言いますか？　しかしもしこちらがそなたに勝った場合、
アルゴスの武力がカドモスの裔の者らを制圧することになった場合はどうです？
[このテバイの町が攻略されるのを、
多くの娘らが囚われの身となって
敵兵に力ずくで凌辱されるのを、そなたは眼にすることになる。]
そなたが持ちたいと願う富は高価なものにつきましょう、
[テバイにとっては。だがそなたの欲望は止まるところを知らないのです]。
そなたに言うことは以上です。ポリュネイケス、そなたに言います。
アドラストスは間違った親切をそなたに植えつけたのです。
それでそなたは愚かにもここへ来て、町を破壊しようとしているのです。
そなたがもしこの国を取ったとします、――ああ、そんなことがないように
さあ、そうしたら、神かけて訊きますが、神ゼウスにどんな戦勝記念碑を立てようというのです、
犠牲式をどんなふうに始めようというのです、祖国を攻略しておいて。

またイナコスの流れの辺《ほとり》で戦利品に何と書きつけるつもりです？
「このテバイを火にかけたポリュネイケスが神々に楯を
奉納せり」とでも？　断じて、おお吾子よ、そなたが
そのような栄誉をギリシアびとから受けることのないように。
だけどもしそなたのほうが負け、こちら側が勝った場合、
そなたは数多の屍をあとにどの顔下げてアルゴスへ帰るつもりです？
人は言うでしょうよ、「とんでもない婿取りをしたアドラストスよ、
一人の娘の結婚のためにわれらは滅びた」と。
吾子よ、そなたは二つの禍に向かって急いでいる。
国許でもここでも、双方で持てるものを失うのです、志半ばで。
二人とも求めすぎてはいけません、求めすぎては。二つの愚かさが
同じ的に向かうとき、それはこの上ない憎しみを生む禍となります。
合唱隊の長　ああ神さま、どうかこの禍を避けるためにご尽力ください。
オイディプスのお子たちが何とか歩み寄れる方途《みち》をお示しください。
エテオクレス　母上、もう問答無用です。時間を費やすだけ無駄です。
熱意だけではどうにもならないのです。
王杖を握っているこのわたしがこの地の王であるという

前提条件以外では、われら、歩み寄りはできぬでしょうからな。
長ったらしいお説教はもうけっこう、わたしのことはご放念ください。
［ポリュネイケスに］おまえも城内から出て行け。さもないと命が危いぞ。

ポリュネイケス　誰にやられるだと？　このわたしに剣を突き付けて殺そうと図り、逆に
同じひどい目を蒙らぬまま無傷ですむような輩が誰かいるとでも？

エテオクレス　［剣に手を掛けながら］すぐ近く、眼と鼻の先に参上しているぞ。この腕《かいな》が眼に入らぬか。

ポリュネイケス　見えている。だが富は禍だ。富めば人間臆病になり生命を惜しむ。

エテオクレス　それなのにその取るに足らぬ者のところへ大軍を引き連れて来たとはな。

ポリュネイケス　猪突猛進するよりも手固く攻める指揮官のほうが優れている。

エテオクレス　偉そうなことを、休戦を当てにして死を免れようというのに。

ポリュネイケス　そちらこそ。いま一度わたしは王杖と国土の分け前を要

求する。

エテオクレス　それは呑めない。わたしはわが館に住み続ける。

ポリュネイケス　分け前をいまより多くしてもか？

エテオクレス　そうだ。とにかくここから出て行け。

ポリュネイケス　おお、父祖伝承の神々の祭壇よ、

エテオクレス　それを壊しにやって来たくせに。

ポリュネイケス　わが願いを聞きたまえ、

エテオクレス　祖国を攻める者の言うことなど、どの神が聞きたまおうか。

ポリュネイケス　そして白馬を駆る神々(1)のお社よ、

エテオクレス　彼の方がたはおまえを憎んでおられる。

ポリュネイケス　わたしは祖国を追放されました、

エテオクレス　それでいて破壊しにやって来た。

(1) ゼウスの子アンピオンとゼトス。

ポリュネイケス　追放は不当です、神よ。
エテオクレス　神に訴えるのは、ここではなく
ミュケナイでしろ。
ポリュネイケス　おまえは不敬なやつだ、
エテオクレス　それでもおまえのように祖国に
弓を引いたりはせぬ。
ポリュネイケス　おれを取り分も与えず追い出して。
エテオクレス　かてて加えて息の根
も止めてやろう。
ポリュネイケス　おお、父上、この身の受難をお聞き及びでしょうか、
エテオクレス　自
分のしていることのほうもな。
ポリュネイケス　母上、あなたも。
エテオクレス　母上だなどと言うのもおこがましいぞ。
ポリュネイケス　おお祖国よ。
エテオクレス　アルゴスへ戻ってレルネの泉に呼びかける
がよい。

ポリュネイケス　［母親に向かい］わたしは行きます、もうお心遣いなく。母上、ありがとうございました。

エテオクレス　この国から退散するがよい。

ポリュネイケス　出て行こう。だが父上に一目会わせてほしい。

エテオクレス　それはならぬ。

ポリュネイケス　ではまだ幼い妹たちに。

エテオクレス　あの子らにも会わさぬ。

ポリュネイケス　ああ、妹たちよ。

エテオクレス　敵の身であるのになぜ彼女たちのことを言う?

ポリュネイケス　母上、ではご機嫌よろしゅう。

イオカステ　吾子よ、お別れなのですね。

ポリュネイケス　もうこれからはあなたの子ではありません。

イオカステ　この身には哀れなことが多すぎる。

ポリュネイケス　この男がわたしを虐げるからです。

エテオクレス　こいつが驕った真似をするからです。

ポリュネイケス　おまえは城壁の前のどのあたりに出張るつもりだ？

エテオクレス　それをおれに訊くその意図《こころ》は何だ？

ポリュネイケス　おまえと対戦して殺してやる。

エテオクレス　そうしたい思いはこちらとて同じだ。

イオカステ　おお、惨めなこの身！　吾子らよ、何をしようというのです？

エテオクレス　いずれわかります。

イオカステ　そなたたちは父親の呪いを逃がれようとしないのですか？

ポリュネイケス　館全体が滅びればよいのです。すぐにもこの血に飢えた剣が一働《ひとはたら》きすることになりましょう。

わたしを育ててくれたこの土地および神々が証人です。
わたしは屈辱を受け名誉を剝奪されて国を追われた身、
奴隷に等しい境遇は同じオイディプスを父とする身とも思われませぬ。
だからもし、祖国よ、そなたに何か起きたら、わたしではなくこいつを
　責めるがよい。
［わたしはすすんで推参したのではない、それに嫌々国を追われたの
　だ。］
ポイボス・アギュイエウス[1]の神、あなたも、それに館もさらばです、
歳の似た友だちたちも、生贄に煙る神々の彫像も。
またいつの日かそなたらに声をかけることがあるかどうか、わからぬも
　のなあ。
希望はけっして眠り込むことはない、わたしは信じている、神のご加護
　を得てこいつを屠り、
このテバイの地を支配することができようと。
エテオクレス　この地から出て行け。まったく、父上は神のごとき予知力
　で、おまえにうってつけの名前を付けたものだ、
諍いにちなんでポリュネイケスとはな。[2]

（1）アポロンの異称。町の街路を守る神の意。館の前にその像が立っていて、それに別れを告げるものと考えられる。

（2）ポリュネイケスとは「多くの（ポリュ）諍い（ネイコス）をなす者」の意。

［イオカステ、ポリュネイケス、エテオクレス退場］

〔第一スタシモン〕

〔ストロペー〕

合唱隊　テュロス生まれのカドモス、この地へ来たる。
その彼にまだ飼い馴らされていない
四つ足の乙女牛がとび跳ね倒れて、
神託の行き着き先を示した。
つまり神託は、この地に
彼が麦生うる国土を設け、
住み着くべしと宣うたのだ。
そこでは美しい流れと
また川霧がディルケの野を流れる、
若草萠える野を、
深く種蒔かれた畑を。
そこはブロミオス(1)が
ゼウスと交わった母(2)から生まれたところ。

(1) バッコスまたデュオニュソスに同じ。その異称。
(2) カドモスの娘セメレ。

生まれてまだ赤子の彼を
影なす緑の若枝で
丸く編まれた常春藤《きづた》の冠が
安らけく被い隠した。
そして彼こそテバイの乙女らや
信女たちによる
バッコスの歌舞いの因《もと》となった人。

〔アンティストロペー〕

そこにはアレスの血に飢えた龍がいた。
猛々しい心根をした番人だ。
水量豊かな泉と緑濃き流水を
一望に見すえ、眼の球を
あちこち動かしながら見張っていた。
この龍を、手を浄めにやって来た
カドモスが石で打ち殺した、
この野獣殺しは血に飢えた龍の頭めがけて

手の中の石を投げつけたのだ。
そして母をもたぬ女神パラス[1]の
忠告を容れて
地に落下したその歯を投げ、
大地の底深くに蒔いた。
するとそのあと大地は
その土の表面に全身武装した人の像を
現われ出さしめた。
そして情け容赦ない殺戮がもう一度
彼らを元の懐しい大地と結び付けた。
大地は血に濡れた、
彼らを天からの暖い息吹きに触れさせた大地は。

〔エポードス〕

そしてあなた、
始祖イオのお子
エパポス[2]、おおゼウスの裔なる方よ、

（1）パラスすなわちアテナ女神はゼウスの額を割って生まれ出たことになっている。

（2）アゲノルの祖父。カドモスの曾祖父。

わたしは呼びかけます、異国風の叫びで
おお、呼びかけます、異国風の祈りを込めて。
来ませ、来ませ、この地まで。
あなたの子孫が建てたこの国へ、
そして二つ名を持つ女神たち、
ペルセパッサ（3）と
愛しの女神デメテル、
すべてを統べる女王であり、すべてのものの養い親の大地（ゲー）でも
　ある方、
そのあなた方の持ち物なるこの国へ、送りたまえ、火を運ぶ
女神らを、そしてこの国を救いたまえ、
何ごとも神々にはたやすきことゆえ。

〔第二エペイソディオン〕

［エテオクレス、配下の者を連れて登場］

［**エテオクレス**　［配下の者に向かい］さあ行ってメノイティオスの子クレオ
ン殿を

（3）ペルセポネに同じ。コレとも呼ばれる。デメテルの娘。デメテルは大地の生産物を司る女神で、次の大地母神ゲー（ガイア）と同一視される。

お呼びして来てくれ、わが母イオカステのご兄弟に当たる方だ。
口上はこうだ、館のこと、国政全般のことについて、
戦が始まり前線へ出て行く前に、
わたしがご相談申し上げたいと申しておりますとな。
いや、そちが足を煩わすまでもない、あちらから来てくださる。
あの方がわが館指して歩いて来られるのが見える。］

［クレオン登場］

クレオン　エテオクレス王よ、あなたにお会いしたくてずっと
捜しておりました。カドモスの国の各城門の
見張り所を廻り、お姿を捜し求めておりました。
エテオクレス　いやわたしのほうこそそなたに会いたかったのだ、クレオン。
とても休戦どころの話ではないとわかってな、
ポリュネイケスと会って談判してはみたのだが。
クレオン　あの方は、アドラストス王との関係、それに軍勢を恃みにして、
テバイに対し高飛車な態度にあるとは聞いております。

でもそれは神の意に添うてしかるべきこと。
さて急を要するにこの上ないことが出来《しゅったい》しました、参上したのはそれを申し上げるため。
エテオクレス　いったいどんなことです、おっしゃることが解せぬが。
クレオン　アルゴスびとの男が一人捕らえられて来ました。
エテオクレス　奴らに関する何か新しい情報でも告げたのか？
クレオン　アルゴス軍はいまにも武装して城壁の足もと、
カドモスの裔の子の都を包囲しようとしていると。
エテオクレス　ではカドモスの裔の者らも武器を手にせねばなるまい。
クレオン　どこへ行くのです？　お若いから見るべきことが見えていないようだ。
エテオクレス　壕の外へ。ただちに合戦だ。
クレオン　こちらの人数は少ない、それにひきかえあちらは数が多い。
エテオクレス　あちらが威勢がいいのは口先だけだ、目に見えている。
クレオン　アルゴスはギリシアでも一目置かれていますぞ。
エテオクレス　怖じ気づくな、いまに大地を奴らの屍で満たしてやる。
クレオン　わたしもその気です、でもそうするには多大の苦労が予想されます。

エテオクレス　これ以上軍勢を場内に手控えることはせぬぞ。

クレオン　しかし勝利はすべからく熟慮にあり、です。

エテオクレス　よく考えて何か他の途を探せというわけか？

クレオン　あらゆる方《て》法を。すぐに危険を冒す前に。

エテオクレス　兵を伏せておいて夜討ちをかけたらどうだろう？

クレオン　それなら失敗してもまたここへ逃げ戻れましょう。

エテオクレス　夜の闇は双方同じ条件だ。だが思い切った者のほうに有利に働く。

クレオン　旗色が悪くなったときは、夜の闇は厄介です。

エテオクレス　だから食事どきに槍で仕掛ける。

クレオン　パニックになりましょうな。ですが勝つことが肝要。

エテオクレス　退却するにはディルケの流れは深すぎる。

クレオン　守りをしっかり固めるに勝るものはありません。

エテオクレス　アルゴス軍を馬の蹄で蹴散らしてはどうだ？

クレオン　兵士らは戦車を垣根にして身を守りましょう。

エテオクレス　ではどうすればよい？　国を敵に渡すのか？

クレオン　いえ、けっして。よくお考えを、知恵はおありなのですから。
エテオクレス　もっとましなどんな見通しが立てられるというのだ？
クレオン　聞くところによりますと、あちらには七人の大将がいるという
　こと……
エテオクレス　彼らの任務は何だ？　力のほどは知れている。
クレオン　軍勢を率いて七つの門それぞれに張りつくこと。
エテオクレス　こちらはどうしたらいい？　難しい局面を前に手を拱いて
　いるわけにはゆかぬ。
クレオン　あちらに対抗してこちらも各門に立てる七人の将を選ぶのです。
エテオクレス　軍勢を指揮するためか、それとも槍一本に優れた男をか？
クレオン　指揮ができるのを。それもいちばん勇敢なのを選ぶのです。
エテオクレス　わかった。城壁を登って来ようとするのを撃退するのだな。
クレオン　副指揮官も選んでください。一人ではすべての面倒は見切れま
　せんから。
エテオクレス　何を基準に選ぶ、勇敢さかそれとも知謀か？
クレオン　両方です。どちらか一方が欠ければ全体は機能しません。
エテオクレス　そうしよう。町の七つの城門へ行き、言われたとおりに

指揮官をそれぞれの門に配置しよう、
敵が差し向けるのと同じだけ数を合わせて。
各々の名前を挙げるのは時間の無駄だ。
城壁の下に敵どもが身を伏せているという折りも折りだからな。
よし行って来る、ぐずぐずしておれぬ。
[わたしとしては弟とうまく巡り会えたらと思っている。
そしてあ奴を対戦相手とし、槍で制して
止めを刺してやりたい、わが国を滅ぼそうとしてやって来たあ奴を。
わたしの妹アンティゴネとそなたの息子ハイモンとの結婚のことだが、
もしもわたしに運が尽きるようなことがあれば、
そなたが心配してやってくれ。ただ、いま出陣するに当たって、
以前約束した嫁入りの件をいま一度お約束しておこう。
あなたは母上の兄弟だ。これ以上申し上げる必要はありますまい。
あの人をその身にふさわしく世話してあげてほしい、あなたとわたしの
　ためにも。
父上は眼を潰すことで自らに不見識の罪の償いをなさった。(1)
わたしは父上を誉める気持ちはまったくない。

(1) オイディプスは自らの秘密（父殺しと母子相姦）を知ったあと、これを恥じて自らの両眼を潰した。

うまくゆけばわたしたち兄弟を呪い殺したいと、父上は思っている。」
ところでわれらがまだやっていないことが一つある。もしも鳥占いの
テイレシアスが何かの託宣を告げることができるなら、彼から
それを聞き出すことだ。クレオンよ、わたしはメノイケウス、
あなたの父上にちなんで名づけられたあのあなたの息子を遣《や》って、
テイレシアスを捕まえてここへ来させるようにしよう。
奴はあなたとなら喜んで話をするだろうからな。
だがわたしはこれまでにもう彼に向かって占いの術の
批判をしている。だからわたしに含むところがあるはずだ。
「クレオン、わたしはこの国とあなたとに次のことを申しつける。
もしわれらが勝利した場合、ポリュネイケスの屍は
このテバイの土地にけっして埋葬してはならぬ。
埋葬した者はたとえ身内の者でも死刑に処すと。
あなたには以上のことを言っておく。さて供の者に申しつける。」
この身を隈なく包む鎧冑を持って来い。
さし迫った槍合戦に勝利をもたらす
「正義とともに出陣するためだ」。

神々の中でもいちばん有益な用心の神（エウラベイア）[1]に
わたしは祈りを捧げよう、どうか国をお救いくださいと。

［登場人物はすべて退場］

〔第二スタシモン〕

〔ストロペー〕

合唱隊　多くの苦しみをもたらすアレス[2]よ、なぜあなたは血と
死でブロミオスの祭礼に不協音を立てるのか。
あなたは、青春の盛りの乙女が美しき舞に被る冠に
混じって髪を解くこともせず、笛の音に合わせて歌うこともしない、
カリス[3]の女神らの主催する舞踏会だというのに。
いや、あなたは兵を武装させてアルゴス軍を煽りたて、
テバイを血の海にさせ[4]、
笛の音抜きの大騒ぎの先導を務めようというのだ。
またあなたは霊杖を狂ったように振り廻し小鹿の皮を着てくるくる廻る
　ことをもせず、
轡《くつわ》をはめた一つ蹄の馬四頭の馬車を仕立てて

（1）エウラベイアー（用心、警戒の意）の擬神化。

（2）アレスは軍神。

（3）美と優雅の女神。ふつう複数で示される。

（4）七八九、七九〇行テクスト不全。

イスメノスの川辺を
駆け足で禦すばかり。(5)
そしてアルゴスびとらを
蒔かれて生まれた一族(6)の者らへと嗾《けしか》ける、
楯をもち武装した軍勢を、
石造りの城壁めがけて、
青銅の武具を鎧わせて。
エリス(7)という神はほんとうに恐ろしい。
これほどまでの禍をこの地の王らにお膳立てしたのだから、
[苦しみ多いラブダコスの裔の者ら(8)に]。

〔アンティストロペー〕

おお聖き葉繁る獣多き谷間よ、
アルテミス寵愛の雪宿すキタイロンの峯よ、
あなたはイオカステが産んだオイディプスを
死神へ渡さずに助けて育てた、捨て子の赤子を、
黄金をまぶしたブローチが目印のその子を。

(5) ここもテクスト不全で難読の箇所。
(6) テバイ人を指す。彼らの先祖はカドモスに退治されて蒔かれた竜の歯から生まれたとされている。
(7) 争いの女神。
(8) テバイ人を指す。ラブダコスはテバイ建国の祖カドモスの孫に当たる王。

いっそあの翼もつ乙女、山棲みの怪物
スピンクスが非情な謎歌を携えて来て、
この地に苦しみをもたらすことがなかったらよかったのに。
そのスピンクスはその四つ足の蹄で
城壁に取りつき、カドモスの裔の者たちを手の届かぬ
空の光の許へと運び去った。彼女をカドモスの裔の者らに
送り込んだのは大地の下の王ハデスだった。
凶運を呼ぶもう一つ別の争闘《いさかい》が、
オイディプスの子らのあいだで、館と国を巻き込んで
火の手をあげる。
それは良からぬ生まれの者は良からぬ者だからだ。
そして道にはずれて生まれた子供らもそうだ、
母には子供であっても父には穢れなのだから。
血を分けた母と子が寝床を共にしたのだから。

〔エポードス〕

大地の女神よ、あなたはかつて生みたもうた、あの一族を。

わたしはかつて異国の話として家うちで聞き覚えたものだ、
野獣食らいの深紅の頭飾りをもつ龍の
歯から生まれた一族のことを、テバイをめぐるこの上ない評判を。
かつて［カドモスと］ハルモニア(1)との婚礼に
天上の神々が出席し、そのときテバイの城壁と城塔が
アンピオン(2)の奏でるポルミンクス(3)の音、リュラーの調べに合わせて、
二つの川の間を繋ぐ道の辺《ほとり》に立ち上がった、
ディルケの泉がイスメノスの流れの前の
青草萌える野を潤すところに。
そして国始めの母、角もつイオ(4)は
カドモス一族の王侯らを生みたもうた。
そしてこの市《まち》は次々と無数の幸せを
身に享けながら、軍神（アレス）が掲げる冠の
頂点の座にいま座っている(5)。

(1) アレスとアプロディテの娘。これをゼウスがテバイの建設者カドモスに与えたとき、天上の神々すべてがカドメイアで祝宴を張った。
(2) ゼウスとアンティオペの子。ヘルメスから竪琴を習いテバイ市を造るとき彼の奏でる楽の音に合わせて石が自ずと動いて築城されたという。
(3) 弦楽器の一つ。
(4) ゼウスの愛を受けたイオはゼウスの妻ヘラの眼を恐れて雌牛に変えられた。
(5) テバイの軍事力の誇示。

〔第三エペイソディオン〕

〔テイレシアス、娘とともに登場。またメノイケウスも登場〕

テイレシアス　娘よ、この手を引いてくれ。歩を運ぶこの盲人《めしい》にとっては
おまえが眼《まなこ》だ、船乗りにとって星座がそうであるように。
ここのこの平らな土のところにわたしの足を乗せてから
進んでくれ、つまずかぬようにな。心もとない親父だことよ。
そしてその乙女の手の中に託宣の小石[1]をしっかり持っておくのだ、
予言の術《すべ》をとり行なう神聖な座で
鳥の様子を観察して受け取った占いの結果を。
クレオンの息子メノイケウスよ、さあ言ってくれ、
そなたの親父殿のところへ行くには市《まち》なかを
まだどれほど行けばいい？　膝がくたびれて、
しっかり歩こうにも足の運びがおぼつかないのだ。

クレオン　しっかりしなされ、テイレシアス殿、知り合いのいるところまで来られた。
足を止めてよろしいぞ。息子よ、手を取って差し上げろ。
年端の行かぬ子供でも、また老人の足も、

（1）「託宣の小石」の原語は κλῆρος で、元来くじ引き用の「陶片、石くれ」を意味する。転じて「くじ」となる。ピンダロス『ピュティア祝勝歌』第四歌一八九行以下参照。

他人が手を取って身軽にしてくれるのを待っているものですからな。
テイレシアス　ああ、着いたようだ。クレオン殿、わたしを急ぎ呼んだのはなぜだ。
クレオン　いまに言います。だがまず身体の力を取り戻し、
呼吸を整えられよ。険しい道をやって来られたのだ。
テイレシアス　まったく這々の体でここまで辿り着いた。
昨日エレクテウスの裔の国(2)から呼び戻されて。
あちらではエウモルポス(3)の軍勢との戦があったのだが、
わたしはケクロプスの裔(4)を勝利に導いてやった。
ほれ、ごらんのとおり、この黄金の冠、
戦利品の中のいちばんのものを貰って来た。
クレオン　その美しき勝利の冠はわたしにも吉兆の印。
ごらんのとおりわれらはいまダナオイびと(5)との軍勢の
大波を受けているところ、テバイには大変な訓練です。
エテオクレス王はすでに武具に身を固めて
ミュケナイ勢(6)との戦闘に向かいました。
どうしたらこの国をうまく救うことができるか、

(2) アテナイを指す。エレクテウスはアテナイの伝説上の王。
(3) トラキア王。エレウシスとアテナイとの戦でエレウシスに味方した。
(4) アテナイ市民を指す。ケクロプスはアテナイの伝説上の初代の王。
(5) ダナオスの裔の民。ダナオスはアルゴス王。したがってダナオイびととはアルゴスびとに同じ。
(6) アルゴス勢に同じ。

あなたの口から聞き出すようにとわたしに言い置いて。
テイレシアス　エテオクレスのためには口を閉じて言わぬがよかろう、
神託を得てはいるのだが。しかしそなたには、知りたいというなら
口を開こう。クレオン、この地は以前から病んでいる。
［ライオスが神意に逆らって子供を儲け、
母親の夫となる哀れなオイディプスを生んで以来だ。
血を滴らせながら視力を失くした行為は、
神の意とするところをギリシア全土に知らしめるものだった。
それをオイディプスの子らは、神意を逃がれようとしてか、
時の経過のうちに隠そうとしたが、
思慮の足らぬ過ちだった。なぜなら彼らは父親に誉れを捧げることもせず、
家の外へ出すこともせず、運に恵まれぬ人間をただ
怒らせたからだ。父は子供らに恐ろしい呪いを
吐きかけた、心病むままに、さらにはまた受けた侮辱のゆえに。
わたしが何をしなかったから、何を言わなかったからとて、
オイディプスの子供らと仲違いする羽目になったというのだ？

クレオンよ、彼らはもうすぐ死ぬ、たがいに刺し違うてな。」
数多の屍が地に落ちて屍に寄り添い、
アルゴス勢の四肢がカドモスの裔の者らのそれと混じり合い、
テバイの国土に悲痛な嘆きの声を与えよう。
汝、おお哀れな市《まち》よ、汝は破壊されてしまうだろう、
もしもわたしの言う言葉に従う者が誰かいなければ。
「こうなっていればいちばんよかったのだ、オイディプスの一族の者は
誰一人としてこの土地の市民にも支配者にもならぬということになって
　いればな。
彼らは心狂って国を破滅させてしまうからだ。
物事は正道よりも邪道のほうが力が強い。
国を救う手段が他に一つある。」
だがそれは言えぬ、言えばこの身が危うい。
役目柄といえど厳しい話だ、
国を救うための妙薬を処方するのは。
悪いがこれで失礼する。わが身一つ、他の皆と同じだ、
仕方がない、成り行きに任せよう。他にどんな途があるというのだ。

クレオン　ご老人、どうかこのままここに。
テイレシアス　お放しなされ。
クレオン　いやどうか、なぜお逃げになる?
テイレシアス　これも巡り合わせだ、わたしのせいではない。
クレオン　市民と市とに救済の途を話してくだされ。
テイレシアス　そなたはいまそう言うが、このあとすぐにもう要らぬと言うだろう。
クレオン　どうして祖国を救うのをわたしが嫌がったりするでしょうか。
テイレシアス　では聞きたいのだな、どうしてもというのだな?
クレオン　これ以上に何がありましょう、是が非でもと思うことで。
テイレシアス　［わが予言の術《すべ》のことはすでに聞き知っていよう。］
わたしがまずはっきり知っておきたいのは、
わたしをここへ案内してくれたメノイケウスはどこにいるかということだ。
クレオン　彼なら遠くに行っていません。あなたの近くにおります。
テイレシアス　ではわたしの予言が聞こえぬところへ行かせてくれ

クレオン　わたしの息子です、いざとなれば口は固いです。
テイレシアス　では彼のいるところで話してもよいのだな?
クレオン　救済策を聞けば彼とて喜びましょう。
テイレシアス　それならばわが予言の道筋を聞くがよい、
［汝らそれを実行すればカドモスの裔の国を救うことになるのを］。
そなたは祖国のためにこのメノイケウスを殺さねばならぬ、
おのれの息子をだ、それがそなた自らが呼び出した運勢だ。
クレオン　何と言われる?　いったい何を言い出すのだ、老人よ?
テイレシアス　明らかにされた以上、そなたはそれを実行せねばならぬ。
クレオン　ああ、あなたはわずかな言葉で多くの禍を述べられた。
テイレシアス　そなたにとってはそうだ、だが祖国にとっては大きな救いとなるものだ。
クレオン　聞いていなかった、聞かなかったぞ。祖国などどうとでもなれ。
テイレシアス　この男はもうこれまでの人間ではない。尻込みをしている。
クレオン　お行きくださってけっこうです。もうあなたの予言は要りません。
テイレシアス　自分が不幸になれば真実には眼をつぶるというのか?

クレオン　ああ、あなた、この膝、この神々しいお髪《ぐし》にかけてお願いする。
テイレシアス　どうされた、わたしに縋りついたりして。手に負えぬ禍だ
　が、甘受されよ。
クレオン　黙れ、このことは市《まち》には言わないでくれ。
テイレシアス　それはわたしに不正をせよということだ。黙ったままでは
　おれぬ。
クレオン　このわたしをどうする気だ。わたしの子を殺すというのか。
テイレシアス　それは他の人間がやる仕事だ、わたしは言うだけだ。
クレオン　どこから来たのだ、この禍は、わたしと息子に。
テイレシアス　［まっとうな質問だ。それなら話ができる。］
この男は、あの大地より生まれた龍が
ディルケの泉の水の見張りをしていたあの洞穴で殺され、
流されたその血を灌奠《かんてん》として大地に注がねばならぬ。
それはカドモスへのアレス神の古えの怒りによるものだ、
アレスは大地より生まれた龍の敵討ちをすることになる。
これを実行すればそなたらはアレスを味方にすることができる。
もしも大地が穀物の代わりに人間という穀物を、動物の血の代わりに

人間の血をその身に受ければ、そなたらの大地は豊穣なものとなろう、
かつてそなたらにスパルトイ(1)の黄金の実りを生み出したその大地は。
だからこの種族から生まれた者が死なねばならぬ、
龍の顎《あぎと》から生まれ出た裔の者が。
さて、そなたはスパルトイの一族の中で、父方母方を問わず
われらこの国に残された血統正しい唯一の人間だ。
[そなたの子供らもそうだ。だが結婚したハイモンは
殺されることはない。もう純潔な身ではないからだ。
たとえ婚姻の床を経験していなくても、妻持ちの身だからだ。]
だがこちらの若者はこの市にとっては願ってもない初物、
死んで父祖の地を救ってくれよう。
そしてアドラストスとアルゴス兵らに厳しい退去を
もたらしてくれよう。その眼を黒々とした死の影で覆い、
テバイには栄光をもたらしてくれよう。さあ二つの定めのうち
どちらかを選ぶがよい、子供を助けるか、それとも国を救うかだ。
さあこれでわたしの話はぜんぶ聞いてもらった。子供よ、手引きを頼む。
家へ帰るぞ。占いの術に携わる者は救われぬ。

(1)「蒔かれたる者たち」の意。カドモスは退治した龍の歯を大地に蒔いたところ、青銅の武具に身を固めた戦士が生まれ出た。これを言う。

たまたま凶運を予言すれば
占いを施した相手の者とはまずい関係《なか》になる。
だが占いを求める側の者に同情して嘘の予言をすれば、
神の定めに違反する。ポイボスだけが人間に予言できると
すればよいのだ、何人も恐れる必要のないあの方だけが。

［テイレシアス、子供に手を引かれて退場］

合唱隊の長　クレオンさま、なぜ声を落とし無言のまま黙っておいでです。
いえわたくしにもあなたに負けぬ恐ろしい思いが――。

クレオン　誰が何と言おうとかまわぬ。わたしの言うことは明白だ。
わたしは息子を殺して国に捧げるなどと、
事をそこまで運ぶつもりは毛頭ない。
人間誰しも愛しい子供がいてこその人生だ。
おのれの子をすすんで殺そうとする者は誰一人いまい。
わが子を殺されて、それで誉めてもらうなど、ごめんだ。
だがこの身なら、いま人生の盛りの時にあるが、
国を救うために死ぬ覚悟はある。
息子よ、さあ、国中の皆にこのことが知られる前に、

占師の勝手な予言などに頓着せず、
逃げるがよい、できるだけ早くこの土地を出るのだ。
［奴はいまのことをきっとばらすだろう、高官や将軍連中、
それに七つの門に足を運んでそこを固めている隊長たちにな。］
先手を取ればおまえは助かる。
後手を踏めば、われらは終わりだ、おまえは死ぬことになる。

九七五

メノイケウス　いったいどこへ逃げるのです。どの国に、どの人のところへ。

クレオン　とにかくこの土地からできるだけ遠くへだ。

メノイケウス　それを指示するのがあなたの役目、わたしはそれに従います。

クレオン　デルポイを抜けて……

メノイケウス　わたしにどこへ行けと、父上？

九八〇

クレオン　アイトリアの地(1)へ。

メノイケウス　そこからまたどこへ行くのです？

クレオン　テスプロティスの地(2)へ。

メノイケウス　ドドナの聖なる座(3)へですか？

(1) コリントス湾北のギリシア中西部地方。
(2) 中部ギリシアの西端、イオニア海に面した地方。アルカディアのリュカオンの息子の一人テスプロトスが来住して王となった。
(3) テスプロティスに近いエペイロス地方の山中にあるゼウスの神託所のこと。

クレオン　そのとおりだ。
メノイケウス　　　　　　なぜそこがわたくしを保護してくれるのです？
クレオン　神が護衛してくださる。
メノイケウス　　　　　　旅の路銀はどうします？
クレオン　金銭《かね》はわたしが用立ててやろう。
メノイケウス　　　　　　それはありがたい、父上。
では急いでください。わたしはあなたの姉上のところへ行きます。
その乳房にわたしが最初に縋りついた方、イオカステのことです。
生みの母を奪われ孤児の身の上になったときです。
あの方のところへ行ってお別れの挨拶をし、それから高飛びします。
さあ急いでください。あなたのせいで事が不首尾にならぬように。
［クレオン退場。メノイケウス、合唱隊に向かって］
女たちよ、わたしは父上の恐れをうまく摘み取った。
わたしが何をしようとしているか、言葉を繕いうまく隠した。
あの人はわたしをこの土地の外へ出して、国の安寧を損ない、
わたしに怯懦のレッテルを貼《は》ろうとしている。あの老人の気持ちは
わかってもらえるかもしれぬ。だがわたしのやることはとうてい理解さ

れることはあるまい、
わが生を享けた祖国を裏切ろうというのだから。
いずれおまえたちにもわかる。これからわたしは祖国を救いに行く。
そしてこの国のために死んで命を捧げるつもりだ。
とにかく恥ずかしいことではないか。一方で神託の束縛を受けず、
また神が決めた宿命に捉えられてもいない者たちが
楯の傍らに立って死を怖れず
城塔を背にして祖国のために戦おうとしているのに、
わたしときたら父と兄弟、それにわが祖国をまで
裏切り、恐れおののいて国外に逃げようというのだ、
どこで生きようとわたしは卑怯な男と見なされよう。
天上の星ぼしと共に住むゼウス、そして血しぶくアレスにかけて、それ
はできぬ。
アレスこそかつて大地より生まれ出たスパルトイを
この地の王と決められた方だ。
さあ、わたしは行く。防壁の天辺に立って、
この身に刃を突き立て、あの龍の小暗い棲家への犠牲となる。

予言者がそこだと指定した場所だ。
それでわたしはこの国を救うのだ。以上がわたしの決意だ。
［さて出掛けよう。死という恥ずかしくない贈物を国に贈り、
この地を病いから解放するのだ。
もし人それぞれが自分にできる範囲の有益なことに手を染めて実行し、
それを祖国全体の利益に生かすことができれば、
蒙る損害は少なくて済み
その後は幸福に過ごせるだろう。］

［メノイケウス退場］

〔第三スタシモン〕

〔ストロペー一〕

合唱隊　おまえ[1]は来た、おまえは来た、
おお翼もつ者よ、大地の、
そしてまた冥府に棲むエキドナ[2]の子よ、
カドモスの裔の者を奪い去る者よ、
多くの者を破滅させ、多くの嘆きをもたらす
半ば乙女の姿をした者よ、

（1）スピンクスを指す。
（2）上半身は女性、下半身は蛇の姿をした怪物。スピンクスはその子。

破滅をもたらす怪物よ、
強く羽ばたく翼と
生肉を摑む爪をもつ者よ、
かつておまえはディルケの泉の地から
若者らを連れ去り、
歌ともいえぬ歌をうたいつつ
人を破滅させるエリニュスさながらに、
死の苦しみを祖国にもたらした。
こんなことを引き起こしたのは神々のうちの一人、
あの殺戮のお好きな方(3)だ。
母親たちの嘆きの声が、
乙女子らの嘆きの声が、
各家ごとに挙がっている。
悲しみに満ちた叫び、
悲しみを湛えた調べ、
一人また一人と嘆く声が
国じゅうにひきも切らず続いた。

(3) アレス。

呻く声、叫ぶ声は
さながら雷鳴のように轟いた、
翼もつ乙女が国から男子《おのこ》の誰彼を
奪い去るたびごとに。

〔アンティストロペー 一〕

時至り、
ピュティアの地[1]から送られて
あの哀れなオイディプスが
このテバイの地へとやって来た。
初めは歓迎されたが、のちには嘆きの種となった。
哀れ彼は
謎歌の挑戦に見事勝ちながら、
母親と結ばれるという
唾棄すべき結婚をし、
国土を穢した。
そして血を血で洗う抗争を起こし、

（1）デルポイ。

哀れ子供らを
憎悪に満ちた諍いへと追いやった、
呪いの言葉を吐き散らしつつ。だが讃嘆のほかない、あの若者には。
彼は死に赴いたのだ、
祖国のために、
クレオンには嘆きの種を残しはするものの、
この地の七つ塔もつ市域《まち》には
美しき勝利をもたらさんものと。
なりたきはかのような子の
なりたきはかのような子の母親、
親愛なるパラスよ、あなたは石を投げて
龍の血を流させた、
心配するカドモスを
行動に駆りたてたのだった。(2)
その時以来だ、神々の略奪による破滅が
この国に襲い来たったのは。

(2) 六六二行以下参照。

〔第四エペイソディオン〕

〔使者登場〕

使者　おおい、館の玄関に誰かおられませぬか、
開けてくだされ、イオカステさまを館の外へお連れ願います。
もう一度言うぞ、おおい、お手間を取らせるが、致し方ない。
〔出て来て聞いてくだされ、オイディプスさまの名高き奥方さま、
お嘆きを、泣きの涙を流すのをやめて。〕

〔イオカステ登場〕

イオカステ　おおそなたか、まさか心配な報せを持って来たのではありま
せぬな、
エテオクレスの戦死などと。いつもそなたはあの子の楯の傍らにいて
敵の矢を防いでくれている身だが。
〔いったいどんな新しい口上を携えてやって参った？〕
わが子は死んだのか、それとも生きているのか、さあ報せておくれ。
使者　生きておられます、ご心配なく。恐れるには及びませぬぞ。
イオカステ　七つの塔をもつ城壁は——どんな様子です？
使者　破壊されずに立っていますし、市《まち》は無傷です。

イオカステ　でもアルゴス勢に攻められて危険な状況になったのでは？
使者　御陀仏寸前でした。でもカドモスの裔の勢力のほうが
ミュケナイ軍を凌ぎました。
イオカステ　一つだけぜひ教えておくれ、ポリュネイケスのことで何か
知っていることはないか。生きているかどうか気になるのです。
使者　目下のところ二人のお子たちはご存命です。
イオカステ　どうぞそなたに恵みがあるように。
で、いったいどんなふうにアルゴスの軍勢を
押し込められた城門から撃退したのじゃ。
言っておくれ、館内《うち》にいる盲目の老人のところへ行って
喜ばせてあげられるように、国土《くに》は守られたと。
使者　クレオンのお子が国のために死のうと
城塔の上に立ち、その喉に黒い血を呼ぶ刃を
貫き通してこの国を救う手立てをしてくれたとき、
あなたのお子は七つの門に七人の指揮官と手勢とを
アルゴスの軍勢を防禦するために配置し、
また騎兵には予備の騎兵をもって対抗させ、

楯持つ兵らには予備の重装歩兵をあてがいました。
それは城壁が破られそうになったところにはすぐさま援軍として
駆けつけられるようにするためでした。高く聳《そび》える砦の上に登りますと
白い楯もつアルゴスの軍勢が眼に入ります。
彼らはテウメソス(1)を出て壕の近くまで
「軍を進め、カドモスの裔の地の町に取りつきました」。
パイアン(2)とラッパの音が響きわたります、
あちらからもまたわが方の城壁からも同様に。
「まずネイスタイ門(3)にびっしり楯を寄せ合った
軍勢を差し向けたのは
猟師の母(4)もつパルテノパイオス、
その楯の中央には家紋が入っている、
遠矢射るアタランテが、
アイトリアの猪を射止める姿が。プロイティダイ門(5)に向かったのは
車上に犠牲獣を載せた
予言者アンピアラオス。その手にあるのは仰々しい
家紋入りではなく、おとなしい無紋の楯。

(1) テバイの北東にある丘陵。
(2) 戦勝祈願の歌。
(3) テバイの町の西北にある門。
(4) アタランテのこと。棄て子だった彼女は猟師に拾われて育ち、同じく山野を狩する猟師となった。一四二頁註(2)参照。
(5) テバイ市の東北にある門。

オギュギアイ門[6]へ向かったのは王者ヒッポメドン、
その手にもつ楯の中央にある紋は
斑状に身体についた眼で万物を見そなわす者[7]、
いくつかの眼は星が上るのとともに開き
またいくつかの眼は星が沈むのとともに閉じる。
主《ぬし》の死してのちもわれらの眼にとまるようにと、
ホモロイダイ門[8]に戦列を配したのは
テュデウスで、その楯にはたて髪を逆立てた
獅子の皮が取り付けてありました。また巨人プロメテウスが
町を燃やそうと右手に松明を持つ姿も。
そしてお子さまのポリュネイケスはクレナイアイ門[9]へと
兵を進められました。その楯には紋章として
ポトニアイ[10]の若駒が恐れおののき跳ね、走り廻る姿。
それは把手の近くの中心点を軸にして内側から
うまく回転させると、あたかも狂乱の体に見える。
またカパネウスは軍神アレスに劣らぬ戦ぶりと逸り立ち、
部隊をエレクトライ門[11]へと導く。

(6) テバイ市の西南にある門。
(7) アルゴスのこと。無数の眼を全身に有する巨人。
(8) 市の東南にある門。
(9) 市の北にある門。
(10) ボイオティア地方の町。
(11) 市の南にある門。

その楯の円状の鉄の背の上には、
大地から生まれた巨人が梃子《てこ》で根こそぎ掘り出した
町全体を肩に乗せて運ぶ姿があった。
それはどの町がそんな目に遭うのか、わたしたちに暗示するものだった。
七つ目の門[1]に詰めたのはアドラストス、
その楯は百匹の蛇（エキドナ）の絵姿で満たされている。
彼の左腕が携えているその蛇はアルゴスの驕りを示すもの。
そしてその蛇が城壁の真中から
カドモスの裔の子らを顎にくわえて引き出している――
これらの一つ一つの観察は
各部隊長に指令を届けに行ったときに見ることができたものです。」
初めのうちわれわれは弓矢と投げ槍で、
また射程の長い投石器で、また石塊を落として
戦いました。しかしその戦闘に勝利したとき、
テュデウスとあなたのご子息[2]がとつぜん声を挙げました。
「おお、ダナオイびとの子らよ、撃たれて粉々にされる前に
なぜ全員門に突進するのを躊躇するのだ、

（1）ヒュプシスタイ門。市の西にある。

（2）すなわちポリュネイケス。

軽装歩兵も、騎兵も、戦車乗りたちも」。
この声を聞くや、誰一人じっとしている者はいませんでした。
多くの者が頭を血に染めて斃れました。
わがほうの兵も城壁の前の大地の上へ頭から落ち、
びっしり折り重なって身を沈めるのが、その場におればあなたにも見ら
　れたでしょう。
その流れ出す血で乾いた土も濡れました。
するとアルカディアの男が[3]——彼はアルゴスびとではありません、アタ
　ランテの息子です——
さながら嵐のごとく門へ殺到し、火を、斧を寄越せと
叫びます、市を殲滅《せんめつ》せんと意気込んで。
しかしその怒り狂う彼を海神の子ペリクリュメノス[4]が
その頭上へ荷車ほどもある大石を投げ落として仕留めました、
胸壁からもぎ取った笠石で。
石は金髪の頭を粉砕し、骨の接ぎ目を
ばらばらにし、葡萄酒色の頬[5]を
血で染めました。かくして彼はマイナロスの娘[6]の

（3）パルテノパイオス
（4）ポセイドンとクロリスの子。
（5）まだ鬚で覆われない状態を示す。
（6）アタランテのこと。

美しき弓もつ母親に生きて相見えることは叶わぬこととなりましょう。
あなたのご子息(1)はここの門が無事なのを見届けると
他の門へと向かい、わたしもそのあとを追いました。
そこでわたしの眼に入ったのは、テュデウスとその仲間の者がひしと固まって
アイトリアの槍を城砦の上端部へと投げつける
その様子でした、見張兵に険しい胸壁の見張り場を
放棄させようとの魂胆です。しかしその彼らを
あなたのご子息は狩人のごとくふたたび狩り集め、
城塔の上に配置し直しました。そしてここの禍を取り除くと
また別の門へと急いで駆けつけました。
カパネウスの狂暴ぶりは何と表現したらよろしいでしょうか。
彼は長い首もつ梯子を使って
上へ登って来て、次のように嘯《うそぶ》いた、
「ゼウスの聖なる火(2)もおれには効くまい、
高い砦を落として町を征圧しようというこのおれには」。
こう言い放つや否や、投げつけられる石の雨を

(1) すなわちエテオクレス。
(2) 稲妻のこと。

楯の陰に身を縮めて避けながら這い登って行きました、
梯子のよく磨かれた段を一段また一段と。
城壁の軒蛇腹まで登りつめたとき、
ゼウスが稲妻で彼を撃った。大地が
鳴り響き万物がおののいた。梯子の上から
［彼の四肢がばらばらになって放り出された。
頭髪はオリュンポス山へ、血は大地へ、
腕や肢《あし》はイクシオンの輪(3)のように］
くるくると回転し、胴は火と燃えて地上へ落下した。
アドラストスはゼウスが自軍に敵意をもっていると見たので
アルゴス軍を壕の外へ移した。
そこでわが軍はゼウスからの吉兆を見て取り、
反撃に移った、戦車隊も、
騎兵も重装歩兵も。そしてアルゴス軍の真中めがけて
槍を突き入れた。ありとあらゆる惨劇が一斉に起きた。
斃れる者あり(4)、戦車から落下する者あり、
車輪が跳ね上がり、車軸が車軸に、

(3) 親族殺しをしたイクシオンをゼウスが哀れんで天上で罪を浄めてやったにもかかわらず、ゼウスの妻ヘラを犯そうとしたので、怒ったゼウスは絶えず回転し続ける火焔車にイクシオンを縛りつけた。

(4) Murray の校本で読む。

屍が屍に等しく折り重なった。
今日のところは、われわれは何とか
この国の城塔の崩壊は持ちこたえました。今後も
この国が幸運に恵まれるかどうか、それは神さま次第でしょう。
［いまのところはどなたか神さまのおかげで救われています。］
［**合唱隊の長**　勝利したとはけっこうなこと。神さま方がいま以上に
好意を寄せてくだされば、幸せなのですが。］
イオカステ　神々のご意向も巡り合わせも、よい方に向かっています。
わたくしの子供たちも生きているし、国も窮地を脱しましたから。
だがどうやらクレオンは、可哀そうなことにわたしの結婚の、
またオイディプスの禍のとばっちりを受けたよう、
子供を奪われ、祖国にはことはうまく運んだものの、
個人的には辛いこととなった。さあもう一度話に戻っておくれ。
わが二人の子らはこの事態にどう対処しようとしているのか。
使者　このあとの話はよろしいでしょう。これまでは上々の首尾なのです
から。
イオカステ　それは異なことを言いますね。放ってはおけないことですよ。

使者　お子たちが安泰であること以上の何かをお望みなのですか。
イオカステ　その他のことも首尾よくいっているかどうか知りたい。
使者　もう行かせてください。あなたのお子は従卒[1]無しでいるのです。
イオカステ　何か悪いことを隠して闇に閉じ込めようとしてますね。
使者　よいことをお話したあとで悪いことは言えません。
イオカステ　逃げようたって、天空《そら》へ逃げることはできますまいに。
使者　ああ困った。どうしてよい報せを告げるだけでお役御免
にしてくださらないのです？　悪いことまで話させるのです？
あなたのお子たちは、おおこの上なく恥ずべき大それた行為だ、
全軍とは別に一騎討ちをしようと決められたのです。
「お二人はアルゴス軍とカドモスの裔の民を前にして、
言わでもの言葉を公言なさったのです。
エテオクレスさまが傾斜の厳しい城塔の上に立ち、
伝令に全軍を黙らせるように命じてからまず口を切られた。
こうです。「おおギリシアの地の大将方よ、
この地まで寄せて来たダナオイびとの精鋭らよ、
またカドモスの民よ、ポリュネイケスのため、またわたしのために

（1）原語は「楯持ち」。

命の遣り取りをすることはどうかおやめあれ。
このわたしはそうした危険を回避するために、
自らわが兄弟と一騎討ちをする所存。
もしわたしがあの男を討ち果たせば、館はわれ一人のもの。
だが討ち負かされた場合は、あの男一人の手に委ねることとしよう。
アルゴスの衆よ、そなたらは戦をやめて国へ
帰るがよい、命をこの地に捨てるでない。
スパルタの民が骸となって横たわるのも、もうじゅうぶんだ」
と、こう彼は言ったのです。するとあなたのお子ポリュネイケスさまが
戦列を離れ出て、これに賛意を示されました。
アルゴスびともまたカドモスの民も全員が
これをまっとうであると考えて拍手喝采を送りました。
この言葉に基づいて休戦協約が結ばれ、両軍を分ける中立地で
両亘の大将たちがこれを遵守《じゅんしゅ》するとの誓いを行ないました。
老オイディプスの子の二人の若者は
すでにその全身を青銅の武具で鎧い始めています。
戦友がその着つけを手伝います。この国の第一人者のほうは

蒔かれた者たちの裔の貴人らが、またいま一人のほうはダナオイびとの
　大将たちが。
ご兄弟二人は顔を輝かせて立ち、顔色一つ変えず
たがいに槍を投げつけようと心逸っていました。
二人の側にはそれぞれの戦友がやって来てそれぞれに付き、
二人を激励して次のように言いました、
「ポリュネイケスよ、勝利の記念碑としてゼウスの像を立て
アルゴスに名声をもたらすのは汝が手にかかっている」と。
エテオクレスもまたこう励まされた、「いまこそ国のために戦うべし。
いまこそ美しき勝利を得て王笏を手にすべし」と。
こう言って彼らを戦の庭に呼び出したのです。
占師らは羊を屠り、その内臓を焼く火の勢いを見調べました、
ぶすぶすくすぶるのと
それと反対に燃え盛るのと、二通りの兆をもつのを。
すなわち勝利の印と敗北者のそれとなるのを。」
さあ、あなたさまに力が、あるいは賢い知恵が、
あるいは人を魅する魔力がおありなさるなら、出掛けて行って

お子たちの恐ろしい争いを抑えてください、危険が迫っています。
［恐ろしい争いです。あなたは涙にくれましょう、
今日の日に二人のお子が失われてしまったら。］

イオカステ　おお、娘のアンティゴネよ、館の前に出て来ておくれ。
［いまやおまえは、神々のご意向では、どうやら
踊りや娘らしい仕事にかまけている場合ではありません。
いえ優れた男子《おのこ》、おまえの兄たちが
死の道に沈み行くのを止めなければなりませぬ。
この母とともに、二人がたがいの手で死ぬことのないように。］

［アンティゴネ、館内より出て来る］

アンティゴネ　ねえお母さま、またいったいどんな恐ろしいことを
館の前で身内の者らに叫び立てていらっしゃるのです？

イオカステ　娘よ、おまえの兄たちの命が失われようとしているのです。

アンティゴネ　何ですって？

イオカステ　　槍の一騎討ちで戦う羽目に。

アンティゴネ　ああ、何をおっしゃるのです、お母さま。

イオカステ　嬉しくないことです。さあついて来るのです。
アンティゴネ　どこへ？　乙女の部屋を放ってまで。
イオカステ　軍勢の陣営へ。
アンティゴネ　人前《ひとまえ》に出るのは恥ずかしい。
イオカステ　恥ずかしがっている場合ではありません。
アンティゴネ　何をすればよいのです？
イオカステ　兄たちの争いをやめさせるのです。
アンティゴネ　どうやって？　お母さま。
イオカステ　わたしと一緒に頼むのです。
［使者に向かって］両軍の中間の所までわれらを案内せよ。ためらっているときではない。
［アンティゴネに］さあおまえ、急いで、急いで、あの子らが槍を交える前に
行き着けば、この身は死なずにすむ。
［ぐずぐずしていると、わたしたちはお終いです。おまえは死ぬし］

わたしは死んだあの子らと運命をともにして死ぬことになりましょう。

〔全員退場〕

〔第四スタシモン〕

〔ストロペー〕

合唱隊　アイアイ、アイアイ、わが心はおののきで
震えに震える、わが身の内を
可哀そうな、可哀そうなお母さまへの
同情が刺し貫く。
二人のお子のどちらがどちらを
血しぶきに濡らすのか——
ああ、この苦しみ、ああゼウスよ、ああ大地の神よ——
血を分けた者の首を、血を分けた者の胸を、
楯を貫き、身を切り裂いて。
哀れわたしは
斃れた屍のどちらを泣いて差し上げようか。

〔アンティストロペー〕

悲しや大地よ、悲しや大地よ、血気に逸る心根の
二頭の野獣は、槍が一閃するや
地に落ちて倒れ、
すぐにも血を流そう。
哀れなことよ、一騎討ちの思いが
二人の胸に宿ったとは。
わたしは異国風の叫びを挙げ、
屍に涙とともに嘆きのたけを捧げよう。
定めは近い、殺戮はすぐそこにきている。
行く末を決めるのは刃。
エリニュ・スらによる殺戮は凶と出た定め。

〔エクソドス〕

〔合唱隊の長　さてクレオンさまが暗い顔をしてこちらのほうへ、
館へとおいでになるのが見えます。嘆くのはやめることにします。

［クレオン登場］

クレオン　ああ、どうしたらよいだろう。わが身の上か、それとも国のために
涙を流して嘆いたものか、国には暗雲が立ち籠めているのだ、
アケロン[1]の川向こうにまで連れ去ろうとでもいうように。
そしてまたわが子が国のために死んで果てた。
それで彼《あれ》は名を挙げた、だがわたしには辛い話だ。
たったいまあの龍の棲家の切り立った沼地から、哀れわたしは
自ら命を絶った息子の身体を手に抱いて運んで来たところだ。
屋敷じゅうが嘆きの声だ。老いの身のわたしは
同じ老いの身の姉イオカステの許へやって来た、
もはや命のないわが子の身体を洗い清め安置してもらおうと思うてな[2]。
死者の名誉を讃え地下の神を崇めるのが
生きている者のなすべき仕事であるからだ。
合唱隊の長　クレオンさま、姉上さまがお館から出て行かれました。
娘御のアンティゴネさまもご一緒です。
クレオン　どこへだ？　どんな禍ごとが起きたのだ？　申してみよ。
合唱隊の長　あの方は、お子たちが王家の支配をめぐっていままさに

（1）冥府を流れる川。死者はこれを渡って冥府へ入る。

（2）ふつう死体は洗い清められ寝台に安置されて戸外に一日曝されるが、それをするのは親族の女性の役目だった。本全集第二分冊一四一頁註（3）参照。

槍と楯で一騎討ちしようとしていることをお聞きになったのです。
クレオン　何だと？　わたしはわが子の死体の処置に来ているのだ。
そんなことを聞くために来たのではないぞ。
合唱隊の長　姉上さまが出掛けられたのはずいぶん前です。
クレオンさま、どうやらオイディプスのお子たちが
命を的に競った争いは片がついた様子です。
クレオン　おお、そのことを告げる何よりの印が見えたぞ、
駆けつけた使いの者の悲しみに満ちた顔がそれだ。
あの者が、起きたことすべてを語ってくれよう。］

［第二の使者登場］

第二の使者　ああ哀れなこの身。何を語ればよいのだ、どんな嘆きを。
合唱隊の長　わたしたちはお終いです。晴れやかならざる語り出しで話を
始められましたから。
第二の使者　ああ哀れなこの身と、いま一度言おう。大いなる禍を持って
来たのだから。
［クレオン　他にいろいろ禍ごとが起きているのに。さあ、それは何だ？

第二の使者　姉上のお子たちはもはや生きておられません、クレオンさま。

クレオン　何と何と。

おまえの言うことはわたしにとってもこの町にとっても大いなる受難。

おお、オイディプスの館よ、聞こえたか、

同じ一つの不幸を分けおうて子供らが滅び果てただと。

合唱隊の長　良識ある者であれば、涙にくれるところです。

クレオン　ああ不運極まりない禍だ、

ああ惨めにも不幸に見舞われた、おお哀れなこの身よ。

第二の使者　そうした禍に加えて、さらに不幸な出来事をお知りになれば。

クレオン　いまのよりもっとひどいどんなことが起きたというのだ?

第二の使者　あなたの姉上さまもお二人の子らとともに亡くなられました。

合唱隊の長　嘆きの声を、さあ挙げよ。

白い腕で頭を音高く打て。

クレオン　ああ哀れなイオカステよ、そなたは何という結末を

迎えたことだろう、その人生も結婚生活も、あのスピンクスの謎歌のために。」

〈合唱隊の長〉　二人のお子たちの殺し合い、オイディプスの呪いによる争

いは
どんなふうに起きたのでしょうか。教えてください。
第二の使者　城塔の前でわが軍があげた勝利についてはご存じのはず。
町を取り巻く城壁までの距離はそんなにあるわけではないのですから、
[起きたこと全部を知りわけられないほどには]。
老オイディプスのお子たちは
青銅の武具で身を鎧ったあと、
両軍の中間へ進み出て身構えました、
[二人の指揮官、二人の大将は]
一騎討ちの槍戦《やりいくさ》をせんものと。
さて、ポリュネイケスさまはアルゴスの方角に視線を送り、祈りの声を
　挙げました。
「おお女神ヘラよ、わたしはあなたの一門の者、なぜなら
わたしはアドラストスの娘と結婚しその地に住んでいるのですから。(1)
どうかわたしに兄弟を殺させたまえ、相手に立ち向かうこの右の腕《かいな》が
血で染まり勝利をもたらさんことを」。
[彼は兄弟を殺してまでという最も恥ずべき王冠を求めたのです。

(1) ヘラはアルゴスと関係深い神であると同時に結婚の守り神でもある。

多くの者がこの巡り合わせ[1]を嘆いてしとど涙を流しました。
そして皆たがいに眼と眼を合わせ見つめあいました。」
一方エテオクレスさまは黄金の楯もつパラスの杜へと眼を遣り、
こう祈りました、「おお、ゼウスの娘御よ、
どうかわが槍が美しき勝利をもたらしてくれますように、わが手から、
この腕から兄弟の胸へと飛んでこれを打ち、
[わが国を滅ぼそうとしてやって来たあやつを斃してくれますように]」。
松明の火による合図に代えてエトルリアのラッパの
音が響きわたると[2]、これが死闘の合図となり、
二人はたがいに恐ろしい勢いでぶつかり合いました。
その様は牙を荒々しく研ぎながら組み合う
野猪さながらで、両頰は咆で濡れています。
次いで槍で突きかかります。しかし相手は楯の後ろに隠れているため
穂先はすべって無為に流れます。
相手の顔が楯の縁の上に覗いているのを一方が見つけると、
相手に先んじようとしてその顔めがけて槍を振るいます。
しかしこちらは楯の縁の覗き目[3]にうまく眼を当てていて、

(1) Murray の校本で読む。

(2) Murray の校本で読む。ラッパの音が戦闘開始の合図となる前は、松明を投げ上げてその合図としたとされる。

(3) Murray の校本で読む。

槍使いは無駄に終わります。
[これを見ている者らには、戦友を気遣うあまりに
闘っている者より多くの汗が流れました。]
エテオクレスさまは足場を邪魔する石を
足で脇に除け、肢を楯の外側に置きます。
ポリュネイケスさまのほうは槍を手に突進します、
肢が槍の一撃に曝されているのを見て取って。
アルゴスの槍は踝を刺し貫きました。
ダナオイびとの軍勢はこぞって歓声を挙げました。
この激戦の中、先に傷つけられたほうのこちらは、
ポリュネイケスの肩がむき出しになっているのを見て、
その胸めがけて力一杯槍を投げつけます。そしてカドモスの民に
歓喜の情を引き起こしました。でも槍の穂先は潰れました。
槍を失ってどうにもならなくなり、いったん元の場所へ立ち戻り、
きらきらと光る石くれ[4]を拾い取って投げつけ、
相手の槍を半ばからへし折ります。戦闘は相拮抗しました。
両者ともに手から槍を失ったのです。

(4) ここと同様な描写が『イリアス』第十六歌七三四—七三五行に見える。

そこで二人とも剣の柄に手をかける、
そしてたがいの楯をぶつけ合う、
かくて二人の周りには闘いの大きな物音が湧き起こりました。
ところでエテオクレスさまはテッサリアとの付き合いを通じて
テッサリア風の戦術を知っていましたが、それを使ったのです。
硬直した押し合いを一瞬すかして
左足を後方へ引き
腹部の前の空いたところに注意を払いながら、
右足で前へ出て、相手の臍《へそ》を貫いて
脊椎へと剣を突き入れ、打った。
たちまち哀れポリュネイケスさまは肋骨と胃のあたりを折り曲げて、
血の滴《しずく》を垂らしながらくずれ落ちました。
するとエテオクレスさまは戦闘を制し勝利したと思い、
剣を大地へと投げ捨てて相手の武具を剝ぎ取ろうとします。
おのれへの要心はそっちのけで、そのことだけに集中します。
それが彼も倒れる因《もと》になったのです。というのは相手にはまだわずかに
　息があり、

無惨に倒れ伏しながらも剣を放さず、
最後の力を振りしぼってエテオクレスさまの肝臓めがけて剣を
伸ばした、先に倒れたほうのポリュネイケスさまが。
かくて両者は倒れてたがいに身を寄せ合い、その歯で
大地を噛むこととなりました。力で差はつかなかったのです。
合唱隊の長　ああ、ああ、オイディプスさま、その禍ときたら——あなた
　のことをどれほどに嘆きましょうか。
どうやらあなたの呪い、神が満たされたようです。
第二の使者　さあこのあとに起きた不幸もお聞きください。
お子たち二人が倒れて絶命したとき、
哀れ母上さまが駆けつけて来られたのです、
[お娘御ともども急ぎ足に]。
あの方は死を呼ぶ一撃で斃された二人を見て
こう嘆かれました、「ああ吾子らよ、助けに来るのが
遅かった」と。そしてお子たちを順に抱きしめて
泣かれた、嘆かれた。母親として負うて来た長い苦労を数え上げて。
二人の妹御に当たる方も母上さまと同じに嘆かれました、

「ああ、お母さまの老後を看るはずだった人たち、わたしの嫁入りの面倒を
見ずに逝った愛しい兄さんたち」と。エテオクレス王は
胸の底から苦しまぎれの息を吐きながら
母親の言葉を聞き、手を弱々しく母に当てたが
声はもう出ず、眼から流す涙に
言葉を託した、これが愛している印ですと。
ポリュネイケスさまにはまだ息があった。彼の方は妹御と
老いた母親とを見遣りながらこう申された、
「母上、わたしたちは死にます。哀れなのはあなたと
そこの妹、そして骸《むくろ》となった兄者。
身内が敵《かたき》になった、でも身内は身内です。
母上、それにおまえ妹よ、このわたしを祖国の土に
埋めてください。そして城市《まち》の怒りを
宥めてほしい、たとえ王権を捨てた身でも
それでもここは父祖から受け継いだわたしの土地だからと。
そのあなたの手でわたしのまぶたを閉じてください。

母上、——彼の方は自ら己が眼の上に母の手を置きました——
お別れです、もう闇がこの身を包んでいます」。
かくしてお二人はお可哀そうに命果てられました。
母上さまは、この不幸を眼にするや
強い衝撃を受けられたまま屍から剣を奪い取り、
恐ろしいことを実行なされた、頸の真中に
刃を突き通されたのです。そして愛しいお子たちの間に、
二人に腕を投げ掛けるかたちで死んで横たわりました。
ただちに皆立ち上がり、論争を始めました。
わたしたちはわが主人が勝ったと言い、
あちらはポリュネイケスさまだと言います。大将方は言い争いました。
「一方はポリュネイケスさまのほうが先に槍を当てたと言い、
他方は両者とも死んでしまった以上どちらにも勝利はないと言いました。
その間にアンティゴネさまが軍勢を割って立ち去って行かれました。」
そして皆は武器にとびつきました。われらカドモスの民は
先見の明よく武器の間近に座っていました。
そこですぐさまわれらは、アルゴス軍が武装する前に、

彼らにとびかかって行きました。
抵抗できる者はいませんでした。背走する敵で
野は満ちました。槍で倒された屍から夥しい血が
流れます。こうして戦に勝利したわれわれは、手分けして、
一方で勝利記念のゼウス像を打ち建て、
他方でアルゴス兵の屍から楯を剝ぎ取り、
これを戦利品として城壁内に送り込みました。
それ以外の者はアンティゴネさまともども死者の骸を
身内で供養するためにここへ運んで来ます。
かくしてこの城市をめぐる戦いは一方にはこの上ない吉と出、
他方にはこの上ない凶と出たのです。　［使者退場］

合唱隊の長　お館のご不幸はもう人伝てに
聞くまでもありません。だって見ることができるのです、
三人の死者の骸が
ここお屋敷の前へと運ばれてくるのが、
一緒に死んで闇の世を手に入れた方がたの骸が。

［左手よりアンティゴネ、屍とともに入場］

アンティゴネ　葡萄の房のような柔かい頬をヴェールで隠すことはない、
乙女らしい瞳の下の赤い肌も
朱色にはえる顔《かんばせ》も、
わたしは死者を思うあまりに狂乱し
突進する、頭からヴェールを投げ飛ばし
サフラン色の優美な衣服を脱ぎ捨てて、
この身は死者たちの嘆きに満ちた先達だ、ああ、おお。
ポリュネイケス、あなたはその名のとおりの人だった。(1) ああテバイ。
そなたをめぐる争いが――いえ争いではない、殺戮に次ぐ殺戮が
オイディプスの館を
滅ぼした、恐ろしい血潮
おぞましい血潮で満たして。
どのような歌を、
いえ、どのような調べの嘆きを
涙に、涙に添えて、おお館よ、館よ、

（1）ポリュネイケスは文字どおりには「争い多き人」の意。

わたしは叫《おら》び上げようか、
この三体の同族の者の遺体を、
母親とその子らの遺体を、エリニュス[1]の喜びの種を携えて来たわたしは。
そのエリニュスがオイディプスの家をすっかり[2]滅ぼしてしまった、
荒々しい気性の歌い手スピンクスの明瞭ならざる謎歌を
かの人が賢明に解いて
これを打ち果たしたあのときに。
ああ、わたしは辛い。
はたしてギリシアびとの誰が、また蛮族のどの人間が、
あるいは昔々の貴人らの誰であっても、
これほどまでの禍に耐えられようか、
一日のうちに流れた血の
ここまでも目に明らかな痛みに。
哀れわたしは[3]どれほどに嘆きの声を挙げることか。
樫の木の、また樅の木の
高枝の葉に止まるどの鳥が
親鳥との別れを泣くその鳴き声で

(1) エリニュスは復讐の女神。
(2) Murray の校本で読む。
(3) *ἐλελίζω* で読む。

わが苦しみにどれほど唱和してくれようか。
嘆きつつ歌う哀悼歌（アイリノス）、それはわたしがこの人たちを
こののちずっと一人暮らしを続けながら
涙をこぼしつつ泣いてあげる歌。
最初は誰にしよう、犠牲のお初穂に
この髪の毛を抜き取って投げ与えるのは？
お母さまのもう乳の出なくなった
二つの乳房にか、
それとも二人の兄さんたちの屍の
おぞましい残骸へか。

オトトトイ、出て来てください、
あなたのお館から、光を失った眼のままに、
年老いたお父さま、お示しください、
オイディプスよ、その惨めな人生を、
いまだ館にあってその眼に暗い闇を投げ掛けながら
長い長い生涯を引きずっていらっしゃるあなた。

わたしの声が聞こえますか、中庭を老いた足で
歩いていらっしゃるのか、それとも寝床に
不幸な身を横たえていらっしゃるのでしょうか。

［オイディプス、館内より登場］

オイディプス　なぜまたわしを、娘よ、盲目の身に
杖を使わせて光のもとへ引っ張り出したのだ？
暗い部屋の中から、
寝床で惨めに泣き暮れていたのを、
この身は大気でできた灰色のぼんやりとした幻、
いや地下に眠る屍、
いや翼もつ夢のようなものなのに。

アンティゴネ　お父さま、あなたがお耳にされるのは[1]使者からの
不吉でもない言葉、あなたのお子たちもお連れ合いも
もはや陽の光を仰いではおりません、あなたの杖となって
盲目の身のその足の面倒をずっと見ていらしたあのお連れ合いも。
〈ああ、〉お父さま、何ということでしょう。

（1）Murray の校本で読む。

オイディプス　ああこの身に受けた何という禍、これは嘆いてもわめいても当然だ。
三つの命はどんな定めを受けて
この世を去ったのだ。娘よ、教えてくれ。

アンティゴネ　申し上げますが、非難のためや意地悪い気持ちからではありません、
辛い気持で申し上げるのです。あなたの復讐を望むお心が
剣に重くのしかかり、
また火となり禍深い闘いとなってお子たちを襲ったのです、
ああ、お父さま、何ということでしょう。

オイディプス　ああ。

アンティゴネ　このことをなぜお嘆きになるのです？

オイディプス　息子たち。

アンティゴネ　あなたは苦しみの中を過ごして来られました。
さらにもしもあなたに日輪の曳く四頭立ての馬車が見えて、
これらの骸となった姿を
その眼の光で捉えることができたらどうでしょう？

オイディプス　息子たちの不幸な成り行きに疑うところは何一つない。
だが娘よ、可哀そうなわが妻はどうして身を滅ぼしたのだ。
アンティゴネ　お母さまは誰の眼にもそれとわかる
悲しみの涙を流しながら、
乳房を見せつけて嘆願しようと
子供たちの許へ駆けつけました。
[そしてエレクトライ門の端《はた》、子供たちが
蓮の生える草地で槍を交え
一騎討ちをしたのを、お母さまはごらんになった、
ちょうど巣穴で争う獅子のように、
たがいに相手を傷つけようと闘ったのを。
流された血はすでに冷たくなっていました、
アレスが捧げ、ハデスが受けた灌奠《かんてん》の血は(1)。]
お母さまは屍から青銅の剣を抜き取るとそれをおのれの身に突き立てて
血で濡らし、子供たちのことを嘆きつつ二つの骸の間に倒れ伏しました。
何もかも今日一日に集め、
わが家の痛手となるようにしたのは、

(1) アレスは戦の神。ハデスは冥府を統べる神。

お父さま、これは神さまの仕業にほかなりません。

合唱隊の長　オイディプスの館にとっては今日の日が
あらゆる禍の始まり。でもわが人生はこれまでよりもどうか幸せであり
ますように。

［クレオン登場］

クレオン　嘆くのはもうお終いにされよ。墓標を建ててやる時ですぞ。
オイディプスよ、わたしの言うことをお聞きあれ。
ご子息のエテオクレスはこの地の覇権を
このわたしに委ねた。彼はあなたのご息女アンティゴネの
結婚持参金をハイモンに与え、結婚の約束をした。
わたしはあなたがこれ以上この土地に住むことを禁ずる。
それはテイレシアスがはっきりと言ったからだ、
あなたがこの地に住むとこの国のためによろしくないと。
さあ出て行ってくれ。こう言うのは何も思い上がってのことではない、
また敵意があってのことでもない。あなたの復讐心の強さゆえに
この国が何か禍を蒙るのではないかと恐れるからだ。

オイディプス　ああ運命（モイラ）よ、よくもまあおまえはそもそもの初
　めからこのわたしを惨めで哀れな身に
生んでくれたことよ、たとえ他にまだこんな人間がいるとしてもだ。
わたしが母胎からこの世に生まれてくる以前から
まだ生まれぬ子が父親の殺害者になるであろうと、
アポロンはそうライオスに神託を下していた。何という惨めな話だ。
そしてわたしが生まれると、生みの父親は
わたしと敵同士になると考えて、わたしを殺そうとした。
父はわたしの手で死ぬことになっていたからだ。父は乳房を
求めるわたしを、獣への悲惨な餌食になれと送り出した。
ところがわたしは助かった、キタイロン[1]はタルタロス[2]の
底無しの口まで落ちて行くべきだったのだ、
わたしを破滅させず、ダイモンの力でポリュボス[3]を主人として
奴隷奉公するようにわたしに仕向けたあのキタイロンの山は。
不幸な星の下に生まれたこのわたしは実の父親を殺め、
哀れ極まりない母親の寝床へ入り込み、
わが兄弟となる子供らを生んだ。そして彼らをわたしは殺した、

（1）テバイ近郊の山。
（2）ハデス（冥府）のいちばん下の部分。
（3）コリントスの王。

ライオスから受け継いだ呪いをその子らにかけて。
だがいくら何でもわたしは、どなたか神の指図なしに
わが眼とわが子らの生命に手を加えたりするほど、
愚かな人間ではない。
まあそれはよい。だが凶運に見舞われたこのわたしはいったいどうすればよいのだ？
誰がこの盲目の男の道案内をして一緒に歩いてくれるというのだ？
死んだこの妻がそうだったのか？　生きていればきっとそうだっただろう。
いやこの立派な二人の息子だろうか？　だが彼らはもういない。
いやまだ若いこの身は生の世界に留まるべきなのだろうか？
どこでだ？　クレオンよ、そなたはなぜわたしをこれほど完膚なきまでに打ちのめすのだ？
そうだろう、もしわたしをこの土地から追い出せばそうなる。
わたしはそなたの膝に両手を巻きつけるような
惨めな真似はしたくない。かつてわが身に備わっていた高貴さを
裏切りたくないからだ、たとえ逆境にあってもな。

クレオン　わたしの膝に手を触れたくないとのその言やよし、
だがわたしはそなたがこの土地に住まうことは許しませぬぞ。
これら二つの遺体のうち、一つは早速にも館内に運び込まねばならぬ。
だがこちらは、この城市《まち》を落とそうと目論み、
祖国へ他人を連れて来た男ポリュネイケスの屍は、
この土地の境界線の外へ埋葬もせずに放り出しておけ。
このことはカドモスの裔の民全員に告知されよう、
「この骸を花冠を被せて飾ろうとする者、
あるいは土で覆おうとする者には、代わりに死が与えられよう。
嘆くことも埋葬することもせず、鳥の餌となるままに放っておけ」と。
アンティゴネよ、そなたは三つの遺体を嘆くのはもうやめて
館の中へ入るがよい。
そしてその日まで乙女の身のままでいるのだ、
ハイモンとの婚礼がそなたを待っているその日までな。
アンティゴネ　ああお父さま、わたくしたちは何という惨めな禍の中にい
　ることでしょう。
わたくしには死んだ方がたよりあなたのほうが嘆かわしい。

と申しますのはあなたには禍のこれが重い、これが重くないというのではなく
とにかくすべての点で、お父さま、あなたはご不幸なのですから。
［クレオンに向かって］ところでわたしは新しく支配者となられたあなたにお尋ねします。
なぜあなたはこの父をこの土地から追い出すなどとひどいことをなさるのです？
またなぜこの哀れな骸を法にかけたりするのです。

クレオン　それはエテオクレスの考えだ、わたしじゃない。

アンティゴネ　愚かなこと、それを信じたあなたも同罪です。

クレオン　なぜだ。命ぜられたことを遂行するのが正しくないことだというのか。

アンティゴネ　そうです。それが不正なことだったり、間違って言われたことの場合は。

クレオン　どういうことだ。こいつを犬どもにくれてやるのが正しくないというのか。

アンティゴネ　あなた方がこの人に適用しようとする罰は法に則ったもの

ではないからです。

クレオン　もしこいつが国家の敵だとしたらどうだ、個人的な敵ではないとしても。

アンティゴネ　彼は身の成り行きを運勢に委ねて結末をつけたではありませんか。

クレオン　葬られ方の点でも彼は罰を払うのだ。

アンティゴネ　どんな罪があるというのです。彼がこの地を求めてやって来たことに。

クレオン　よいか、この男は埋葬することはならぬ。

アンティゴネ　わたくしが埋葬します、たとえ国が禁じても。

クレオン　それではおまえ自身がこの骸と枕を並べることになるぞ。

アンティゴネ　二人の親しい者同士が相寄って横たわるのはまこと名誉なこと。

クレオン　〔供の者に向かって〕この女を引っ捕らえて館の中へ連れて行け。

アンティゴネ　やめてください、この骸からは離れたくありません。

クレオン　世の定めの示すところは、娘よ、おまえの思うとおりにはならぬぞ。

アンティゴネ　それは「死者を冒瀆するなかれ」とも定めています。
クレオン　この骸に湿った土を被せる者は誰一人としておらぬわ。
アンティゴネ　お願いです、クレオンさま、このお母さまイオカステにかけて。
クレオン　愚かな真似をして痛い目に遭うぞ。これを受け入れないというなら。
アンティゴネ　遺体を洗い浄めるのだけはお許しください。
クレオン　それも国が禁じていることの一つだ。
アンティゴネ　では醜い傷あとを布切れで巻いてやるのは。
クレオン　遺体への心遣いは一切駄目だ。
アンティゴネ　ああ愛しい方、せめてあなたの口に口づけをしてあげたい。
クレオン　泣いて自分の結婚に差しさわりが出ぬようにするがよい。
アンティゴネ　このわたくしが生きさらばえてあなたのお子に嫁ぐとでも？
クレオン　何があろうともだ。どこに逃げ場がある？
アンティゴネ　その日の夜がわたくしをダナオスの娘(1)の一人にしてくれましょう。

(1) ダナオスの五〇人の娘たちはアイギュプトスの五〇人の息子と結婚させられるが、新婚の床でそのうちの四九人が新夫を殺した。

クレオン　見たか、この厚顔無恥！　ここまで暴言の限りを尽くすとは。

アンティゴネ　鉄も剣もわが誓いの証人となれ。

クレオン　なぜそうおまえは結婚から逃げたがるのだ。

アンティゴネ　この可哀そうなお父さまと一緒に国を出て行くつもりです。

クレオン　おまえは気高い心のつもりでいようが、愚劣もいいところだ。

アンティゴネ　そして一緒に死ぬつもりです、もしお知りになりたければ。

クレオン　行け、わが息子は殺してくれるな、この地を出よ。

オイディプス　おお娘よ、おまえのその熱い心、ありがたく受けるぞ。

アンティゴネ　でももしわたくしが結婚すれば、お父さま、あなたは一人で逃げて行くのですね。

オイディプス　おまえはここにいて幸せになりなさい。わしはおのれの禍を担ってゆこう。

アンティゴネ　でもお父さま、眼の見えぬあなたのお世話は誰がします？

オイディプス　定めどおりの場所に倒れて大地に横たわろう。

アンティゴネ　あのオイディプスは、あの名高い謎歌は、いずこへ？

オイディプス　滅びてしもうた。一日にしてわしは幸せになり、一日にしてわしは身を滅ぼした。

アンティゴネ　あなたの禍をわたくしにも分かち持たせていただくわけにはいきませんか？

オイディプス　盲目の父親との逃避行は、乙女の身には恥だ。

アンティゴネ　いいえ、健全な心の持主であれば、お父さま、これは気高い振舞いです。

オイディプス　さあ手を貸してくれ、おまえの母親の身体に触れたい。

アンティゴネ　ほら、年老いた愛する人を手にお触れなさい。

オイディプス　ああ母よ、ああ惨めこの上ないわが妻よ。

アンティゴネ　嘆かわしい姿で横たわっています、あらゆる不幸を身に帯びて。

オイディプス　エテオクレスの骸は、ポリュネイケスの骸はどこにある？

アンティゴネ　二人はあなたのそばにたがいに身を寄せ合って長々と横たわっています。

オイディプス　不憫な奴らの顔の上にこの盲人《めしい》の手を添えてくれ。

アンティゴネ　ほら、死んだ息子たちを手で触れておやりなさい。

オイディプス　ああ、この惨めな親父の惨めに死んだ愛しき子ら！

アンティゴネ　ああ、わたくしにとってはこの上なく愛しい名前ポリュネイケス！
オイディプス　いまこそ、ああ娘よ、ロクシアスの神託は果たされるのだ。
アンティゴネ　え、どのような？　いまの禍にさらに禍を言い加えるのですか？
オイディプス　わたしは放浪の旅の末にアテナイで死ぬと。
アンティゴネ　どこでですって？　アッティカのどの城塔があなたを迎え入れてくれるのですって？
オイディプス　聖なるコロノス(1)だ。馬の神(2)のお住居だ。
さあ、この盲目の父の面倒を見てくれ、
逃避行を共にする気があるというのであれば。
アンティゴネ　さあ辛い逃亡の旅へ。その愛しい手をお延ばしなさい、
さあ年老いたお父さま、案内役のわたくしの身体を
摑むのです、船が順風を捕らえるように。
オイディプス　ほらこのとおり、
娘よ、行くぞ、おまえはわしの
惨めな膝の道案内だ。

(1) アテナイ近郊の地。
(2) ポセイドンのこと。ソポクレス『コロノスのオイディプス』五四行以下および六六八行参照。

アンティゴネ　わたくしは、わたくしは、テバイの乙女らのうち
最も惨めな乙女になりました。
オイディプス　老残の身の旅路、いずこへ向かおうか。
娘よ、この杖をどこに向けて運ぼうか。
アンティゴネ　こちらを、こちらをわたくしと一緒に歩きなさい、
こちらに、こちらに足を運ぶのです、
夢ほどの強さしかないその足を。
オイディプス　オイ、オウ、この上なく禍々しい逃亡の旅を
この老いさらばえた身が祖国を出てさすらい行くのだ。
オウ、オウ、わしはこの重荷に耐えて行くのだ。
アンティゴネ　なぜ耐えると、なぜそうおっしゃいます？　正義（ディケ）
　の神は悪人たちを見ようとしませんし、
また人間の無分別を懲らしめることもしないのです。
オイディプス　ここにいるこのわしは
歌で美しき勝利の高みまで達した男だ、
乙女の掛けた
難解な謎を解いて。

アンティゴネ　スピンクスへの非難をむし返すのですか？
幸せだったころの昔話はおよしなさい。
あなたを待っていたのはこの惨めな重荷です。
祖国から逃亡する身となって、
お父さま、いずこかで死ぬ定めです。

わたくしは親わしい乙女らの許に尽きぬ思いの
涙を残し、祖国の地から遙か遠く出て行きます、
処女《むすめ》にふさわしからぬ放浪の旅へ。
オイディプス　ああ卓越せるその精神《こころ》。
アンティゴネ　それがお父さまのご不幸に関わるこの身を
高貴なものにしてくれましょう。
哀れなわたし、〈あなた〉と兄さんに加えられた侮辱を思えば、ああ。
兄さんは家の外に屍となって、哀れ葬られもせずにいます。
たとえこの身が死なねばならぬとしても、お父さま、
人知れず土で覆い隠してやりましょう。
オイディプス　さあ、祭壇の傍らで祈りをあげるように

仲間の乙女たちの許へ行くがよい。 一七四七
アンティゴネ　嘆きの種はじゅうぶん、 一七四八
禍にもたっぷり恵まれています。 一七五〇
オイディプス　いざ行け、山中のブロミオスの、また
信女らの聖なる宮居のあるところへ。
アンティゴネ　そのブロミオスのため、わたしはかつてカドモス由来の
鹿の裘《かわごろも》を身に着け、セメレのものという 一七五五
聖なる枝を手に山中で舞い踊ったことがある、
神々に雅びを捧げて。それもいまは空しい――。
オイディプス　おお、世に名高き祖国の民らよ、見るがよい。これなるが
　オイディプスだ。
かつては世に著《しる》き謎を解いた、偉大なる男、
ただ一人血に穢れたスピンクスの力を制禦した男だった。 一七六〇
それがいま名誉を奪われ、哀れな姿でこの地を追われてゆく。
なぜ、なぜ、これを泣くのか、なぜ無駄を承知で嘆くのか。
神々の課す必然は、人の身はこれを耐え忍んで当然なのだ。

合唱隊　おお偉大にして聖なる勝利（ニケ）の女神よ、
どうかわが生涯を統べたまい、
栄冠を授けるのをお止めになりませぬよう。」

［全員退場］　　一七六五

オレステス

ヒュポテシス（古伝梗概）

一

オレステスは父親を殺害されたその仕返しにアイギストスとクリュタイメストラを殺した。母親殺しを敢行したとたん、その罰で気狂い状態になった。死んだ母の父親に当たるテュンダレオスが彼を告発したために、彼はアルゴスびとを前に不敬な罪を犯したものが受けるべき罰について裁判にかけられることとなった。折りよくメネラオスが流浪の旅から帰参し、夜のあいだにヘレネを町中《なか》へ送り込み、自分のほうは夜が明けてからその姿を見せた。彼はオレステスから助けを求められると、それに反対するテュンダレオスのほうに気嫌ねする仕末だった。人々の間で議論が交わされた結果、大半の者はオレステスの死刑に票を投じた。オレステスは自ら命を絶つことを約束して〈(1)〉。その場にいた友人のピュラデスが、まずヘレネを殺してメネラオスを懲らしめるよう策を授けた。彼らがその実行に及ぼうとしたとき、神がヘレネを拉致し去り、望みは裏切られてしまった。そこへ姿を現わしたヘルミオネをエレクトラがオレステスらの手の中へ送り込んだ。彼らはこれを殺害しようとした。そこへメネラオスが現われ、妻子ともに彼らによって奪われようとしているのを見て、館を攻撃しようとした。だが彼らは機先を制して館に火を放つぞと恫喝する。そのときアポロンが顕現し、ヘレネは自分が神々の許へ連れて行ったと告げ、オレステスにヘルミオネを妻に娶るようにと、またピュラデスにはエレクトラと連れ添うようにと、そして母親殺しの罪が浄められたのちは［オレステスが］アルゴスの地を統治するようにと言い渡した。

二、文献学者アリストパネス(2)によるヒュポテシス

オレステスは母親を殺害したため、エリニュスの出現によって心を脅かされ、またアルゴスの人々から死罪の判決を受けたが、メネラオスが側におりながら彼を助けてくれなかったというので、ヘレネとヘルミオネを殺そうとしたものの、アポロンに阻止された。この筋立てはどの作家にもないものである。劇の場はアルゴスに置かれている。合唱隊はエレクトラと同年輩のアルゴスの女性たちから成る。彼女らはオレステスの身の禍を訊きにやって来る。プロロゴスを述べるのはエレクトラである。劇は喜劇的要素の濃い終わり方をする。劇の構成は以下のとおりである。アガメムノンの館の前、オレス

（1）この欠損部には「一日の猶予を願った」とあったかと推測される。

（2）一二九頁註（1）参照。

テスが狂気に苛まれ寝台に横たわっている。その彼の足許にエレクトラが付き添って座っている。なぜ彼女は枕元に座っていないのか不可解であるが、それはそうしたほうがより近くに座を占めることができて、よりいっそう弟の世話をしていると思われやすいからである。詩人がそうしたのは合唱隊のせいだと思われるというのは合唱隊の女たちが彼の側に近づきすぎると、たったいまやっと眠り込んだところなのにオレステスが眼を覚ましてしまうからである。こう推測するわけはエレクトラが合唱隊に向かってこう言うからである、「静かに、しずかに、履物に気をつけて」[1]。これはそのような設定の理由づけとしては信憑性が濃い。

本篇は舞台映えの点では評判作の一つであるが、人物像の点では最悪と言ってよい。ピュラデス以外はその性全員陋劣である。

登場人物は、エレクトラ、ヘレネ、合唱隊、オレステス、メネラオス、テュンダレオス、ピュラデス、使者、ヘルミオネ、プリュギア人、アポロンである。

（1）一四〇行。底本ではエレクトラではなく合唱隊のせりふとされている。

登場人物

エレクトラ　アガメムノンとクリュタイメストラとのあいだの娘。オレステスの姉。オレステスと一緒に母親クリュタイメストラを殺害した

ヘレネ　メネラオスの妃。クリュタイメストラの妹に当たる。トロイア戦争の原因となった悪女

合唱隊　エレクトラと同年輩のアルゴスの娘たち

オレステス　アガメムノンの息子。母親殺害後、復讐の女神の幻影に襲われ、しばしば狂気の発作を示す。またその不敬行為のゆえに、市民たちからも疎外されている

メネラオス　アガメムノンの弟でスパルタ王。妃ヘレネを連れてトロイアより帰還して来る

テュンダレオス　クリュタイメストラ、ヘレネ姉妹の父親。前スパルタ王

ピュラデス　オレステスが亡命していたポキスのストロピオスの息子。オレステスの親友

使者　アルゴスの老農夫

ヘルミオネ　メネラオスとヘレネの娘

プリュギア人　ヘレネに仕える奴隷

神アポロン　　　　ロクシアス、ポイボスなどの異称を持つ

　場所・時

アルゴスのアガメムノンの館の前。門前に寝台が置かれ、病んだオレステスが横たわっている。
その傍らに、彼を看病するエレクトラ
昼間

〔プロロゴス〕

〔エレクトラ登場〕

エレクトラ　口に出すのも恐ろしいことも、
苦しみも、神の定めによる禍も、
その重荷を担わずにすませられるものは何一つありません。
ほら、あのゼウスの裔とも言われる幸福なタンタロスでさえ
――と言ってわたしはこの方の身の上をけなすつもりではないけれど――
頭上に落ちかかる岩におびえながら、空《くう》に宙吊りの身。
こんな罰を受けねばならぬというのも、
死すべき人の身で、神々と食事を共にするという名誉に与りながら、
お喋りの度を過ごしたためとか。(1)
お喋りは人の身にとっては最も恥ずべき悪弊《おこない》。
この方はペロプスを子に儲け、そのペロプスからアトレウスが生まれた
　のだけど、

(1) 神々に招かれた食卓での秘密の話を人間にもらしたために右にあるような罰を受けたと言われる。

運命の緯《いと》を織る女神は、このアトレウスとその兄弟に当たるテュエステスとのあいだに
争闘《いさかい》を起こさせるよう、その緯を紡いだのです。
だけどこの忌わしい伝承《いいつたえ》をなぜわたしがくどくどと繰り返す必要がありましょう。
[(1)とにかく、アトレウスがテュエステスの子供を殺して、それを父テュエステスに食べさせたというわけ。]
そしてこのアトレウスとクレタ女のアエロペとのあいだに——
この間の事情もはぶきますが(2)——あの高名な——
高名といってよいなら——アガメムノンとメネラオスが生まれたのです。
メネラオスはあの神々の憎まれ者ヘレネを娶り、
いま一人のアガメムノン王は、クリュタイメストラと婚姻を取り結びましたが、
これはギリシア中あまねく知られているとおり。
このアガメムノンには三人の娘が生まれました。
クリュソテミス、イピゲネイア、それにわたくしエレクトラ。
そして世継ぎとしてはオレステス。あのひどい女を母親として。

(1)［ ］の部分は後世の挿入として削除が要求される箇所。以下同。

(2)アエロペがアトレウスの兄弟テュエステスと姦通したこと、アトレウスが復讐のためにテュエステスの子供を殺して父親のテュエステスに食べさせたことなど。

あの女《ひと》はその配偶者《つれあい》に、手を出すところも首を出す穴もない長衣《きもの》を投げ掛けて、
くるみまとい殺したのでした。なぜ殺したか、それは
純な処女《むすめ》には言うも憚かれること。わたしの口からははっきりさせないで、皆さまそれぞれの推量《おかんがえ》におまかせします。

神アポロンのことは、その不正をいかに非難してもしようのないこと。

でもあの方がオレステスに生みの母親を殺すように言いふくめたのです。

それは誰に聞いても賞められようはずがない不正な行ない。

だけどオレステスは、神の意に従うのをよしとして殺人を犯したのです。

そしてわたしも、女の身にできる範囲で、この殺人を手伝いましたし、

「ピュラデスもまた、この仕事のためにわたしたち姉弟《きょうだい》を助けてくれたのです」。

さて、その後可哀そうなオレステスは、荒々しい、恐ろしい病いに見舞われて、
ほらここに、寝床にぐったりとなって病み伏せています。

母の血の怨みが、彼を狂気という車に乗せてぐるぐる引き廻すのです。

このように恐怖でもって[3]彼を正気の外へ追いたててゆく女神たちを、

（3）Murray の校本で読む。

慈しみの女神（エウメニダイ）[1]と呼ぶなんて、わたしにはできません。
殺害された母親の死体が送葬《とむらい》の薪の火に
浄められてから、きょうで六日。
この間、彼は食物も喉に通らず、
身体を洗うこともできぬというありさま。いまは上着に
身をくるみ込んでいますけれど、時どき病いから身体が楽になったときにはきまって、
正気に戻ってさめざめと涙を流したり、また時には軛を外《はず》された若駒のように、
寝床から離れてとてつもない勢いで跳びはねたりもするのです。
ところでこのアルゴスの国では、何人であれ、わたしたちを家の中に招き入れること、
ましてや炉端に近づけることは固く禁じられ、
またわたしたち親殺しに対して言葉をかけることも許さぬ、と決められました。
そして今日、アルゴスの町は投票で決めるでしょう、
わたしたち二人が投石の刑を受けて死ぬべきか、

（1）元来は復讐の女神エリニュエス。アテナ女神の勧告を容れて慈しみの女神エウメニダイに転化した。アイスキュロス『オレスティア』三部作にその条は詳しい。

［それとも首に研ぎすました刃をあてがって死ぬべきかを］。
けれどまだわたしたちには死なずにすむかもしれないという希望がある。
というのは、メネラオスさまがトロイアからこの地へお帰りになったからです。
その人はいま、長い海路を漕ぎ渡ってナウプリア(2)の港へお着きになり、
浜に錨を下ろしておいでです。トロイアの地を出てから
長い年月のあいだ、波のまにまにとめどない漂いの旅を終えられて。
ところで、数かずの禍の種となったヘレネのことですが、
もしも誰か、トロイアで息子を死なせた人たちの誰でもよい、
昼間公然と彼女が出歩くのを見て、石を投げつけるかもしれないと心配し、
夜、闇にまぎれてわたしたちの屋敷へ彼女を送り込んで来ました。
彼女はいま館のなかで姉の非運、館の災難を嘆き悲しんでいます。
だけどあの人にはこの悲しみを和らげるものがあるのです。
メネラオスさまは、トロイアへ向けて船出なさるとき、
家に残った娘のヘルミオネを故郷のスパルタから連れて来て、
わたしと母とに養育を頼んでゆかれたのですが、

(2) アルゴスの外港。アルゴスの東南約一一キロに位置する。

その娘と嬉しい再会ができたのです、悲しみなど吹きとんでしまいます。
通りのすみずみ、隈なくわたしは眼を配ります、
いつメネラオスさまがやって来られてもめざとく見つけられるように。
もしあの方に援けてもらえなければ、この災難を耐えるのに他の者では
　心もとないですから。
ああ、禍に沈んだ館は何と惨めなものかしら。

［館内からヘレネ登場］

ヘレネ　［おお、クリュタイメストラとアガメムノンのお子、］
長い年月のあいだ嫁ぎもゆけず、処女《むすめ》のままでいるエレクトラ。
可哀そうなお人。あなたは、それに弟御、
［母親を殺した可哀そうなオレステスはいまどうしていらっしゃるので
す］。
こう言葉を掛けたからといって、あたしあなたから穢れを受ける心配は
　ありませんわ。
罪はすべてポイボス[1]さまにあると思ってますから。
でもあたし、姉のクリュタイメストラの身の上はほんとに嘆かずにはい

（1）アポロン神の異称。

られない。
あのようにあたしが神さまに惑わされてトロイアへと船出した、
あのときが姉の姿を見た最後。
それがもうお目にかかれないのですもの。あとに残されたあたしはこの
不幸を嘆かずにはいられない。

エレクトラ　ヘレネさま、この上何を申しあげましょう、
［禍に沈んだアガメムノンの館、目のあたりにごらんのとおりです］。
わたしは一睡もしないで、可哀そうな屍
（だってもう虫の息なんですもの）に付添って座っています。
でもわたしは弟の不幸に愚痴をこぼしたりはしません。
それにひきかえあなたもあなたの旦那さまもお幸せで、
お二人して悲惨な目に遭っているわたしたちのところへおいでになる。

ヘレネ　この人、もうどのくらいこうして床についているの？

エレクトラ　母親を殺害した日からずっと。

ヘレネ　まあ可哀そうに。それに母親のほうだって、そんな死に方をして。

エレクトラ　ごらんのとおり、禍に力そがれてしまって。

ヘレネ　それはそうとお願いがあるんだけど、ねえ、聞いてくださる？

エレクトラ　この子の看病で手が離せないんですけど、それでできることでしたら。

ヘレネ　姉のお墓まで行って来てもらえないかしら……

エレクトラ　母のお墓へですって。いったい何をしに？

ヘレネ　あたしからのお供えに、この髪の毛とお神酒をもってお参りしてもらいたいの。

エレクトラ　あなたには身内のお墓にお参りすることすら許されていないんですか？

ヘレネ　そうじゃないの、アルゴスの町の人たちに姿を見られるのが恥ずかしいのよ。

エレクトラ　あのときは恥も外聞もなく家を見捨てておきながら、いまになって分別くさい顔をしたって、遅すぎます。

ヘレネ　おっしゃるとおりだわ。あたしには耳の痛い言葉だけど。

エレクトラ　ミュケナイ(1)の人たちに、いったい何を恥じるのです？

ヘレネ　トロイアで戦死した人たちの父親が怖いの。

エレクトラ　怖いでしょうとも。ここアルゴスであなたを非難する声は大変なものですよ。

（1）ミュケナイとアルゴスの集落は近接していた。そして二つを含めた地域がアルゴスと総称されていた。アルゴスとミュケナイはほぼ同義で使われていると見てよい。

ヘレネ　ですから、怖い目を見なくていいように、ね、あたしを助けてちょうだい。

エレクトラ　母の墓をこの眼で見るなんて、わたしにはとてもできませんわ。

ヘレネ　といって、召使にお供え物を持たせてやるのも恥ずかしい話だし。

エレクトラ　なぜ、娘御のヘルミオネをお遣《や》りにならないのです?

ヘレネ　町なかへ出てゆくなんて、若い処女《むすめ》には毒なことだもの。

エレクトラ　でもそうすれば、死んだ人にこれまで世話して育ててもらったお礼ができるでしょうに。

ヘレネ　［おっしゃるとおりだわ。わかりました。］
ご忠告どおり娘を遣ることにしましょう。
さあ、おまえ、ヘルミオネ、館の前に出てきておくれ――

［ヘルミオネ登場］

さ、このお神酒と髪の毛を手にお持ち。
これからクリュタイメストラのお墓へゆき、
蜜入りの乳と泡立つ葡萄酒を注ぎかけるのです。
そして塚の上に立ってこう言うのです、

「妹のヘレネがこのお神酒をお供えいたします。
妹は怖くてあなたのお墓にやって来れません。
アルゴスの人々を恐れているのです」と。そしてお願いしなさい、
母さんやおまえ、お父さま、それに神さまに滅ぼされた
この二人の姉弟にも、悪意を持ったりなさらぬようにと。
そしてまた、妹が姉に対して行なうにふさわしいもの、
死者の供養になるものは何でもやりますって、約束するのです。
さあ、急いでおゆき。そしてこのお神酒をお墓に捧げたら、
さっさと帰ってくるんですよ。　［ヘルミオネ墓の方へ、ヘレネ館の中へ］

エレクトラ　まったく人の性格というものは、死すべき者たちには何て大きな害悪であることでしょう、
［弁《わきま》えのよい人たちにとっては救いとなるものなのに］。
あの女《ひと》が髪の毛の先をほんの少しだけ切り取ったのをごらんになったでしょうか。
美しさが損なわれないようにと思ってのことだわ。彼女はむかしからこうした女なのです。

神さま方がおまえを憎まれるとよいのに。ちょうどおまえが、わたしや
　ここにいる弟、
それにギリシア中の地に禍をもたらし苦しめたのと同じように。［合唱
　隊が登場してくるのを見て］ああ、これは困った。
わたしの悲しみをともに歌ってくれる友だちがまた新しくやって来る。
彼女《あれ》たちはきっと、この眠っている弟を起こしてしまうでしょう。
そしてわたしのこの両《ふた》つの眼を涙で溶かしてしまうでしょう、
目覚めて狂う弟《これ》の姿を見るわたしの眼を。
ねえ、親しい女《ひと》たち、どうか静かに歩いておくれ。
音を立てないでおくれ。音を立てないで。
おまえたちの親切は嬉しいけれど、
［この子を起こせば難儀なことになるわ］。

〔パロドス〕(1)

〔ストロペー一〕

合唱隊の長　静かに、しずかに、履物に気をつけて、
　そおっと、足音を立てないように、［足音を］。

（1）この場で舞台上のエレクトラと唱和するのは合唱隊全員では、おそらくない。合唱隊の長とするのが妥当と思われる（合唱隊員が個別に担当したとも考えられるが、このあたりは演出上の問題になってくる）。

エレクトラ　離れて、あっちへ行って、寝床に近寄らないでおくれ。
合唱隊の長　ええ、ええ、おっしゃるとおりに。
エレクトラ　ねえおまえたち。声を潜《ひそ》めて話しておくれ、
　軽ろやかな葦笛の音《ね》のように。
合唱隊の長　密《ひそ》やかな葦笛のささやきのように、
　これくらいに。(1)
エレクトラ　　　　ええ、それくらいで。
さあ、こちらへ、静かに来てちょうだい。静かに、ここへ。
いったい何の用事でやって来たのか話しておくれ。
弟《これ》もやっと眠り込んでくれましたから。

〔アンティストロペー一〕

合唱隊の長　お加減はどうなのでしょう。ねえ、教えてくださいな。
ほんとに何といったらいいのかしら、この成り行き。［この禍。］
エレクトラ　まだ息はしているけど、呻き声は弱くなっています。
合唱隊の長　え、何て？　ああ、お可哀そうに。
エレクトラ　ええい、おまえたちはわたしを殺してしまうことになるのだ

（1）次行とアンティラベー（半行対話、割ぜりふ）を形成する。以下同。

よ。
いま、甘い、楽しい眠りの贈物を享けているのに、この子の眼を覚まさすようなことをすれば。

合唱隊の長　不幸せな方、神の命令とはいえ、とんでもないひどいことをしてしまって。
可哀そうな方。

エレクトラ　ああ、何という苦しみなのかしら。
不正な者が不正なことを告げたのです。
テミス(2)の三脚台の上で、
ロクシアス(3)が彼《これ》に母親の殺害を命じたあのとき。

〔ストロペー二〕

合唱隊の長　［オレステスを指しつつ］あら、ごらんなさい。覆いの下で身体を動かしています。

エレクトラ　それごらん、おまえのせいですよ。何て人なんでしょう。
大きな声を立てるから起こしてしまったじゃないの。

合唱隊の長　いえ、よくお寝《やす》みのようですが。

(2)「掟」の女神。予言の術に秀で、アポロン以前からデルポイに神託所を有し、アポロンに予言術を伝授した。
(3) アポロン神の異称。

エレクトラ　お願いだから、わたしたち二人から、ねえ、館《ここ》の前から
以前《まえ》のところに戻って、
音を立てずにいてくれることはできないの。
合唱隊の長　よくお寝みになっていますよ。
エレクトラ　ほんとね。
女王よ、夜を統べる、
悩み多き人の子らに眠りの恵みを与えてくださる方よ。
闇（エレボス）の国より翼はばたかせて来てください、
アガメムノンの館へどうぞおいでください。
わたしたちは心の痛み苦しみに拉がれて、
打ち拉がれているのですもの。
［合唱隊に向かって］そら、音立てた。静かにして
黙って、声を立てないように
寝床から離れて口をおつぐみ。
おまえたち、この子を静かに心地よく眠らせてやらないというの？

〔アンティストロペー二〕

合唱隊の長　おっしゃって、この苦しみの果ては何なのか。

エレクトラ　死。死ぬことだけ。それ以外に何があるというの？
食べものを口にしようとしないんだもの。

合唱隊の長　ああ、それじゃもう定めは決まった。

エレクトラ　ポイボスがわたしたちを陥れたのです。
お父さまを殺した母上を、
あろうことかわたしたちに殺させて。

合唱隊の長　それは正義のためでした。

エレクトラ　　　　　　　　　　でも心は重い
――あなたは殺した、そして自らも殺された、
わたしを生んだ母上よ。しかもあなたはお父さまを殺した上に、
あなたのその血でまたわたしたち子供をも痛めつけているのだわ。
わたしたち二人は死んだも同じこと、駄目になってしまった。
この子は屍同然だし、わたしといえば、
生涯のほとんどを
呻いたり嘆いたり、

夜ごと涙にくれて生きてきた。
嫁入りもせず、子供も産まず、
処女《むすめ》のまま惨めな生命を死ぬまで引きずってゆくのです。

〔第一エペイソディオン〕

合唱隊の長　そばに行って見てあげて。ね、エレクトラ。
弟さんがあなたの知らぬまに息絶えてしまわないように。
ひどい弱りようがどうも気がかりですもの。

〔オレステス目覚める〕

オレステス　ああ、眠りは魅惑の魔術師、病いの苦しみを和らげるもの。
おまえは、ぼくには何て甘く、しかも欲しいときにうまくやって来てく
　れるんだろう。
禍の数かずを忘れさせてくれる忘却の女神よ、あなたは何て賢いのだ。
しかも不幸せな者にとっては祈りの相手ともなってくれるお方。
はて、どこから、いつ、こんなところへぼくはやって来てるのかしらん。
　どんなにして。

さっぱりわからん。以前《まえ》のことは忘れてしまった。

エレクトラ　愛しい弟よ、よく眠っておくれだったから、どんなにかわたしは楽だったでしょう。

手を借して、身体を起こすのを手伝いましょうか？

オレステス　ええ、ええ、起こして。それからね、
このいやらしい口許の泡と目脂とを拭き取ってください。

エレクトラ　ほら――こんなこと、喜んでしてあげます。

不幸な弟を姉さんの手で世話してあげるのに、嫌なことがありますか。

オレステス　身体をぼくに寄り添わせて、顔にこびりついている汚れた髪の毛を
払いのけてくれませんか。髪が眼に入ってよく見えないんです。

エレクトラ　まあ、髪も何も汚れ放題のひどい頭だこと。

何てむさくるしいの。長いこと洗わないものだから。

オレステス　また床に寝かせて。狂気が鎮まると、
身体中の関節ががくがくして、手足が萎えてしまう。

エレクトラ　そうら――病人には寝床がいちばんいいものなのよ。

寝床って嬉しくないものだけど、またどうしても要るものだわ。

オレステス　もう一度起こして、身体を立ててくれませんか。
病人はものが思いどおりにならないものだから、わがまま言ってばかり。
エレクトラ　ねえ、地面に足を下ろしてみたら？
久しぶりに歩いてみてごらんなさいよ。変わったことをしてみるのもいいことよ。
オレステス　うん、ほんとうだ。こうやってみると治ったような気分だ。
ほんとはそうじゃなくても、そう思えるだけでも得だ。
エレクトラ　さあ、それでは聞いてちょうだい。
エリニュスたち[1]がおまえに正気を許してるあいだに。
オレステス　何か新しい報せでも。いい話なら嬉しいけど、
でも悪いことだったらいまの不幸だけでもうじゅうぶんだ。
エレクトラ　メネラオスさまがお帰りになったのよ、おまえの叔父さまの。
ナウプリアの港へ船をお着けになったのです。
オレステス　何とおっしゃる、辛い目を見ているぼくと姉さんにとっては希望の光、
わたしたち一門の一人で、しかも父上には数知れぬ恩を受けているあの人が、帰って来たんですって？

(1) 三人の復讐の女神。殺人罪、殊に尊属殺人の罪を追求する。二六四頁註（1）参照。

エレクトラ　お帰りになったのです。（わたしの言葉を信じなさい）(2)
トロイアの城市《まち》からヘレネを連れて戻って来られたのよ。
オレステス　一人助かって帰って来られたほうがずっとよかったのに。
妻女《つれあい》を連れてでなら、大きな禍を背負って帰って来たことになる。
エレクトラ　テュンダレオス(3)さまは、ギリシア中に悪名高い、
恥多い娘たちを儲けられたものです。
オレステス　姉さんはあんな悪い女たちとは別でなくちゃいけません。そ
うできるんですから。
そしてただ口先だけでなく、それを肝に銘じておくことです。
エレクトラ　ああ、おまえ！　眼が血走って、
いっぺんにおまえは狂気に取り憑かれてしまった。いまのいままで正気
であったのに。
オレステス　おお、母上、お願いです。嗾《けしか》けないで。
血に染った眼、髪が蛇の形相すさまじい娘たちを。
そこ、すぐそこにいる、跳びかかってくる。
エレクトラ　可哀そうな子、騒がないで、寝床の中にじっとしてなさい。
おまえは何も見てやしないのよ。見てると思っているだけなのよ。

（2）Willink はここの πιστόν（誓約、担保）を「[誓いの] 右手」と解し、「真実の証拠としてこの右手を執れ」とする。その傍証として『ヘレネ』八三八行、『メデイア』二一一—二一二行を挙げている。ただしこの両所にある δεξιά [右手] という語はここには欠けている。
（3）クリュタイメストラ、ヘレネ姉妹の父。

オレステス　ああ、ポイボスさま。犬のような眼つきをした、恐ろしい黄泉の国の祭司たち、
あの恐ろしい女神たちがぼくを殺す。

エレクトラ　けっして放しはしませんよ。この手でしっかりと捕まえて、
とほうもなく暴れ廻るおまえを抑えててあげますよ。

オレステス　放せ、おまえもおれを痛めつけるエリニュスたちの一人に違いない。
おれの胴中を掴まえて、地獄(1)へ放り込もうという魂胆だろう。

エレクトラ　ああ、ほんとに惨めなわたし、何を頼りにしたらいいんだろう。
神の恨みを受けているわたしたちだもの。

オレステス　さあ、先角《さきづの》のついた弓(2)をこの手にくれ。ロクシアスさまから拝領したあの弓だ。
アポロンさまは言われた、もしも女神《あいつ》たちが狂気の発作でおれを脅すようだったら、
この弓で撃退するようにと。
もしおれから見えぬところへ身を退かぬようだったら

(1) 冥府の最下層タルタロス。

(2) 弓の両端に角の飾りがついた弓。

どの女神であろうと、この人間さまの手で打ち倒されてしまうのだぞ。
聞こえないのか。見えないのか。
遠矢射るこの弓から翼もつ矢がいまに飛び出そうとしているのだぞ。
ええ畜生め、何をぐずぐずしているんだ。
さっさと高空へはばたき飛んでゆけ。ポイボスさまの神託を責めにゆけ。
おや、いったい何を騒いでいるんだろう、はあはあ息を切らして。
こんなところに、いったいいつ、寝床から跳び出してきたんだろう。
いまは、大波の荒れたあとふたたび凪に巡り会ったような気分だ。
姉さん、何でまた泣いたりしているんです、着物に頭を埋めて。
恥ずかしいと思います、ぼくの苦悩《くるしみ》にお付き合いさせたり、
この業病ゆえに若い処女《むすめ》のあなたに迷惑をかけたりして。
気をつけて。ぼくの禍がもとで姉さんまで一緒に身を滅すことになって
　はことだ。
あなたもやることには賛成なさった。でも母親の血を流したのは
ぼくなんですから。けっきょく、ロクシアスさまが悪いんだ。
あの方は、ぼくに道にはずれた大それたことをするように唆かして、
口ではうまいことを言いながら、手の方は一向に貸してくださらない。

ぼくはこう思っているんです。もし父上に向かって、
母を殺すべきかどうか尋ねたら、
生みの親の喉に剣を突き立てるようなことはどうかしてくれるなと、
ぼくのこの顎に手を差し延べて懇願なさったであろうと。
父上がもう一度光の世界に甦って来れるわけでもなく、
またぼくが惨めにもいまのこんな不幸に出会うのがおちなのであれば。
さあ、姉さん、着物から顔を上げ、
涙を拭いてください。たとえぼくたち二人ひどく惨めであろうと、
もういいではありませんか。そして、ぼくがふさぎ込んでいるのを見つけたら、
ぼくの心の恐れと錯乱《みだれ》を和らげ、
優しい言葉で慰めてください。またあなたが嘆いているときは、
――ぼくたちはこうして一緒にいるんですから――ぼくが姉さんをきっと優しくたしなめてあげよう。
こうした助け合いこそ、姉弟のあいだではふさわしいものなんですから。
でも、もう館に入って横になってください。
眠る間もなかったまぶたを眠らせてやってください。

食事を摂り、湯浴みもしてください。
姉さんが倒れたり、また看病疲れから何か病気にでも罹《かか》ったりすれば、
ぼくたちは二人ともお終いなんですから。姉さん一人が頼りなのです、
知ってのとおり、誰からも見捨てられたぼくにとっては。

エレクトラ　おまえを一人ぼっちにしておくことはできません。死ぬも生きるもおまえと一緒のつもりよ。
一緒ならどちらに転んだって同じなのだから。もしおまえに死なれたら、
女一人何ができよう。どうして生きてゆけよう、
兄弟なく、父なく、友人もなくて。でもおまえがそうお望みなら、
言われるとおりにしなければ。——だけど、寝床に横になっておいで。
おまえを脅かして寝床から追いたてようとする奴なんか、相手にするんじゃありませんよ。
寝床の布団の上にじっとしているんですよ。
ほんとは病気じゃなくてもそう思うだけで、
人間というものは心配や懸念に取り憑かれるものなんです。

［エレクトラ、館の中へ］

〔第一スタシモン〕

合唱隊　ああ、翼もて四界を飛び廻るものたち、

〔ストロペー〕

逆上した女神たちよ、
バッコスの信女らとは反対に、涙と嘆きとを道連れに
湿っぽい群なすものたちよ、
闇色の肌もつエウメニデスよ、
高空へ天翔け登る、
流された血の仕返しを、殺害に相応な仕返しをしようとして。
ねえ、お願い、お願いします。
アガメムノンの息子を
赦してあげて、
あてどない狂乱の発作を忘れさせてあげて。ああ、果てない苦しみ、
その苦しみに手を染めて、いまは滅亡に瀕している可哀そうな方よ。
ポイボスが三脚台から告げた託宣を、
世界の臍(1)、中心の地と呼ばれる
床《ゆか》の上で受け取ったばかりに。

(1) デルポイのアポロン神殿は世界の中心とされ、そこに臍《へそ》と呼ばれる石があった。

〔アンティストロペー〕

ああ、ゼウス。
何たる悲惨、何たる血みどろな
苦闘《たたかい》がやって来ることか、
惨めなあなたを駆りたてながら。
そしてあなたを狂わすあの母の血を、
復讐神の一人が館の中に持ち込んで、
あなたを涙の雨に暮れさせる。
悲しいことだ、悲しいことだ。
全き幸せというものは、人の世では永続きしないもの。
あたかも足速き小舟の
帆布を覆すごとく、
神は大海の猛り狂う大波にも似て、
人の身を底知れぬ苦しみで襲い沈める。
そうではありませぬか。神々の婚姻——
あのタンタロス(2)に由来するこの一族より他に、敬うに足る、

(2) エレクトラは父アガメムノン、祖父アトレウス、曾祖父ペロプスを経て、さらにその父のタンタロスに繋がる。四行以下参照。

より旧いどんな家柄がまたとほかにあるというのでしょう。

〔第二エペイソディオン〕

合唱隊の長　ところでさあ、かの王がお見えになった、
メネラオス殿です。その豪奢な身なりからして、
タンタロス一族の裔にほかならぬことが
はっきりと見て取れます。
おお、アシア(1)の地へ千隻《あまた》の船団を統べてゆかれたお方よ、
ようこそ。何としても成し遂げようとお誓いなされたことを、
神の力も与って、ご武運かなってあなたは成し遂げられました。

〔メネラオス登場〕

メネラオス　おお、館よ、トロイアから帰り着いておまえを眼にするこの
　喜ばしさ。
だがまたおまえを眺めていると嘆きがせめぎあげてもくる。
無理もあるまい、恐ろしいくらいに数多い禍にぐるりと周りを取り囲ま
　れているこの館だ。

(1) すなわちアジア。

これほどのものは、いまのいままでほかにわたしは見たこともない。
アガメムノンの非運は、
「そしてどのようにして妻の手で殺されたかということは」、
船をマレア(2)に着けようとしたとき知った。波の底から
水夫仲間の予言者、あの海神ネレウスの代言者グラウコス
――偽りの舌は持たれぬ神だ――がわたしに告げ知せたのだ、
波間より身を現わしてはっきりとこのように、
「メネラオスよ、そなたの兄者は殺められて横たわっている。
妻の非道この上ない湯殿の奸計《たくらみ》に陥って」と。
この言葉は、わたしを、そしてわたしの部下たちまでも、とどまること
を知らぬ涙で満たした。
だがナウプリアの地に着いたとき、
「――そのころすでに妻はここへやって来ていたのだが――」
わたしはすぐにもアガメムノンの息子オレステスとその母者人を、
二人は息災でいると思い、この腕に優しく抱こうと願っていたものを、
それがだ、そこである船乗りから
テュンダレオスの娘にまつわる不浄な殺人の話を聞いたのだ。

（2）ペロポネソス東南端の岬。

ところで娘御たちよ、教えてくれぬか、
アガメムノンの息子はどこにいる。かの兇事を恐れ気もなくやってのけた奴だ。
わたしがトロイアへ出陣しようとて館をあとにしたときには、
あ奴はまだクリュタイメストラの腕に抱かれた赤子であった。
だからいま見かけても、わたしにはたぶんそれと見分けられぬであろうと思うのだ。

［オレステス、寝床から起きてメネラオスの前に跪く］

オレステス　お尋ねのオレステスはここにおります、メネラオスさま。

この身の不幸せをいちぶしじゅうあなたに見ていただくつもりです。

だがまずあなたのお膝にお縋りします。援助《たすけ》を求める者の、それがまずやるべきこと。

オリーブの枝[1]は持ち合わせませんが、言葉に願いを懸けて。

お助けください。禍のさなか、ちょうど願ってもないときにあなたはおいでになったのです。

メネラオス　おお[2]、これはまた何というありさまだ。わたしが見ているのは死者の国の者か。

（1）嘆願者はオリーブの小枝に羊毛を巻きつけたものを嘆願の相手に差し出す慣わしだった。
（2）以下四四七行まで一行対話（スティコミューティアー）が続き、緊迫した遣り取りが展開する。一一〇〇行以下にも同様なスピーディーな展開がある。

オレステス　おっしゃるとおりです。禍のため、陽の光を仰いではいるものの、生きているとは言えないのですから。
メネラオス　可哀そうに、その乱れた頭髪《あたま》のひどさはどうだ。
オレステス　態《なり》はちっとも苦にならない、犯した行為が身を責めるのです。
メネラオス　窶《やつ》れ果てた眼で見つめるその眼差しの恐ろしいことよ。
オレステス　肉体は逝った。しかし名前はこの身を離れません。
メネラオス　ううむ、思いもよらぬ変わり果てた姿だ。
オレステス　可哀そうな母親を殺したのは、このぼくです。
メネラオス　それはもう聞いた。不祥事は慎んで滅多に喋らぬものだ。
オレステス　ではやめましょう。しかし神はぼくに辛く当たるんです。
メネラオス　いったいどんな目に遭っているのだ？　どんな病毒がおまえを苦しめるのだ？
オレステス　大それたことを犯《や》ったということを知っている、この意識《こころ》。
メネラオス　何だって？　はっきりしたことを言うのが賢明というものだ。
　曖昧な言い草はまやかしだぞ。
オレステス　とりわけこの身を責めるのは胸の苦しみ――
メネラオス　その神さまなら、恐ろしいけれども宥められないことはない。

オレステス　そして狂気、母の血の怨みの。

メネラオス　狂いはじめたのはいつだ？　それはどんな日だったのだ？

オレステス　可哀そうな母親を埋葬した、その当日。

メネラオス　館にいてか、それとも火葬の場に立ち会っていてか？

オレステス　灰の中から骨を拾おうと夜通し膝を詰めていたとき。

メネラオス　誰かそばに付添っていたか、身を支えてくれるような。

オレステス　ピュラデスが。血染めの母殺しを一緒にやった——。

メネラオス　でどんな幻に、そうして悩まされているというのだ。

オレステス　夜に似た三人の娘たち[1]が見えるんです。

メネラオス　その娘たちなら知っている。口に出してはちょっと言いにくいがな。

オレステス　畏れ多い方たちですから。口に出さぬのが利口です。

メネラオス　その娘たちが親族殺しの罪でおまえを狂わすのだな。

オレステス　ああ、この迫害。彼女たちに追い廻される惨めなこの身。

メネラオス　ひどいことを仕出かした者がその報いを受けるのは当然だ。

オレステス　でも、この惨めなぼくたちにも救いはあります。

メネラオス　「死ぬ」なんてことは言うなよ。そいつは利口なやり方では

（1）二七八頁註（1）参照。

ないぞ。

オレステス　ポイボスさまです。あの方が母親を殺せと命じたんですから。

メネラオス　あの方は、善や正義については無知なのだ。

オレステス　神々がたとえどんなものであろうと、われらは神の僕《しもべ》です。

メネラオス　でもロクシアスさまはまだ不幸なおまえを助けてはくださらないのだろう?

オレステス　ためらっておいでなのです。神さまの遣り口はこんなものだけど。

メネラオス　ところで母親が息絶えてからどのくらい経つ?

オレステス　きょうで六日。火葬場の燠にはまだぬくもりが——

メネラオス　何てすばしこいのだ、母親の血の怨みにおまえをつけ狙う女神たちは。

オレステス　ぼくはへまをやったかもしれません。でも身内の者にとっては誠実な味方でした。[2]

メネラオス　だが父親の仇討ちをして、何か得をしたことがあるか?

オレステス　いえまだ何も。まだ無いというのは何も無いのと同じです。

メネラオス　そんなことを仕出かしたからには、市（ポリス）との関係は

（2）Murray の校本で読む。

どうなっている？

オレステス　口も利いてもらえないほどに憎まれています。

メネラオス　掟に従って手の血の穢れを浄めてもらうわけにはいかないのか？

オレステス　訪《ゆ》くさきざきで戸口から追い払われるありさま。

メネラオス　市民らのうちのどんな連中がおまえをこの地から追放しようとしているのだ？

オレステス　オイアクス。[1]トロイアの怨みを父に向けようというのです。

メネラオス　なるほど。パラメデスが殺された怨みをおまえに晴らそうというんだな。

オレステス　ぼくはあの件には無関係なのに。ぼくは三つの殺害[2]によって身を滅ぼすわけです。

メネラオス　他には誰だ？[3]　たぶんアイギストスの取り巻き連中のうちの者ではないか？

オレステス　そうです。奴らがぼくを迫害するんです。いまでは市も奴らの言いなりです

メネラオス　それで、おまえがアガメムノンの王位を継ぐことは、市は許

(1) ナウプリオスとクリュメネの子。次行のパラメデスの兄弟。パラメデスがオデュッセウスの怨みを買ってトロイアで謀殺されたとき、その件を櫂に彫りつけて海に流し郷里の父に知らせた。オデュッセウスの怨みとは、トロイア参戦を勧誘しにパラメデスがイタケのオデュッセウスを訪れた際、オデュッセウスは狂気を装い参戦を拒否しようとした。それを見破って参戦に導いた。見破られたオデュッセウスはパラメデスに怨みを抱いた。そのことを指す。一方、兄弟パラメデスを殺されたオイアクスはギリシア軍の総大将アガメムノンを強く怨んだ。四三二行はそれを表示する。

(2) 母殺しとパラメデス殺害、そして次に明らかになる市民裁判での死刑判決。

しているのか？
オレステス　どうしてそんなことを。ぼくたちを生かしておくことさえ許そうとしない者たちが。
メネラオス　どうやってだ、はっきりと聞かせてくれ。
オレステス　今日、ぼくたちに対して投票が行なわれることになっているのです。
［メネラオス　この市から追放しようというのか？　それとも死刑か否かを決めようとでも。
オレステス　市民らに投石の刑を受けて死ぬようにと。］
メネラオス　それなのにおまえはこの土地から逃げ出さないのか？　国境を越えて。
オレステス　と言われても、ぼくたちは武装した兵士らに完全に包囲されているのです。
メネラオス　個人的な敵によってか？　それともアルゴスの市民の手によってか？
オレステス　全市民によって、「死ね」とばかりに、まあ言ってみれば。
メネラオス　不憫な奴よ、おまえの不幸も極まったな。

（3）このせりふは四三一行に続く疑問を表わす。

オレステス　この不幸を逃がれるにはあなたが頼りなんです。
さあ、幸運を背負って帰っておいでになったのです、
苦境に陥っているあなたの身内の者に、その幸運を分けてください。
利益を受けるだけじゃいけません。
そのお返しに骨折りの方も引き受けるべきです。
父上から受けた恩恵を返すべき者に返してください。
逆境の際に親身でない人間は、友人とは名ばかり、
実《じつ》のない友人ですよ。
合唱隊の長　それ、スパルタのテュンダレオスさまがこちらへ、
老いの足を引きずってやっておいでです、
喪服を着、娘御を悼んで髪を短く刈り落とした御姿で。
オレステス　もう駄目だ、メネラオスさま。テュンダレオスさまがここへ、
ぼくたちのところへやって来られる。ぼくの仕出かした行為を考えれば、
顔を合わすのがいちばん恥ずかしいお人だ。
そうです、あの方はまだ幼かったぼくを養ってくださり、
幾多の愛情を注いでくださったのです、
レダさまともどもこのアガメムノンの息子を両手に抱き歩いて。

ディオスコロイ[1]に劣らぬ可愛がりようでした。
ああ、惨めなぼくの心よ、魂よ。
ぼくはあの方たちに罰当たりなお返しをしてしまった。どんな闇を
顔の周りに投げ掛けよう。どんな雲を張り巡らしたらいいだろう、
老人の眼を逃がれるためには。

［テュンダレオス登場］

テュンダレオス　どこかな、娘婿のメネラオス殿は。
どこにおいでかな。
クリュタイメストラの墓に詣でて
供え物をしておるとき、消息を耳にしましたのじゃ。
長年のご苦労からやっと抜け出して、奥方ともどもナウプリアの港へ帰り着かれたとな。
案内してくれ。久しぶりになつかしい姿にお眼にかかれるのじゃ、
作法どおりその右手に進み出て歓迎の挨拶を――労《ねぎら》ってやりたいのじゃ。

メネラオス　やあ、ご老人、ゼウスと閨を分かたれた方[2]、お元気でしたか。

（1）「ゼウスの子供たち」の意。双生児のカストルとポリュデウケスのこと。クリュタイメストラ、ヘレネ姉妹の兄弟。

（2）レダは白鳥に姿を変えたゼウスと交わり、かつ同じ夜にテュンダレオスとも褥を共にした。ゼウスからはポリュデウケスとヘレネ、テュンダレオスからはカストルとクリュタイメストラが生まれたとされる。

テュンダレオス　おおメネラオス殿、そなたも——お達者か、わが婿殿。
［オレステスを見つけて］うん？　［これはしたり、こんなこととはつゆ知らなかったぞ。］
そこにいるのは母親殺しの蛇、館の前でじっと眼を据えて、
病いに濁った眼《ひかり》をぎらつかせておる。憎々しい奴めが。
メネラオス殿、そなたはこんな不敬な奴輩と口を利いておられるのか。
メネラオス　いけませんか。これはわたしにはかけがえのない兄の忘れ形見なのですよ。
テュンダレオス　これが彼の息子だといわれるか、こんな奴が。
メネラオス　そうです。ですからこんな事態になっても、礼を尽くされてしかるべきなのです。
テュンダレオス　そなた、異人にかぶれたか。外地にいるのが長かったからな。
メネラオス　どんなときだって身内の者を大切にするということは、これはギリシアの国の習慣《ならい》でしょう。
テュンダレオス　法の定めるところを越えぬよう心掛けることもな。
メネラオス　心ある者の眼から見れば、すべて必然に迫られてすることは、

西洋古典叢書

月報 111

2014＊第5回配本

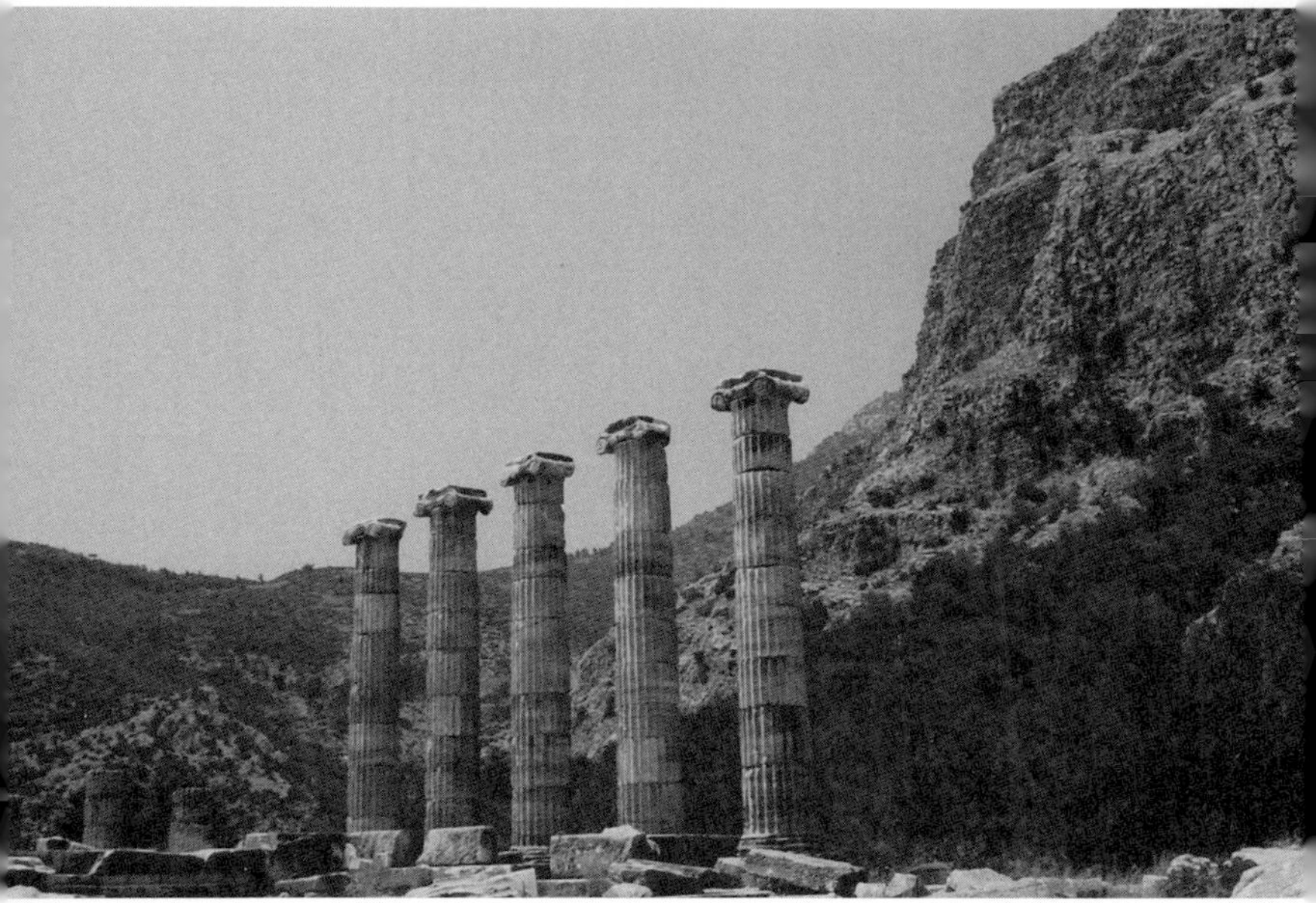

プリエネ

【アテナ神殿の遺構（後方の岩山はアクロポリス）】

目　次

2015年2月
京都大学学術出版会

「神さまを出せ！」

木曽明子

悲劇作家が困ったときの非常手段、と哲学者プラトンがけなしたデウス・エクス・マキナ（機械仕掛けの神）は、劇場では大人気だったようである。

デウス・エクス・マキナをもって終わり、大成功を収めた作品はエウリピデス後期に多い。本巻収録の『ヘレネ』は、トロイアへ行ったのは雲で作られた人形で、エジプトで貞節を守った本物のヘレネは、夫と再会を果たし無事故郷に向かうという設定で観客の意表を突いたが、終局で異国脱出が危うくなったときに、デウス・エクス・マキナが登場して事件の縺れを一挙に解決する。喜劇作家アリストパネスが早速翌年に、大がかりにパロディ化した。よく似た筋立ての『タウロイ人の地のイピゲネイア』（第三分冊所収）は作者の死後にもたびたび上演され、数多くの壺絵にも描かれた。姉弟が再会し、二人して蛮族の王の手を逃れ、異境脱出に成功したかに見えたとき、漕ぎ出した船が逆波に襲われ、蛮族の追跡の手に落ちそうになる。デウス・エクス・マキナが現われて姉弟は救われ、無事故国に向かう。突然起こった逆波は、神の力で鎮められたのである（訳者丹下氏は、ここで「神さまを出せ！」と観客席から声がかかった、と想像しておられる）。

やや異なる趣で年代も降る『オレステス』（本分冊所収）については、後世の文献学者が「この劇は舞台で好評を博したものの一つである」と言っている。喧嘩別れや恫喝、詭略や暴力など、矢継ぎ早に起こるどぎつい事件に多数の人物が右往左往し、収拾がつかなくなったとき、危機一髪でアポロンが現われて決着をつける。前掲二作同様誰も死なずに終わるこの劇では、悲劇性の希薄化がより顕在化している。人物たちは利害得失を打算してただ生き延びようとし、知恵を出し合って危難を切り抜けようとするが、結局は計算外の事の運びによって安きを得る。抵抗しつつも従い、疑いながらも受け入れて、その時々に外界とうまく折り合いをつけようとする彼らの身軽さは、悲劇の舞台を貫いた大義や高貴な意志などとは縁遠い。非英雄化された人物たちは、強力な必然性に支えられた緊密な構成の悲劇世界をもはや担いえない。変わりやすく受け身な市井人が往来する起伏に富んだ筋運びに、観客はときに脇道への脱線で息抜きし、ときに引き延ばしに興じる。ゆるやかな構成が醸し出す寛ぎは、観客にゆとりと安心感を与えるであろう。前掲の文献学者は『オレステス』を評して「この劇はどちらかというと喜劇風に終わっている」と評している。

こうした登場人物の軽量化、構成の緩みをもって喜劇に大きく傾き、緊張よりは気楽さ、痛ましさよりは親しみやすさで観客を楽しませた後、デウス・エクス・マキナを切り札に、成功裡に一篇を閉じたのが『イオン』（第三分冊所収）である。子宝を授かりたいと神託伺いに詣でる入り婿の夫クストスとともに、アテナイの王女クレウサがデルポイの神託所を訪れる。神殿を出て最初に出会う者が息子であるという託宣を受けたクストスは、宮守りのイオン（じつは神アポロンに手籠めにされたクレウサが生み捨てた子）に出会い、若き日の過ちで儲けた息子に会えたとひそかに喜ぶ。まんまとアテナイ王統にわが子をもぐりこませたつもりのクストスは、イオンのデルポイ出立の祝宴を宣した後、はやばやと舞台から去るが、おめでたく騙された夫のまま永遠に幸福である。続くにぎやかな祝宴の中、クストスの隠し子による王位乗っ取りと勘ぐった老僕の入れ知恵で、クレウサはイオン毒殺を企てるが、計略がばれ、今度は逆に子が母の命を狙う。アポロンが父であることを告白するクレウサに、抗うイオンが激しく疑念と敵意を浴びせて迫るとき、突如女神アテナが高所に現われて真相を告げ、ようやく母子再会が成る。正統な王位継承者を迎えて守護女神アテナのもと、アテナイの秩序回復・甦りが寿がれ、慶祝の雰囲気が劇場を満たす。

『イオン』の喜劇への接近の様相は著しい。アテナイ王家の神話的出自さえ解さぬ他国人クストスは、根は善良で無害な男であり、この異分子の排除によって誰も傷つかないという喜劇の人物の要件（アリストテレス『詩学』一四四九

a三四）を満たしている。クストスの性急な接触を濃厚な男色の求愛と取り違えるイオンとの偽りの〝父子再会〟、両人のちぐはぐな対話の滑稽味は、後に qui pro quo（取り違え）と呼ばれて喜劇の定石となり、プラウトゥス、テレンティウス、シェイクスピア、モリエールなどに多用された。女主人の企みを主導する老僕は、これも後にローマ喜劇の定番になる「悪賢い奴隷 servus dolosus」の原型である。クストス統治下の虚栄と偽善の都アテナイを糾弾するイオンの長演説は、喜劇のパラバシスの形式を借りた観客への語りかけである。奴隷身分の若者が、鋭い機知で中年の王を手玉に取り、女を犯す神を痛烈に批判する一方で、「名誉」や「恥」といった語が奴隷や婢女の口から出るという社会通念の逆転、すなわちさかさまの世界は、喜劇に見られる構図である。神威の失墜で観客を苦笑させるヒュポノイア（あてこすり）は、新喜劇特有の笑いである。これら喜劇的因子を事件の縺れに織り込んだ後、引き延ばされた母子再認（アナグノーリシス）と逆転（ペリペティア）を同時にもたらすのが機械仕掛けのアテナである。父はアポロンであるという母クレウサの言葉をイオンがなお受け入れかねているとき、その疑念をはらしうる唯一の人物すなわち神が登場する。アポロンは過去の所業を恥じてみずからは姿を現わさず、代わりにアテナを送った。クレウサの告白に対してイオンが懐疑的な態度をみせるのは、これもアテナを呼び出すための工夫である（『タウロイ人の地のイピゲネイア』の逆波と同じ手法）。母と子はすでに長い誤解が解けてたった今互いを認知したのであるから、人間の次元で物語は完結している。母の言葉を素直に信じるイオンであっても少しもおかしくない。そこをわざとイオンに疑念を持たせ、父がアポロンであるとの確証を引き延ばしたのは、若き王位継承者を迎えた共同体再生の祝祭性を、一気にクライマックスに持ち込む神を出すためである。

神は超越者である。神のみがいかなる事態をも、予想外に、唐突に、逆転させる力を持つ。地上の人間は無条件に、畏怖と感謝に包まれて命令に従う。論理的展開よりは偶然性、意外性を喜ぶのは、悲劇よりも喜劇の観客心理である。喜劇は基本的に人生を楽しいものと見なすものである。なかなかそうはいかないのが実人生であるだけに、何よりも見て楽しくなるのが喜劇の効用である。そのためには喜ばしく終わることが必須である。アテナ・エクス・マキナはサスペンスを最大限に高める逆転（ペリペティア）と再認（アナグノーリシス）を同時に果たすだけでなく、共同体甦りの慶祝性を司る神である。女神アテナのセリフは劇中人物に向けられながら彼らを超えて劇世界を貫き、公共的な言葉として観客にまで及ぶ強い浸透力を持つ。観客こそが新生アテナイの市民であり、女神の言葉の受け手である。舞台と客席を隔てる見えない障壁は消え、劇場は一体となる。連帯感の高まりはまさしく祝祭性の完成にほかならない。

『イオン』はいずれも前四一〇年頃に書かれて「捨て子もの」と呼ばれた一連のエウリピデス作品（『アンティオペ』など神の登場が証（推定）された五篇）のうちの唯一の現存作品である。すべて捨て子が王になる話で、新喜劇がこれを受け継ぎ、さらにローマ喜劇が同工異曲の喜劇を再生産し続けたことはつとに指摘されている。窮地にある主人公の出生の秘密などが幕切れ直前に偶然に明かされ、めでたく正嫡子の地位に復帰する、あるいは恋人と結ばれるといったお決まりのハッピー・エンドの喜劇である。

この喜劇の大詰めの展開は、さらにルネサンス期を経て、現代のヨーロッパ古典喜劇にまで生きている。破局が目前に迫ったかに見えたときに、間一髪で今まで知られなかった近親関係などが明かされ（アナグノーリシス）、危機は一転（ペリペティア）、一同幸福な結末を迎える。このどんでん返しの手法は、デウス・エクス・マキナを世俗劇の道具に鋳直したものである。そこにはたらく偶然性、意外性、慶祝性そして娯楽性は、まさにデウス・エクス・マキナのものである。しかしもはや神が神として現われることはできない。代わりに現われるのは、土壇場で双子の母とわかる尼僧院長であったり（シェイクスピア『間違い喜劇』）、終幕だけに現われて行方不明の子供たちと再会する金持ち貴族（モリエール『守銭奴』）であったり、また赤ン坊を原稿の包みと間違えたかつての家庭教師であったり（オスカー・ワイルド『真面目が肝心』）する。T・S・エリオット『秘書』、J・ノートン『執事が見たもの』も同じ系列に連なる。そして劇は例外なく新世代の結婚や一族融和をもって幕を閉じる。そこには回復された社会を良しとする喜劇の基本原理が作用している。劇中の衝突や殺意、不信や反目は、人間の致命的無知であるよりは神意の一時的誤解であり、暗黒な不条理であるよりは、誰しも陥る迷妄にすぎない。喜劇では凶運は決して修復不可能な禍ではないのである。

今宵もロンドンのどこかの芝居小屋から、めでたい結末を心待ちにする観客の声が聞こえてくるかもしれない、「神さまを出せ！」と。

（西洋古典文学・大阪大学名誉教授）

連載

西洋古典名言集 (27)

ローマではローマ人のするようにせよ

西洋古典が出所のようで、実はそうではないのもある。したがって、西洋古典名言集の看板を立てられないものであるが、ご容赦いただきたい。冒頭の格言は、わが国では「郷に入れば郷に従え」という格言で知られている。ある土地に入ればその土地の慣習や風俗に従った行動をとるのがよいという意味で、典拠は『童子教《どうじきょう》』にある。この書は鎌倉中期以前に成立したとされる初等教育のための教訓書で、中身は漢文で書かれており、右の格言に相当するのは「入郷而従郷、入俗而随俗」である。訓読すれば、「郷に入《い》っては郷に従い、俗に入っては俗に随《したが》う」となり、正確ではないが「郷に入らば郷にしたがう」と読まれることもある。いずれにしても、『童子教』が江戸期の寺子屋の頃まで教科書として使われたために、広く人口に膾炙している。

　同様の格言が冒頭に掲げたもので、英語では When in Rome, do as the Romans do. と言う。田中秀央・落合太郎の『ギリシア・ラテン引用語辞典』（岩波書店）では、ラテン語の表現として、Cum fueris Romae, Romano vivito more, cum fueris alibi, vivito sicut ibi. が挙がっている（cum は si と書かれることもあるが、意味は変わらない）。私訳してみると、「君がローマにあるときは、ローマの慣習に従って暮らし、他の地にあるときは、その地にあるように暮らせ」となるだろうか。この成句は一見西洋古典のもののように見えるが、実はイタリアのミラノの司教であった聖アンブロシウス（三四〇頃—三九七年）の言葉とされている。彼と同時代の哲学者聖アウグスティヌス（三五四—四三〇年）はアンブロシウスよりは年少で、アフリカのタガステの出身であった。三八三年に哲学を学ぶためにローマにやって来たが、翌年にはミラノに移り、母モニカとアンブロシウスの影響もあって、洗礼を受けキリスト教徒となっている。ところで、アウグスティヌスがミラノに来てみると、ローマでは土曜日におこなわれていた断食が、ミラノでは同じ曜日におこなわれていない。これを不審に思って、アンブロシウスに問いただしたときに、アンブロシウスがアウグスティヌス宛の書簡で助言として述べたのがこの言葉である。つまり、この成句はキリスト教関連の言葉なので西洋古典には属さないというわけである。

ローマは一日にしてならず

大都市ローマ（ローマ帝国ではない）が短日月で築かれなかったように、大事業は長期にわたる努力なしには完成しないという意味である。この表現も西洋古典と関係がありそうにみえるが、ほとんどすべての文献を網羅した *Thesaurus Linguae Graecae*（通称 TLG）や *Thesaurus Linguae Latinae*（通称 TLL）を探してもどこにも見あたらない。英語では Rome was not built in a day. と言うが、試みに *The Oxford Dictionary of English Proverbs* で調べてみると、典拠は中世フランス語だとされていて、Rome ne fu[t] pas faite toute en un jour. という一文が挙がっている。現代のフランス語だと、Rome ne s'est pas faite en un jour. となる。パリは一日にして成らず Paris ne s'est pas faite en un jour. という表現もあるが、これは古都ローマにあやかってのことであろう。ところで、中世フランス語のほうは *Li Proverbe au Vilain*（c. 1190）というフランスの古い詩集に登場する。この詩集は残念ながら日本語には訳されていないようだが、十二世紀フランスの農園風景をかいま見ることができ、各詩はきまって最後に格言が語られたあと、「このように農夫は言いました（ce dit li vilains）」で終わる。農民（vilain はいわゆる農奴 serf ではなく自由農民のこと）の生きるべき道を教えたもので、『童子教』のフランス語版と言ってよいかもしれない。

ところで、この格言のラテン語表記であるが、Binder, Wilhelm, *Novus Thesaurus. Adagiorum Latinorum. Lateinischer Sprichwörterschatz*, Stuttgart, 1861 という書物で調べると、Roma non fuit una die condita.（2975）が挙がっていて、Bebel という名前が記載されている。これはドイツの詩人 Heinrich Bebel の *Henrici Bebelii Justingensis Opuscula*, 1512 を指しているが、十六世紀のものであるから中世フランス語の出典よりもずっと新しい。ほかの表記としては、Roma sola die non fuerat aedificata. や Non fuit in solo Roma peracta die.（いずれも意味は大差ない）、あるいは Haud facta est una Martia Roma die.（ローマのマルス野は一日でつくられたものではない）などがあるが、いずれも後代のもので、おそらく中世フランス語で書かれたものをラテン語で表現しただけのものと思われる。ところで、この言葉はセルバンテスの『ドン・キホーテ』と結びつけられることがあるが、これは原文の No se ganó Zamora en una hora.（サモーラも一時間では落城しなかった）がローマに置き換えて英訳されたために生じた誤解だとされている。

（文／國方栄二）

西洋古典叢書

[2014] 全7冊

★印既刊　☆印次回配本

●ギリシア古典篇

エウリピデス　悲劇全集　4★　丹下和彦 訳

テオプラストス　植物誌　2　小川洋子 訳

プラトン　エウテュデモス／クレイトポン★　朴　一功 訳

プルタルコス　モラリア　3☆　松本仁助 訳

ルキアノス　食客 ── 全集　3★　丹下和彦 訳

●ラテン古典篇

アエリウス・スパルティアヌス他　ローマ皇帝群像　4★　井上文則 訳

リウィウス　ローマ建国以来の歴史　5★　安井　萠 訳

●月報表紙写真 ── マイアンドロス河を挟んでミレトスの北方に位置するプリエネは、古い歴史を持ち、前八〇〇年頃に結成されたイオニア同盟の一二都市の一つに数えられている（ヘロドトス）。タレスらとともに「七賢人」の一人とされるビアス（前六世紀半ばに活動）はこのポリスの政治指導者、立法家。当時のプリエネの位置は確定しがたく、今日ミュカレ山地南東麓の高台に多くの遺跡が確認できるのは、前三五〇年頃に再興された市街である。ここもミレトスのヒッポダモス（前五世紀）によって創始された都市建設プランにもとづいて、全体が整然とした碁盤目状に配列されている。アレクサンドロスは東征の途次、ここをイオニア制圧の拠点とした。（一九八九年七月撮影　高野義郎氏提供）

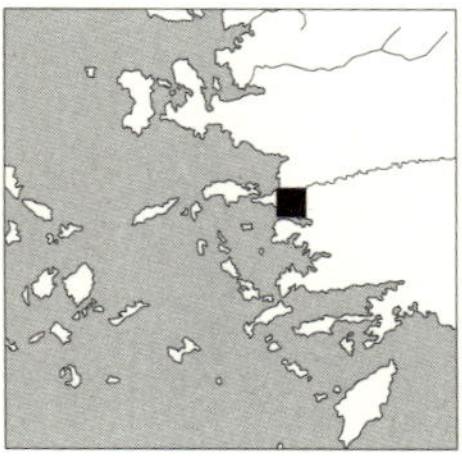

西洋古典叢書 2015［全7冊］

第1回 配本
5月15日発売！

プルタルコス
英雄伝 4
城江良和 訳

四六判変型（197X130ミリ）
布貼り上装

「対比列伝」とも称される本書は，ローマ帝政下を生きるギリシア人著述家が，ギリシアとローマの傑物2人1組を対比的に活写した伝記集である．本分冊にはスパルタ覇権期の王アゲシラオスとローマ共和政末期の政治家（大）ポンペイユスのほか，キモンとルクルス，ニキアスとクラッスス，セルトリウスとエウメネスを収録する．［全6冊］

お詫び

2014年度配本予定書目のテオプラストス『植物誌 2』は、都合により2015年4月配本とさせていただきます。読者の皆さまにはご迷惑をお掛けし、謹んでお詫び申し上げます。

■第2回配本（6月15日発売）
ギリシア詞華集 1
沓掛良彦 訳

前7世紀から後10世紀にいたるまでの作者300名以上によるエピグラム約4500篇を収めた本集成は，ヨーロッパ詩文学における最大のアンソロジーである．その内容は公私・聖俗きわめて多岐にわたり，巧拙もさまざま．第1分冊には，恋愛詩などを含む第1～6巻を収める．古今東西の文芸に通暁した訳者による本邦初完訳．［全4冊］

■第3回配本（7月15日発売）
ディオン・クリュソストモス
王政論 ——弁論集 1
内田次信 訳

「黄金の口を持つ（クリュソストモス）」と謳われた弁論家ディオンよる本書には，彼自身のみならず，アレクサンドロス大王や犬儒派のディオゲネスらをも語り手に据え，時の皇帝である五賢帝の一人トラヤヌスに捧げたと目される「王政論」に加え，ドミティアヌス帝による彼の追放期に書かれた僭主論などを収録する．本邦初訳．［全6冊］

以降、年間7冊を順次（ほぼ隔月）刊行致します。

本叢書の特色

西洋の「知」の源泉であるギリシア・ラテンの主要な著作・作品を可能な限り網羅し、諸外国のこの種の叢書に匹敵する、西洋古典の一大書林の形成をめざした。

すべての専門研究者による厳正な原典理解を基にした新訳により、正確でわかりやすい日本語訳の定訳をめざした。

訳註は、本文と同時に対照できるよう、読みやすい脚註方式を採用した。

著作・作品ごとに訳者による平明な解説を付した。

造本はハンディな四六判変型・布貼り上装仕上げとし、一般読者にも親しみやすいものとした。

法ではない、屈従にすぎません。

テュンダレオス　そなたはそう考えればよい。わしはそうは考えぬ。

メネラオス　お怒りに加えて、老いの一徹が分別を損なわせているようですな。

テュンダレオス　こいつのことで分別あるなしを論ずるまでもあるまい。
立派な行ないかどうかは誰の眼にも明らかじゃ。
こいつ以上の痴れ者がどこにいるというのじゃ。
正義には眼をつぶり、
ギリシアびとに共通な掟を、こいつはないがしろにしたのだぞ。
わしの娘に頭を割られて
アガメムノンが死んだとき、
——恥ずべき仕業だ、（わしとてけっして賞めはせん）——
こいつは正しい法の裁きをまって流血の罪に罰を下すべきだったのじゃ。
母親を館から追放すべきだったのじゃ。
そうしてあれば、こんなひどい目に遭わず、節度を保持し、
法に背くこともなく、神を敬うことにもなっていたであろう。
それがいまや、母親と同じ運命に陥ってしまった。

母親を奸婦と決めつけたのは理に適うていたが、
その母親を殺すことによってこいつは母親以上の罪人となったのじゃ。
メネラオス殿、一つそなたにお尋ねしたい。
もしこいつの妻となった女がこいつを殺し、
次いでその息子が母親に復讐し、
さらにだ、その子々孫々殺戮によって殺戮に報いるということになるとすれば、
そうした場合、どこまでゆけばこの禍にけりがつくとお考えかな。
むかしの人はちゃんと考えてくださっている。
何かの具合で殺害の血を流した者は、
人目につくところに出てはならぬ、人に会うことを禁ずる、
かかる者は追放の罰をもって浄め、仇討ちはまかりならぬとな。
さもないと、誰か一人これが最後と手を血で汚しても、
彼もまた殺害に巻き込まれることになり、どこまで行っても果てしがないからなのじゃ。
わしは神を蔑《なみ》するような女を憎む。
まずもって夫殺しのわが娘じゃ。

それにヘレネも、そなたの妻の。労うことはもちろん、
口も利いてやらぬわい。奸婦《あばずれ》のために
トロイアくんだりまで出掛けて行ったそなたもまた馬鹿な御仁じゃ。
わしとしては、おのれの力が及ぶかぎり、法を守り、
絶えず国と町とを滅ぼさんと窺っている血なまぐさい
獣のような行為をやめさせるよう努める所存《つもり》じゃ。
［オレステスに向かい］哀れな奴め、あの時おまえはいったいどんな気で
　いたのじゃ。
母親が乳房を見せておまえに慈悲を乞うたときじゃ。
わしは凶行の場は知らんが、
思うてみるだけで老いの眼に涙が溢れてくるわい。
わしの言うておることが間違ってない証拠に、
現におまえは神さま方から憎まれて、母親殺しの罰を受け、
狂気と恐怖とに誑《たぶら》かされておるではないか。
そいつを目のあたりに見ることができるのじゃ、他の証人に耳を貸す必
　要もあるまい。
メネラオス殿、よく弁えていてもらいたいのじゃが、

こいつを助けようなどと考えて、神さま方に背くようなことはなされる
　でないぞ。 五三五
石打ちの刑によって市民たちに殺されるままにしておけ、
[それが嫌なら、スパルタの地へ足を踏み入れてもらうまい]。
わしの娘は殺されることで正当な罰を受けた。
だがこいつの手にかかって死ぬべきではなかったのじゃ。
わしはあらゆる面で幸福な男であった、 五四〇
ただ娘のこと以外はな。娘のことでは、わしは不幸じゃ。
合唱隊の長　子供のことで心痛めずにすみ、
悪い噂を立てられずにすむ者こそ幸せ者。
オレステス　お祖父さま、あなたとはどうもお話ししにくい、
[何か言えばあなたの胸の内を騒がすことになるばかりですから]。 五四五
ところでこの話では、あなたの老齢《おとし》のことは 五四八
気にしないことにしましょう。気にするとどうも話しにくいんですよ。 五四九
ぼくの好きなように喋らせていただきます。と言ってもその白いお髪《ぐし》は
　どうも苦手だな。 五五〇
ぼくはどうすべきだったとおっしゃるんです。ことは二通りに考えられ

　ましょう。
父はぼくを産みつけた、があなたの娘御は
男から種を受ける畑としてそれを産み落としただけなんです。
[父親無しでは子供は生まれないんです。
ですからぼくは、ぼくを胎内で養い育ててくれた人よりも、 五五五
むしろ生命の創始者たる人を護るほうがよいと考えたわけなのです。] 五五六
ぼくは母親を殺めたんですから不浄の身です。 五四六
でも反面、ぼくは敬虔な者と呼ばれてよいのです、父親の仇を討ったん
　ですからね。(1) 五四七
あなたの娘御は（恥ずかしくて母とは呼べない） 五五七
身勝手で慎しみを忘れた結婚によって
他人の妻となりました。彼女のことを悪く言えば
自分のボロが出そうですが、かまわん、言ってしまいましょう。 五六〇
[アイギストスは館の中に隠れた秘密の夫だったのです。]
ぼくは彼を殺した、さらに母を血祭りに上げた。
やったことは非道だが、しかしそれで父親の仇は討ったのです。
ぼくは石打ちの刑に服すべきだとあなたは強迫なさいますが、

（1）底本に従って五四六―五四七行を五五六行の次に移す。

このことについてはお聞きください、ぼくは全ギリシアの救い主であるのです。
こういうことです。もし女たちが大胆にも夫を殺しながら、
逃げ道を子供に求め、
乳房を見せて慈悲を乞うというようなことになれば、
それがどんな口実であってもいい、
夫殺しなんてわけないことになるでしょう。
あなたが仰々しくおっしゃるように、ぼくのやったことはなるほど恐ろしいことでしたが
それによってぼくはこうしたことが習慣となるのを防いだのです。
母を憎み、殺したことは理に適っています。
あの女は、全ギリシアの地のため全軍の将として武器を取り、
館から出陣して行った男《ひと》を裏切って、閨を穢れなく守り通すことをしなかったのです。
しかも罪を犯したと知りつつもおのれを罰することをせず、
夫によって罰せられぬうちにと、
わが父に罪を着せて殺したのです。

お祖父さま、とんでもない娘を生んだあなたこそ、 五八五
ぼくを破滅させたのです。あの女の激しい気性のために父親を奪われて、 五八六
ぼくは母親殺しとなったんですからね。 五八七
神かけて――殺人について弁じながら、神の名を口にするのはふさわし
　くありませんが―― 五七九
もしも母の所業《しわざ》を黙って認めていたら、 五八〇
死んだ方《かた》はぼくをどうなされたでしょうか。
怨みに思って、ぼくをエリニュスたちを使って狂わせようとはなさらな
　かったでしょうか。
それとも母には味方となる女神たちがついていても、
いっそうひどい目に遭った父上には味方となる女神たちはいないので
　しょうか。 五八四
「いいですか、テレマコスは父オデュッセウスの妻女《つれあい》を殺してはいませ
　ん。 五八八
それは彼女が別の男に嫁いだりしなかったし、
結婚を契った部屋は館の中に穢されぬままに残っていたからなんで
　す。」 五九〇

アポロンさまをご存じでしょう。世界の中心に住居して、
死すべき者らに賢いお告げをなさる方です。
「われわれはこの方のおっしゃることはどんなことでも忠実に聴き従う
ものです。」
生みの母を殺したのもこの神の言いつけに従ったまでです。
不浄なのはこの方だとお考えになって、成敗なさるがよろしい。
悪いのはこのお方であって、ぼくではありません。ぼくはどうすればよ
かったとおっしゃるのです。
それともこの神には、――穢れているのはこの神のほうだとぼくは思う
んですが――
穢れを雪《そそ》いでくださるだけのお力がないのでしょうか。「やれ」と命令
した方が、
やったぼくを死なずにすむように護ってくださらないとすれば、ぼくは
この先いったいどこへ逃げたらいいんです。
とにかく、やったことをよくないことだとは、言わないでいただきたい。
仕出かしたぼくたちに運がついてなかったんだと言ってください。
「この世にあっては、夫婦仲よく暮らしてゆける人たちは、

その人生は幸せだと申せましょうが、うまくゆかない人たちにとっては、
結婚生活は家庭内でも世間的にも不幸せだと申せましょう。」

合唱隊の長　いつだって女というものは、男の妨げとなり、
その運命をいっそう不幸な方向へと導いてゆくように生まれついている
　のです。

テュンダレオス　大胆にもおまえはずけずけと物を言い、
わしの胸を痛めるような返答をする。
それでますますわしはおまえを死刑にせねばならんという気になる。
わしは娘の墓参りにやってきたのじゃが、
このことをついでに片づけるのはけっこうな気晴しとなろうわい。
アルゴスびとの集会の場へ行って、
おまえとおまえの姉とが石打ちの刑を受けるように、
市《まち》を、市はそう望んでおるんだから[1]、煽りたててやろう。
だが実はおまえより姉の方がむしろ死に価しよう。
母親に対する残虐な振舞いをおまえに嗾《けしか》けたのは彼女《あれ》なのじゃ。たえ
　ずおまえの耳に
さまざまな話を吹き込んで、憎まずにいられぬように仕向けたのじゃ。

（1）写本の οὐκ ἄκουσαν で読む。

母の夢見に現われた父アガメムノンの話や、
例の —— 地下の神々も憎しみになっていただきたい（この世でも賤しむ
べきことだったのだから）——
アイギストスとの関係を、話して聞かせたのじゃ。
そしてついに館に炎なき火を焚きつけたのじゃ。
メネラオス殿、そなたに次のことを言っておこう。言うだけでなくちゃ
んとやりとおすぞ。
もしもそなたがわしの憎しみを理解し、わしとの縁故(1)に心配りしてくれ
るならば、
神の意《こころ》に逆らってこの男を死から護ろうなどとはなされるな。
［市の者たちにも石を投げられて殺されるままにしておけ。］
それが嫌ならスパルタの地へ足を踏み入れてもらうまい。
このことはしかと聞いて肝に銘じておくのだな。
そして敬虔な友人を退けて、不敬な輩を友に選ばないようになされるが
よい。
供の者たち、わしをこの館から連れてゆけ。　［テュンダレオス退場］
オレステス　どうぞおゆきなさい。そのほうがこのあとぼくもこの方と

（1）二人は舅と婿との関係になる。

気楽に話ができるというものです。あなたの老齢《おとし》に気兼ねなく。

メネラオスさま、さあどちらになさいます。

二つの考えをあれこれ思い悩んでいらっしゃるようですが。

メネラオス　そう急《せ》かさんでくれ。いろいろ考えてはいるんだが、
この場合どちらにしたものか弱っているのだ。

オレステス　ではっきり決めてしまう前に、ぼくの言うことを
聞いてください。決めるのはそれからにしてください。

メネラオス　それもそうだな。では話してみろ。沈黙が
言葉よりも有益な場合もあるが、逆の場合だってあるんだから。

オレステス　では申しあげましょう。端折って言うよりも詳しく述べるほうがよろしいでしょう。

それにそのほうが聞くほうにも理解しやすいでしょうし。

メネラオスさま、あなたはぼくに、あなたご自身のものは何も分けてくださる必要はないのです。

ただ、あなたはぼくの父に世話を受けたんですから、その受けた分をお返ししていただきたいのです。

「いや、財宝《かね》のことを言ってるんではありません。もしぼくの生命を

救ってくださるならば、
それがぼくの持物の中でぼくにいちばん大切な財宝を救ってくれたこと
　になるんです。」
ぼくは不正を犯しています。この不正の代償として、ぼくはあなたにも
何か不正なことをしていただかなくてはなりません。じっさいのところ、
　父アガメムノンが
全ギリシアを糾合してトロイアまで出陣したのは、賞められたことでは
　ありますまい。
でもそれは彼の罪ではない、あなたの奥さんの
罪と不正を糺《ただ》そうとしてのことなんです。
この借りはきちんと返してくださらなくてはなりません(1)。
彼は、友人が友人に対して尽くすべき模範どおりに、
じっさいに身を挺して戦場であなたと一緒に戦ったのです。
あなたが奥さんを取り戻せるようにね。
ですからさあ、そこであなたが受けたのと同じものを
ぼくに返してください。一〇年(2)もとは言いません。
一日間だけぼくたちのために救い手となって、力を尽くしてください。

(1) 底本は六五一行を六五七行の次に移すとするが、その必要性は認められない。

(2) トロイア戦争は一〇年間続いた。その一〇年間メネラオスはアガメムノンに世話を受けた。

アウリスで姉が犠牲として屠られた、あの件(3)に関しては、あなたが得をしたことにして
不問にしときましょう。ヘルミオネは殺さなくてけっこうです。(4)

こんなことを仕出かしたぼくよりもあなたのほうが
取り分が多いのは当然ですし。それはぼくも認めます。

ですが、ぼくの命は不幸な父上に免じて救ってくださらなければなりません。

「それに長いこと処女《むすめ》のままでいる姉の命も。」

ぼくが死ねば、父の館は主なき家となりましょうから。

「できぬ」とおっしゃるんですね。さあそこですよ。

逆境にあるときこそ身内の者はたがいに助け合うべきなのです。

運の巡り合わせがいいときには、何で身内の援助《たすけ》を求めたりするでしょうか。

神ご自身がその気になってくださっているんですから、それでじゅうぶんなのです。

あなたが奥さまを大切にする方だとは、全ギリシアに聞こえています。

けっしてお世辞でこんなことを申しているのではありません。

(3) ギリシア軍船団がトロイアへ向けてアウリスを出港する際、総大将アガメムノンは順風を得るために娘イピゲネイアをアルテミス女神への人身御供にした。
(4) ヘルミオネはメネラオスの娘。出陣前にアウリスでアガメムノンは娘イピゲネイアを生贄にせざるをえなかったが、それに倣ってメネラオスもヘルミオネを殺せとは言わないということ。

奥さまにかけてあなたにお願いいたします――ああ、何ておれは惨めな
　んだ、
こうまでしなきゃならんとは。なぜだ。いや我慢しなければならん。
一家のためにこうして歎願しているんだからな――。
父と血を分けた叔父上よ、以上のことは地下に横たわっている父上、
あなたの周りを彷徨《さまよ》っているその霊魂も聞いており、
そしてぼくが言ったのと同じことを彼もまた言っているのだと、どうぞ
　そうお考えください、
[呻きながら、泣きながら、嘆きながら、言っているのだと]。
さあ、申しあげました。お願いです、助けてください。
これはぼく一人だけでなく、すべての者が望むところでもあるのです。
合唱隊の長　女が口を出すのもなんですが、わたしからもお願いいたしま
　す。
困っている方を助けてあげてください。あなたにはおできになります。
メネラオス　オレステスよ、何ともお恥ずかしい次第だ。
わたしもおまえと不幸をともにしたいと思う。
身内の者の不幸は、この身が滅びてもはたまた相手を叩きのめしても、

一緒になって耐えてゆくべきであろうからな、
もっとも、もし神が力を授けてくだされば の話だが。
だからわたしも、どうぞ力を与えてくださるようにと神さま方にお願い
　しよう。
何といってもいまのわたしは、友軍の援助を得ることもならずに
諸方を彷徨《さまよ》って数知れぬ苦労を嘗めたあげく、配下の者のうち生き残っ
　たわずかばかりの手勢を引き連れて、
やっとのことで帰り着いたばかりというありさまだ。
だから、槍を構えてはペラスゴス・アルゴス(1)を打ち破ることなど、
とうていできぬ相談だ。だが穏やかに話し合えばうまくゆくかもしれん、
とすれば、そこに望みを託せる余地があろう。
[どだいわずかな力で大敵を倒すなんてことがどうしてできよう。
いかに踠《もが》いてみてもだ。そんなことは考えること自体馬鹿げている。]
じっさい、いったん市民らが怒りに燃えていきり立ってみろ、
燃えさかる炎を消すのと同じだ、宥めるには骨が折れる。
しかしもしこちらが騒ぐことなく我を抑え、
いきり立つ者には一歩譲って時機を待っておれば、

(1) ペラスゴスはアルゴスの伝説上の王。「あの大王ペラスゴスが支配していた強大なアルゴス」という意味。

おそらく相手の怒りも鎮まるだろう。怒りが鎮まれば
おまえは望むだけのものを造作なく相手から得られようというものだ。
［向こうだって非情なばかりではない、仏け心だってある。
好機を待ち望んでいる身には、これこそ付け目だ。］
だからひとつ出掛けて行って、テュンダレオス殿と市民たちに
気持ちを和らげるよう説得してみよう。
［船だって力まかせに帆綱を締めすぎれば沈むが、
緩めてやればまた立ち直るものだ。］
是非に、是非にとせがむ者を、神は疎《うと》まれる。
市民たちだってそうだ。おまえを救う——これに異存はない。
だが力の強い者が相手では力ずくは通用せん、頭を使わねば。
たぶんおまえはわたしが武力を使っておまえを助けると思っただろうが、
槍一本でおまえを取り巻く敵どもを打ち倒し、勝利の記念碑を建てるな
　んてことは、
こりゃ容易にできることではない。
［いやまったくのところ、われわれもアルゴスの国をそんな腑抜けには
仕立て上げはしなかったからな。とにかく、いまの場合は仕方がない、

賢い者なら時の運に逆らわぬことだ。」

［メネラオス退場］

オレステス　おお、女のために戦に出て行くこと以外には能のないお人、
身内の者を助ける気などこれっぽっちもない男め、
逃げて行くのか、ぼくを捨てて。アガメムノンのかけた情けも無駄だったか。
父上、不運にもあなたは友人に恵まれませんでした。
ああ、裏切られた。もはや望みはない。
アルゴスびとの手を離れ、死を免れる当てはなくなった。
いまの男こそぼくを救い匿ってくれる人間だったのに。
や、あれはぼくの最愛の友ピュラデスだぞ、
ポキスから駆けつけて来てくれたんだ。
嬉しいなあ。困ったときに信頼できる男に遭えるのは、
船乗りが凪に出会うよりもずっとすばらしいことだ。

［ピュラデス登場］

ピュラデス　取るものもとりあえずとんで来たよ、市を通り抜けて。
市民らが集会を開いていると聞いたんだ。ほんとうだ、この眼ではっき

りと見た。
君と姉さんのことについてらしい。すぐにも死刑にせよって。
これはどういうことなんだ。どうしたんだ、え？　どうする、ねえ君、
同輩《なかま》や友人や身内の者の中でぼくのいちばん愛する君！　いや、じっさい君はぼくの同輩でもあり、友人でもあり血も繋がっているんだ。(1)

オレステス　お終いってことだ。ひと言で言えば、ぼくのいまの状態はそれだよ。

ピュラデス　お終いになるのはぼくも一緒だ。だって友人は一心同体だからね。

オレステス　メネラオスめ、ぼくと姉さんにとって最悪の人間だ。

ピュラデス　そうだろうとも。悪い女には似合いの亭主が付き物なんだ。

オレステス　あの男め、帰っては来たものの何もしてくれぬ。ぼくにとっては帰って来なかったのと同じだ。

ピュラデス　じゃ、ほんとうにここへ帰って来たのかい？

オレステス　やっとね。だけどたちまち身内の者には役立たずな御仁だということが知れてしまったよ。

ピュラデス　あのふとどきな女(2)も一緒に連れて帰って来たのか？

（1）血縁上二人は従兄弟同士になる。ピュラデスの母アナクシビエはオレステスの父アガメムノンの姉妹。

（2）ヘレネのこと。

オレステス　いや彼奴がじゃない。女の方が彼奴をここへ引っ張って来たのさ。

ピュラデス　で、どこにいる、一人でアカイア[3]の大勢の兵士を死なせたあの女は。

オレステス　この、ぼくの館の中だ、この館がぼくのものだと言えるんならばね。

ピュラデス　いったい君は叔父上に何て言ったんだ？

オレステス　ぼくと姉さんが市のみんなに殺されようってのを、見殺しにしないでくれと。

ピュラデス　神かけて！　そしたらあの人は何と答えた？　そいつを知りたい。

オレステス　煮えきらぬ態度だった。悪い身内がその身内の者に対してとる態度さ。

ピュラデス　どんな逃口上を使ったんだ？　そいつを聞けばおよそ察しがつく。

オレステス　あの御仁が見えたのだ、ご立派なお嬢さま方を生んだ父親が。

ピュラデス　テュンダレオスさまのことだな。きっと娘御のことで君に腹

（3）ギリシアに同じ。

を立てておいでだったろう。
オレステス　そのとおり。メネラオスめ、父上よりもあの御仁との縁故《つながり》のほうをとった。
ピュラデス　側にいながら君の災難の肩代わりを買って出ようともしなかったのか？
オレステス　戦士には生まれついていないんだ。女が絡んだときは勇ましいくせに。
ピュラデス　じゃ君は最悪の事態にあるわけだな。死は避けられそうにないか？
オレステス　母親殺しの廉で市民らがぼくと姉さんとを裁判にかけることになっている。
ピュラデス　いったいどういうことを裁判するんだ？　言ってくれ、心配でたまらん。
オレステス　生かすか殺すか、だ。掻い摘んで言えばさ。話せば長くなるが。
ピュラデス　いますぐ館を捨てて、姉さんと一緒に逃げろ。
オレステス　知らないのか。ぼくたちは四方八方見張りの者たちに監視されているんだよ。

ピュラデス　うん、市内の通りが武器で固められているのを見た。

オレステス　敵勢に包囲された城市《まち》とおんなじだ。身動きが取れんのだ。

ピュラデス　ひとつぼくのほうの事情も聞いてくれ。こっちも破滅なんだ。

オレステス　誰にやられたんだ？　そいつはいまの災難にも一つ災難を付け加えることになりそうだな。

ピュラデス　ストロピオスが、親父がだよ、怒ってぼくを家から追い出したんだ。

オレステス　単なる勘当なのか、それとも公けの追放なのか、何かで告発して。

ピュラデス　あの母親殺害の件で、ぼくが君と関わりがあるってんで、ぼくを不敬の徒だと言うんだよ。

オレステス　何てことだ、ぼくの罪が君までも苦しめることになろうとは。

ピュラデス　ぼくはメネラオスとは違うんだ、この災難を耐えなきゃならん。

オレステス　怖くないのか、アルゴスの市《まち》は君をぼく同様殺そうとするかもしれんぞ。

ピュラデス　彼らに罰せられる謂《いわ》れはないよ。ぼくはポキスの人間だぜ。

オレステス　大衆は恐ろしいぞ、悪い指導者を持ったときは。

ピュラデス　でも優れた指導者のときは、つねに立派なことを考えるものだ。

オレステス　ところで、ひとつ君に相談しなければならんのだが。

ピュラデス　何か急を要する問題でもあるのか？

オレステス　市《まち》の人たちのところへ行って話したら……

ピュラデス　立派なことをやりましたってか？

オレステス　父親の仇を討ったんだと言ったらどうだろう？

ピュラデス　喜んで君を捕まえかねないよ。

オレステス　じゃあ怖いからってんで、ここに引き籠ったまま何も言わずに死ねとでも言うのか？

ピュラデス　そいつは卑怯だな。

オレステス　じゃあどうしたらいいんだ？

ピュラデス　もしここに留まっていたら、何
か援助《たすけ》が得られるのかい？
オレステス　いいや何も。
ピュラデス　出掛けて行ったらこの難儀から助かる希望があ
るのか？
オレステス　ひょっとすれば救いがあるかもしれん。
ピュラデス　じゃあ、その方がこ
こに留まっているよりもましなわけだね。
オレステス　とにかく行ってみよう。
ピュラデス　同じ死ぬんだったら、そうして死ん
だほうがずっと上等だ。
オレステス　そのとおりだ。そうすれば卑怯と言われないですむ。
ピュラデス　ここに
いるよりずっといいよ。
オレステス　それに今度のことでは、ぼくは潔白なんだ。
ピュラデス　市民たちにそう
思ってもらえるように、それだけをお祈りするんだな。

オレステス　それに誰かがぼくに同情してくれるかもしれんし……

ピュラデス　君とこの氏素性は大したもんだからな。

オレステス　父上の死を悼んでくれて。

ピュラデス　これで万事がはっきりした。

オレステス　ゆくべきだ。不名誉な死は卑劣だからね。

ピュラデス　賛成だ。

オレステス　このことを姉さんに言ったもんだろうか？

ピュラデス　いや絶対駄目だ。

オレステス　泣かれるだろうな。

ピュラデス　泣きが入るとなると、こいつは不吉な印だぞ。

オレステス　文句なし。黙っているのがいちばんだね。

ピュラデス　それに無駄な時間を使わないですむ。

オレステス　じゃ厄介なのはあのことだけだ……

ピュラデス　いったいまた何を言い出

すんだ？
オレステス　女神たちがぼくに狂気の発作を起こさせはしないかということだよ。
ピュラデス　じゃあぼくが君の世話をしてあげよう。
オレステス　病気持ちの相手をするのは煩わしいものだぜ。
ピュラデス　君がお相手なら、ぼくの方はどうってことはないよ。
オレステス　ぼくの狂気が移らないように気をつけたまえよ。
ピュラデス　そんなことはどうだっていい。
オレステス　じゃ平気なんだね。
ピュラデス　友だち同士のあいだでいちばんいけないことは、ためらうことさ。
オレステス　それじゃ行ってくれ、ぼくの足の舵取りとなって……
ピュラデス　世話の焼けるお荷物さんを連れてね。
オレステス　それで父上の菩提所へ連れて行ってくれないか。

ピュラデス　　　　　　　　そりゃまた
何のためだい?

オレステス　父上がぼくの力になってくださるようにお願いするためさ。

ピュラデス　うん、そうきて当然だよな。

オレステス　でも母の墓は見たくない。

ピュラデス　　　　　　　　　仇敵《かたき》だったものな。

さあ急いだり。いない間にアカイアの人たちが投票して、君に判決を下さぬように。

病気で衰弱した君の身体、その脇のところを、ぼくの横腹にくっつけたまえ。

町なかを通り抜けて君を抱えて行ってあげよう。皆が見ていたってちっともかまやしない、恥ずかしがったりしないで
連れてってあげるよ。だってそうだろ、もしここで恐ろしい災難の渦中にある君を護ろうとしなかったら、
ぼくはどこにいて友人であることを示せばいいんだ。

オレステス　血縁の者のみならず友人を得よ、とは正にこのことだ。

腹をうち割った間柄《なか》の男は、たとえよそ者であっても、

男にとっては無数の縁者よりもずっと持つに価する友人となる。

［オレステス、ピュラデス退場］

〔ストロペー〕

〔第二スタシモン〕

合唱隊　大いなる富と、
ギリシア全土はもとより
シモエイスの流れ(1)に至るまで鳴り響いた誉れの声は、
幸せの日々ののちまたも不幸へ、
巡り戻ってきた、アトレウスの子らに。
それは古えの一族の内紛がそもそもの始まり。
黄金の羊をめぐる争いがタンタロスの裔《すえ》の子らに起こり、
貴い子供を殺して食べるという
悲しみこの上ない食事をもたらした、あの時のこと。(2)
その時以来、殺戮は血を呼びつつ新たな殺戮を招き、
二人のアトレウスの子ら(3)に至っても
止むことを知らない。

(1)トロイアの川スカマンドロスの支流。

(2)テュエステスの兄弟アトレウスがテュエステスの子供を殺害し、煮て父親テュエステスの食膳に供したことを指す。

(3)アガメムノン、メネラオスの二人を指す。アガメムノン亡きあと二家の対立はオレステス対メネラオスという形をとる。

〔アンティストロペー〕

美わしからぬ美わしきこと、
生みの親の肌えに 鉄《くろがね》の刃を切りつけるなんてことは。
血潮で黒く汚れた刃を
陽の光に晒すなんてことは。
善き悪事とは言葉を弄ぶ不敬の業、
無分別な人に乗りうつった狂気。
ほら、あの哀れなテュンダレオスの娘御(1)は
死を恐れて叫んだのだった、
「息子よ、母さんを殺すなんて
おまえは大それたことをしてるんだよ。
父親の誉れを護ったがために、このちずっと
悪名を背負い込むことにならないようにおし」って。

〔エポードス〕

自らの手で母親を殺すこと以上に、

(1) クリュタイメストラのこと。

どんなひどいことがこの世にあるだろう、
悪病だって、涙や憫みの種だって。
彼はそのひどいことを仕出かして
狂気に誑《たぶら》かされているのです。
復讐の女神たちに追い廻されているのです、
くるめく眼に恐れを走らせているのです、
アガメムノンの子は。
ああ、何て痛々しい。
金糸織の着物の
胸元からのぞけた乳房を眼にしながら、
父の死の償いにその母親を
血祭りに上げるなんて。

〔第三エペイソディオン〕

〔エレクトラ登場〕

エレクトラ　皆さん、哀れなオレステスは、きっとまた
神が起こした気狂いに取り込まれて、館からとび出して行ったのでしょ

うね。

合唱隊の長　いいえ、そんなんじゃないんです。アルゴスびとの集会の場へ出掛けておゆきになったんです、

［これから始まるあの裁判で一戦交えるために。

生きるか死ぬか、それにあなた方の運命がかかっているという――］。

エレクトラ　ああ、何てことをしてくれたんだろう。誰が彼《あれ》を嗾《けしか》けたんです。

合唱隊の長　ピュラデスさまです――ちょっと待って、ほら、あそこにやって来る使いの者が

あちらの様子を、弟御のご首尾をいますぐにも教えてくれますよ。

［使者登場］

使者　［おお、可哀そうなお方、将軍］

アガメムノンの不幸せな娘御、エレクトラさま、

どうぞお聞きを。悪い報せでございます。

エレクトラ　ああ、わたしたちもうお終いね。おまえがそう言うだけでわかります。

［どうやらおまえは禍を告げる使者としてやって来たらしいもの。］

使者　あなたの弟御とあなたさま、ああ、あなたは、何てご不憫な——
お二人とも今日死刑と、市民の投票でそう決まったのでございます。

エレクトラ　ああ、思ってたとおりになった。そうなりはしないかと、
ずっと以前《まえ》から成行きが気にかかって、この身は悲しみにやつれてしまったけど、やはり——。
だけどどういう裁判だったのです、アルゴスの人たちはどんなことを言って、
わたしたちを滅ぼしたのです、死刑だと決めたんです、
言ってください、ご老人。わたしは、
弟と禍を分かち合っているこのわたしは、どうやって死ぬのです、
石打ちの刑ですか、それとも刃物で息の根を絶つべしと？

使者　ちょうど、野良から城門の中へ入って来たところでございました。
あなたさまとオレステスさまのご消息を知りたく思いましたんでございます。
それと申しますのも、わたくしいつもあなたのお父さまを尊敬申しあげておりましたし、

しかもわたくし奴、あなたのご一家のおかげで、しがない貧乏人ではご
　ざいますが、
友だちと真心のこもった付き合い方ができるだけに仕上げていただいた
　男でございます。
でその時、人々がぞろぞろ歩いて行ってあの丘に腰を下ろすのが眼につ
　いたのでございます。
例の、むかしダナオスがアイギュプトスの裁きを受けたとき、
人々を招集して裁判の席を設けたのが始まりと言われておりますあの丘
　でございます[1]。
このように人々が集まっているのが見えたものですから、市民の一人に、
　尋ねてみたのでございます、
「アルゴスに何ごとか起きたのか、まさか敵国から何か言ってきて、
それがこのダナオスの裔の町を騒がしているのではあるまいな」と。
するとその男が申しますのに、「オレステスさまがあそこに歩いて来る
　のが見えないか、
生きるか死ぬかの危ない橋を渡ろうとなさっているのだ」。
思いもよらぬ亡霊さながらのお姿、見るべきではございませなんだ。

（1）ダナオスの五〇人の娘はダナオスの兄弟アイギュプトスの五〇人の息子から求婚されるが、ダナオスの命令で新婚初夜一人を除いて四九人が夫を殺す。その罪の裁きがアルゴスの地で行なわれた。

ピュラデスさまと弟御が一緒に歩いておいでになるのですが、
弟御は病気のせいで打ち拉がれやつれきったご様子。
それをいまお一人が、実の兄弟のように、友だちの苦悩を分かち合って、
まるで子供をいたわるように病気の世話を焼いておいでなのです。
さて、アルゴスの人々が集まり終わったところで、
触れ役が立ち上がり、申しました、「母親を殺した男
オレステスは、死刑に価するかどうか、誰かご意見ないか」。
するとこれに応えてタルビュオスが立ち上がりました。
あなたのお父さまと一緒にトロイア攻略に加わった男でございます。
こ奴、いつも有力な者の尻にくっついて歩いておる男でございますが、
この時も二枚舌を使って、あなたのお父さまのことはさんざん賞めておきながら
弟御に対しては、賞めるというのではなく、巧みに美辞麗句を並べたてながら
実は、生みの親に対してよからぬことを習慣づけたという
非難の言葉を申し立てたのでございます。
話をしているあいだも、顔はアイギストス一派の方を向いてニタニタし

ておるという按配でございまして。
[この種の連中はそうしたものでございます。
伝令という輩は、いつだって羽振りのいい者に飛び付いてゆくものでございます。こいつらにとっては、
市民の中の有力者かつ権力の座におる人間こそが味方というわけなんでございますよ。]
さて、これに応えてディオメデス王が発言なさいました。
この方はあなたさまもそれから弟御も死刑にすることには不賛成で、
追放に処して罪を浄め、敬神の道を守るようにとのご意見でございましたが、
一斉に声が挙がり、賛成を唱える者もおりました反面、
これを不服とする連中もおりました。
続いて立ち上がりましたのが一人の男。お喋り屋の出しゃばり屋。
[アルゴスびとの風上にも置けぬ奴で、誰かに踊らされておるんです。
があがあがなり立て、べらべら喋りまくるのが取り柄の、
いつかは市民を何らかの災難に巻き込まずにはいない奴でございます。
口先がうまくて腹が黒いというような人間が民衆を説き伏せるというこ

とになりますと、
こりゃ市《まち》にとっては大きな禍でございますからなあ。
反対に理性を持ってつねづね立派なことを考えているような人間こそ、
たとえいますぐにではなくとも、いつかはきっと市にとって有益な人と
なるものでございます。
人の上に立つ人間を見定めるには、このような見方で見なくてはなりま
せぬ。
弁論家の場合も、指導者の場合も、
事情は同じなのでございます。」
それでこ奴め、オレステスさまとあなたさまを、石打ちの刑に処して
殺すようにと申し立てました。テュンダレオスさまが差し金なさったの
でございます、
「あなたさま方のお命を狙うこの男にそう言えと」。
ところでまた別の男が立ち上がり、これに反対意見を述べました。
風采はぱっといたしませぬが、男らしい男でございます。
町かたや広場（アゴラー）の集まりにはめったに出て来ませぬ。
自作農でございます。正にこの階級の者たちだけが国を救う人間なので

ございます。
智恵があり、喋らせれば談論風発、
身は潔白で、穢れのない人生を送ってきた男でございます。
このお人は、アガメムノンの息子オレステスは、
父親の仇を討とうとして卑劣な神を蔑《なみ》するような女を殺害したのである
から、
冠を授かるべきだと主張いたしました。
この女のおかげで男たちは、
おちおち武装して館をあとに出陣して行くこともできなくなった、
もしや出陣を逃がれて後に残った者たちが館内の女たちを堕落させ、
留守居の妻女《つま》たちを凌辱しはせぬかと、心配でたまらんというわけでご
ざいます。
この意見は心ある者たちにはまっとうなものだと思われました。
他にはもう誰も意見を述べるものはございませんでした。この時あなた
さまの弟御が
前に進み出ておっしゃいました。「イナコス(1)の地に住む人たちよ、
「かつてはペラスゴイ、次いでダナイダイと呼ばれた人たちよ」、

(1) アルゴスの地を最初に支配した王。次いでペラスゴス、ダナオスと続く。次のペラスゴイとはペラスゴス王の地の住民、またダナイダイとはダナオス王の地の住民の意。

わたしは父上のためだけではなく、あなた方のためをも思って
母親を殺めたのだ。なぜならば、夫殺しが妻にとって敬神の業
ということになるのならば、あなた方はいますぐ死んだ方がましだ。
でなければ妻女の奴隷とならねばならぬだろう。
［あなた方はなすべきこととは正反対のことをしようとしているのだ。
わたしの父上の寝床を裏切った女は、いまや死んでしまっている。
それなのにあなた方がわたしを殺すならば、
法は捨てられてしまったということであり、誰しもいますぐ死んだほう
　がましということになる、
そんな大胆不敵な行為があとを絶たぬというのであれば］」。
これはご立派な言い分だと思われましたが、しかし聴衆を説得するとこ
　ろまではゆきませんでした。
そして、あなたさまと弟御を殺せと主張したあの卑劣漢が、
この民衆を前にした演説(2)で勝ちを収めたのでございます。
ただお気の毒なオレステスさまは、皆を説き伏せて
石打ちの刑を受けて死ぬことだけは、辛うじて免れられました。そのか
　わり今日中に

（2）Murray の校本で読む。

あなたさまとご一緒に、自刃して生命を絶つことを約束なさったのでございます。
ここで、ピュラデスさまが涙ながらに弟御を
集会の場から連れ出されました。そして弟御に好意を抱く者たちも、
歎き悲しみながら一緒について行ったのでございます。
あなたさまがごらんになりましたら、身を切られるような光景《ながめ》、辛い惨めなありさまでございました。
さあ、剣を、それとも首に紐をご用意なされませ。
この世におさらばしなければならぬのでございます。
生まれの良さも、ピュト[1]の三脚台にましますポイボスさまも、
あなたさまには援けとはなりませなんだ。いや、あなたさまを滅ぼさせたのでございます。

［使者退場］

［合唱隊の長　ああ、不幸この上ないお人、どうだろう、
声もなくふさぎこんでじっとうつむいていらっしゃるそのご様子は。
ほんにまあ、いまにもワッと泣きださんばかり。］

（1）デルポイに同じ。

〔第三スタシモン〕

〔ストロペー〕

合唱隊　ああ、ペラスゴスの地よ、白い爪で
頬掻きむしり、血まみれになりながら、
頭を打ちながら、わたしは嘆きはじめます。
これを受けるのは、地下にまします
死者たちの女王、美しき娘ペルセパッサ。[2]
キュクロプスの地[3]よ、
おまえも泣いておくれ、
髪落とす刃を頭に置いて
この館の受難を。
嘆きは、嘆きの声はここに響く、
いま死にゆかんとする者らのために、
かつてはギリシアの総帥の家柄であったのに。

〔アンティストロペー〕

逝った、逝ってしまった、

（2）冥府の王ハデスの后。ペルセポネとも言う。

（3）すなわちアルゴス。キュクロプス（たち）はこの地一帯の先住民族とされる。

ペロプスの血筋の者は一人残らず。その恵まれた家柄のゆえに
羨望の的であった一門は滅びてしまった。
神の嫉妬《ねたみ》が、市民《まちびと》の敵意ある
血なまぐさい投票《さばき》が、それを捕らえたのです。
ああ、涙と苦悩に満ちた薄命の一族よ、
ごらんなさい、いかに運命（モイラ）は
予期に反してやって来るものか。
長い時のあいだには、人それぞれに
苦しみはさまざま。
ほんとうに人の生涯というものは
測りがたいもの。

〈エレクトラ〉　わたしはゆきたい
天と地の間《はざま》に吊るされた
岩塊《いわお》に、
オリュンポスの嶺から
黄金の紐で吊るされ回転する

土塊《つちくれ》へ。
そこで嘆きのたけを泣き叫ぼう、
代々続いたわが家系の源、
わが一門の元祖《おや》タンタロスさまに。
代々の当主たち(1)は、禍を
つぶさに経験してきました、
ペロプスさまのむかしより。
四頭立ての戦車に繋いだ若駒を
飛鳥のごと海辺へ駆ってゆき、
白波さわぐゲライストス(2)
その波立つ浜辺を駆け抜けながら
ミュルティロスを波間深く投じて殺した
あのとき(3)。
それ以来、わが家には、
嘆きに満ちた呪いが生まれたのです、
[マイアスの息子(4)のせいで]
馬を飼うアトレウスの 羊群《ひつじたち》の中に

九六五 (1) Murray の校本で読む。

九九〇 (2) エウボイア島南端の岬。

九九五 (3) ペロプスは妻ヒッポダメイアを犯そうとしたミュルティロスを海中に投じて殺した。その際ミュルティロスはペロプスの子孫に呪いをかけた。

(4) ヘルメス神のこと。

不吉な、破滅呼ぶ秘蹟、
黄金色の毛並みの仔羊が生まれたとき。
そして争闘（エリス）の神は
太陽の翼ある馬車の向きを換え、
大空の西へ向かう軌道《みちすじ》を
ただ一人馬を駆る暁の明星（エーオス）へと
向かわせたのです。
さらにゼウスは、七つの道もつ
七つ星（プレイアデス）の軌道も換えられたのです。
そうして名にし負うテュエステスの宴[1]がもとで
殺戮は殺戮に取って代わり、また
クレタ女アエロペ[2]の不貞がもとで
不貞は不貞に取って代わるというありさま。
そしてその果ては、ついにわたしと父上にまで及んだのです、
館のこの苦しみ多い宿命のせいで。

（1）三二三頁註（2）参照。

（2）アトレウスの妻。アトレウスの兄弟テュエステスと密通して彼に黄金の仔羊を与え、それによって兄弟間の争いの火を点けた。二六二頁註（2）参照。

〔第四エペイソディオン〕

合唱隊の長　ほら、あそこにあなたの弟御が、
身を引きずってやっておいでです、
裁判で死刑を宣告されて。
無二の親友、兄弟同様のピュラデスさまが
オレステスさまの病んだ四肢《からだ》を支えておあげになって、
付き添ってそろそろと歩いておいでです。

〔オレステス、ピュラデス登場〕

エレクトラ　ああ、何てこと、ああ、おまえ、死を、
弔いの送り火を目前《まえ》にしているおまえ——
ああ辛い。いえ、辛いなんてものじゃない。
この眼におまえを見るのもこれが最後かと思うと、気が狂いそう。

オレステス　静かになさいませんか。決まったことは受け容れて、
女々しく泣き叫ぶのはおやめなさい。辛いことには違いありませんが、
〔いまのこの運勢《なりゆき》を、あなたは耐えなきゃいけません〕。

エレクトラ　だって、どうしてこれが黙っておれよう。哀れなわたしたち

には、
神々しい陽の光を拝むってことは、もうできなくなるのだもの。
オレステス　あなたまでぼくを破滅させないでください。この哀れな男は、
アルゴスびとの手によってもうじゅうぶん滅び尽くしたんです。
もうこれ以上あれこれ言い立てないで、そっとしておいてくれませんか。
エレクトラ　ああオレステス、おまえ、その若さで――死ぬには早すぎる
のに、可哀そうな子。
おまえは生きるべきなんです、それがもう死ぬだなんて。
オレステス　後生です、どうぞぼくを挫けさせないで。
不幸を想い出して涙を流すような真似はさせないでください。
エレクトラ　わたしたちは死ぬのよ。身の不運を嘆かずにはおれません。
人間、誰にとっても愛しい命は嘆きの種なんだわ。
オレステス　ぼくたちには今日が最後の日。首を吊る綱を用意するか、
剣を研ぐか、どちらかしなきゃなりません。
エレクトラ　オレステス、さ、おまえがわたしを殺して、いますぐ。アル
ゴスびとの誰かが、
ふとどきにも、アガメムノンの血筋の者を殺すなんてことがないように。

オレステス　殺すのは母親だけでもうたくさんです。あなたは殺せない。

自分の手で好きなようにして死んでください。

エレクトラ　そうしましょう。おまえの剣に遅れをとるようなことはしません。

それよりわたし、おまえのその首をこの腕で抱きたいの。

オレステス　どうぞ。はかない慰めだけど。そうすることが、
死に瀕している身に慰めとなるんだったら、どうぞ。

エレクトラ　ああ、愛しい愛しいおまえ、「アガメムノンの子」というなつかしい、喜ばしい名前を、
姉さんと共有するおまえ、一つ心を持ち合うおまえよ。

オレステス　ああ、あなたはぼくをたまらなくさせる。お返しにぼくもあなたを抱きしめてあげたい。

惨めないまのぼくには、もう恥も外聞もありはしない。

［ああ、姉さんのこの乳房、ああ、愛おしく抱きしめるあなたの肉体。

こうすることが、ぼくたち不幸せな二人には、
こうしてたがいに呼び合い抱き合うことだけが、結婚して子供を儲ける幸せに代わるもの。］

エレクトラ　ああ、許されるなら、二人は一つ剣に殺されて、
　杉の木造りの一つ柩に収められたいもの。
オレステス　そうなったらどんなに嬉しいことか。でもご存じのとおり、
　ぼくたちには二人を一緒に葬ってくれそうな、そんな心優しい友だちは
　　いないんです。
エレクトラ　おまえのために何も言ってくれなかったのね、死なないよう
　　にと心配してくれなかったのね、
　あの卑劣なメネラオスは、お父さまを裏切った男は。
オレステス　顔を出すこともしなかった。王笏に望みを抱いて、
　身内を援けるのを躊躇したんです。
　さあ、それでは名門にふさわしい、アガメムノンの名に
　ふさわしい死に方で死のうではありませんか。
　ぼくは剣で腹(1)を突いて死んで、
　高貴な生まれのほどを皆に見せてやります。
　あなたもぼくに負けず勇ましく振舞わねばなりません。
　ピュラデス、君はぼくたちの死の立会人になってくれたまえ。
　そして二人の屍骸《むくろ》にねんごろに死の旅装束をさせて、

(1) 原語は「肝臓」。

父上の菩提所へ運んでゆき、二人一緒に葬ってくれたまえ。
じゃお別れだ。ほら、死出の旅路へ旅立つぞ。

ピュラデス　ちょっと待ってくれ。何はともあれまず君に文句を言わねば
　ならん。
君は、君が死ぬのに、ぼくは生きていたいと思っているとでもいうのか。

オレステス　何で君までぼくと一緒に死なきゃならんのだ。

ピュラデス　何だって？　君との友情《つきあい》なしにどうやって生きてゆけるんだ。

オレステス　君は、このぼくのように、自分の母親を殺さなかったよ。

ピュラデス　少なくとも君と一緒にやったんだ、罰は同じように受けな
　きゃならん。

オレステス　ぼくと一緒に死んだりせずに、父上のところへ帰りたまえ。
ぼくと違って君には祖国があるんだ。
また父上の館も、それに大した富の庫《くら》もあるんだ。
友情のよしみで君に約束した、
君とこの不幸な姉上との結婚話も駄目になった。
別の人と結婚して世継をこさえたまえ。
君とぼくとはもう親戚にはなれないんだ。

さあ、馴染み深いぼくの友よ、
お幸せにな。君はそうなれるんだ。ぼくたちにはもう無理だが。
死人は「幸せ」とは無縁だものな。
ピュラデス　まったく、君はぼくのやろうとしていることがわかっちゃいないんだな。
実り豊かな大地も、光り輝く大空も、ぼくの血を
どうぞ受け容れたまうな、もしもぼくが君を裏切り、
自分だけ助かって君を見捨てるような真似をするならば。
じっさいぼくも一緒にやったんだからな。何もしなかったとは言わんぞ。
しかも君がいま罰を受けていることの因《もと》は、みんなぼくがお膳立てしたんだ。
だからぼくも君と、それに姉上とも一緒に死ななければならないんだ。
この人はぼくが結婚しようと決めた人だ。
ぼくは自分の妻だと思っているからね。まったく、デルポイの地、
ポキスのアクロポリスへ戻ったとき、ぼくはどんな言い訳をすりゃいいんだ、
君たちが不幸になる前には君たちのお友だち、

不幸になったら違いますっていうんじゃあ。
言い訳なんかできん。これはぼくにも関係あることなんだ。
どっちみちぼくたちは死にゆく身だ。そこで一つ相談だ、
メネラオスも一緒に不幸になってもらおうじゃないか。

オレステス　おお、これぞぼくの親友、それをこの眼に見て死にたいものだな。

ピュラデス　では聞いてくれ。剣を突き立てるのはちょっと待て。

オレステス　待とう、敵に仇が返せるんなら。

ピュラデス　シーッ、大声を立てるな。女たち(1)は信用できないからな。

オレステス　この女たちなら心配しなくていい。ぼくたちの味方だ。

ピュラデス　ヘレネを殺そう。メネラオスには辛い苦しみになる。

オレステス　どういうふうにやる？　うまい方策があるんなら、すぐにでもやるぞ。

ピュラデス　剣でバッサリと。相手は君の館の中に潜んでいる。

オレステス　よし。あれはいま館中の物に封印して廻っているところだ。

ピュラデス　地獄（ハデス）に嫁入りとくりゃ、それもできなくなるだろうよ。

（1）合唱隊を指す。

オレステス　でもどうやるんだ。彼女《あれ》には蛮人の従者たちがついているぞ。

ピュラデス　どんな奴がついているっていうんだ？　トロイア者《もん》ならぼくはちっとも怖くはないぜ。

オレステス　鏡や香料のご用を承っているという輩だ。

ピュラデス　ふうん、じゃあの女はトロイアの奢侈品《たからもの》をここまで持って帰って来たのか。

オレステス　そうさ、ギリシア中が狭苦しく思えるほどたくさんにね。[1]

ピュラデス　奴隷でない者には、奴隷の輩など取るに足らんよ。

オレステス　それにこれができれば二度死ぬことだって恐れはせんぞ。

ピュラデス　ぼくもそうさ。君の仇討ちさえできるんならばな。

オレステス　具体的に説明してくれ。どうやろうっていうんだ。そいつをすっかり話してもらいたい。

ピュラデス　いかにもこれから死にますっていう調子で館の中へ入ってゆく。

オレステス　うん、いいだろう。で、そのあとはどうする。

ピュラデス　あの女の前でぼくたちの不幸を嘆いてみせる。

オレステス　内心では喜ぶだろうが、上辺《うわべ》だけでも涙を流すように仕向け

（1）Murray の校本で読む。

るわけだな。
ピュラデス　で、そこでぼくたちも調子を合わす。
オレステス　さてそのあとだ、肝心の仕事はどうやってやる。
ピュラデス　この衣の下に剣を隠しておこう。
オレステス　その前に従者たちをどう料理するかだが。
ピュラデス　奴らは、館の中の別のところへめいめい閉じ込めてしまおう。
オレステス　声を立てる奴がいたら殺《や》ってしまわなきゃならん。
ピュラデス　それからはどうやったらいいか、言わんでもわかるだろう。
オレステス　ヘレネを殺る。万事心得ている。
ピュラデス　よろしい。さてぼくがどんなにうまく心配《くば》りしているか、ま
あ聞きたまえ。
もしぼくたちが、もっと身持ちのよい女に剣を突き付けるというんなら、
その殺人は不名誉なものとなるだろう。
だがいまの場合は、この女は全ギリシアびとのために罰を受けるんだ。
この女のために死んだり滅んだりした父親や子供たち、
それに夫を奪われて寡婦《やもめ》となった若妻たちのために。
快哉の声が湧き上がるだろう。人々は神々への供犠の火を燃やすだろう、

君とぼくに幸あれと祈って。

妊婦を血祭りに上げたんだからね。

この女を殺せば、君ももう「母殺し」と呼ばれはせんよ。

それの代わりにもっといい呼名が貰えるぞ、

「万人殺しのヘレネを退治した男」というね。

断じてあってはならんことだ。君の父上、君、それに君の姉さんが死んだのに、
メネラオスだけがのうのうと生き延びるなんてことは。

それに母上―― いや止《よ》そう、言わんほうがいいようだ――

アガメムノン殿のおかげで妻を取り戻しておきながら、君の館を手に入れるなんてことは。

だから、あの女に対して黒い剣[1]を振るえないんなら、
ぼくはもう生きていたいとも思わん。

万が一ヘレネを殺しそこなったら、
この館に火を放って死のうではないか。

そうすれば、名誉ある死か、栄ある生か、どちらか一つを得られるわけで、

（1）「黒い剣」とはすなわち「死をもたらす剣」。

ぼくたちはいずれにしても名誉を勝ち取れるだろう。

合唱隊の長　すべての女たちから見て、テュンダレオスの娘御は憎まれてしかるべきお人。

女という種族を辱《はずかし》め穢《けが》した女ですもの。

オレステス　ああほんとうに、はっきり友人だと呼べる人間以上に価値あるものは何もない。

富だって、権力にしたって敵いはしない。

だからただの群集と立派な友だちとを取り換えるなんて、勘定に合わぬことだ。

そうさ、君はアイギストスをやっつける方法を見つけてくれたし、
終始ぼくと一緒に危険をともにしてくれたんだ。

その上いままた、ぼくに敵どもへ復讐する手段《てだて》を与えてくれ、
しかも一緒にやろうと言ってくれる。――いや賞めるのはこれくらいにしておこう。

あまり賞められすぎるのも煩わしいものだろうからね。

さ、とにかくぼくは死ぬんだ。

その道連れにひと働きして憎い仇どもを殺してやろう。

ぼくを裏切った奴らに仕返しをしてやるんだ。

ぼくに惨めな思いをさせた奴らを泣かせてやるんだ。

ぼくはアガメムノンの息子だ。

僭主としてではなく、ちゃんと神の許しを得て、
ギリシアの地をそうすべくして統治なされたあのお方のな。

奴隷の死を甘受して父上の名を恥ずかしめまい。

自由人らしく立派に果ててみせる。そしてメネラオスを痛い目に遭わせてやる。

どちらか一つうまくゆけば言うことなしだ。

もし思いがけずどこからか救いの手が差し延べられて、
相手はやっつける、こちらは無事ということにでもなれば、——そうなりたいもんだな。

いやこう考えるだけでも楽しいよ。

まして口に出してあれこれ言って、びた一文も払わずに心の栄耀ができるとなれば堪《こた》えられんな。

エレクトラ　オレステス、わたしね、おまえもこの方もそれにわたしも、
三人とも助かる方途《みち》があると思うのよ。

オレステス　そいつは神の啓示だ！　でも、どういうことなんです。あなたが、心の賢い人だということはよくわかってますけど。

エレクトラ　じゃ聞いてちょうだい。［ピュラデスに向かって］あなたも、さあ、しっかり聞くのよ。

オレステス　話してください。前途に見通しが立つってことは、何がなし気分を引き立てるものですからね。

エレクトラ　ヘレネの娘をご存じでしょ。尋ねるまでもないわね。

オレステス　知ってますよ。母上が育て上げたヘルミオネでしょう。

エレクトラ　あの子はクリュタイメストラの墓へ行っています……

オレステス　また何をしに？　そしてそのことにあなたはどんな望みをかけていらっしゃるのです？

エレクトラ　母親の墓にお神酒を捧げるために行ったのです。

オレステス　ええ、だけどそれがどうしてぼくに援助《たすけ》となるんです？

エレクトラ　あの娘が帰ってきたら、人質に捕らえなさい。

オレステス　この三人に、それがどんな効用《ききめ》があるとおっしゃるのです？

エレクトラ　ヘレネが殺されたあと、メネラオスがおまえか、この方か、あるいはわたしに（わたしたち三人は同志なんですから）何か危害を加

えようとすれば、
ヘルミオネを殺すぞと言ってやりなさい。
抜き身の剣を娘の喉もとに突き付けてね。
［だがもしメネラオスがヘレネの血まみれの死体を見て］
娘だけは死なすまいと、おまえの生命を保証すれば、
娘の身柄を父親に返してやりなさい。
しかし、怒り狂って自制がきかず、何が何でもおまえを殺そうというのであれば、
おまえの方も娘の喉を掻き切ってやるのです。
でもおそらく彼は、はじめの内は勢いがよくても、
時間が経てば、参ってくるでしょうよ。
あのお人は生まれつき大胆でも勇敢でもありませんからね。
あの娘はわたしたちにとって安心立命の砦というわけです。わかりましたか。
オレステス　ああ、実にあなたは男のような気性をお持ちの方だ。
身体つきは女らしい女そのままだけど、
死よりも生を選ぶべく生まれついたお人だ。

ピュラデスよ、君はこのような女性をみすみす取り逃がすか、
それとも生き延びて幸福な結婚生活を手に入れるか、さあどちらかだぞ。
ピュラデス　願わくば、美しい婚礼の歌声に祝福されて
ポキスの町へ来ていただけたら、ああ、どんなにいいだろう。
オレステス　で、ヘルミオネはいつごろここへ戻って来るんです?
あの卑劣な父親の可愛い娘の子を首尾よく捕まえることができたら、
あとは万端あなたの計画どおりうまくゆく。
エレクトラ　もうそのあたりまで帰ってきているはずだわ。
頃合いの時間ですもの。
オレステス　よし。さあそれではエレクトラ、
あなたはこの館の入口に止《とど》まって、あの娘を足止めしてください。
それに、ひょっとしたらヘレネをやっつけてしまうまでに、
［誰か、あの父親の味方の者か、あるいは父親本人かが］
ここへ駆けつけてくるかもしれないから、よく見張っててください。
そしてそういう事態になったら、ドアを叩くなり、大声を挙げるなりし
て屋内《なか》へ報せてください。
ぼくたちは、大事な一戦に備え、

屋内へ入って剣で武装することにします、
［ピュラデス、君もだ。君はぼくと苦労をともにしてくれようから］。
おお、暗い闇の館においでの父上よ、
あなたの息子オレステスがお願いします、どうか援けにおいでください、
［お力添えがいただきとうございます。わたしが不当に辛い目に遭っておりますのも、
あなたのため。わたしは正しいことをやりましたのに、
あなたの弟御に裏切られました。わたしは彼の妻を捕らえて殺すつもりです。
このことであなたは、わたしたちを援けていただきたいのです］。

エレクトラ　ああ、お父さま、大地の底にいますあなたのお耳に、子供たちの、
あなたのために死に瀕している子供たちの呼ぶ声が届きますならば、どうぞお出でください。

ピュラデス　おお、わたしの父と縁続きであられる方よ、[1]
アガメムノンよ、わたしの祈りを聴き入れたまえ、子供たちを護りたまえ。

（1）ピュラデスの父ストロピオスの妻、すなわちピュラデスの母親はアガメムノンの姉妹。三一四頁註（1）参照。

オレステス　わたしは母親を殺した……
エレクトラ　わたしも剣を取りました……
ピュラデス　そしてわたしは、すべてを計画し、躊躇する二人を励ましたのでした。
オレステス　父上、それはあなたを護るためでした。
エレクトラ　わたくしはあなたを裏切りませんでした。
ピュラデス　これほど非難がましくお願いしておりますのに、あなたは子供たちを護ろうとなさらぬのですか。
オレステス　涙が、あなたに捧げるお神酒です。
エレクトラ　わたくしのは、嘆き。
ピュラデス　もういい、やめなさい。それより仕事に取り掛かりましょう。
もし祈りが地の底まで届けば、聴き入れてもらえましょう。
だが、われらが始祖ゼウスさま、それに畏れおおいディケさま、
どうぞこの者とわたしとそれにこの女《ひと》とに幸運をお恵みください。
闘うときも裁きを受けるときもこの三人の者は一心同体、
「ともに生きるか、それとともに死ぬか、いずれにせよわれらはそう

決められた身の上です」。

［オレステスとピュラデス、館内へ］

〔ストロペー〕

エレクトラ　おお、親わしいミュケナイの女《ひと》たち、
アルゴス・ペラスゴスの地に住まう位高き女たちよ。
合唱隊　何でしょうか、お姫さま――
この称号《なまえ》は、(1)あなたさまのためにまだダナオスの子らの町(2)に残っている
ものですが。

〔終局〕

エレクトラ　おまえたちのうち、これだけの者は大通りのところに、
そちらの者たちは横道のところに行って立ち、館を見張っておくれ。
合唱隊　どうしてわたしたちをこの仕事にお呼びになったのか、
お嬢さま、そのわけをおっしゃってください。
エレクトラ　誰か人が、この館へ、血の海の修羅場へやって来て、
禍にさらに禍を求めようとするのではないか――
それを恐れているのです。
合唱隊一　さあ、お行き、急ぎましょう。

（1）ここは底本の τάδ' ではなく Murray の校本に従い τόδ' で読む。
（2）アルゴス。

わたしたちは東に向かうこちらの道を見張ります。
合唱隊二　それではわたしたちの方は西に向かうこの道を。
エレクトラ　さあ、左右隈なく眼を配って。
合唱隊　おっしゃるとおり、
あちらからこちらへ、またもとのほうに。

〔アンティストロペー〕

エレクトラ　さあ、眼の球をよく動かすのです。
髪を掻き分けて、よく見えるようにして[3]。
合唱隊一　おや、あそこの大通りに誰かが。ほらこちらへ、
このあなたのお館のほうへ近づいてくるのは誰でしょうか、あの田舎風の男は。
エレクトラ　ああ、おまえたち、わたしはもうお終いです。その男は
武装した猛々しい二人の者たちが身を潜めているのを、いまにもすぐ敵どもに暴いてしまうでしょう。
合唱隊一　ご安心なさいませ。お嬢さま、
ご案じの道には誰もいやしません。

（3）Murray の校本で読む。

エレクトラ　［合唱隊二に向かって］だがどうなの。おまえの受け持ちのほうは大丈夫なんだろうね。
きちっと報せておくれ。
そちらの前庭には誰もいないのだろうね。

合唱隊二　こちらのほうは大丈夫です。［合唱隊一に向かって］あなたのほう、しっかり見張ってください。
こちらはアルゴスの人は誰もやって来る様子はありません。

合唱隊一　こちらも同様、大丈夫です。平穏そのものですから。

エレクトラ　さあ、いまです。館の中に耳を澄ましてみましょう。

合唱隊　館の中のお二人よ、犠牲を血祭りに上げるのをなぜためらっておいでです。
何の邪魔も入りませぬのに。

エレクトラ　彼らには聞こえていない。ああ、どうしよう。
美しい女子《おみなご》を見て、剣刃《やいば》も二の足を踏んでいるのか。

合唱隊　いまに誰かアルゴスびとが、
この館へおっとり刀で駆けつけて来るでしょうに。

エレクトラ　さあ、もっとよく見張るのです。腰を下ろしている場合ではありません。
おまえたちはこちら、おまえたちはそちらの見張りに立つのです。
合唱隊　いちぶの透《す》きもなく通りに眼を配っています。
ヘレネ　［館内からの声］おお、ペラスゴス・アルゴスよ、あたしは殺される！
エレクトラ　聞きましたか！　あの者たちが、殺害の手を下しているのです。
あれは、きっとヘレネの声です。
合唱隊　ああ、ゼウス、その大いなる力よ、
どうぞわが味方の者たちに援け手となってやってくださいませ。
ヘレネ　［館内からの声］メネラオス、助けて！　あたしは殺される！　そこにいながら助けてくれないなんて。
エレクトラと合唱隊　殺すのです！　殺《や》るのです！
両刃の剣を手より繰り出し、
その父を、

夫を捨てた女を滅ぼすのです！
彼女こそ、数多《あまた》のギリシアびとを
スカマンドロスの流れの辺《ほとり》で槍にて斃れせしめし者！
そこでは、流れの渦の周りを飛び交う鉄の矢に、
涙が涙に降り注いだ。

合唱隊の長　シーッ、お静かに！　館近く、
誰かこちらへ歩いてくる足音が聞こえます。

エレクトラ　ああ、皆さん、あのヘルミオネが取り込みの最中に
帰って来たのです。声を立てるのはやめましょう。
彼女《あれ》は張り巡らした罠の中に飛び込んで来るのです。
こちらの手に落ちれば、素晴しい獲物となるものです。
さあ、もとのところへ戻って何喰わぬ顔をし、
いままでのことはおくびにも出さぬようにするのです。
わたしもふさいだ顔つきをし、これまでのことは
何も存じませんというような振りをしていましょう。

［ヘルミオネ登場］

おや、ヘルミオネ、クリュタイメストラのお墓にお供えをし、
死者のために御神酒を注いで戻っておいでなのね。

ヘルミオネ　はい、御蔭をいただけるようお参りしてきました。
——でもわたし、何だか胸騒ぎがして——。
戻る途中、館の中で悲鳴がしたような気がしたのです。

エレクトラ　当然じゃなくて？　わたしたちは嘆きの種を抱えているのよ。

ヘルミオネ　それはどうぞおっしゃらないでください。——それとも何かまた新しいことでも？

エレクトラ　オレステスとわたしに死刑を、この国は決定したのです。

ヘルミオネ　とんでもないことを！　あなたたちはわたしの身内の方たちですのに。

エレクトラ　そう決まったのです。わたしたちは逃がれようのない軛に繋がれてしまいました。

ヘルミオネ　では館内の叫び声は、そのためだったのですね。

エレクトラ　そう、ヘレネさまの膝に縋って声を立てながら命乞いをしているところなのです……

ヘルミオネ　どなたが？　おっしゃってください、わかりませんもの。

エレクトラ　可哀そうなオレステスです。自分と、そしてこのわたしの命を助けてくれるようにと。

ヘルミオネ　それなら館の内で声がするのも不思議ではありませんね。

エレクトラ　それ以外に、あんな声を立てる、どんな理由《わけ》があると言うのです。

さあ、あなたも中へ入って、身内の者と一緒にお願いしてください。

幸せ多いあなたの母上の前に身を投げて。

どうぞメネラオスさまがわたしたちの死を黙って見過ごされぬようにと。

さあ、あなたはわたしの母親の手の内で育てられたのでしたね、
わたしたちを哀れと思って、この禍から救い出してくれるべきです。

こっちへ来て、闘争《あらそい》に参加してください。わたしが案内します。

わたしたちにとってはあなたが最後の希望《のぞみ》なのよ。

ヘルミオネ　わかりましたわ。館内《なか》へ入りましょう。

力の及ぶかぎり精一杯やってみます。

［ヘルミオネ、内に入る、エレクトラは入口に残ったまま］

エレクトラ　そら、館内《なか》の、剣を持った人たち、

獲物だよ、捕らえないの。
［ヘルミオネ　ああ、この人たちは何者なの？
オレステス　　静かにするんだ。
飛び込んで来たおまえはわれわれの命を救う手段《てだて》、おまえには災難だろうが。］
（エレクトラ）取り抑えるんです、しっかりと。剣を首に当てて、
じっとそのままにしていなさい。それを見れば
メネラオスも思い知るでしょうよ、自分が相手にしたのは腰抜けのプリュギア人ではなく
勇士だったということ、そして卑怯者が受けるべき報いを受けたのだということを。

〔エレクトラ館内へ〕

〔第四スタシモンの一〕(1)　　〔ストロペー〕

合唱隊　さあ、皆さん方、
館の前で大声を挙げ、

（1）この「第四スタシモンの一」のストロペーは一五三七行以下の「第四スタシモンの二」のアンティストロペーと対応している。

騒ぎ立てるのです。
ヘレネを殺したのが知れて、アルゴスびとらを怯えさせ、
この王の館へ救援《たすけ》に駆けつけさせないように。
それまでに、館の中に横たわる血にまみれたヘレネの死体を
この眼にしかと見届けるか、
それとも召使たちの口からはっきりと聞いておく必要があります。
不幸が起きたのはわかっていますけど、はっきりしたことは知れてませんもの。

神々の憎しみがヘレネに向けられたのは、
当然のこと。
全ギリシアを涙の雨に暮れさせた女ですもの。
それも、あの禍々しいイダの男、パリスのため。
この男が、ギリシアの軍勢をイリオンへと引き寄せたのです。

合唱隊の長
［おや、館の門が軋る音がします、

静かに！　プリュギアびとが一人出て来ます、
あの男に、館の中の様子を聞いてみましょう。」

［プリュギア人、館内より登場］

プリュギア人
アルゴスびとの剣に殺されるところを
逃がれて来ました！
このアシア風の靴を履き、
柱廊の杉の梁を伝い、
ドリス風の造りの壁を伝って、大地よ、大地よ、
やっとのことで逃がれて来ました！
アシア者にふさわしい逃げ方で。
ああ、異国の女《ひと》たち、わたしはどこへ逃げたらよいでしょう。
広い灰色の空でしょうか、
それとも、牛の頭を持つオケアノス(1)が
その腕で大地を抱き込んでいる
海原へでも。

（1）大地を取り巻いて流れる大洋オケアノスは、その形状がしばしば牛の姿で表わされる。

合唱隊の長　いったいどうしたのです、ヘレネに仕える方、イダの里人よ。

プリュギア人　イリオンよ(1)、おおイリオンよ、
プリュギアの都、土塊《つちくれ》豊かなイダの聖なる山よ、
いまは滅び去ったおまえを、わたしは嘆く――
[戦車の闘いの歌の調べにのせ、]
アシア風の叫び声を挙げて。
レダの子の、白鳥の羽美わしき鳥より生まれた女(2)、
呪われたヘレネ(3)、その禍々しいヘレネゆえに、
アポロンが築いた滑らかな石の城壁への
復讐へと走る女ゆえに、滅びたおまえを。
おお、おお、
何と痛ましい、
哀れなダルダニアよ(4)、
ゼウスに愛されたガニュメデスが駿馬追う地よ。

合唱隊の長　ねえ、はっきりと館の中の様子をわかりやすいように話してください。[いままでおっしゃったことは、どうも曖昧で、推測するしかありませ

(1) 城砦都市トロイアの別称。

(2) 一三八六行以下は Murray の校本による。

(3) ヘレネは、白鳥に変身したゼウスがレダと交わって生まれたとされる。

(4) ダルダノスの国すなわちトロイアを指す。ダルダノスはトロイアの町の創健者。次のガニュメデスはトロイア王家の祖トロスの子で、ゼウス神の寵童となった。

んもの。」
プリュギア人　ああ、アイリノン、アイリノン――
アシアの人間は、そのお国言葉で
こう言いつつ死を嘆きはじめます、
王の血が、死をもたらす鉄の刃で
大地へと注がれ流れたとき。
さあ、その時の様子をはっきりと申しあげましょう。
二頭の獅子――
そう、二人のギリシアびとが
館の中へ入ってきたのです。
一人は名高い将軍を父に持つ男。
いま一人はストロピオスの息子で、
オデュッセウスさながら
沈着冷静に策を巡らす賢い男、
しかも友情に厚く、争いには大胆、
闘いに長じた――まさしくあれは恐ろしい蛇です。
――ああ、ほんとに消え失せてくれたらよいのに、あの、冷静に計画を立て悪事を働く男め——。
さて、入ってきたその二人の男は
あの弓に優れたパリスさまの
奥方となられた女《ひと》の玉座へと
寄ってまいりました、
一人はこちらから、いま一人はあちらからと、
両側から挟むようにして[1]近寄ってきて
眼に涙を浮かべて跪いたのです。
そして、ヘレネさまのお膝に
両の手を投げ掛けて、哀願したのです。
側にお仕えしていたプリュギアの者たちは、
驚いて跳びあがり、
あわてふためいて右往左往、
怯えきってたがいに言い合いました、
これは何か策略ではなかろうと。
いや、そうではあるまいと思う者もいましたが、
この母親殺しの蛇は、

（1）Murray の校本で読む。

テュンダレオスの娘御に計略《たくらみ》の網を
投げ掛けるのだ――
そう思う者もありました。

合唱隊の長　で、おまえはその時どこにいたのです。怖くなって先に逃げ出していたんですか。

プリュギア人　いえいえ、わたしは、プリュギアびとの習慣《ならい》で、
ヘレネさまの、そうヘレネさまのお髪《ぐし》に、
お風を、立派な造りの円い羽扇でお風を、
頬のあたりで扇《あお》いで差し上げておりました、
［わたしの国ではそうするのが習慣でございますから］。
ヘレネさまは、糸巻竿を使って
亜麻糸を手でお繰りになり、
――糸を床まで垂らしながら――
プリュギアからの戦利品を使って糸でかがり、
お墓への飾りを作ろうとなさっているところでした、
クリュタイメストラさまへのお供えに紫の覆いを。
さあ、この時オレステスさまが

このラコニア[1]生まれの娘御に声をかけられたのでございます、
「おお、ゼウスの娘御よ、どうぞお立ちになって、こちらへ、
ご先祖ペロプスさまをお祭りしてある
この館の古い竈《かまど》のところへおいでください、
そしてわたしの話しをお聞きくださるように」と。
こうして彼はヘレネさまを連れて行き、ヘレネさまは、
彼が何を企んでいるかご存じないままに、ついて行かれたのでございます。
さて一方、共犯者のあの禍々しいポキスの男は、
忙しく立ち廻って、別の仕事にかかっていました。
「さあ、ここから出て行かんか、おまえらプリュギアの人間はまったくの腰抜けどもだ」。
こう言って彼は、皆を館の中に
別々に閉じ込めたのです、
ある者は厩舎《うまや》に、
ある者は離れ小部屋に、
という具合に、「皆ばらばらに」

(1) スパルタを首邑とする地方。

ご主人さまから引き離されてしまったのです。
合唱隊の長　で、そのあとはどうなりました？
プリュギア人　イダにおわす母神[2]よ、
厳かにして偉大なる母神よ、
ああ、王の館にあってこの眼に見た、しかと見た、
神を神とも思わぬ血なまぐさい暴虐！
二人は、紫の縁取りをした衣の下から、
隠し持った剣をめいめい抜き放ち、
それを手に、
誰かいないかと
あたりを睨め廻しました。
そして、さながら山棲みの猪のように
あの方の前に立ちはだかり、
吠え立てたのでございます。「死ぬんだ、おまえは死ぬんだ、
おまえを殺すのは卑劣なおまえの連れ合いなのだ、
兄の息子を裏切って
このアルゴスで死なせようとしたあの男だ」。

（2）大地母神キュベレのこと。

ヘレネさまは、おお、おおと泣き喚かれ
白い腕で胸を打ち、
頭を叩き——ああ、お可哀そうに——
そして、黄金のサンダルを履いたお御足で
懸命に逃げられた。だがオレステスさまは
ミュケナイ風の靴を履いた足で追いかけて、
その髪の毛を引っ摑み、
その首を左の肩へとねじ曲げて、
黒い刃をその喉首へ
突き刺そうとなさった——

合唱隊の長　おお、それで、館内のプリュギアびとたちはどこにどうして
　いたんです、助けに行かなかったのですか？

プリュギア人　わたしたちは大声を挙げながら閉じ込められていた部屋の
戸や厩の仕切りを、閂《かんぬき》で打ち破り、
めいめい館の各所から救援《たすけ》に駆けつけました、
ある者は礫《つぶて》を、ある者は弓を、
またある者は抜き身の剣を手にして。

するとあの豪胆不屈のピュラデスが立ち向かって来ました、
さながら、そう、プリュギアの将ヘクトルさまか、
それともプリアモスの町の城門のところでこの眼にわたしがしかと見た 一四八〇
三本の前立ての兜を被ったアイアスか、と見紛うほどに。
そしてわたしたちはたがいに剣を交えたのです。
だがそうしてみると、
われわれプリュギア者《もん》は、戦闘力の点で
いかにギリシアの槍に劣っているかが明らかとなりました。 一四八五
ある者は逃げ出し、ある者は死骸となって倒れ、
またある者は傷を負い、そして、
ある者は「どうぞお助けを」と懇願するありさまでした。 一四八八a
そしてわたしどもは暗がりに逃げ込んだのですが、 一四八八b
あとには倒れ死ぬ者、死にかけている者、もうすでに死んで横たわって
　いる者たちが残ったのです。(1) 一四八九
と、そこへあのお気の毒なヘルミオネさまが館の中へ、 一四九〇
ちょうどあの方を産んだ不憫な母親が
殺されようとしているところへやって来られたのです。

(1) 底本は一四八九行と一四八八b行とを入れ替えるが、採らない。

すると奴らは、霊杖（テュルソス）[1]こそは持たぬものの、
さながら、バッコスの信女のよう、彼女に跳びかかり、
この山棲みの獣の仔をかっさらうと、[2]
ふたたびゼウスの娘を殺さんものと引き返しました。
ところが彼女は［部屋から、］
そして館中どこにも消えていなくなってしまったんです。
おおゼウスよ、大地よ、光よ闇よ！
これは妖術か魔術か、はたまた神隠しによるものでしょうか。
あとのことはどうなったか、何も知りませぬ。
わたしも館からこっそり逃げ出して来ましたもので。
メネラオスさまは言い知れぬ難儀を重ねられて
トロイアから奥さまのヘレネさまを連れ戻しておいでになったのに、
いまやそれも無駄となりました。

合唱隊の長　ほんとうに、思いもよらぬことが次々と――
今度もまた、ほら、オレステスさまが抜き身を下げて
館の前に興奮した足取りで飛び出て来られます。

（1）霊杖はバッコス教信者の必需品。
（2）バッコス教の信女らは法悦境に陥ると野獣を捕らえて素手で引き裂いたが、ここではヘルミオネが野獣に見立てられている。

［オレステス登場］

オレステス　どこだ？　おれの剣を逃がれ、館から逃げ出した奴は。

プリュギア人　旦那さま、あなたさまの前にこうして生国の習慣《ならい》どおりにひれ伏しております。

オレステス　おれたちはイリオンにいるんじゃないんだぞ、ここはアルゴスの地だ。

プリュギア人　どこにおりましょうとも、まともな人間にとりましては死ぬより生きる方がはるかに嬉しいものです。

オレステス　まさかおまえ、メネラオスに助けに来てもらいたいと大きな声を挙げたりはしなかったろうな。

プリュギア人　めっそうな、むしろわたしはあなたさまをお助けするようにと触れておったのでございます。あなたさまのほうにこそ援助《たすけ》が必要なんですから。

オレステス　テュンダレオスの娘が殺されたのは正当だった、――そうだな？

プリュギア人　もちろんですとも、たとえあの方が三つの喉を持っていて、三度突かれましょうとも当然の成り行きで。

一五二〇

オレステス　おれを恐れて口ではうまいことを言っているが、心の中じゃそう思ってはいないな。

プリュギア人　とんでもない、彼女はギリシアばかりかプリュギアびとたちをも滅ぼしたんじゃありませんか。

オレステス　じゃ誓え、お愛想で言ったのじゃないとな。でなきゃ殺す。

プリュギア人　わたしの生命にかけて、心の底よりお誓いいたします。

オレステス　トロイアでも、奴らは皆、剣をこんなに怖がったのか。

プリュギア人　剣を収めてください。そいつが眼の前でちらちらしてますと、ぶっつり殺《や》られそうな気がして怖くてたまりません。

オレステス　ゴルゴン(1)のように、見たら石になりはしないかとびくついているんだな

プリュギア人　いえ、死体になりはせんかと、それが心配でして。ゴルゴンの首は見たことがありません。

オレステス　奴隷のくせに冥府（ハデス）を恐れるのか、冥府に行けば辛い仕事にさよならできるだろうに。

プリュギア人　人は誰でも——たとえ奴隷の身でありましょうと、陽の光を拝むのを嫌がる者はおりません。

（1）ステンノ、ニウリュアレ、メドゥサの三姉妹を総称して言う。三人は醜怪な顔をし、頭髪は蛇、猪のような歯、黄金の翼をもち、その眼は見る者を石に化す力を持っていた。

オレステス　洒落たことを言う。その機智でおまえは命を拾ったぞ。さあ、
館の中へ入れ。
プリュギア人　じゃ、わたしは死ななくてよろしいので。
オレステス　赦してやる。
プリュギア人　これはまた嬉しいお言葉。
オレステス　だがまた気が変わるかもしれんぞ。(2)
プリュギア人　とは、ありがたくないお言葉で。
オレステス　馬鹿め、おれがおまえの喉を掻き切ってこの剣を汚すとでも
思っているのか。
女でもない――さりとて男でもない、そんな奴なんだぞ、おまえは。
おれがここへ出て来たのは、おまえに妙な声を立ててもらいたくないためだ。
アルゴスの町が聞きとがめて騒ぎ立てるからな。
メネラオス一人となら剣を交えるのはちっとも怖くはない。
肩にかかる金髪を粋《いき》がっているような奴だ、いつでも来い。

(2) Willink は、ここのオレステスのせりふはプリュギア人との一件は落着し、すでに別のこと（一五二七行以下のメネラオスとの対決）を考え始めていることを示すもので、その意味で「考えを変えよう」と言っているとするが、どうだろうか。それではあまりにも理詰めで説明的に過ぎはしないか。訳者はオレステスがプリュギア人をからかい試しているだけのせりふととりたい。

〔もし奴がアルゴスの衆を引き連れてこの館へ押し寄せて来て、
ヘレネ殺しの復讐のために、おれと姉上と、
それにこの仕事に協力してくれたピュラデスを生かしておかぬつもりと
いうなら、
娘と女房と二つの骸を奴は拝むことになるぞ。〕

〔プリュギア人退場。オレステス館内へ〕

〔第四スタシモンの二〕[1]

〔アンティストロペー〕

合唱隊　ああ、何たる巡り合わせでしょうか、
アトレウス家のご姉弟をめぐって
またも館は、新たな恐ろしい闘争に巻き込まれています。
——わたしたちはどうしましょう。このことを町に知らせたものでしょ
うか、
黙っている方が安全ですわね、皆さま方。
——あ、ほら、ごらんなさい、館の前を煙が空高く昇ってゆきます。
あれが町への合図となりましょう。

（1）ここのアンティストロペーは一三五三行以下のストロペーと対応する。三六三頁註（1）参照。

——松明に火をお点けになった。あの方たちは、タンタロス以来のこの館を
燃やすおつもりです。殺害を止めるおつもりはありません。

——神は、そのお望みどおりの結果を
死すべき者どもにお与えになります。

——復讐の鬼と化した神の力は恐ろしい。

血は血を呼んで、館はついに滅び果てました。

それも因《もと》はといえば、ミュルティロスが戦車の上より投げ出されたことによるもの(2)。

——ほら、あそこにメネラオス殿が大急ぎでやっておいでです。

おそらくここでの揉め事が耳に入ったのです。

中にいるアトレウス家のお子たち、さあ、早く戸に閂を。

勢いに乗っている人間は——オレステスさま、ちょうどいまのあなたたちのように
逆境にある者にとっては、手に負えぬものと心得なさいませ。

(2) アガメムノン、メネラオス兄弟の祖父に当たるペロプスはピサ（ペロポネソス半島西部の町）の王オイノマオスの娘ヒッポダメイアを娶ろうとしてオイノマオスとの戦車競走に挑むが、その際王の馭者ミュルティロスを買収して王の戦車に工作をさせ、結果オイノマオス王は、壊れた車に引きずられて死んだが、その際、ペロプスとミュルティロスに呪いをかけた。その呪いがアトレウス家の禍の因だというもの。

［メネラオス、供の者らを連れて登場］

メネラオス　二匹の獅子どもが仕出かした、恐ろしくもまた不敵な所業を
　聞きつけてやって参った。
そうとも、獅子だ、奴らを人間とは呼べまい。
［聞いたところによると、わたしの妻は死んでいない、
だが消え失せてしまったということだ。
根も葉もない噂だ、恐怖のあまり
いいかげんなことを喋ったのだ。
あの母親殺しが仕組んだ罠だろうが、まったくお笑い草だ。］
誰か門を開けい。供の者たち、
その扉を押し破れ。奴らの
血に汚れた手から娘を助け出し、
［あの惨めな、可哀そうなわが妻を
連れ戻すのだ。そして、妻を殺した奴らを
この手で妻の死の道連れにしてくれよう］。

［館の屋根にヘルミオネを抱えたオレステス、ピュラデス、エレクトラ登場］

オレステス　おお、そこにおいでだな。門の門には指一本たりとも触れる

なよ。
メネラオス殿、えらく元気がよろしいではないか。
ひとつ石工職人が造りあげたこの古い胸壁を壊して、
その石であんたの頭を粉々に砕いて進ぜようかな。
扉の閂はきっちりと閉まっている、
救援《たすけ》に来ようといくら踠《もが》いてみても駄目だ、中へは入れんぞ。
メネラオス　や、あれは！　松明の火だ、
奴らは館の屋根の上に立て籠っている、
そしてわたしの娘の喉に剣を突き付けている。
オレステス　さあ、何か文句はあるか、それともおれの言うことを聞くか。
メネラオス　どちらも嫌だ。——だが、おまえの言い分を聞かねばならぬ
ようだ。
オレステス　知りたいなら言ってやろう。おれはあんたの娘を殺すつもり
だ。
メネラオス　ヘレネを殺した上に、まだ殺しを重ねようというのか。
オレステス　それは、あの女を神さま方に盗み隠されないで、手許に捕ま
えておればの話だ。

メネラオス　殺《や》っておきながらシラをきるのか。わたしを愚弄する気だな。
オレステス　いまいましいがほんとうだ。くそ！　あの時にやれていたなら……
メネラオス　いったい何をだ、はっきりと言ってくれ、不安だ。
オレステス　ギリシアの面汚しを地獄へ送り込めていたら、ということよ。
メネラオス　妻の遺体を返してくれ、葬ってやりたいのだ。
オレステス　神さまにお頼みしろ、だが、娘のほうは殺す。
［メネラオス　母親殺しの身で、この上さらに殺人を犯《や》ろうというのか。
オレステス　おれは父上の仇を討ったのだ、それをあんたは裏切ったんじゃないか。］
メネラオス　母親の血を流しただけでは足りないのか。
オレステス　悪い女は、いくら殺しても飽きはせん。
メネラオス　ピュラデス、おまえまで一緒になってやっているのか。
オレステス　黙っているのがその答えだ。おれが「そうだ」と言うだけでじゅうぶんだろう。
メネラオス　だが、早く逃げなきゃ奴も後悔することになるぞ。
オレステス　おれたちは逃げはせん。館に火を点けるのだ。

メネラオス　父祖伝来のこの館を潰そうと言うのか。 一五九五
オレステス　あんたが跡継ぎになれんようにな。娘も殺してその火で焼い
てくれよう。
メネラオス　やってみろ。その報復《おかえし》はきっとしてやるぞ。
［オレステス　じゃ、やろう。
メネラオス　あ、やめてくれ。］
オレステス　黙れ！　身から出た錆だ、報いを受けるのは当然だぞ。[1] 一五九九
メネラオス　娘から剣を離してくれ。
オレステス　とは、前言《まえ》とは違うお言葉。 一六〇八
メネラオス　ではわしの娘を殺すのか。
オレステス　そうすれば、あんたは嘘を吐かな
いですむ。 一六〇九
メネラオス　ああ、どうしたらいいのだ。
オレステス　アルゴスの市民のところへ行っ
て説得するんだ―― 一六一〇
メネラオス　何と言って、
オレステス　おれたちを殺さぬようにと。町にそう頼むのだ。 一六一一

（1）底本は一五九九行以下に一六〇八―一六一二行の五行を移す。結果文意の通りがスムースになる。しかし従来のままでも格別不都合とも言いがたい。会話はつねに合理的に展開されねばならない、ということはない。

メネラオス　でなければ、わしの子供を殺そうというのか。

オレステス　　　　　　　　　　　　　　　　　そうなるだろうな。一六二二

メネラオス　じゃ、おまえが生き残るのは正しいことなのか。

オレステス　　　　　　　　　　　　　　　　　　この国を支配することもな。

メネラオス　どの国をだって？

オレステス　　　　　　　このペラスゴス・アルゴスだ。

メネラオス　おまえはきっと、聖なる水盤に手を触れることを許されるだろうよ——[1]

オレステス　なぜおれが駄目なんだ。

メネラオス　戦いの前に犠牲を屠ることもな。

オレステス　　　　　　　　　　　　　じゃ、あんたは許されているというのか。

メネラオス　わしの手は穢れてはおらんからな。

オレステス　　　　　　　　　　　　　　　だが心根はそうはいかぬ。

メネラオス　誰がおまえと口を利いてくれると思っているんだ。

(1) 犠牲式を主宰する王は開始に際し水盤で手を洗い浄めるのが慣いであるが、穢れを受けた者はそれが許されなかった。アイスキュロス『慈みの女神たち』六五六行、ソポレクレス『オイディプス王』二四〇行参照。

オレステス　　　父上を愛
　する者ならすべて。 一六〇五
メネラオス　では母親に心寄せる者はどうだ。
オレステス　　おお、幸せなる者たちよ。
メネラオス　おまえはそうではないな。
オレステス　　悪い女はおれには我慢できぬから
　だ。 一六〇七
メネラオス　おお、可哀そうなヘレネよ――
オレステス　　おれの方は可哀そうじゃない
　というのか。 一六一三
メネラオス　わしはおまえを犠牲にするためにプリュギアから連れ帰って
　きたのだ――
オレステス　そうなったらよかったのだが。 一六一四
メネラオス　数知れぬ苦労を嘗めて。
オレステス　　おれのためには何の骨折もしてくれ
　ずだが。 一六一五
メネラオス　ひどい災難だ。

オレステス　あの時おれを助けてくれなかったからだ。
メネラオス　まんまとはめられた。
オレステス　悪党め、自業自得だ。
さあ、エレクトラ、館に火を点けてください。
そしてピュラデス、わが友のうちでも最も誠実なる者よ、
君はこの胸壁を焼くのだ。
メネラオス　おお、ダナオイびとの地、馬多きアルゴスの国人《くにびと》らよ、
武器を手に援助《たすけ》に駆けつけてくれはしないのか。
こいつはわれわれのこの市を力ずくで抑えつけてでも生き延びようとしておるのだぞ、
母親の血を流して穢れた奴なのに。

［アポロン、ヘレネを従え機械仕掛けの神として舞台上方に登場］

アポロン　メネラオスよ、いきりたった心を鎮めよ。
こうしておまえの側に寄り、話しかけているこのわたしはレトの子ポイボスだ。
また、そこで娘に剣を突き付けているオレステス、

おまえもだ。わたしがこれから言おうとする言葉をよく聞くのだ。
まず、おまえがメネラオスに腹を立て躍起になって殺そうとした——
が失敗したヘレネだが、
［彼女はここにいる、おまえの手を逃がれ死を免れて。
そうだ、天空の大気の襞《ひだ》に包まれて見えるのがその彼女なのだ。］
彼女を救い出したのはこのわたしだ。
父神ゼウスの命令でおまえの剣先を躱《かわ》してさらってきたのだ。
それというのも、彼女はゼウスの娘として永遠に生き続ける運命である
　からだ。
そしてこののちはカストル、ポリュデウケスとともに天界にあって、
船乗りたちの守護者となるであろう。
［だからメネラオスよ、おまえは別の女を館に迎えるがよい。］
神々はこの女の美しさを利用して
ギリシアびととプリュギアびとをともに戦わせ、
ともに殺し合せたのだ。それも、ほどらいを超えて増え続ける
人間どもを地上から排除するためだったのだ。
ヘレネについては以上だ。

ところでオレステスよ、もう一度おまえはこの国の外へ出て
パラシアの地[1]へ赴き、そこに一年間住まねばならぬ。
このおまえの亡命にちなみ、その地は以後、
[アザン人やアルカディア人たちによってオレステスの地と呼ばれるこ
とになろう]。
そこを発って、次におまえはアテナイへ行き、
三人の慈みの女神たちの前で母親殺しに穢れた血の裁きを受けるのだ。
その折り、神々は裁判官としてアレイオス・パゴス[2]で
神聖なる裁定をお下しになろう。
そこでおまえは勝つはずだ。
さてオレステスよ、いまおまえがその喉首に剣を宛がっているヘルミオ
ネだが、
彼女は、おまえが娶ることになっている。
彼女を妻にと願っていたネオプトレモスは、彼女とは結婚できぬ。
なぜならば、彼は父アキレウスの死の償いをこのわたしに要求しおった
がために[3]、
デルポイの住民の剣によって死ぬ運命にあるからだ。

（1）アルカディア地方（ペロポネソス半島上部）の西南部の地。

（2）「アレスの丘」の意。アクロポリスの入口前に広がる岩場。

（3）アキレウスはトロイアでアポロン神の主導のもと、パリスの射た矢で斃れた。

ピュラデスには、約束どおり[4]姉を娶らせよ。
彼には幸福な未来が約束されている。
メネラオスよ、このアルゴスはオレステスに統治させるがよい。
おまえはスパルタの地へ行け。
今日の日までおまえに数知れぬ苦労を嘗め尽くさせた妻の財産を引き継いで、
そこの支配者となるのだ。
市当局とこの者との和解は、わたしがうまく取り計らおう。
母親殺害を彼に強要したのはこのわたしだからな。

オレステス　おお、予言者ロクシアスさま、ご神託恐れ入りました。
あなたの予言は間違ってはいなかった、いや真実の予言者であられたのです。
だがわたしは、復讐の女神の言う言葉をあなたのお言葉と
聞き違えているのではあるまいか、とも恐れております。
だが、万事はうまく終わりました、わたしはあなたのお言葉に従います。
ごらんください、このとおりヘルミオネから剣を離します。
そしてもし父親がくれると言ったならばこの娘と結婚いたします。

（4）Murray の校本に従い ᾧ ではなく ὥς で読む。

メネラオス　おお、ゼウスの娘御ヘレネよ、ご機嫌よろしゅう。

そなたが神々の幸せ多い館に住まいすることを、わたしは喜びたい。

オレステス、ポイボスさまのお言葉どおり、わしはおまえに娘を妻《めあ》わせよう。

よい家柄の家から娘を娶るこれまた立派な家柄のおまえに、どうか幸あるように。

そして娘を妻わすわたしにもな。

アポロン　さあ、各々定められた道を行くがよい。

争いはやめるのだ。

メネラオス　　お言葉に従わねばなりません。

オレステス　わたしもそういたします。メネラオス殿、これまでのことは水に流してあなたと和解したい。

そしてロクシアスさま、あなたの神託とも和解いたします。

アポロン　さあ、各々の道を進め、
神々のうちでもいと美わしい平和の女神を讃えつつ。

わたしはヘレネを、星々の光り輝く天軸を
経巡ってゼウスの館まで連れて行こう。

その館で彼女は、ヘラとヘラクレスの妻
へべとの傍らに座を占め、
神として永遠に、死すべき者たちに崇め尊ばれるであろう、
ゼウスの息子である二人の兄弟(1)とともに
船乗りたちの海路の守りとして。

［全員退場］

［合唱隊　おお、畏れ多い勝利の女神よ、
わが生命を守りたまい、
花冠をわれらに与えたまわんことを。(2)］

［合唱隊退場］

(1) ヘレネの双子の兄弟カストルとポリュデウケス。

(2) この三行の歌は『タウロイ人の地のイピゲネイア』、『フェニキアの女たち』の末尾の歌と同じである。劇の内容とは別に競演会での勝利も併せ祈願されているのである。

バッコス教の信女たち

ヒュポテシス（古伝梗概）

テバイのディオニュソスの縁者らは、ディオニュソスは神に非《あら》ずと言った。そこでディオニュソスは彼らに対してそれに見合う懲らしめを返した。テバイの女たちを気狂い状態にしたのである。そしてその狂女らの一団をカドモスの娘らがキタイロンの山中へと導いて行った。カドモスは老境にあった。そこでアガウエの息子であるペンテウスが王権を継いでいたが、この出来事に腹を立て、信女らの何人かを捕らえて縛につけ、また神その人に対しても別途人を遣った。彼らは大人しく取り抑えられたこの神をペンテウスの許へ連行した。ペンテウスはこれを屋内で縛って見張るようにと彼らに命じた。彼は、ディオニュソスは神ではないと口で言うだけではなく、人間に対してならするようなことすべてをあえてやってみせたのだ。するとディオニュソスは地震を起こして王の館を倒壊させ、ペンテウスをば女物の着物を着てキタイロンへ行くように、女たちをこっそり覗き見するようにと説き伏せた。母親アガウエを先頭に女たちは彼の身体を引き裂いた。カドモスはこの事件を深く心に留め、引き裂かれた四肢を拾い集めたが、最後に残った頭は母親の手の中に見つけた。そこにディオニュソスが姿を現わし〈　　〉皆の者に事の次第を告げ、また一人一人にこの先起きることを――言葉だけだと信者以外の者には人間だとして見くびられる恐れがあるので――行為でもって明示した。

文献学者アリストパネス(1)によるヒュポテシス

ディオニュソスは神として崇められているのに、ペンテウスがその秘儀を認めようとしないので、母親の姉妹たちを狂気に陥らせ、彼の身体を八つ裂きにさせた。この物語はアイスキュロスの『ペンテウス』でも取り上げられている。

登場人物は、ディオニュソス、バッコス教の信女たちから成る合唱隊、テイレシアス、カドモス、ペンテウス、召使、使者、第二の使者、アガウエである。

ディオニュソスがプロロゴスを述べる。

（1）一二九頁註（1）参照。

登場人物

ディオニュソス　ゼウスとテバイの前王カドモスの娘セメレとのあいだに生まれた神
合唱隊　アシアからディオニュソスに従って来た信女たち
テイレシアス　テバイの盲目の予言者
カドモス　テバイの前王
ペンテウス　テバイの現王。アガウエとエキオンの息子。カドモスの孫に当たる
召使　ペンテウスに仕える
使者　山を住処とする羊飼
第二の使者　ペンテウスの従者
アガウエ　カドモスの娘、ペンテウスの母親

場所・時

テバイのペンテウス王の館の前
昼間

〔プロロゴス〕

〔ディオニュソスが登場し、プロロゴスを述べる〕

ディオニュソス　ここテバイの地に罷《まか》り越したこのわたしはゼウスの息子
の
ディオニュソス、かつてカドモスの娘のセメレが
稲妻の火に当てられて産み落としたものだ[1]。
その姿を神から人間に変えて
ディルケとイスメノスの水[2]の辺《ほとり》へとやって来た。
館の近くに稲妻で焼かれた母上の墓標が
見える。それにゼウスの火のいまだ消えやらぬ炎で
くすぶり燃える母の屋敷の残骸も。
母上に対するヘラの荒ぶる心根は不滅との印だ。
わたしはカドモスを褒めてやろう、ここを娘の菩提所とし、
誰も足を踏み入れぬようにしてくれた。その周囲を

(1) セメレはゼウスの胤を身籠ったが、これを嫉妬したヘラの策略によりゼウスの雷火に当たって月足らずのままディオニュソスすなわちバッコスを分娩し、自らは死ぬ。八八行以下を参照。

(2) ディルケはテバイの泉、イスメノスはテバイを流れる川。

葡萄の房なす蔟葉《むらば》で被い隠したのはわたしだ。
わたしはリュディア、プリュギア(1)の黄金満つ野を後に、
日に焼けたペルシアの平原、
城壁巡らすバクトリア(2)、禍多いメディア人の地(3)、
人、もの幸《さき》わうアラビア、
塩辛い海の沿《ほと》りにギリシアびとも異郷の民も混じり住み、
美しき城塔を持つ都が数多くある
アジア(4)全土を隈なく経巡り、
ギリシアでは最初にこの町へとやって来た。
あちらでは皆を歌い踊らせ、わが秘儀を立ち上げ、
人間どもにこの身が神なることをわからせてやった。
ギリシアではこのテバイが、最初に入信の叫び声を
挙げさせた土地だ、肌に小鹿の 裘《かわごろも》 をまとわさせ、
手には杖、すなわち常春藤《きづた》で出来た得物を持たせて。
それは母上の 姉妹《おんなきょうだい》 たちが、これは断じて言うべきことではなかった
　ことなのだが、
わたしディオニュソスはゼウスの子供ではない、

(1) いずれも小アジア内陸部の地方。
(2) 現イラン西部。
(3) 現イラン東北部。
(4) すなわちアジア。

セメレは誰か人間の男に嫁入りし、
夫婦の契りの罪をゼウスになすりつけたのだと言ったからだ。
これはカドモスの入れ知恵だったのだが、そのために
ゼウスが結婚を偽った罪で彼女を殺したのだと彼女らは公言したのだ。
だからこそ、わたしは彼女らを狂気で心惑わせて
家から追い出してやった。いま彼女らは正気を失って山中にいる。
わが秘儀に使う衣も無理やり着させてやった。
カドモス一族の者は、女であるかぎりは全員
気を狂わせて家から飛び出させてやった。
いま彼女らはカドモスの娘らと一緒に
松の緑の木の下、野天の岩の上に座っている。
この町はよく知る必要がある、たとえ望まぬともな、
わがバッコス(5)教の狂乱には終わりがないことをだ。
それにわたしがゼウスから生まれた神であることを
人間どもに明らかにして、母上セメレへの非難を払い除けねばならぬ。
カドモスは王としての特権を
娘の子のペンテウスに譲り渡した。

(5) ディオニュソスに同じ。

ところがこの男、わたしが有する神性に対して抗い、
灌奠《かんてん》からわたしを遠ざけ、祈りを捧げることも無視するありさま。
そこでわたしは彼とテバイの人間全員にわたしが神であることを
見せつけてやろうと思う。ここでの仕事を首尾よく終えれば
また別の土地へ足を向け、わが本体を
知らしめてやる。もしテバイの町当局が怒って
武器を使って信女らを山から連れ戻そうとでもすれば、
わたしは狂女らを指揮して一緒に戦うつもりだ。
そのためにわたしは姿形を人間に変え、
見た目の姿を人間の男にしているのだ。
さあ、リュディアの護りなるトモロスの峯をあとにして来た
わが信女たち、異郷の者の中から
われに仕え旅を共にする者として連れて来た女人らよ、
プリュギア(1)の町に固有の鼓《つづみ》を高く掲げよ、
母神レア(2)とこのわたしが発明した品を。
そして王宮を、ペンテウスの館を取り囲み
打ち鳴らすのだ、カドモスの町の者らに見せつけてやれ。

(1) 小アジア、トロイアの奥地一帯。
(2) 大地母神でゼウスの母。

わたしのほうは、信女らがいるキタイロンの谷間へ出掛けて
彼女らと歌舞いを共にすることにしよう。［ディオニュソス左手へ退場］

〔パロドス〕

［合唱隊、右手より登場し、オルケーストラー[3]に入って来る］

合唱隊　アシアの地から
聖なるトモロス[4]の峯をあとに急ぎ来て
ブロミオス[5]さまに仕える身には苦労も甘く、
骨折りも苦にならず、
バッコスの御名を唱え称えます。

道にいるのは誰、道にいるのは誰？
館には誰がいる？　さあ脇へよけていてください。
ものみな口を慎んで縁起でもないことは言わないように。
これからわたしが歌うのはむかしからずっと慣習《しきたり》の
ディオニュソスを寿ぐ歌です。

（3）舞台前方一段下に広がる半円形の場。合唱隊の居場所。
（4）小アジア、リュディアの山。
（5）ディオニュソス、バッコスの異称。

〔ストロペー一〕

おお至福なるかな、幸せにも
神の祭事《まつりごと》に関わって
敬虔なる生活を送り、
山中でバッコスの祭の
神聖な浄めの儀式に
その魂を染め浸すことのできる者は、
また大母神キュベレ(1)の
秘儀を斎《いつ》き祀《まつ》り
霊杖（テュルソス）を振り上げ
常春藤《きづた》を頭に巻きつけ
ディオニュソスの神に仕える者は。
行け、バッコスの信女らよ、行け、バッコスの信女らよ、
神の子の神ブロミオス、
ディオニュソスをばお連れ申せ、
プリュギアの山からギリシアの
幅広い通りへと、ブロミオスさまを。

(1) 元来は小アジアのプリュギアの大地母神。ギリシアでは神々の母神レアと同一視される。

〔アンティストロペー 一〕

そのブロミオスさまを懐妊された母御は
飛来したゼウスの雷に
無理やり産気づけられて、
母胎から月足らずのまま
分娩なされたものの、自らは
雷に打たれて儚《はかな》くなられた。
産み落とされた直後にそれを
クロノスの子ゼウスは引き取り、
その肢の中に入れて
黄金のピンで閉じ、
ヘラの眼から隠した。
そして定めの月満ちてから
牛の角もつこの神を産み落とし、
蛇を冠にと頭に巻いた、
以来信女らは捕らえた蛇を(2)

（2）文字どおりには「野獣喰いの獲物」の意。Tyrrell, Dodds はこれを「彼女らが捕らえた蛇」と註釈する。それに従う。

髪に巻きつけるのが慣《なら》いとなっている。

〔ストロペー二〕

おお、セメレを養い育てたテバイよ、
常春藤《きづた》の冠をその頭《こうべ》に当てよ。
満たせ、満たせ、美《は》しき実をつける
緑の水松《いちい》で。
また狂乱の舞を満たせ、樫の木の
あるいは松の木の若枝で。
斑なす小鹿の裘《かわごろも》を身に巻きつけよ、
羊の白い巻毛で編んだ編み紐《ひも》で。
荒々しい茴香《ういきょう》の杖を恭《うやうや》しく振れ。
すぐにも国じゅうあげて踊り出そう、
ブロミオスさまが舞いの群れを率いて行けば、
山へ、山へと。そこは
女らの群れが相い集うところ、
織機《はた》の糸巻きや梭《ひ》を捨てて、

ディオニュソスさまのために狂気に駆られて。

〔アンティストロペー二〕

おおクレテス(1)の住みなす家、
クレタの島のゼウス誕生の
聖なる洞窟よ、
その洞《ほら》の中で三重の前立ての兜《かぶと》の
コリュバンテス(2)がわたしのために
この皮張りの太鼓をば作ってくれた。
それを彼らは、信女らが激しく舞い狂うなか、
プリュギアの笛の甘く響く調べと
混ぜ合わせるべく女神レアの手に置いた、
狂い舞う信女らの叫びと拍子を合わせるために。
そしてそれを熱狂するサテュロス(3)たちが
母神レアから借り受けて、
ディオニュソスを喜ばす
二年ごとの祭の歌舞いに

(1) クレタ島に住む精。クレスの複数形。クロノスの妻レアにゼウスの守護と養育を託された。クロノスは生まれてくる子供を次々と呑み込むので、レアはゼウスが生まれたときこれをクレタ島に隠し、クレスたちに養育を任せたのである。クレスたちは赤子のゼウスの泣き声を消すため槍で楯を打ち鳴らしたと言われる。

(2) コリュバスの複数形。コリュバスとは小アジアのプリュギアの大地母神キュベレに仕える神官。その祭儀は激しい音楽と踊りを伴う。

(3) 山野の精。身体的に山羊の特徴を備える若者。ディオニュソス神の従者を務める。

合わせて使った。

〔エポードス〕

喜ばしさ、山中で
激しい狂乱の群から
地上へ倒れ伏すときの。小鹿の皮の
聖なる衣を身にまとい、殺した山羊の
血を焦がれ吸い、生肉を喰らう嬉しさ。
プリュギアの、またリュディアの山へと向かう
その先導はブロミオスさま。
エウホイ。
大地には乳が流れ、酒が流れ、
蜂蜜が流れる。
シュリア[1]の乳香[2]より立ち登る
煙のごと、バッコスさまは
赤々と燃え上がる松明を掲げ、
茴香の杖を携えて駆けり行く、

（1）現シリア。
（2）イスラエルの民が用いた香。

走ったり踊ったりしながら
道行く者らを興奮させ、
叫び声を挙げて煽り立てる、
柔らかな髪を風になびかせながら。
エウホイの叫びとともに彼《か》の方《かた》はこうも叫《おら》び立てる、
「さあ、信女らよ、
いざ信女らよ、
黄金流れるトモロス(3)の飾りよ、
ディオニュソスさまを祝《ことほ》ぎ歌え、
強い響きの胴太鼓を打ち鳴らして。
このエウホイの神を
プリュギア風にエウホイと叫び叫《おら》んで称えよ、
音色もゆかしい聖なる笛が
山へ山へと向かう狂女らに合わせて
聖なる調べを吹きつのるとき」。
さながら草を食む母駒に付き従う仔馬のように、
信女は心嬉しく、その敏捷な四肢を飛ぶがごとくに運びゆく。

(3) 小アジア、リュディアのトモロス山から流れ出るパクトロス川では砂金が取れた。四〇一頁註(4)参照。

〔第一エペイソディオン〕

〔盲目の予言者テイレシアス、子供に手を引かれて右手より登場〕

テイレシアス　誰か門口《かどぐち》におらぬか。カドモス殿を家内《いえうち》から呼び出しても
らいたい。
アゲノルのお子だ(1)、シドンの町(2)を後にやって来て、
このテバイの町を創建された方だ。
誰か行って告げてくれ、テイレシアスが
お会いしたいと。わしが来た用件はご存じだ。
あのお年寄りと、わしも年寄りだが、話が合うたのだ、
霊杖を手に、小鹿の裘を身にまとい、
常春藤《きづた》の若葉を頭の冠にしようと。

〔カドモス、館の中から登場〕

カドモス　やああんたか、声は聞こえておったぞ、
賢い人間の賢い声はな、家の中にいてもちゃんとな。
ほれ、このように神詣りの支度をして出て来た。
それもこれもわが娘の息子のあの方は

(1) カドモス。
(2) 中東フェニキアの沿海都市。カドモスは妹エウロペを捜してギリシアのテバイへ至り、この地を護っていた龍を退治してテバイの町を創建した。

[3]［神ながら姿を人間に変えているディオニュソスのことだ。］
この国ではもう目一杯偉大なお方と称えられなければならんからだ。
どこで踊るのだ？　足を踏み下ろし
白髪頭を揺するのはどこでかな。案内を頼む、
テイレシアス、どちらも老人だが。あんたは賢いお人だからな。
昼夜、大地を霊杖で叩いても、わしは疲れを知ることは
ないぞ。おたがい老いの身であることは喜んで忘れとるものな。[4]

テイレシアス　　　　　　　　　　　　　　わたし
　と同じお気持ちのようですな。
わたしも若返って踊りの列に加わる所存。

カドモス　では車で山へ出掛けるとするか。

テイレシアス　いやそれでは神にはふつうに喜んでいただけますまい。

カドモス　老人のわしが老人のあんたの手を引いて行くというのか。

テイレシアス　神がわけなくわれら二人をそこへ導いてくださいましょう。

カドモス　この国でわしら二人だけがバッコスの踊りに参加するのであろ
　うかな。

テイレシアス　まっとうな考えができるのはわれら二人だけですからな。

（3）［　］の部分は後代の挿入として削除が要求される箇所。以下同。

（4）次行とアンティラベー（半行対話、割ぜりふ）を形成する。以下同。

他の連中は考えが足りませぬわ。
カドモス　ぐずぐずしておれんぞ。さあこの手に摑まるのだ。
テイレシアス　はいはい、手を繫いで放さぬように。
［カドモス　わしは人間の身で神を蔑《なみ》するような真似はせぬ。
テイレシアス　われらは神的存在に対して小賢しい振舞いをすることはしません。
父祖伝来の慣習はわれらが長い時間をかけて獲得してきたもので、
いかなる理屈もこれを覆すことはできません。
たとえそれが深く考えた末に見つけられた知恵であっても。］
カドモス　わしが年甲斐もなく頭に常春藤《きづた》を巻いて
踊りに加わろうとしているなどとほざく者もおろうか？
テイレシアス　神は踊りに加わるのに
老若の区別はされません。
すべての者から均等に崇められるのがお望みです。
誰彼の区別なく尊ばれることをお求めになるのです。
カドモス　テイレシアスよ、あんたはこの世の光が見えぬから、
わたしが言葉の判じ役になってつかわそう。

ペンテウスがこの館へ向かって大急ぎでやって来る。
エキオンの息子で、わしがこの地の統治を任せた奴だ。
興奮した様子だぞ。いったい何を言い出すのやら。

［ペンテウス、右手より登場］

ペンテウス　たまたま国許を留守にしていたのだが、
いま聞いた、町に新たな禍が出来《しゅったい》したとな。
わが国の女たちがバッコス教とかいういかがわしい宗教に入信して
家を捨て、小暗い山の中をうろつき廻り、
ディオニュソスとか称する新来の神を
歌舞いをして寿ぎ祀っている。
また信女の群れの真中に酒を満たした瓶を置き、
めいめい勝手に人目につかぬところへ忍んで行っては
男どもの欲望に奉仕している。
信女として犠牲の仕事をしているというのは口実で、
じつはバッコスならぬアプロディテ[1]の祭儀を行なっているというのだ。
捕らえた女たちは、どれもこれも部下に命じて

（1）恋（情欲）を司る女神。

手を縛めた上で、牢獄にぶち込んである。
捕らえ損ねた連中は山狩りにかけよう。
［イノと、エキオンによってわたしを生んだアガウエと、
アクタイオンの母アウトノエのことだ。(1)］
そしてやつらを鉄製の網で絡め取り、
このたびの不埒なバッコス騒ぎをただちに止めさせてやる。
聞いた話では誰かよそ者が入り込んで来た、
リュディアの地からやって来た幻術使い、魔法使いということだ。
金髪の巻毛の頭は馥郁《ふくいく》たる香に満ち、
頬は葡萄酒色で、眼は愛欲の歓びを宿している。
これが昼夜分かたずバッコスの秘儀を催して
若い娘らと交わっていると。
もしこやつをわが国内《くにうち》で捕らえたら、
霊杖を打ち鳴らし髪の毛を揺することを
止めさせてやる、首を胴体から切り離してな。
こやつが言うには、ディオニュソスは神だ、
以前ゼウスの腿に縫い込まれていただと。

(1) イノ、アガウエ、アウトノエのいずれもカドモスの娘。

そしてディオニュソスは母親ともども霊火に焼かれた、
母親がゼウスの寵を受けたと偽りを言うたがためにと。
こんな大それた振舞いをすれば首括りにされても文句あるまい、
よそ者の分際で思い上がって大口を叩くからには。
いや、これはまた驚いた、そこに見えるは
斑の鹿皮を身にまとうた予言者のテイレシアスと
わが母上の親父さま、これはいいお笑い草だ、
杖を携えバッコス教に入信とは。お祖父《じい》さま、いただけませぬぞ、
お二人は齢をとって分別を失くされたものとお見受けしますな。
常春藤《きづた》を振り捨てたらどうです、手を杖から離して
自由にしてやったらどうです、わが母上の父なる方よ。
テイレシアス、あなたがこんなことをさせたのですな、その心は、
また新たに人間界に神を持ち込んで、
鳥の動きを観察し、犠牲を燃やして金銭《かね》にしようという魂胆だろうが。
もしもその白髪頭が救ってくれなかったから、
あなたは身体を縛られて信女らの真中に座っているところですぞ、
とんでもない祭儀を導入した罪でね。

葡萄のきらめく液汁が女たちの食事に出てくるようなところでは、
秘儀はどんな秘儀でも健全ではない、とわたしは言っておく。

合唱隊の長　何と不敬なことを。あなた恥ずかしくないのですか、神さま
　方に対して、
またカドモス、あの大地に種を蒔き稔らせたお方に対して、
エキオンの子でありながら一族を貶《おとし》めるとは。

テイレシアス　誰であれ賢い人間は、話の緒口さえ上手に切れれば、
きちんとした話をするのは難しいことではない。
そなた、よく舌が廻っていっぱしの考えがあるのかと思わせるが、
しかしそなたの言うことには心が籠っていない。
猪突猛進で、しかも弁が立つという輩は
市民としてよろしくない、理性が欠けているからだ。
そなたが嘲けるこの新来の神は、こののち
このギリシアの地でどれほど大きな存在になるか、
口にすることもできぬ。それというのも若殿、人間界には
基本的原理が二つありますのじゃ。女神デメテル、すなわち
ゲー(1)のことで、どちらでも好きなほうの名で呼ぶがよいが、

(1) 大地母神。しばしば穀物の女神デメテルと同一視される。

この神は乾いた食物で人間の種族を養い育ててくださる。
次に来るのがセメレのお子[2]で、これがそれに対抗して
葡萄から飲み物を造り出し、死すべき者らにこれを
与えた。これは哀れな境遇の人間たちにその苦しみを
止める効果がある。その身が葡萄の液で満たされ、
眠りが訪れて日々の禍を忘れさせてくれるときにはな。
苦悩を癒やすのにこれ以上の薬は他にない。
この酒神は、神でありながら神さま方への奉納品として注がれる。
この神のおかげで人間たちに幸いが訪れるようにとな。
この神がゼウスの腿に縫い込まれたのは馬鹿げていると
お言いかな？　それが意味のあることを教えて進ぜよう。
ゼウスがこの神を雷火の中から取り出して
その月満たぬ胎児をオリュンポスへと運んだとき、
ヘラはこれを天上から投げ落そうとした。
ゼウスは神ならばこその策を巡らした。
大地を取り巻く大気の一部を掻き取って
これを人質（ホメーロス）として与え、ディオニュソスを

（2）ディオニュソス。

ヘラとの諍いの埒外に置いたのだ。その後になって
人間たちはこの神がゼウスの腿（メーロス）に縫い込まれたと言うよう
　になった。
女神ヘラの人質にされたので、人質（ホメーロス）を腿（メーロス）と言
　い換えて
一つ噺を拵《こしら》え上げたというわけだ。
この神は予言の神。バッコス教の狂乱に憑かれ
狂気に陥れば、多くのことが予言できるからだ。
この神が体内に強く入り込んでくると、
狂気に陥った者をして未来を語らしめるのだ。
またこの神は軍神（アレス）の権能も分かち持っている。
武装して戦列を作る軍勢を、
槍に手を触れる前に恐怖に陥らせてしまうのだ。
これもまたディオニュソスによる狂気だ。
いまにそなたも眼にしよう、デルポイの岩場でもこの神が
二つ瘤《こぶ》の大地一帯松明を持って跳ね踊る姿を、
バッコスに馴染みの小枝を打ち振り揺すぶりながら、

大ギリシア一帯隅なく。だがペンテウスよ、よく聞くのだ。
人間を力で抑えられると思い上がってはいかん。
善いことを考えたと思っても、それは間違った思いつきにすぎない。
考えたなどと思わんがいい。この神をこの地に受け容れ、
お神酒を奉げ、バッコスの徒になって、頭に冠を被るのだ。
ディオニュソスの神は、女たちにキュプリスの業(1)は良識の範囲内でと、
無理強いなさることはない。それは人間の持って生まれたものだ、
[何ごとに対してもいつも良識ある行動ができるかどうかは]。
よく考えてみなされ。バッコスの祭に参加したとて、
良識ある女は堕落する心配はない。
よろしいか、そなただって人々が門前に市をなせば嬉しいはず、
町じゅうがペンテウスの名前を称えてくれればな。
あの神だってちやほやされれば嬉しい、わしはそう思う。
だからわしとカドモス殿は、そなたは嗤うけれども、
常春藤《きづた》を頭に巻いて踊りに参加することにしたのじゃ。
白髪頭の二人組みだが、ぜひとも踊らねばならん。
そなたの言うことに屈して神に抗うなんぞ、もってのほかじゃ。

(1) 性愛行為。

そなたは狂っている、どれほど痛み悲しんでも足りぬくらいに。
薬では治らんだろうし、薬がなければまた治らんだろう。
合唱隊の長　おおご老人、ポイボスの神を恥ずかしめぬその申されよう、
偉大なる神ブロミオスを崇め奉るとはよいお心掛けです。
カドモス　若よ、おまえに対するテイレシアスの言い分はしごくもっとも
だ。
おまえもわれらと行動を共にするがよい、けっして埒外に出るな。
いまのおまえは気が逸るばかりで、考えがちっとも考えになっておらん。
たとえこのお方が、おまえの言うように、真実神でないとしても、
まあそうであるとしておいたらどうだ。嘘でよい、
セメレの子だとしておけ。すると彼女《あのこ》は神さまを産んだことになり、
われら一族全体に箔が付くことになる。
アクタイオン(1)の惨めな運命は知っておろう。
自分が育てた獰猛な犬に山中で引き裂かれた男だ、
野に獣を追う技にかけては
アルテミスの神に優ると豪語したせいでな。
同じ轍《てつ》を踏んではならぬ。さあこちらへ来て頭に

(1) アポロン神の子のアリスタイオスとカドモスの娘アウトノエの子供。ペンテウスの従兄弟。

常春藤《きづた》を巻くのだ。一緒にこの神を崇めるがよい。

ペンテウス　手を触れんでください。あなたは行ってバッコスの祭をなさるがよろしかろう。

馬鹿な真似をわたしにまで移さんでいただけませんか。

あなたにそんなことを教え込んだこの男をとっちめてやる、

［供の者に］さあ、一刻も早く出掛けるのだ。

こいつが鳥占いをする御座所へ行って、
梃子でこじ上げて引っくり返せ。

上へ下へ何もかも一緒くたにして、目茶苦茶にしてやれ。

花冠は空を舞う突風に預けてしまえ。

こうすれば奴もとんだ痛い目に遭うことになろう。

おまえたちは町なかへ行き、あの女のような顔をした
異国の男を追え。女たちの許に新たに病毒を持ち込み、
夫婦《めおと》の契りを穢そうとする奴だ。

捕らえたら縛り上げて、ここへ連れて来い。

石打ちの刑を受けて死ぬようにしてやる。

テバイでバッコス騒ぎを起こせば痛い目に遭うことを思い知らせてやる。

テイレシアス　不憫なお人だ、何を言っているのかご自分でもわかっていないとは。
とうとう気が違われたか、以前から正気を逸しておられたが。
カドモス殿、さあ行きましょうぞ、そして神にお願いだ、
この男のためにな、手に負えぬ仁ではあるが、
それにこの国のためにも、この神が新たにことを起こしたり
なさらぬようにな。さあ、常春藤《きづた》の杖を突いてわたしに随いておいでなされ。
わたしの身体を真直ぐに立ててくだされ、わたしもあんたの身体をほれ。
年寄りが二人転ぶのはみっともない。だが行かねばならぬ。
ゼウスのお子バッコスの神にお仕えせねばなりませぬからな。
カドモス殿、あんたの家にペンテウスが悲しみの種を
持ち込まねばよいが。これは予言ではありませんぞ、
事実が言わせるのです。愚か者が愚かなことを言うのでな。

［カドモス、テイレシアス退場。ペンテウス館の中へ］

〔第一スタシモン〕

〔ストロペー一〕

合唱隊　神々の女王なるホシア(1)の神よ、
大地の面《おもて》を
黄金の翼もて往くホシアよ、
いまのペンテウスの言葉をお聞きになりましたか?
ブロミオスに対する敬い心を忘れた
思い上がりの言の葉を、
セメレのお子で、美しき冠を頭に
陽気に騒ぐことにかけては
至福の神々のうちでいちばんの神へ向けてのあの言葉を。
すべてこの神の力だ、人間が歌舞いをして神を寿ぎ、
笛の音に合わせて笑いさんざめき、
そして胸の悩みに終止符を打つのは。
ひとたび葡萄のきらめく滴《しずく》が
神に奉げる宴の席に持ち込まれ、
頭に常春藤《きづた》を巻いた歓楽の中、

(1) 神聖、公正、清廉、崇敬などの概念を擬神化したもの。

酒和え瓶が人々をまどろみで取り籠めるときはいつも。

〔アンティストロペー 一〕

放埒な口の利き方、
規を越えた無分別、
その行き着くところは身の不幸せ。
静穏のうちに暮らし
分別ある考えをすれば、
波風立てずにおれるし
家も保持してゆける。
はるか天空にお住まいの神さま方は
人間たちのなすことはお見通しなのだ。
賢い（ト・ソポン）というのは知恵（ソピアー）ではない。
人間の分を越えたことを考えるのもそうだ。[1]
人生は短い。それなのに
誰が大いなるものを追い求め、
いまあるものでは我慢できないと言うだろうか、

（1）Murray の校本で読む。

わたしに言わせれば、それは心の狂った人間、
間違った考えの輩のやることだ。

〔ストロペー二〕

どうかして行きたいものだ、キュプロスへ
あのアプロディテの島へ、
そこは人間の心を蕩《とろ》かす
エロスらの住むところ。
またパポス(2)へも、そこは百の口もつ
異国の川の流れが
雨の力も借りずに潤し流れるところ。
さらにまた美しさこの上ない
ピエリア(3)の地へ、詩女神（ムーサ）たちの御座所、
オリュンポスの峯の聖なる裾野にも行きたいもの。
そこへわたしを導き行きたまえ、ブロミオス、ブロミオス、
エウホイの声挙げて信女らを先導する神よ、
そこはカリス(4)の女神らが、またポトス(5)の神がいますところ、

(2) キュプロス島の町。ここも Murray で読む。

(3) オリュンポス山の北麓の地。

(4) 優美を表徴する女神。

(5) 憧れ心を表徴する神。

そこは狂乱の宴の奉納が信女らの掟となるところ。

〔アンティストロペー二〕

ゼウスのお子のこの神は
饗宴《うたげ》を好まれる。
また至福をもたらす神エイレネ(1)を、
若者を養い育てる女神を愛される。
そして恵まれた者にも、
また力劣る者にも等しく、
酒のもつ悩み知らずの歓びを持たせてくださる。
だが以下のことに心預けぬ者は、これを憎まれる。
すなわち昼の陽の下、また愛しい夜も
幸せに生活を送ること、
心と思いとを賢く保ち、
異常な輩の毒に染まらぬことだ。
ごく一般の大衆が習慣とし
使用してきているもの、それをわたしも受け入れたい。

（1）「平和」の擬神化された女神。

〔第二エペイソディオン〕

［ペンテウス館内から登場。召使、ディオニュソスを連れて登場］

召使　ペンテウスさま、われら派遣を命じられた狩りを果たして
帰参いたしました。気負って出掛けただけの甲斐がありました。
ここに曳いて来たこの獲物は大人しく、逃げようとして
足掻くこともせず、嫌がるふうもなく両手を差し出し、
青ざめることもなく、葡萄酒色の顔色を変えもせず、
微笑みを浮かべ、自分のほうから「縛って連れて行くがよい」と言い、
じっとしてこちらの仕事をしやすくしてくれました。
わたしは恐縮して言ったものです、「異国の者よ、好き好んで
あんたを連行するわけではない。わたしを寄越したのはペンテウスさま
　の命令だ」と。
ところであなたさまが捕らえて連行し、
国の牢屋に鎖で繋いでおいたあの信女らですが、
あの者らは縛めを解かれて野山へと逃げ出し、
跳ね踊りながらブロミオスの神を大声に称えております。

足を縛っていた紐がひとりでに解《ほど》け、
閂と扉が人の手を借りずに開いたのです。
テバイの地へやってきたこの仁は、多くの驚嘆すべき力の持主です。
さて、これから先のことはあなたさまのほうでお考えください。
ペンテウス　そいつの手を自由にしてやれ。わが手の内に入ったのだ、
いくらすばしこくてもおれの手から逃がれることはできぬ。
ところで客人、おまえ、見栄えのよい身体つきをしているな。
女にもてそうだ。そのためにテバイへ来たんだろうが。
髪の毛は長い、これではレスリングは無理だ。
頬まで垂れ下がって魅力たっぷりだ。
肌が白いのも計画的だろう、
陽の光に当たらず日陰にいて美しさを保ち、
アプロディテの歓びを追い求めようというわけだ。
さあ、まず言ってみろ、おまえの生まれはどこだ。
ディオニュソス　ためらうまでもない、お安いご用です。
花咲くトモロス[1]の峯はたぶん聞いてご存じでしょう。
ペンテウス　知っている、サルディスの町をぐるりと取り巻いている山だ。

（1）四〇一頁註（4）参照。

ディオニュオス　そこから来ました。リュディアがわたしの祖国です。
ペンテウス　あのような秘儀はどこからギリシアへ持ち込んだのだ。
ディオニュソス　ディオニュソスご自身がわたしを連れて来られたのです、あのゼウスのお子が。
ペンテウス　あっちにも新しく神を生み出すゼウスという神がいるのか。
ディオニュソス　いえいえ、ここでセメレを娶られたあのゼウスです。
ペンテウス　神がそなたにこの仕事を強いたのは夢の中でか、それとも現《うつつ》でか。
ディオニュソス　たがいに面と向かい合って、秘儀を授けられました。
ペンテウス　その秘儀とはいったいどんな代物だ。
ディオニュソス　信者でない者には言って教えるわけにはゆきません。
ペンテウス　犠牲を捧げる者にはどんなご利益があるのかな。
ディオニュソス　あなたにはお聞かせできません、知るだけの価値はありますが。
ペンテウス　うまく言葉を濁したな、こちらが是が非でもという気持ちになるように。
ディオニュソス　不敬な行為に走る輩は神の秘儀の憎むところです。

ペンテウス　その神は、おまえははっきり見たというが、いったいどんな姿をしたものだ。

ディオニュソス　望むがままのお姿を。わたしがあれこれ言う筋のものではありません。

ペンテウス　またしても言い逸らす。うまいこと何も言わずに。

ディオニュソス　賢いことを言っても、愚か者には何のことかわからんでしょうな。

ペンテウス　その神を持ち込んだのは、このテバイの地がはじめてか。

ディオニュソス　異国の民は皆、この神の祭礼を設けて舞い踊っております。

ペンテウス　ギリシアびとよりはるかに考えが浅い連中だからだ。

ディオニュソス　少なくともこのことに関しては彼らのほうがずっとまともです。慣習《しきたり》は異なりますが。

ペンテウス　その秘儀は夜間か、それとも日中に行なうのか。

ディオニュソス　多くは夜間に。闇には厳かさがありますから。

ペンテウス　女たちを誑《たぶら》かし堕落させるもとだ。

ディオニュソス　昼間でも破廉恥な真似は見られます。

ペンテウス　おまえを懲らしめてやる。不埒なことを考え出した罰だ。
ディオニュソス　こちらはあなたを、無知と神への不敬の罪で。
ペンテウス　バッコスの信徒は、何とまあ鼻息が荒くて口が達者なのだ。
ディオニュソス　どんな目に遭わそうとおっしゃるのです。どんなひどいことをなさろうと。
ペンテウス　まずはおまえのその柔らかな髪の毛を切り落としてやる。
ディオニュソス　この髪は神聖なもの。神のために伸ばしているのです。
ペンテウス　次だ、その杖を手から離してこちらへ寄越せ。
ディオニュソス　ご自分の手で奪《と》ってみなさい。これはディオニュソスのために保持しているものです。
ペンテウス　その身を牢屋に閉じ込めて見張りをつけよう。
ディオニュソス　望みさえすれば、神ご自身の手で解放してもらえます。
ペンテウス　信女らの真中に立って神の名を呼ばわるときはな。
ディオニュソス　いやいまでもすぐ近くにおられて、わたしがどんな目に遭っているかごらんになっています。
ペンテウス　どこにいるというのだ、おれの眼には見えぬが。
ディオニュソス　わたしの脇に。あなたは不敬な人間であるがゆえに眼に入らぬのです。

ペンテウス　［供の者に］こいつを取り押さえろ。おれとこのテバイとを愚弄している。

ディオニュソス　［ペンテウスの供の者に］わたしを縛めてはならぬ――知者のわたしが無知なおまえに言っておく。

ペンテウス　おれが縛れと言っているのだ、おまえよりも力の強いおれが。

ディオニュソス　あなたはわかっておられない、自分がどう生きているのか、何をしているのか、また自分が何者なのか。

ペンテウス　おれはペンテウスだ、アガウエの子で、父はエキオン。

ディオニュソス　名前からして不幸に陥るようにできておられる[1]。

ペンテウス　立ち去れ、［供の者に］こいつを馬小屋の近くへ
閉じ込めて、暗闇を見させてやれ。
［ディオニュソスに］そこで踊ってろ、連れて来た女たちも
共犯者だ、奴隷に売り払うか、
音高く小太鼓を打ち鳴らす手を止めさせて
機織《はたお》りの端女《はしため》として使ってやろう。

ディオニュソス　行かせてもらいましょう。謂《いわ》れもないのに迫害を受ける

（1）ペンテウスをペントス（悲しみ、苦しみ）の捩りと解釈したもの。

心配は
ありませんからな。だけどきっとあなたにはこの思い上がりの報酬《おかえし》が
ディオニュソスから与えられましょう、あなたはいないとおっしゃるそ
の神から。
というのはわたしへのこの不当な仕打ちは、すなわちあの方を縛めに付
けることになるのですから。
［ディオニュソス、ペンテウス、召使、館の中へ退場］

〔第二スタシモン〕

〔ストロペー一〕

合唱隊　アケロオス[2]の娘御、
美しき乙女にして女王なるディルケよ、
あなたはかつてその泉の水に
ゼウスのお子を受け容れしお方、
生みの親ゼウスが燃え止まぬ火の中から
そのお子を腿の中へと取り込み、こう宣われたときだ、
「いざ、ディテュランボス[3]よ、

（2）ギリシア本土西北部からコリントス湾の入口へと流れ込むギリシア最大の川およびその河神。

（3）バッコス神のエピセット、ここはバッコスと同じ。

わが男の胎内へと入り来るがよい。
おおバッコスよ、わたしはこの名でそなたを呼ぶようにと、
テバイの民に広く宣布しよう」と。
ところがあなたは、幸いなるディルケよ、
その岸辺でわたしを、冠を挿頭《かざ》した
杖を持つわたしを追い払おうとする。
なぜにわたしを拒むのか、なぜにわたしを避けるのか。
いずれは、葡萄の実のもたらす
ディオニュソスの喜びにかけて言うが、
いずれはあなたもブロミオスさまのことが気がかりとなろう。

〔アンティストロペー〕

［どれほどの、どれほどの怒りをば］
明らかにしたものか、
その大地の子の性《さが》を、
龍の族《やから》の裔《すえ》ペンテウスは。
大地の子エキオンから生まれ、

荒々しい顔つきの怪物で人間らしい様子はさらに無い、
神々に盾ついたあの血なまぐさい巨人（ギガス）さながらだ。
彼はブロミオスに仕えるこのわたしを
いまに縄目にかけましょう。
そしてわたしの踊り仲間を、
すでに館の中の
暗い牢屋に閉じ込めています。
これをごらんでしょうか、おおゼウスのお子の
ディオニュソスさま、あなたの教えの伝導者が
抑圧に対する争いの中にいることを。
来ませ主よ、黄金色の杖を振りつつ
オリュンポスの峯よりここへ、
そして血に飢えた男の増上慢を取り鎮めてください。

〔エポードス〕

ディオニュソスさま、獣養う
ニュッサの山(1)のいずこへ、杖を振るって

（1）ディオニュソスに縁ある仮想の山で、ギリシア各地にあると想定されている。「ディオニュソス」から逆に作られた地名。「ディオ」は「ゼウスの」の意。

踊りの群を率いてゆかれますのか、
いえそれとも行くのはコリュコスの峰(1)でしょうか。
いやおそらくはオリュンポスの豊かな森の中の
隠れ家へ。そこはかつてオルペウスがキタラー(2)を奏で、
楽の音の力で木々を寄び集め、
荒々しい野獣を呼び集めたところ。
おお祝福されしピエリアよ、
エウイオス(3)は汝を寿ぐ。
そして信女らの群とともに踊りつつ行かれましょう、
流れ速い
アクシオス(4)を渡り
踊り狂う信女らを導いて行かれましょう。
人々に幸せの富を与える
父なる川リュディアス(5)を越えて。聞くところによると
その川は良馬を養う土地を、
その類なく清い流れで豊かに潤すという。

(1) ギリシア本土中部パルナソス山系の一峯。
(2) 弦楽器の一つ。
(3) バッコスのこと。エウホイという掛け声から。
(4) ギリシア北方マケドニアの川。
(5) マケドニアの川。

〔第三エペイソディオン〕

〔館内からディオニュソスの声〕

ディオニュソス　イオー！
聞くがよい、わが声を聞くがよい、
イオー、バッコスの信女らよ、イオー、バッコスの信女らよ。

合唱隊　あれは誰でしょう、あの声はどこから
わたしに呼びかけるのでしょう、エウイオスのあの声は。

ディオニュソス　イオー、イオー、いま一度呼ぶぞ、
セメレとゼウスの子、わたしが

合唱隊　イオー、イオー、わが主よ、わが主よ、
いまこそ来ませ、われらが踊りの
輪の中へ、ブロミオスさま、ブロミオスさま。

ディオニュソス　〈揺らすのだ〉大地の面を、地震《ない》の女王よ。

合唱隊　ああ、
いまにペンテウスの館が
揺れて崩れ落ちましょう。
あれ、ディオニュソスさまが館の上に、

崇めるのです、あの方を。崇めましょう、おお。
――柱の上の横石が廻るのが見えましたか。
ほらディオニュソスさまが
館の中で声を挙げておられます。
ディオニュソス　おまえたち、稲妻のきらめく火を点けよ、
ペンテウスの住居を燃やしてやれ。
合唱隊　ああ、
火が眼に入りませぬか、わかりませぬか、
あのセメレの聖なる墓所《おはか》の周りに燃える火が。
あの炎はかつてゼウスが発した
稲妻きらめかす雷《いかずち》の名残り。
伏せよ、大地に、伏せよ
揺れる身を、信女らよ、
王たる方が上へ下へと
館を攻めておられるのだ、あのゼウスのお子が。

［ディオニュソス、館の中から出て来る］

ディオニュソス　異国の地の女たち、それほどまでに怖《こわ》かったのか、
大地に身を伏せるほどに。バッコスがペンテウスの館を
揺すぶり壊したと思ったのだな。さあ身を起こしなさい、
もう安心だ、身の震えを止めなさい。

合唱隊の長　おお、エウホイと叫ぶバッコスの祭の大いなる光となるお方
よ、
寄る辺ないこの身、会えて嬉しゅうございます。

ディオニュソス　わたしが館内《なか》へ送り込まれたとき、そなたたち気を落と
したかな、
ペンテウスの小暗い牢屋の中に身を沈めたものと思うて。

合唱隊の長　どうしてそう思わずにおれましょう。あなたに万一のことが
あれば、誰がわたしを守ってくれましょう。
でもどのようにして自由の身となられたのです?　不敬な男に捕らえら
れたのに。

ディオニュソス　自分で自分の身を救い出した、何の苦もなく易々と。

合唱隊の長　あの男はあなたの手を紐で縛っていたのではありませんか?

ディオニュソス　ちょっとからかってやったのだ、わたしを縛っていると思わせて
じっさいはこの身に触れも摑みもしていない、空想しているだけだ。
わたしを連れて行って閉じ込めた秣桶《まぐさおけ》のところで牛を見つけると、
それの膝と足の蹄に縄を打ち、
荒々しく息を吐き、身体からは汗を滴らせ、
唇を歯で噛みしめた。わたしはそのすぐそばにいて、
静かに座って見ていた。ちょうどそのときだ、
バッコスの神が現われて館を揺るがし、母親の墓所《はか》に
火を点けた。すると彼はそれを見て、館が火事になったと思い、
あちらまたこちらと駆けずり廻り、召使らに水を持って来いと
言いつけ、召使全員が仕事にかかったが、無駄骨だった。
それからとつぜん彼はこの苦労仕事を打ち遣った。わたしが逃げ出したと思って、
黒い剣を引っ摑んで館の中へ飛び込んだのだ。
そこへブロミオスが、わたしにはそう思えたのだ、思い込みかもしれないが、

中庭に幻影を作り出された。すると彼はそれへ向かって
突っかかって行き、わたしに切りつけているつもりで輝く〈大気〉に剣を突き刺していた。
さらにこれ以外にもまだバッコスは彼を嬲《なぶ》りものになさった。
館をば地上へ崩し落とし、何もかも粉々にしてしまわれた、
わたしを縛ったお返しにたっぷり辛い目に遭えとばかりに。彼は骨折り仕事にくたびれ果てて
剣を手から放した。人間の分際で神に抗い、
戦いを仕掛けようとした報いだ。そこでわたしは騒がず館を出て、
そなたらの前に姿を現わしたのだ、ペンテウスのことなど歯牙にもかけずにな。
どうやら（館の中で鞋《くつ》音がしている）
すぐにも彼はこの中庭に出て来よう。さて、このあといったい何を言い出すやら。
たとえどんなに息まこうと、こちらは楽に耐えてみせる。
冷静に穏やかに振舞うことこそ賢者の特性なのだから。

［ペンテウス、館の中から登場］

ペンテウス　恐ろしい目に遭った。あのよそ者め、逃げ出しよった、
さっきまで縄目にかけて閉じ込めておいたのに。
おや、
あの男ではないか。これはどうしたことだ。なぜまたおまえは
わが館の前にいるのだ、外へ歩いて出たというのか？

ディオニュソス　止まりなさい。怒りを静められるがよろしい。

ペンテウス　いったいどうしておまえは縛めを抜けて外へ出て来たのだ？

ディオニュソス　言ったはずだが、聞いておられなかったかな、わたしに
は身を自由にしてくれる人がいると。

ペンテウス　誰がだと？　しょっちゅうおまえは違ったことを言い出すな。

ディオニュソス　房もたわわな葡萄の樹を人間に生み出してくださった方
だ。

〈ペンテウス　　　〉[1]

ディオニュソス　それはいみじくもディオニュソスを貶《おとし》めることですぞ。

ペンテウス　周りの城門はすべて閉じてしまえ。

ディオニュソス　それが何です、城壁くらい神に越えられないとでも？

（1）〈　〉はテクスト不全。以下同。

ペンテウス　おまえはほんとうに賢い、賢くなければならぬ点以外のところではな。

ディオニュソス　ぜひ賢くなければならぬ点で、わたしは賢く生まれついています。
いや、それよりまずあの男の言うことをお聞きなさい、
何ごとかあなたに告げようと、山から降りて来たのでしょう。
わたしならここにおりますよ、逃げたりはしません。

［使者登場］

使者　テバイの地を治めるペンテウスさま、
わたくしめ、キタイロンの山をあとに参上しました。
白雪のまぶしい輝きがけっして衰えることのないところからです。

ペンテウス　どんな急ぎの口上を仕立ててやって参ったのだ？

使者　大声に叫ぶバッコスの信女らを見たものですから。あの者たちは
狂気に駆られ白い四肢《てあし》を見せながら、町方から襲来してきました。
それで王さま、あなたさまと町の皆にお知らせしようと思い、やって参ったのです、

恐ろしいことです、驚くなんてこと以上のことを仕出かしています。
ところでお訊きしますが、あちらでの出来事は包み隠さず全部
お話したものでしょうか、それとも掻い摘んで申し上げましょうか。
と申しますのは、王さま、わたしはあなたさまのお気の短いのと、
ご気性の激しいのと、王さまらしくあまりに尊大なところとが怖いもの
　ですから。
ペンテウス　申せ、おまえがおれから罰を受ける心配はなかろうから。
[正しい人間は腹を立てる理由《いわれ》はないからな。]
おまえが信女らの狼藉ぶりを言い立てれば言い立てるだけ、
それだけますますそんな業《わざ》を彼女らに教えたこの男を
成敗してくれようという気になる。
使者　ちょうどわたしは仔牛らの群れを岩場へと
連れて上がっておりました、陽の光が差しはじめ
大地を暖めはじめたころでした。
三組の女たちの踊りの群れが見えました。
そのうちの一つをアウトノエさま、二つ目をあなたさまの母上
アガウエさま、三つ目をイノさまが先導しておられました。

全員が身体をしどけなく伸ばして眠り込んでいます。
ある者たちは松の木の簇葉《むらば》に背中を押しつけ、
またある者たちは地上に落ちた樫の木の葉に思い思いに
悠然と頭を埋めています。あなたさまがおっしゃるように、
酒瓶で酔っぱらったり、笛の音に誘われて
情欲を満そうと森陰に忍んで行くような者はおりません。
するとあなたさまの母上が信女らの真中に立ち、
大声で皆に眠りから覚めて身を起こすようにと言われた。
角もつ牛たちの吼える声が聞こえたからです。
皆は眼から深い眠りを打ち払うと、
真直ぐに立ち上がりました、その規律のよさは驚くばかり、
老いも若きも、まだ結婚前の乙女らも皆です。
そしてまず彼女らは髪の毛を肩まで下ろし、
結び目が緩んだ皮衣をたくし上げ、
斑なすその皮衣を
頬を舐める蛇を帯にして結び合わせました。
で、彼女らはその腕にカモシカやまた狼の

気性の荒い仔を抱いて、白い乳を吸わせてやっておりました。
産後まもない身で赤子も家に置いて来たので、
乳房が張っていたのです。そして頭には常春藤《きづた》の冠、
また樫や花を点ける水松《いちい》の冠を付けていました。
ある者は杖を手にして岩を打ちます。
するとそこから水気を含んだ靄《もや》が湧き立ちます。
またある者が茴香の茎を大地の面《おもて》へ落としますと、
その場所に神の御業《みわざ》か酒の泉が湧き出ます。
白い飲み物を飲みたいと思う者は
指の先で大地を掻けば
流れなす乳が得られます。常春藤の杖からは
蜜の甘い流れが滴り落ちます。
あなたさまもあの場にいらっしゃれば、この様子を眼にして、
いま非難なさっているあの神をお祈りしながら追い求められましょう。
われら牛飼と羊飼とは一つところに集まると
たがいに思いをぶつけ合いました、
「女たちが何という恐ろしいこと、驚くに価することを仕出かしている

　ものかと」。
すると町方によく顔を出し言い合いにも達者な男が
皆に向かってこう言いました、「おお、山間の聖なる台地に
住まう者たちよ、どうだ、
ペンテウスさまの母上アガウエをバッコスの信女の群れから追い出して、
王さまに喜んでいただこうではないか」と。これはよい話だと、
皆には思われました。そこでわれらは繁みの葉陰に身を隠して
待ち伏せしました。彼女らは決められた時間になると
杖を振るってバッコスの祭を催し、
ゼウスのお子をイアッコス（1）よ、ブロミオスよと声を揃えて
叫《おら》び上げました。山全体が、そして獣らもこのバッコスの祭に
加わりました。動き廻らずじっとしているものなど、何一つありません
　でした。
するとアガウエがわたしの間近まで跳びはねて迫って来ました。
わたしも向かって行き、彼女を捕らえてやろうとしました、
それまで隠れていた繁みをあとにして。
彼女は大声を挙げました、「おお、駆け廻るわが犬どもよ、

（1）ディオニュソスの異称。

われらはこの男たちに狩り取られるぞ、さあわれに続け、
手を杖で武装してついて来い」。
わたしたちは逃げ出して、信女らに身を引き裂かれる難を
避けました。すると彼女らは草を食んでいた仔牛らに
素手のまま襲いかかって行きました。
そして一人が乳が張った雌牛がモウと鳴いているのを
手で二つに引きちぎるのを、あなたも見ることができたでしょう。
また他の女らも牛たちの身体をばらばらに引き裂きました。
あなたもごらんになれたはずです、肋骨や割れた蹄の脚が
上へ下へと投げ捨てられるのが。それが血まみれになって
滴《しずく》を垂らしながら松の枝からぶら下がっています。
牛どもはかっと逆上《のぼ》せあがり、角に怒りを籠めたものの、
前のめりに大地へとその身を崩おれ落とします、
若い娘らの無数の手で導かれるままに。
たちまち肉を被う皮が引き剝《は》がされます。
その早さときたら、王よ、あなたが瞼を閉じるその一瞬よりもまだ早
　かったくらいです。

それから彼女らは、飛び立つ鳥のように勢い激しく
平原を一気に駆けて行きます、アソポス(1)の流れの傍らで
テバイの人らに穀物を豊かに稔らす畑地を、 七五〇
さらにヒュシアイやエリュトライといったキタイロンの谷間の
裾に広がる村々をも。そしてさながら敵のように
襲いかかって行き、何もかも上へ下へと
引っ繰り返します。家々から子供を拉致し、
肩に担げるだけの物を、紐でからげることもせずに 七五五
運び行き、「黒い大地に落とすこともありません、
青銅製のものでも鉄製のものでも」。また髪の毛の上に載せて
火を運びますが、燃え移ることはありません。信女らに略奪されて
怒り心頭に発した村人らは武器へと駆けつけます。
そのとき、王さま、見るも恐ろしいことが起きたのです。 七六〇
村人たちは槍の穂先を振るっても相手を傷つけられません、
青銅の槍でも鉄の槍でも〈　　〉。 七五七a
一方女たちが手から杖を繰り出すと、
相手は傷を受け、背を向けて逃げ出しました。

(1) ギリシア中東部ボイオティアを流れる川。

女が男をやっつけたのは、どなたか神さまの助けがあってのことです。
彼女らはそこからまた足を動かして
神が彼女らのために湧き出させた泉の元へと馳せ戻り、
血を洗い流します。頬に滴る血の雫は
蛇が舌で舐めて取り、肌を奇麗に整えます。
とにかくこの神を、それがどのような神であれ、ご主人さま、
この国にお迎えなさいませ。なぜならこの神は他の点でも大したものですが、
聞くところによりますと、人間たちに苦しみを癒すあの
葡萄の樹を与えたのはほかならぬこの神だということですから。
酒なくてはキュプリスの楽しみ(1)もありません。
人間には酒に勝る歓びはないのです。

合唱隊の長　国主たる方に向かって自由な物言いをするのは
憚られますが、でも申し上げます。
ディオニュソスさまは他のどの神にも負けぬ神さまです。

ペンテウス　信女らの狼藉《ろうぜき》ぶりはすでに火のごとく燃え上がり、
すぐ近くまで迫っている。ギリシアにとっては大いなる恥辱だ。

(1) 性の楽しみ。

だがぐずぐずしている場合ではない。エレクトライ門(2)へ駆けつけろ。
命令を伝えろ、楯持ちの兵ら全員、
駿馬駆る騎兵全員、
それに小楯を振るう兵、また弓弦《ゆんづる》を手で弾《はじ》く者ら
全員に集結するようにと、バッコスの信女らとわれら
一戦交えるのだとな。我慢するにもほどがあるぞ、
いま女どもから受けている恥辱が今後もまだ続くというのなら。
ディオニュソス　ペンテウス殿、あなたはわたしの言葉を聞かれても一切
従おうとなされませんな。わたしはあなたからひどい目に遭わされましたが、
でも申し上げよう、神に対して武器を向けるべきではないとな。
静かにしておられるのがよろしい。ブロミオスの神は黙っておられますまいぞ、
もし〈あなたが〉信女らをエウホイの声を挙げている山から狩り立てようなどとすればな。
ペンテウス　お説教はやめろ。縛められていたのを抜け出したのなら、
いまのその身を大切にしたらどうだ。何ならもう一度処罰してやっても

(2) テバイ市の南端にあり、キタイロン山へと向かう門口。

いいのだぞ。

ディオニュソス　わたしならあの方に犠牲を捧げます。腹立ちまぎれに、人間の身でありながら神に対して無益な抵抗をするよりは。

ペンテウス　犠牲を捧げよう、女の血をな。奴らにふさわしいように、キタイロンの渓谷をいやというほど掻き回してな。

ディオニュソス　あなた方全員が背走しましょう。恥ずかしい話ですぞ、信女らが杖でもって青銅の楯を背走させるとなると。

ペンテウス　相手しているこのよそ者はどうも手の焼ける奴だ。何をされてもしても、口が減らぬ。

ディオニュソス　ねえ、事態をうまく収める方法がまだありますよ。

ペンテウス　どうやる？　わが奴隷女どもに奴隷仕えせよというのか？

ディオニュソス　わたしが武器を使わずに女たちをここへ連れて来ましょう。

ペンテウス　おお、そうしておれをペテンにかけようというのだな。

ディオニュソス　何がペテンです、わたしの技であなたをお救いしようというのに。

ペンテウス　バッコスの祭を続けたいがために、おまえたち談合したんだな。

ディオニュソス　談合しましたとも、ただし神さまとね。

ペンテウス　［供の者に］武器《えもの》を持って来い、［ディオニュソスに］物を言うのをやめろ。

ディオニュソス　ああ。

あなたは彼女らが山で集《つど》っている様子をごらんになりたいとは思われませぬか？

ペンテウス　ぜひとも、たとえ千貫万貫の黄金を積んでも。

ディオニュソス　そこまで強い思いに駆られるのはなぜです？

ペンテウス　彼女らの酔い痴れた姿を見るのはぞっとしないのだがな。

ディオニュソス　それでも辛いもの見たさに見たいとおっしゃる？

ペンテウス　そうだ、松の木陰にこっそり屈《かが》んで。

ディオニュソス　たとえこっそり行っても跡を嗅ぎつけられますよ。

ペンテウス　では堂々と行こう。おまえの言うのももっともだ。

ディオニュソス　ではお連れしましょう。出発してよろしいのですね。

ペンテウス　大急ぎで連れて行ってくれ。遅れると恨むぞ。

ディオニュソス　では亜麻の衣を身にまとってください。

ペンテウス　それはいったいなぜだ？　おれは男をやめて女になるのか？

ディオニュソス　殺されかねないからです。もしあちらで男であることがわかったら。

ペンテウス　またしてもいいことを言ってくれる。おまえはもともと賢い男なんだな。

ディオニュソス　その点はディオニュソスの訓育によるものです。

ペンテウス　けっこうな忠告だが、どうやったらよいのだ？

ディオニュソス　わたしがお館の中に入ってあなたに着せて差し上げます。

ペンテウス　どんな着物だ？　ほんとうに女物を着るのか？　恥ずかしいな。

ディオニュソス　もう彼女らの姿は見たくないとおっしゃるのですか？

ペンテウス　この身にどんな衣をまとわせようというのだ？

ディオニュソス　まず頭に長い直毛の鬘《かつら》を乗せます。

ペンテウス　その次はどう着付けする？

ディオニュソス　足までかかる衣。頭には髪を束ねる帯紐（ミトラ）。

ペンテウス　その他にまだ何か身に着けるのか？

ディオニュソス　手には杖、そして小鹿の斑の毛皮《けごろも》も。

ペンテウス　女物の着物を着るというのは、ちょっとなあ。

ディオニュソス　でもそれでは信女らと一戦交えて血を流すことになりますよ。

ペンテウス　それもそうだ。手始めにまずは偵察だな。

ディオニュソス　禍を手を汚して狩り出すより、そのほうがずっと気が利いています。

ペンテウス　それで、市民らに気づかれずに町なかを通って行くにはどうしたらよいだろう？　八四〇

ディオニュソス　人影のない道を行きます。ご案内しましょう。

ペンテウス　信女らに嗤われることさえなければ、あとは何があろうとけっこうだ。

ディオニュソス　館の中へ入りましょう〈　八四三a

ペンテウス　〉よく考えて計画を巡らそう。　八四三b

ディオニュソス　どうぞご随意に。こちらは準備万端整っています。

ペンテウス　では入ろう。武装して出陣するか、　八四五

それともおまえの話に乗ることになるか、だな。［ペンテウス、館内へ］

ディオニュソス　女たちよ、男が網に掛かったぞ。　八四八

奴は信女らのところへ行き、そこで罰を受けて死ぬだろう。
ディオニュソスよ、いまこそ出番です。近くにいらっしゃるのですから。
あの男を罰してやりましょう。まずは胸の内の模様替え。
軽く気を触れさせてください。正気であれば
女物の着物を着たいなんて思わないでしょうが、
正気の箍《たが》が外れると着るでしょうから。
あの男には、テバイ市民の笑いものになって
女装したまま町なかを引かれて行ってもらわなければなりません、
あの恐ろしかった以前の恫喝もどこへやらとなるのです。
さあわたしは出掛けよう、ペンテウスがそれを着て
母親の手で殺されてあの世へ旅立つように、
奴にそれを着せてやるのだ。奴は知ることになる、
ディオニュソスがゼウスの子だということを、けっきょくは神の身に生
　まれたものだということを。(1)
この上なく恐ろしい、また人間にはこの上なく優しい神に。

［ディオニュソス、館内へ］

(1) Murray の校本どおり読む。

〔第三スタシモン〕

〔ストロペー一〕

合唱隊　はたしてわたしに夜っぴいての歌舞いへ
白い足を踏み入れるときが来るものでしょうか、
バッコスの狂乱に身を捧げて、またこの首を
露を帯びた大気の中へ投げ入れて
仔鹿のように青草嬉しい
牧場に戯れながら。
仔鹿は恐ろしい狩り立てを、
見張りの眼を避け、
巧みに張られた網を越えて逃がれる。
すると狩人は声張り上げて
犬たちにその速度を上げさせる。
仔鹿は苦労しつつも疾風《はやて》のごと
素早い身のこなしで、川のそばの野原を
跳んで行く、
そして人影も疎らな

葉陰濃い森の若枝の下でひと息つく。
知とは何か？　いや人間界には
神からのさらにすばらしい贈物があるというのか、
敵の頭を抑えつける強い手を
保持し続けること以上に。
いや、美しいものはつねに愛しい[1]。

〔アンティストロペー〕

神の力は動き出すのが遅い、
けれども確実にやって来る。
それは人間たちのうち、
思い遣りに欠けるのを是とし、
神のなさりようを狂った思いから
褒め称えようとせぬ者らを懲らしめる。
神々は時の足の長い運びをば
巧みに隠し

（1）プラトン『リュシス』二一六C（「美しいものは愛しいもの」とある）またテオグニス一五以下参照。

不敬の輩をば狩り立てる。
人間、法を越えることを
心に描いたり、また行動に移したりすべきではない。
大した負担ではない、
それが、すなわち神的なるものが、
そして生まれてからずっと長い時間のあいだ
法として続いてきたものが
強い力を持っていると考えても。

知とは何か？　いや人間界には
神からのさらにすばらしい贈物があるというのか、
敵の頭を抑えつける強い手を
保持し続けること以上に。
いや、美しいものはつねに愛しい。

〔エポードス〕

幸いなるかな、海の嵐を逃がれて

港へと辿り着いた者は。
幸いなるかな、さまざまな苦労を
乗り越えた者は。人は人をさまざまに
富と権力において凌いできた。
万《よろず》の人には万の数の
希望がある。
人の身に富への希望が
叶う場合もあれば、逃げ去る場合もある。
一日一日を恙なく過ごせる人を
幸せ者と、わたしは呼ぼう。

〔第四エペイソディオン〕

［ディオニュソス、館内から登場］

ディオニュソス　ペンテウス殿、見るべきではないものを見たいと望み、
追い求めるべきではないものを追い求める方、あなた、
さあ館の前に出て来てください、姿を見せてください。
狂乱の信女の態《なり》をして、

母上とその居場所を覗きに行くのでしょう?

その姿、カドモスの娘の一人としてぴったりです。

［ペンテウス、女装して館内より出て来る］

ペンテウス　これはどうだ、おれの眼には太陽が二つあるように見える。

それに七つ口[1]もつテバイの町も二つあるぞ。

そしておれを先導するおまえは牛の姿をしている。

その頭には角が生えている。

さては以前おまえは獣だったのだな?　いま牛の姿になり変わったのだ。

ディオニュソス　神が同道してくださるのです、以前はお優しくはなかったのですが
われらと同盟を結んでくださって。いまあなたは本来見るべきであったものを見ているのです。

ペンテウス　おれの格好はどうだ?　イノの身のこなし、
わが母アガウエのたたずまいには及ばぬか?

ディオニュソス　あなたを見ていますとあの人たちの姿を見ている気持ちです。

でもこの巻髪の位置がずれています。

(1) すなわち七つの門。

飾り紐の下に留めておいてあげたのに。
ペンテウス　館の中でそれを前後に振って
信女の真似事をしていたら、位置が変わってしまったのだ。
ディオニュソス　ではそれをわたしが、お世話するのがお役目ですから、
元に直してあげましょう。さあ頭《おつむ》を真直ぐに。
ペンテウス　ほら、直してくれ、おまえの言うがままにするから。
ディオニュソス　帯が緩《ゆる》んでますし、衣の襞《ひだ》が踝の下のところで
きちんと広がっていません。
ペンテウス　おれもそう思う、右足のところがな。
だがこちら側は着物がきっちり伸びている。
ディオニュソス　あなたはきっとわたしを第一の友人と思ってくださいま
しょう、
信女らが意に反して慎み深い女たちであることをごらんになったら。
ペンテウス　杖をもつ手は右手か、それともこちらの手か[1]?
少しでも信女らしく見られたい。
ディオニュソス　右手に持ち、右足を上げるのと一緒に
それを振り上げます。よくぞ気持ちを切り替えてくださいましたな。

（1）Murray の校本で読む。

ペンテウス　キタイロンの谷間を信女らもろともに
このわが肩で担ぎ上げられようかな？
ディオニュソス　お望みとあらば叶いましょう。以前はあなたの心根は
健全とはいえませんでしたが、いまやしかるべきお心の持主となられま
した。
ペンテウス　梃子《てこ》を持って行こうか、それとも肩か腕を差し込んで
山の頂きを手で引きずり下ろしてやろうか。
ディオニュソス　ニンフたちの社はどうかお壊しにならぬように、
笛の音の響満つパンの祠《ほこら》もどうぞ。
ペンテウス　おまえの言うとおりだ。女たちを成敗するのは力ずくで
あってはならん。松の木陰に身を隠すとしよう。
ディオニュソス　身を隠すにふさわしい隠れ場に隠れるがよろしい、
信女たちを抜け目なく覗き見しようとして行くのなら。
ペンテウス　いや眼に見えるようだぞ、女たちが鳥のように茂みの中で、
愛の床のこの上なく甘い網に取り籠められている様子が。
ディオニュソス　だからそれを見張りに行くのではないんですか？
たぶん彼女らを捕まえられますよ、その前にあなたのほうが捕まえられ

なければ。
ペンテウス　さあテバイの都の真中を通って連れて行ってくれ。こんなことをあえてやろうというのは、皆のうちでおれ一人だけだろうからな。
ディオニュソス　この町のためにご苦労なさろうというのはあなたお一人です、ええ、
宿命の対決があなたを待っておりますぞ。
さあ随いておいでなさい。案内人となってあなたをお助けします。
帰りは別のものが連れ帰ってくれましょう……
ペンテウス　母上だな。
ディオニュソス　誰の眼にも明らかなかたちで、
ペンテウス　それこそ出掛ける目当てだ。
ディオニュソス　担がれて帰って来られましょう……
ペンテウス　贅沢なことを言ってくれる。
ディオニュソス　お母上の手に。

ペンテウス　何が何でもつけ上がらせようというのだな。
ディオニュソス　わたし流の贅沢でね。
ペンテウス　おれに似合うものならそうしてもらおう。
ディオニュソス　おまえは恐ろしい男だ、そしてそのおまえが恐ろしい受難へと向かって行くのだ。
その結果その噂が天上に達するのをおまえは眼にすることになろう。
アガウエよ、手を伸ばせ、胤《たね》を同じくする姉妹の
カドモスの娘らも。連れて行くぞ、この若者を
一大決戦の場へ。そしてわたしが、ブロミオスが
勝利することになる。あとのことはいずれ自ずと明らかになろう。

〔ディオニュソスとペンテウス退場〕

〔第四スタシモン〕

〔ストロペー〕

合唱隊　行け、足速きリュッサ(1)の犬ども、行け山へ、

(1)「狂気」の擬神化されたもの。

そこではカドモスの娘らが杖を手にしている。
その彼女らを駆り立てろ、
あの女物の衣を身にまとい、
狂乱の信女らを覗き見しようと血迷うている男へ。
最初に彼を見つけるのは母親だ。
滑らかな岩陰から、いや木の上から覗き見しているところを、
そして信女らに呼びかけよう、
「あれは誰だ、山駆けるカドモス一族の女らを探し求めて
山中へ、山中へとやって来たあの男は、おおバッコスの信女らよ。
あれは誰の子だ?
いやあれは女の血を享けて
生まれた者ではない、女獅子の子だ、
いやいやリビュアのゴルゴン[1]の一族だ」と。

正義よ、姿を現わせ。
剣を手に喉を突いて
殺すのだ、

(1) ステンノ、エウリュアレ、メドゥサの三人の女から成る怪物。

あの神を蔑し法を犯す不正な輩、
大地の子、そしてエキオン(2)の息子に当たる男を。

〔アンティストロペー〕

その男は不当な考えと無法な怒りに燃えて、
バッコスの、またその母上(3)の秘儀に対し
正気をはずれた心、
狂い立った気持ちをぶつけた、
無敵なるものを力ずくで抑えつけようとするかのように。
神々に関することでは良識に従って動けと、
死は無条件に求める。
そして人間的に振舞ってこそ悩みなく暮らせる(4)。
わたしは知を妬ましいとは思わない。
わたしはそれより他の大きくて明確なもの、人生を立派なものに
導いていくものを追い求めることに喜びを見出す。
昼も夜も品行を慎み
敬虔でいること、正義に悖《もと》る慣習をやめ、

(2) カドモスは退治した龍の歯を大地に蒔いた。するとそこから戦士が生え出たが、彼らはたがいに殺し合いをして五人だけが生き残った。その一人がエキオン。その子ペンテウスも大地の子と言われる。五三七行以下参照。

(3) カドモスの娘セメレ。

(4) テクスト不全。試訳を示す。

神を尊崇することに。

正義よ姿を現わせ、
剣を手に喉を突いて
殺すのだ、
あの神を蔑し法を犯す不正な輩、
大地より生まれたエキオンの裔の男を。

〔エポードス〕

雄牛よ現われ出でよ、多くの頭持つ龍よ、
姿を見せるがよい、いや火焔吐く
獅子よ、姿を現わせ。
さあ、バッコスの神よ、信女らを狩り立てる者に[1]
笑みを浮かべたまま死を呼ぶ罠を仕掛けてください。
信女らの群に入り込んだ
あの男に。

（1）Murray の校本で読む。

〔第五エペイソディオン〕

〔第二の使者登場〕

第二の使者　ああ、かつてはギリシアの地に栄えた館よ、
［シドン生まれの老公[2]の。この方は大地からの収穫物を
得るべく龍の歯を大地に蒔いた[3]。］
おまえのことをどう嘆いたものだろう、この身は奴隷ではあるが、
［心ある奴隷には、ご主人方のことは他人事《ひとごと》ではない[4]］。

合唱隊の長　何ごとです？　信女たちのところから何か新しい報せを持って来たのですか？

第二の使者　ペンテウスさまが亡くなられたのだ、エキオンを父とするあの方が。

合唱隊の長　ああブロミオスさま、あなたは大いなる神であられた。

第二の使者　何だと？　それはどういうことだ？　わたしのご主人が
ひどい目に遭わされたのが、おまえ嬉しいというのか？

合唱隊の長　よそ人のわたしは異国風の節《ふし》でエウホイと声挙げましょう。
もうこれからは縛られることを恐れて怖《お》じ気《け》ることもなくなるからです。

第二の使者　テバイはそれほどまでに腑抜けだと言うのか？〈

(2) カドモスのこと。シドンはフェニキアの町。
(3) カドモスは龍を退治してその歯を大地に蒔いたところ、青銅で武装した戦士が生まれ出た。
(4) 『メディア』五四行に同じ。後世の挿入か。

〈　　〉[1]

合唱隊の長　ディオニュソスです、ディオニュソスさまです、

　テバイではない、わたしに力を及ぼす者は。

第二の使者　まあよいだろう、引き起こされた禍を喜ぶというのは、

　女たちよ、これはけっこうとは言いがたいがな。

合唱隊の長　教えてください、さあ、どんな目に遭って死んだのですか？

　あの悪童は、悪事をたくらんだあげくに。

第二の使者　われらはテバイの地の集落をあとに

　アソポスの流れを越えると

　キタイロンの岩山へと入って行きました、

　ペンテウスさまとわたしと（わたしはご主人さまにつき従う身で）

　それに覗き見の案内役のあのよそ者とで。

　そして何はともあれまず草深い谷間に身を潜め、

　足音を消し、口を閉じました、

　相手に気づかれぬようにして相手を観察するためです。

　谷間は四方を崖に囲まれ、水気たっぷりで、

　松の木々で被われています。そこに信女らは

（1）一部欠損。

心楽しい仕事に手を染めながら座り込んでいました。
ある者は先が傷《いた》んだ自分らの杖に、
常春藤《きづた》の葉でその頭飾りを付け直していました。
またある者は色鮮やかな軛をはずれた若駒さながら、
バッコスの歌声をたがいに応酬し合っておりました。
ところがペンテウスさまはお可哀そうに女たちの群がよく見えぬもので、
こうおっしゃった、「おい客人、いまいるところからでは
不埒な気狂い女どもを見ることはできん。
丘の上の幹をもたげた松の木に登ってでも、
信女らの痴態をしかと見たいものだがな」。
このあとわたしはあのよそ者が示した驚くべき技を眼にしました。
天高く聳える松の梢を手に掴むと、
それを黒い大地にぐいぐい引き下ろしたのです。
そして円《まる》く曲げました、ちょうど弓のように、いえ
コンパスで円を描くのと同じ円弧状にしました。
とまあそんなふうに、あのよそ者は山に聳える木の梢を手で引いて
大地まで曲げ下ろしたのです。人間技ではありません。

それから彼はペンテウスさまを松の木の枝に乗せ、
その枝を手からそっと真直ぐ上方へ放します、
木から落ちないように気遣いながら。
すると松の木は空中に真直ぐ立ち戻りました。
その背にはご主人さまを乗せたままです。
こうなると信女らを見下ろすというよりは逆に相手から見られることに
　なってしまいました。
高々と身を晒しているのが周囲に明らかになるかならぬうちに、
あのよそ者のほうも姿が見えなくなりました。
そうして天空の高いところから声がしました、どうやら
ディオニュソスが挙げる声だったようです、「おお、娘らよ、
そなたたちとわたし、それにわたしの秘儀を笑いものにした男を
連れて来たぞ、さあ彼に復讐をしてやれ」。
こう言うやたちまち天上へ
また大地へと、聖なる火の光がきらめきわたりました。
大気は沈黙し、谷間の森は葉ずれの音も立てません。
獣らの吠え声も聞こうとしても聞こえなかったでしょう。

信女らはこの声を耳にはっきり捉えることができず、
真直ぐに立ち尽くしたまま、きょろきょろと見廻すばかりです。
ディオニュソスはふたたび命じました。カドモスの娘らは
バッコスの言うところをはっきりと理解すると、
鳩にも負けぬ速さで駆けつけました、
「足を激しく動かせて、
母上のアガウエも、同じ血を引くご姉妹たち、」
それにすべての信女らも、水が流れる谷間の地、
また崖地もものかは跳び越えて、神の息吹きに煽られるままに。
そしてわが主人が松の木の上に座っているのを見つけると、
初めのうちはそれをめがけて石礫を投げつけました、
塔のようにそそり立つ岩の上に登って。
また松の枝を槍代わりに投げたりもしました。
また空中へ杖を投げ上げる者もいます、
哀れやペンテウスさまを的にして。でも当たりませんでした。
思っていたよりずっと高いところにあの可哀そうな方は
座っていたからです、進退谷《きわ》まっていたとはいうものの。

とうとう最後に女たちは樫の木材をあてがい、
鉄梃《かなてこ》なしで木の根を掻き上げてひっくり倒そうとしました。
しかしさんざんやってみてもうまくゆきませんでしたので、
アガウエさまがこう言いました、「さあ、信女らよ、
幹の周りをぐるっと取り囲んであの上にいる獣をば
捕らえるのじゃ。神を祀るこの秘密の舞いを他言させぬよう
息の根を止めるのじゃ」と。すると女らは無数の手を
松の木に伸ばし、これを大地から引き抜いてしまいました。
ペンテウスさまは高いところに座っていたのが、その高いところから
下の地面へと、ひっきりなしに嘆きの声を挙げながら
落下した。禍が身に迫ったことを悟ったからです。
最初に母上が女神官として殺害の手を着け、
彼《か》のかたに跳びかかって行きました。彼の方は頭髪《かみ》から
頭飾りを取りはずした、哀れアガウエさまが自分をちゃんと見分けて、
殺したりしないようにと。そして頬に手を触れてこう言われた、
「母上、わたしです、あなたの息子の
ペンテウスです、エキオンの館で生み落としていただいた。

情けをかけてください、お母さん、不都合なことをしたからといって
あなたの息子を殺すようなことはしないでください」と。
ところが彼女は口から泡を吹き、瞳をねじ曲げるように
ぐるぐる廻し、心ここにあらずといった状態、
バッコスの神に取り籠められていて、願いは聞き届けられませんでした。
彼女はその腕で息子の左手を摑み、
その不運な男の横腹に身を寄せて
その肩骨を引きはずしました。何の力も要りません、
神が易々と両手に力を貸し与えてくれたのです。
イノは反対側から取りついて
身体から肉を削ぎ取ります。アウトノエ、それに信女らの群
全員がこれに加わります。皆一斉に声を挙げます。
彼《か》のかたは息の継げるかぎりに悲鳴を挙げ、
女たちは歓声を挙げます。ある者は腕を手にし、
またある者は鞋を履いたままの足を手にしています。肋骨は
肉を削ぎ取られて裸になったまま。皆それぞれ手を血だらけにして、
ペンテウスさまの肉塊を毬代わりに戯れるというありさまでした。

四肢はあちこちに散らばっています。凹凸のある
岩場の陰、森の簇葉濃い茂みの中とかで、
捜すのも一苦労です。惨めな姿となった頭部《あたま》は、
それをたまたま母上が手にしていたのですが、
山棲みの獅子のそれのように杖の先に突き差して
キタイロンの山中を抜けて運んで来られます、
ご姉妹らは歌舞いする信女らの中に残したままで。
そして縁起の悪い狩猟《かり》に得意然として
この城内に戻って来られましょう、バッコスこそ
狩猟の友、狩猟の協力者、
すばらしき勝利者と謳《うた》い上げながら——でも母への褒美はただ涙。
わたしめはこのたびの不幸に関わり合わぬよう、
これで失礼します、アガウエさまが館に戻られる前に。
節度を保つこと、神さま方のことに関しては敬い心をもつこと、
これが何よりのいちばん、そしてこれこそ人間にとって
使いでのある最も賢明な財産だと、わたしは思っている。［使者退場］

〔第五スタシモン〕

合唱隊　さあバッコスを讃えて踊ろう。
さあ叫《おら》び上げよう、
龍の裔《すえ》のペンテウスの禍を。
彼《か》の者は女物の衣を身にまとい、
地獄行きにふさわしく茴香の幹を
杖にしていた。
禍の道案内役は雄牛だった。
カドモス一族の信女らよ、
あなた方は音に聞こえた美しき勝利の歌を
嘆きへと、涙へと導いた。
わが子の血に手を入れ浸すのは、
これすなわち美しき戦い。

〔エクソドス〕

ほら、見えてきました、館へ向けて歩いて来るのは
ペンテウスの母のアガウエ、眼つきは尋常ではない、

さあエウホイの神を寿ぐ行列に迎えてやるのです。

［アガウエ登場］

〔ストロペー〕

アガウエ　アシアから来た信女らよ……
合唱隊　　なぜまたわたしをお呼びです。
〈あなた〉？
アガウエ　わたしは刈り取ったばかりの蔓を
山からわが屋敷へと運んできました、
見事な狩りの獲物をね。
合唱隊　見えています、あなたを同行の仲間としてお迎えしましょう。
アガウエ　これをわたしは罠も使わずに捕らえたのです。
〈　〉生まれたばかりの仔を、
ほら、ごらんのとおり。
合唱隊　人里離れたどこから？
アガウエ　キタイロンが……
合唱隊　　キタイロンが？

アガウエ　これを殺した。
合唱隊　手を出したのは誰です？
アガウエ　　　　殊勲はまずこのわたくしに。
行の仲間に「幸いなるアガウエ」と呼ばれましょう。
合唱隊　他には誰が？
アガウエ　　　カドモスの……
合唱隊　カドモスの何ですって？
アガウエ　　　裔の者が
わたしに協力して獣に手をつけました。
この狩猟《かり》は好首尾でした。

〔アンティストロペー〕

さあ宴に加わるがよい。
合唱隊　　何に加わるですと？　ああ哀れな方。
アガウエ　この若仔は
和毛《にこげ》の生えた頭部《あたま》の下、
頬は柔かい鬚に覆われ初めたばかり。

合唱隊　髪の毛だけを見れば野に棲む野獣のようです。
アガウエ　賢い狩人バッコスさまが
　賢くも信女らを
　この獣に唆《けしか》けたのです。
合唱隊　ご主人さまは狩人ですから。
アガウエ　褒めてくれますか。
合唱隊　　　　　　　　お褒めしましょう。
アガウエ　それにカドモスの裔の者らもおそらく……
合唱隊　お子さまのペンテウスも……
アガウエ　　　　　　　　　母のことを褒めてくれましょう。
　この獅子を獲物にしとめたわたくしを。
合唱隊　でかしたと。
アガウエ　　　　お見事だと。
合唱隊　嬉しいですか?
アガウエ　　　　嬉しいとも。
　わたしはこの狩猟《かり》で大いなる、大いなる、
　誰の眼にも明らかな戦果を獲得したのです。

合唱隊の長　さあ、お可哀そうな方、運んで来たその勝利の獲物を
町びとらに見せておあげなさい。
アガウエ　テバイの地の美しき塔持つ町に
住まう者らよ、この獲物を見に来るがよい、
カドモスの娘らが仕止めたこの獣を、
テッサリアの槍も矢も使わず、
網も使わず、白き腕《かいな》のその指先で
捕らえたのを。今後槍を使う必要があろうか、
槍職人の造る道具など不要ではありませぬか。
わたしらは素手でこの獣を捕らえ、
何の助けも借りずにその四肢をばらばらにしたのです。
年老いたわが父上はいずこじゃ？　ここにお越し願いたい。
わが子ペンテウスはどこにいる？　しっかりとした造りの梯《はしご》を
館に立て掛けて登らせなさい。
この獅子の頭をあの壁の石(1)に留め釘で留めてほしいのです。
わたしが狩猟《かり》をしてここに持って来たこれを。

（1）ドリス式建築物のフリーズ（帯状の装飾壁）に付けられた三条の溝のある突起石。原語はトリグリュポス。

［カドモス登場］

カドモス　わしについて来い、ペンテウスの惨めな身体を持って、
ついて来い、召使たち、館の前まで。
さあ持ち帰ったぞ、苦労してあちこち捜し廻った
この身体を、キタイロンの谷間じゅうに散らばったのを
見つけ出し、一つとして同じ場所になかったのを
［集めたのを、見つけづらい茂みの中に横たわっていたのを］。
娘らの狼藉ぶりを耳にしたのだ。
城壁内の町方に戻って来た時のことだった、
テイレシアス老人と一緒に、信女らのところからな。
そこでふたたび山へ取って返し、信女らの手で殺された
子供の身体を捜し集めたというわけだ。
そこでアリスタイオスとのあいだにアクタイオン[1]を生んだ
アウトノエの姿を見かけたが、イノも一緒だった。
いや茂みの周りには哀れや狂気に陥った女たちもいた。
そのとき誰かの声がした、そらそこにアガウエがバッコスに
取り憑かれたような足取りで歩いていると。空耳ではなかった。

（1）アガウエの妹アウトノエの子。狩の途中、水浴中のアルテミス女神の裸身を見たために鹿に変身させられ。自らの飼犬に噛み殺された。四一八頁註（1）参照。

ほら、この眼に見える。とんでもない光景だ。
アガウエ　お父さま、あなたは大威張りなさってよろしいですわ、
ありとある人間のうちとりわけ優れた娘たちを生んだということを。
全員がそうですが、とりわけ優れているのはこのわたくし、
織機《はた》の傍らに梭《ひ》を置き去りにして、
この腕一本で獣を狩るという大事に赴いたこのわたくし。
ほらこのとおり、ご褒美をわが手に抱いて来ました、
あなたのお館に掛けて飾るようにと。
お父さま、さ、どうぞお受け取りください。
わが狩猟《かり》の首尾をご自慢の種に、
ご友人らを食事に招待なさい、お幸せ者ですもの、
ほんとうに、これほどのことをわたくしが成し遂げたおかげで。
カドモス　［ああ、計り知れぬ悲しみ、正視に耐えぬ悲しみよ、
惨めにもその手で殺戮を果たしたとは。］
神々への犠牲の式を美わしくも仕おおせて、
おまえはテバイの民とわしとを食事に招《よ》ぶというのか、
嘆かわしきは、何はさておきおまえの禍、次にこのわしの禍。

神はわれらを正当にも、しかしまた手酷く破滅させてしまわれた、
わが家族の一員となられながら、ブロミオス王は。

アガウエ　人間は歳を取ると何て気難しくなるのでしょう、
また見た目も渋い顔つきをして。わたしの息子も
わたしに似て、狩猟《かり》が上手《うま》ければよいのに、
テバイの若者らに混じって一緒に獣を捕らえようと
いうときに。ところがあの子は神さまに盾つくことしか
できない。お父さま、あなたから言い聞かせてやってくださらなきゃ。
誰かあの子にここへ来てわたしに顔を見せるように言ってください、
幸せなわたしの顔を見に来いと。

カドモス　ああ何たることだ。自分のやったことをよく考えれば、
恐ろしいほどの痛みを感じるだろうに。しかしいま置かれている状況に
そのままずっと居続けるとすれば、じっさいは幸せではないのに、
頭の中では自分は不幸ではないと思っていられよう。

アガウエ　これらの何がよくないと、いえ何が辛いと？

カドモス　とにかくまず空中にその眼を向けてみなさい。

アガウエ　こうですか。こうして見て何がどうだとおっしゃるのです？

カドモス　自分が以前《まえ》のままか、それとも何か変わったという気がするかね？

アガウエ　以前より明るく、何かすっきりした感じです。

カドモス　胸の内はまだ逆上《のぼ》せたままか？

アガウエ　言われていることがわかりません。でも何だかわかってきました、以前とは心持ちが変わってきたようです。

カドモス　こちらの言うことを聞いて、しっかり受け答えできるな？

アガウエ　はい、以前に言ったことはすっかり忘れましたから、父上。

カドモス　婚礼の歌とともに誰の家に輿入れしたのだった？

アガウエ　蒔かれて生まれたと言われる勇士エキオンに、あなたはわたくしを娶わせられました。

カドモス　一家にはどんな子が生まれた？　おまえのご亭主に。

アガウエ　ペンテウス、わたくしと父親《てておや》たる人との交合《まじわり》で。

カドモス　よしそれでは、その腕に抱いているのは誰の頭だ？

アガウエ　獅子の。だって狩猟《かり》をした女たちがそう言いましたもの。

カドモス　さあ、よく見なさい。手間は取らせぬ。

アガウエ　ああ、この眼に見えるのは、腕に抱いているこれは何だ？
カドモス　しっかり見て、はっきりと知るがよい。
アガウエ　眼にするのは、この上ない苦しみ――わたしは惨めだ。
カドモス　まさか獅子に見えるとは思うまい？
アガウエ　はい、哀れなこのわたしが手にしているのはペンテウスの頭。
カドモス　おまえがそれと知る前から嘆きの種となっていたのだ。
アガウエ　これを殺したのは誰です？　どうしてこれがわたくしの手に？
カドモス　不幸な真実よ、まずい時に姿を現わすとは。
アガウエ　教えてください、この先どうなるかと胸はどきどきしています。
カドモス　殺したのはおまえとおまえの姉妹たちだ。
アガウエ　どこで殺されました？　家ですか、いやどんな場所で？
カドモス　以前犬どもがアクタイオンを喰いちぎったあの場所だ。
アガウエ　何でまたキタイロンなんかへ行ったのです、不幸なこの子は？
カドモス　神とおまえたち信女とを冷やかしに行ったのだ。
アガウエ　でもわたしたちはそこへどんなふうにして行ったのです。
カドモス　心が狂ったのだ。国全体がバッコスに誑《たぶら》かされてしまった。
アガウエ　ディオニュソスがわたしたちを滅ぼした。いまわかった。

カドモス　おまえは驕《おご》り昂《たかぶ》った。あの方を神と認めなかったからな。
アガウエ　父上、この子の愛しい身体はどこでしょう？
カドモス　わしがそれをやっと捜し集めて持って来てやった。
アガウエ　すべてが元の四肢《からだ》にきちんとまとめられていますか？
〈　　　　　　　　　　　　　　　　〉(1)
アガウエ　ペンテウスはわたしの愚かさのどの部分を享けたのでしょう？
カドモス　神を敬わぬところがおまえに似ていた。
とにかくあの方はすべてを一つにまとめて害を加えられたのだ、
おまえもこの子も、そして家もわしも滅びるようにとだ。
このわしは男の子には恵まれなかったが、
おまえの腹を痛めたこの子が、おお、おまえも可哀そうに、
この上なく恥ずかしい惨めな死に方をするのをこの眼にするとはなあ。
この子によって館は光を取り戻していたのだ、おお孫よ、
わが館を継いでくれていたのだったな、わが娘の子として生まれて
国中に恐れられる存在となっていた。この老人には
誰一人無礼を働こうとする者はいなかった、そなたの顔を

(1) 底本はここに何行分かの欠損を想定する。

気にしてな。そなたから相応の懲らしめを受けることになるからだった。
だがいまわしはこの館から不名誉にも叩き出されよう、
この大王のカドモスが、テバイ一族の種を蒔き、
この上なく優れた収穫《み》を刈り取った身のこのわしが。
おお誰よりも愛しい者よ、（いまはもうこの世にいないが、でも
わしにはこの上なく愛しいものの内に数え上げられる奴よ、）
もうはやそなたはこの顎に手で触れ、
この母親の父を抱いて声をかけることもない、なあ孫よ、
こんなふうに言うて、「あなたに不埒な真似をし、無礼を働くのは誰です、お祖父《じい》さま、
下郎の身であなたのお心を痛めるのは誰です、
言ってください、お祖父さま、あなたに害をなす輩はわたしが懲らしめてやりますから」と。
それがいまこの身は惨め、おまえも哀れだ、
母親も可哀そうだし、また親族の者も辛い思いをしている。
もし誰か神を越えようと考えるものがいれば、
この者の死をよく心に入れて、とにかく神を信じることだ。

合唱隊の長　あなたの身の上をお痛み申します、カドモスさま。でもあなたの
お子さまのお子はふさわしい罰を受けたのです、お辛いことでしょうが。

アガウエ　お父さま、わたしの身の上も、ほら、どんなに様変わりしたことでしょう、

〈　〉(1)

［ディオニュソス、機械仕掛けの神として登場］

〈　〉(2)

〈ディオニュソス

おまえは身を変じて蛇となろう、またおまえの妻も
姿が獣に変わり、蛇となるだろう。
おまえが人間の身ながら娶ったアレスの娘ハルモニア(3)のことだ。
またゼウスの神託の言うところによれば、
おまえは妻とともに牛車を駆り、異国民を引き連れ、
数多の軍勢を指揮して数多くの町を破壊するだろう。
だが彼らがロクシアスの神託所を荒らしたとき、

（1）底本は何行分かの欠損を想定する。

（2）底本は何行分かの欠損を想定する。

（3）アレス神の娘。ゼウスがカドモスに妻として与えた。

彼らは惨めな思いで帰還の途に就くことになる。
だがおまえとハルモニアの身はアレスが心配してくれて、
至福の地へおまえの生きる場所をこしらえてくれよう。
いまこれを述べているのは、人間の父からではなく
ゼウスから生まれたディオニュソスだ。もしもおまえたちが分別を持つことを知っていれば、
あのときはそうする気がなかったのだが、
このゼウスの子を味方に持ち、幸せな身に成りえていただろうに。

カドモス　ディオニュソスさま、お願いします、わたしたちが悪うございました。

ディオニュソス　わが正体を悟るのが遅かったな。知るべきときに知らなかったのだ。

カドモス　身に染みてわかりました。でもあなたのほうも度が過ぎました。

ディオニュソス　それは神の身でありながらおまえたちから無礼を働かれたからだ。

カドモス　神が人間と同じように怒りをぶつけるのは、身にふさわしくありません。

ディオニュソス　そのことはずっと以前からわが父ゼウスがご承認ずみだ。
アガウエ　ああ、老いの身の父上、決まりです、惨めな逃亡の旅です。
ディオニュソス　避けられぬ途だ、なぜにためらう？

［ディオニュソス退場］

カドモス　おお娘よ、われら〈こぞって〉何と恐ろしい禍に
陥ったものか、おまえは哀れな女だ、おまえの姉妹もそうだ。
わしも惨めだ。年老いた身でわしは異国の民の許へ行き、
住むことになるのだ。さらに神のお告げでは、
わしは異国の民の混成軍を率いてギリシアへ進軍するという。
またわが妻、アレスの娘ハルモニアが荒々しい蛇に
〈姿を〉変えたのを、同じく蛇の身となったわしが
ギリシアの祭壇と墓の許へ[1]導いて行くのだ、
槍持つ者らを引き連れながら。惨めなこの身には
禍の止むことはないだろう、いや冥府を流れる川
アケロンを渡っても心休まることはないだろう。
アガウエ　お父さま、わたくしの落ち行く途はあなたとは別々です。

（1）すなわちギリシアの聖地へ。

カドモス　可哀そうな子よ、何でこの身を抱いてくれるのだ、
白い羽の白鳥[1]が老いぼれ男を包み込むようではないか？
アガウエ　祖国から投げ出されて、どこへ向かったらよいのでしょう？
カドモス　わしにもわからんのだ、娘よ。父だといっても助けてやれぬ。
アガウエ　お別れです、館よ、お別れです、祖国の都《まち》よ、
わたしはおまえを後にして出て行きます、不幸のうちに
追放者となって、わが住む部屋から。
カドモス　娘よ、頼って行くがよい、アリスタイオス[2]の……
〈　　〉
アガウエ　お父さま、あなたがお痛わしい。
カドモス　　　　　わしのほうもだ、娘よ、
それにおまえの姉妹らのことも泣いてやろう。
アガウエ　恐ろしくもこんなにひどい仕打ちを
ディオニュソスの神は
あなたの一族に対してなされたのですから。
カドモス　それもわたしたちからひどい仕打ちを蒙ったからだ、
テバイでその名が尊ばれることのないままに。

（1）Tyrrell の校本で、写本どおりに読む。
（2）アガウエの姉妹アウトノエの夫。

アガウエ　さようなら、お父さま。
カドモス　　　　達者でな、不憫な娘よ、
なかなか難しいことだろうが。
アガウエ　供の者たち、姉妹《きょうだい》らをこれへ。
辛い逃亡の旅を共にしようがために。
でもわたしは
血塗られたキタイロンがわたしを〈　　〉、
またわたしがキタイロンを眼にするところへは、
そしてまた信女の杖の想い出が籠るところへも行こうとは思わない。
そのようなものは他の信女らに任せておけばよい。

［カドモス、アガウエ退場］

［合唱隊　神々のなされることはさまざまに姿を変える。
神々は多くのことを思いもよらぬかたちで成し遂げられる。
思い描いていたことがそのとおりに終わらず、
思いも寄らぬところに神は道をお見つけになる。
今回のこともそのようにして終わった。(3)］

［合唱隊退場］

(3) この最後の歌は、他にも同様なものが『アルケスティス』、『アンドロマケ』、『ヘレネ』、および『メデイア』（一行目が異なるが、あとは同じ）に見られる。

作品解説

『ヘレネ』を読む――新ヘレネ

一、新奇な状況設定

喜劇作家アリストパネスは『テスモポリア祭を営む女たち』（前四一一年上演）の中で、前年に上演されたエウリピデスの『ヘレネ』を取り上げ、これをパロディ化した。そこで彼は「新しき（カイネー）ヘレネ」（八五〇行）という言葉を使っている。これは「最新の『ヘレネ』という作品」という意味にもとれるし、また「新奇な内容をもつ『ヘレネ』という作品」ともとれるし、あるいはまた「従来にない新奇な性格をもつヘレネという人物像」の意味にもとれる。『テスモポリア祭を営む女たち』のこの箇所は、エウリピデスの代弁人として女の議会にもぐり込み、変装がばれて捕まったムネシコロスが『ヘレネ』の趣向に倣って脱出を試みるという件《くだり》である。ムネシコロスを、エジプトに抑留され、その地の王テオクリュメノスから結婚を迫られている薄幸の美女ヘレネになぞらえ、救出に赴いたエウリピデスをトロイアからの帰途エジプトに漂着したメネラオスになぞらえる趣向は、まず何よりも「エジプトのヘレネ」というエウリピデスの原作がもつ新奇な状況設定をパロディ化することに作者の狙いがあったことを示している。ちょうど同じエウリピデスの『アンドロメダ』(断片)をパロディ化する(同一〇五六行以下)のに「木霊」という新機軸を取り上げてその眼目としたように。

しかしこの新奇な状況設定はエウリピデスの独創ではなかった。すでにホメロスは『イリアス』においてパリス、ヘレネとエジプトとの関わりを告げ、(第六歌二八九―二九二行)、『オデュッセイア』においてメネラオスとエジプトとの関わりを告げている(第四歌三五一行以下)。またヘロドトスは、同じくパリス、ヘレネとエジプトとの関わりを詳しく報告し、ヘレネはけっきょくパリスとともにトロイアへは行かず、メネラオスとの再会を果たすまでエジプトのプロテウス王の許に止まることになったと述べている(『歴史』第二巻一一二―一二〇)。そして抒情詩人ステシコロスは、トロイアへ行ったのはヘレネ本人ではなくその幻影であると歌ったとされているのである(プラトン『パイドロス』二四三A、『国家』第九巻五八六C)。

ヘレネ伝説を劇化するに当たって、エウリピデスの念頭にはこうした先行者たちのヘレネ像があったろうことは、容易に想像がつく。この点でエウリピデスの独創性は薄れるわけであるが、[1]しかし従来取り扱われることの稀であった異端的なヘレネ伝説を悲劇の場で取り上げて舞台に乗せたことは、多くの観衆の耳目を集め、彼らに驚愕と新奇の念を感じせしめることになったに違いない。少なくとも三年前『トロイアの女た

(1) ステシコロスが導入した「幻のヘレネ」という概念をエジプトの地と結び付けたのはエウリピデスの独創であるとする説もあるが、ステシコロスの詩が極小断片しか残存せぬためにその点の検証は不能である。Cf. Solmsen, pp. 119–120.

ち』で取り扱ったヘレネ像とは甚だしく異なるヘレネ像が、そこには見られる。(1) アリストパネスの真意がどこにあったかは別として、「新しきヘレネ」という評言はこの意味で的を射ているのである。エウリピデスは『トロイアの女たち』で扱ったヘレネ像とは別のヘレネ像を『ヘレネ』の中で描こうとした。「新しきヘレネ」は、作者の意図するところでもあった。では彼が先行者たちの顰みに倣いつつ描こうとした「新しきヘレネ」とは何か。アリストパネスが「新しき」と言ったのは単に「最新の作品」というだけの意味なのか。単にそれだけに止まらない意味も籠められているのか。アリストパネスが「新しき（カイネー）」という形容詞に託して言おうとしたものは何だったのか。

二、テュケー（運、偶然）

これなるは美わしきニンフらの住まうナイルの川辺

とプロロゴス冒頭でヘレネが述べる一行は、明るい南国の地が劇の場として設定されていることを示す。それは観客に軽い衝撃と大いなる興味とを呼び起こすだろう。設定された場がヘレネに関する彼らの従来の認識とは異なるものだからである。(2) しかもまたヘレネ自らが述べるヘレネ像が、従来観客が抱いていたイメージとは極端に異なる。『トロイアの女たち』で描かれたヘレネは、「復讐」、「嫉妬」、「殺戮」、「死」、「禍」を父として生まれたとアンドロマケから非難され（七六六行以下）、自らもアプロディテのために祖国と家とを裏切った女と弁明する（九四六行以下）ような人間である。いま、ヘレネはヘラのおかげでパリスの凌辱を免れ、夫への貞節を守りつつ異郷の地に暮らす薄幸の佳人として登場する。しかもこうした貞節なヘレネを現出させるために、トロイアへは「幻のヘレネ」が送られたという異説が採用される。従来事実とされてきた状況設定を仮定のものとし、新たに人工的に構築された状況が事実として設定される。ただしそれは仮の事実である。仮構である。この仮構を真実、いわば虚構の真実として観客に認めさせるには、プロロゴスのヘレネの説明だけでは足りない。そこで詩人はさまざまな工夫を凝らす。

まずプロロゴスに登場するテウクロスである。彼はトロイア戦争に関する詳細な情報、またメネラオスに関する個人的な情報をもたらすことによって、幻のヘレネと実体のヘレネがそれぞれ象徴する二つの世界の橋架けをする。そして父親によって故国を追放されキュプロス島に赴くテウクロスがエジプトに立ち寄る可能性は大きい。このテウクロスの登場によって観客は「エジプトのヘレネ」の可能性を感得する。

いま一つはメネラオスの登場（そこでのメネラオスは第二プロロゴス的な色彩を色濃く持つ）および彼とヘレネ

（1）Conacher は、本篇のヘレネ像と『トロイアの女たち』の七六六―七七三行で描写されているヘレネとを対照させて、その姿は観客に信じがたい驚愕の印象を与えたろうと言う。Cf. Conacher, p. 289. また Tovar も「新しきヘレネ」が作者の意図的なものであり、それは観客を驚かせ混乱させることにあったと言う。Cf. Tovar, p. 116.

（2）ここで前年に上演された（と想定されている）『エレクトラ』の末尾（一二八〇―一二八三行）を想い起こす観客もいただろう。そこではすでに「エジプトのヘレネ」が告知されていた。彼らには、その予告が実現されたことへの楽しい驚きがまずあっただろう。いずれにせよこの告知は、作者にとってこのプロットがきわめて意図的なものだったことを物語っている。

との再会である。メネラオスがトロイアからの帰途エジプトに立ち寄る可能性もまた大きい。つまり現実の世界（従来の神話で語られた世界）からテウクロス、メネラオスの二人の人物がそれぞれ情報を携えて仮構の世界（新しく構築された人工の世界）へと侵入して来る。それは両世界の橋架け作業であると同時に、仮構の世界に真実味を付加するための補強作業ともなる。

こうした新しい設定で詩人は何を描こうとしたのだろうか。それは、夢幻的な舞台設定から想定されがちなロマンス劇的色彩をもつ世界の描写だけに止まるものではないように思われる。その詩人の意図を探る手掛かりとなるものが二つある。

まず一つは「ヘルメスの言葉」である。ヘレネはおのれの虚名が一人歩きし、トロイアで多くの人命が失われたことを悩み、「なぜまだわたくしは生きているのでしょう」（五六行）と自問する。そしてそれは、いずれ故郷スパルタへ帰国し、自らの潔白を夫に弁明できるとの「ヘルメス神の言葉を聞いた」（五六―五七行）からであると自答している。ヘレネはヘラ女神の差し金でエジプトへ連れて来られた。しかしそのエジプトで何が起ころうと、彼女はこの地を脱してふたたび故郷へ帰れることが保障されている。これは劇の大前提であり、この枠組みはけっして揺るがない。このことは劇の末尾でもう一度確認される。「あれ［ヘレネ］は運（テュケー）がわたしに与えたものだ」（一六三六行）というテオクリュメノスに対して「必然（ト・クレオーン）が［それを］奪い去った」（一六三六行）と従僕が応じる。ヘレネがエジプトを脱出して故国へ帰るのは神が定めた必然だった。デウス・エクス・マーキナー（機械仕掛けの神）として登場するディオスコロイもそのことを確認する、「あの女［ヘレネ］はいまのいままでそなた［テオクリュメノス］の館に／ずっと住み続けるよう決められていたのだ」（一六五〇―一六五一行）と。先ほどのヘルメスの言葉は、いわゆる神のプロロゴスに相当するものと考えてもよい。ヘレネのエジプトへの来訪も、滞在も、また帰国も、すべて神の定めによるものである。しかもそのことを観客のみならず、ヘレネ自身が知っている。いま、ヘレネが望むのは夫と再会し、自らの身の潔白を証明することである。その実現が近い将来保障されるとあれば、あとはそこへ至る過程、紆余曲折が劇の内容となる。そこでは悲劇的事件の出来《しゅったい》はまず予想されえぬだろう。

いま一つの手がかりは、劇中にテュケーという語が頻出することである。テュケーとは、この場合「運」、「偶然」、あるいは「巡り合わせ」と訳される。その数は劇中に二四箇所を数える。この数字は他の作品の場合と比較して、多い部類に属する。このことは、ヘレネを始めとする登場人物たちの行動、またその置かれている状況もすべて巡り合わせ、運によって規定されていることを予想させる。事実、ヘレネがいまエジプトの地にあることもテュケーのせいである（二六四、二六七、二七七行）。そう彼女は理解する。またテオクリュメノスもテュケーがヘレネをわれに与えたと言う（一六三六行）。トロイアを攻略したメネラオスが「幻のヘレネ」を連れてエジプトへ漂着したのもテュケーのせいである（四一二行以下）。そして実のヘレネと再会するのもまたテュケーのせいである（六四五行）。ヘレネ、メネラオス、テオクリュメノスというこの劇の主要人物三人が、それぞれ現在ある状況をテュケーという言葉あるいは概念で捉えようとする。おのれの運命をテュケーと捉えると悲劇的領域は切り捨てられてしまうだろう。なぜなら、神の意志と人間の運命との関係に問いを立てること、その関係に人間が主体的に関わっていくことこそが悲劇の本質だからである。しかも彼女はすでにヘルメスの言葉を知ってしまっている。どっちみちもう問いは立てられない。

三、個々の変容

各登場人物の人物像も、こうした劇の状況に相応するかたちで描き出されている。まずメネラオスを例にとろう。トロイアからの帰途難破した彼は、助けを求める嘆願者として登場する。英雄にふさわしいきらびやかな軍装は海が奪い去り、いまでは帆布を身にまとっているありさまである（四二一―四二四行）。彼はその身なりにふさわしい落魄した姿を呈示する。辿り着いたテオクリュメノスの館で応対に出た老女から嘲弄され侮辱された彼は涙を流し（四五六行）、自らの巡り合わせ（テュケー）を嘆く（四六三行）。英雄が泣く。また彼は妻ヘレネと再会を果たしたあと妻の潔白がすぐには信じられず、くどくどと念を押し（八三六行）、貞淑への誓言すら求める（八三八行）。ここには英雄とは名ばかりの市井の凡人が顔を見せている。さらに彼は、もしエジプトからの脱出が不可能とあれば、男子一匹妻のために死んで名を揚げてみせる、それは価値ある行為であると言い切る（八四九―八五〇行）。ここに見られるのは矮小化され日常化された英雄の姿にほかならない。一方また自らの命運を左右するテオノエを前にした彼は、生よりも名誉ある死に固執する典型的英雄ぶりを誇示して見せる（九九三行）。しかしそれが単なる強がりにすぎないことは明白であり、ここにもまた矮小化された英雄が皮肉っぽく描き出されている。

ところが劇の末尾、武具に身を固めたメネラオスが船を乗っ取って故国へ帰ろうとする際には、トロイアのむかしに戻ったかのごとく、部下を叱咤激励し、天晴れ益荒男《ますらお》ぶりを見せるのである（一五九三行以下）。難破者メネラオスが襤褸から武具へと装いを変えることによって、その中身も小市民から英雄へと変身を遂げる。本篇におけるメネラオス像は、古典的英雄としての姿と新しいリアルな小市民的人物像との、言い換えれば古さと新奇さの混合した姿であると言いえよう。これはすべてテュケーのなせる業である。着衣がそれを象徴している。

こうしたことはヘレネについても言える。本篇におけるヘレネは、従来伝えられたヘレネ像とは正反対の純潔で貞節な妻の姿に描かれている。彼女は、偽物の分身がトロイアで生み出す禍を一人エジプトにあって嘆き悲しむ。すべては彼女の美しさのゆえである。名と実体とに引き裂かれているいまの状態、実体は貞潔でありながら悪女の汚名を甘受せざるをえないいまの不幸——すべては彼女に生来備わった美しさのゆえである。

ところが彼女は、夫の死の報を聞き（テウクロスによる不確かな情報）、死にたいと洩らしながら、いかにしてその美を損なわぬように死ねるかと考え、首を吊ることは見苦しい死に様を見せるとして忌避する（二九八行以下）。彼女はけっして人格的に完璧な人間ではない。あるいは一面的な人間ではない。なかなか複雑な相貌を見せるのである。[1] また幻影ゆえのこととはいえ、トロイアで数多くの将兵の命が「わたくしのため

（1）このヘレネ像はのちの『オレステス』におけるヘレネ像を想起させる。そこでの彼女は姉クリュタイメストラの墓への供物に髪を切る際、その美を損なわぬようにほんの先端だけを切り取り、エレクトラから「むかしからこうした女なのです」（一二九行）と非難される。Grube もここに古いヘレネ像の残滓を見ている。Cf. Grube, p. 338.

に」（五二行）失われたと悔恨の意を表しながら、劇の末尾、船上での戦闘の場では、トロイアでの虚名を肯定するかのように「トロイアでの栄光はどこへ行ったのか」（一六〇三行）と、メネラオスの部下たちを叱咤している。ここには強いヘレネがいる。トロイア戦争の禍を一方で口にしながら、他方で戦争の栄光を讃えるかのような口の利きようもしているのである。彼女は貞淑でか弱い薄幸の佳人だけの存在ではない。置かれた状況が変われば、換言すれば、自らを取り巻く巡り合わせが変われば、それに応じてその姿も変えるのである。

古典的英雄像に卑俗な市民像が混じる例はすでに『メデイア』のイアソンにおいても見られた。しかしこのメネラオスの例はその対照が極端であり、戯画化されているとさえ言ってよい。襤褸ときらびやかな軍装との対照がそれを象徴している。観客はそれを視覚によって確認できるのである。

ヘレネ像も、まず貞淑で薄幸な佳人としての姿を導入したことは新しい試みである。それは従来の固定化されたヘレネ像を破るものであった。しかしそこに旧態依然たる姿が混入する。彼女はけっして新しいばかりの姿ではない。むしろ旧来の姿と新来の姿が混在する点で「新しきヘレネ」と呼ぶべき姿となっている。いずれにせよ、メネラオスもヘレネも劇中での姿は固定していない。巡り合わせに従ってその姿を自在に変容させる。彼らは自らの置かれた状況の意味を問いつめることはしない。自らを取り巻く状況と自らとの関係を問うことをしない。その行動も状況に縛られてのものでしかない。ヘレネはメデイアともパイドラとも異なる存在であることを認めざるをえないだろう。

四、多様な人物

個々の人物の多様化だけではない。この劇にはまた多様な人物が登場する。その一人はテオクリュメノスの館の門番を務める老女である。

難破したメネラオスが救けを求めてテオクリュメノスの館の門を叩く。応対に出るのは壮丁の門番ではない。老女である。王の館に老女の門番を配したこと――これは観客に新奇な印象を与えたであろう。デイルは、ここで壮丁よりも老女を登用したことで、詩人はメネラオスと頼りなげな老女との対話を通してよりいっそうの娯楽味と、またメネラオスの置かれた心細い状況とを提示することを意図した、と見る[1]。加えて、ふつうの門番であればただちにしたであろう主人へのギリシア人漂着の報告を遅延させるに効果あったとも言う。

王の館の門番役は本来ならば男性である。ギリシア悲劇で老女が配される役は、乳母がせいぜいである。従来はそうだった。その常識を破るかたちで門番役に老女を配したところに、一種の異化効果と、それに伴う諧謔味が生じる。ここには従来そうであると思われていたもの、常識と、現に実際あるものとのズレがある。こうした老女の登場は、彼女と対峙するメネラオスの行動にも影響を与えずにはおかない。彼が自らの悲運に不覚にも涙を流す姿を見せるのは、相手が老女なればこそだろう。老女の存在は、英雄の退行化、卑俗化を促進するのだ。

(1) Cf. Dale, ad 437.

いま一人は従僕である。劇の末尾一六二七行に登場する従僕は、騙されたことを悟ったテオクリュメノスが裏切った妹テオノエを殺そうと館内に入りかけるのを押し止める。彼はテオクリュメノスの衣服を摑んで離さない（一六二九行）[1]。奴隷の身でありながら主人を支配するのかと激昂するテオクリュメノスを、彼はあくまで理性的に諫め、ヘレネがこのエジプトの地を出て行くのは「必然（ト・クレオーン）」（一六三六行）であると明言する。そして最後にはテオノエの代わりに自分を殺せとまで言って、テオクリュメノスの行為を阻止しようとする。けっきょくは、このあとデウス・エクス・マーキナーとして登場するディオスコロイによってテオクリュメノスの暴挙は阻止されることになるが、神の手を借りる前に事態の推移に洞察力をもつ一人の脇役を置くことによって、人間界のもつ理性的部分が提示される。ディオスコロイの言うところも従僕の言葉と変わりない。ヘレネがエジプトに来、また去るのは「［必然として］決められていたのだ」（一六五一行）と言うのである。従僕の言葉と神のそれはほぼ等価である。テオクリュメノスはほとんど従僕に言いくるめられそうになる。彼は「わたしのほうが支配されるのか、支配するのではなく」（一六三八行）と言う。

(1) 写本（L, P）は一六二七行以下の従僕のせりふを合唱隊のそれとして読んでいる。わたしたちはこの読みを採らず、Alt, Murray, Dale, Diggleらに従って従僕のせりふと読む。その一つの理由には、一六三〇行の「［お前は］奴隷の分際で［ありながら］（δοῦλος ὤν）」という用語が挙げられる。この男性単数の分詞構文は、ギリシアの乙女から成る合唱隊の長よりも、やはり男性の従僕に向かって言われるのがふさわしい。しかしこれはじゅうぶんな理由ではない。事態を一般化していう場合、たとえ女性であることが明白であっても、男性単数形が使用されることがある（いわゆるHermannの法則）からである。Kannichtはそう主張し、これらのせりふを合唱隊のものとする（cf. Kannicht, Band II, SS. 424, 425）。

ならばわたしたちはいま一つ有力な証拠を挙げよう。一六二八行でテオクリュメノスは「さあ、脇へ退いて道を空けろ」と言う。館内に入ろうとして道が塞がれたからである。これに対し相手は「[わたしはあなたの]お着物を放しませぬ」(一六二九行)と応じている。テオクリュメノス役の俳優はいま、舞台背後のスケーネーの扉(そこが王宮の入口と想定されている)に向かうところである。その彼が「脇へ退いて」と言うからには、障害物は彼の全面、すなわちテオクリュメノス役の俳優とスケーネーの入口との中間にあるはずである。障害物すなわち彼の行く手を遮る人物は、舞台上にいなければならない。着物を摑んで放さぬ手は、背後からではなく前面から伸ばされたものである。それは合唱隊の手ではありえない。舞台上にいる俳優の手である。

この劇の上演時(前四一二年)、ディオニュソス劇場はかなり整備が進み、まだ木造の部分を多く残してはいたものの、スケーネーはすでに本格的な建造物となっており、デウス・エクス・マーキナー用のクレーンも設置されていた。ただし舞台は依然としてオルケーストラーと同一平面か、せいぜい段差の小さい、奥行きの浅い木製のプラットホームにすぎなかった(cf. Pickard-Cambridge, p. 69 および丹下「上演形式、劇場、扮装、仮面」三一六頁以下参照)。オルケーストラーにいる合唱隊と舞台上の俳優とはほぼ同一平面上にあり、手を伸ばせばたがいに触れることも可能だった。もし写本どおりに一六二七行以下のテオクリュメノスの相手を合唱隊と想定すると、一六二九行のせりふは合唱隊が手を伸ばしてテオクリュメノスの衣服を摑んだことを意味する。しかし合唱隊が舞台上に上がり、テオクリュメノス役の俳優とスケーネーとの中間に位置することはできなかっただろう。合唱隊の活動の場はオルケーストラーと限定されていたことは、悲劇の歴史上絶えて変わらぬ約束事だった。このことから、一六二九行は合唱隊ではなく舞台上の俳優(すなわち従僕と推定してよいもの)に帰せられるのである。つまり一六二七行以下のテオクリュメノスの相手役はけっして合唱隊の長ではなく、従僕とされるべきことがはっきりする(丹下「脇役登場」一六一頁以下参照)。

一六二七行以下のテオクリュメノスの相手役を写本の合唱隊に代えて従僕とした最初は Clark である。またこれを補強すべく一六二八行について発言し、テオクリュメノスの行く手を阻む従僕の存在を指摘しているのは Burnett である。追記しておく。

主客が転倒している。彼が辛うじて優位を保つのは力において優っているからである。その力による優位（「どうやら死にたいと見えるな」〔一六三九行〕）を覆すのは、従僕の手に余る。神の手を借りなければならない。そのためにディオスコロイは登場するのである。

このような従僕、あるいはまた先の老女の姿を見て、わたしたちはあのアリストパネスの『蛙』（前四〇五年上演）の一節を想い起こすだろう。「わたし〔エウリピデス〕の劇では女も奴隷も、／また主人も乙女も老女も皆対等に物を言うのだ」（九四九―九五〇行）。この言葉どおり、老女も奴隷である従僕もそれぞれメネラオス、テオクリュメノスと「対等に」、否、対等以上にわたり合っている。『蛙』では、このあとエウリピデスの言葉を受けてアイスキュロスが「そんな大胆なことをして（τολμᾶν）、おまえは殺されるぞ」（九五一行）と断じ、それに「こうするのが民主的」（九五二行）なのだとエウリピデスが応じている。「大胆なことをする」という用語は、アイスキュロス、否アリストパネスにとって、このような登場人物の登用が従来の悲劇の観念を越えたものであったことを示していよう。そしてエウリピデス、否アリストパネスは、このような形態を「民主的」という言葉あるいは概念で捉えている。民主的とは上下の支配関係が崩れることである。劇においては、多様な登場人物がたがいに対等な立場で登場し、せりふの量の多寡は別として自由に物を言うことである。それをこの劇でエウリピデスは行なった。『蛙』の九四九―九五〇行は必ずしも『ヘレネ』における老女と従僕だけを指しているのではあるまいが、アリストパネスがこう指摘するときの脳中には『ヘレネ』という作品も挙がっていたであろうことは、じゅうぶん想像してよいだろう。本来壮丁であるべき門番が老女に変わる。主人は奴隷に諫められ、その支配を受ける。常識が常識でなくなる。アリストパネスに拠るまでもなく、それは「大胆で新しい」ことだった。

いま一つ、こうした新しい傾向をさらに助長するものを挙げておこう。それは劇中における一行対話（スティコミューティアー）の増大という現象である。本篇には一行対話の部分が全部で約二八〇行ある。これは劇全体の約一六・五パーセントに相当する分量である。ちなみに『メデイア』（前四三一年上演）では約八五行で、全体に占める割合は約五・七パーセント、『ヒッポリュトス』（前四二八年上演）では約一二五行で約八・五パーセントである。また『ヘレネ』とほぼ同時代の同工の作品『タウロイ人の地のイピゲネイア』では約二五八行の一行対話があり、その劇全体に占める割合は一七・二パーセントである。さらに『オレステス』（前四〇八年上演）では約二七一行、約一六パーセント、『アルケスティス』（前四三八年上演）では約二一五行、約一八・五パーセントである。

この数字の示すとおり、おおむね上演年次が下がるにつれて一行対話が増大している（例外は『アルケスティス』）。一行対話の増大という現象は、舞台上で独唱の部分よりも対話の部分が増えることを意味する。独唱、すなわち個人的な詠嘆あるいは歓喜の表出よりも、他者と話題を共有する部分が増えるのである。劇の筋が、いわばミュートスよりもロゴスによって担われるようになる。個人の心中に潜む悩みを心理的に解剖し、それを開陳すること（たとえば『メデイア』におけるメデイアの、また『ヒッポリュトス』におけるパイドラのそれ）は減少する。舞台上には複数の俳優が同時に登場することが多くなる。そこでは個人的な問題よりも共通の問題が話題となる。一つの問題がある個人によって深く担われ追求される代わりに、浅くかつ多方面から多様に取り扱われる。劇に静の部分より動の部分が増える。一行対話の増大は、おおむね如上のような状況を劇にもたらすことを意味する。

事実、『ヘレネ』におけるヘレネは、メデイアやパイドラのように自らの心中の思いを深く突き詰めることはない。そうするには一定の固定した立場が自らに必要であるが、それが彼女には欠落している。彼女の視点は揺れている。その虚名に踊らされてトロイアで命を落とした者たちへの哀悼の念が述べられるかと思えば、夫との再会への願望が告げられ、またエジプトからの脱出のための方途にも心が裂かれる。テュケーに支配されている彼女は、そのテュケーに支配されるがままに思いを変え、行動を変えるのである。

このように見てくると、この『ヘレネ』という作品がその構成においても、その人物像の形成においても、従来の作品群とは異なる面を多々もつことがわかるだろう。アリストパネスに言わせれば、エウリピデスは「あえてそうした（τολμᾶν）」のであり、その結果「新しきヘレネ」が出来上がったのである。「新しきヘレネ」とは、単に「新作のヘレネ」の意だけに止まらない。

五、名前と実体の乖離

ステシコロスの顰みに倣ってもう一人のヘレネを造形し、それをエジプトの地に置いたエウリピデスは、そのことでもって単に新奇さを劇に導入することだけを意図したのではなかっただろう。ステシコロスは従来の伝承と異なる貞淑なヘレネ像を歌い出すことによって視力をふたたび取り戻すことを得たが[1]、エウリピデスは新しいヘレネを描くことによって何を得ようとしたのだろうか。エウリピデスも『トロイアの女たち』（前四一五年上演）で伝承どおりの悪女ヘレネを描いた（七六六行以下参照）。しかしそのために視力を失うようなことはなかった。彼には「取り消しの歌」を歌う必要はなかったのである。彼が踏襲したのは「前言取り消し」ではなく、それをするために編み出された「幻のヘレネ」というトリックだった。

多くの評家が指摘するように、(2) この劇には名前（オノマ）と実体（プラーグマ）との対立構造が明確に設定されているのが見て取れる。トロイアへ行ったのは幻のヘレネである。しかしそれに冠せられた名前、あるいはそれの持つ属性は、世間一般から事実として受け止められているもの、すなわち「夫を裏切った悪女ヘレネ」である。一方、じっさいのヘレネは世間の評判に相反する「貞女ヘレネ」であり、しかもそれは世間の眼から隠され、エジプトの地に隔離されている。世間に通用している名前と裏に隠されている実体との距離は、ちょうどトロイアとエジプトとの隔たりさながらに遠い。

この乖離をヘレネ自らこう述べる、「名前はどこにでもあることができます。身体はそうはいきませんが」（五八八行）と。名前に実体が伴わない。それゆえ名前だけを信じた場合は誤解を生じることになる。実体のない名前だけの存在＝幻のヘレネを信じたギリシア人テウクロスは、のちに実体＝本物のヘレネを目前に

(1) プラトンによれば、ステシコロスはヘレネを悪しざまに歌った詩を作ったため神罰を蒙って両眼の視力を失ったが、「この物語は事実を告げたものではない。／あなたは漕座もよい船に乗り込みはしなかったし、／またトロイアの城砦へは行くこともしなかった」と歌い直したところ、たちまち視力を取り戻したとされる（プラトン『パイドロス』二四三A参照。Cf. Davies, p. 177)。

(2) Solmsenn, Conacher, Lesky, Grube, Segal, Pippin など。

しながらそれと認識できない。

自分の眼で見たんですよ。見るも心の働きのうちです。（一一二二行）

トロイアで見た幻のヘレネこそ本物である、この眼で見たのだから、と彼テウクロスは言う。しかも「いまこの眼で［本物の］あなたを見ているのとまったく同じようにね」（一一八行）しっかり見たという。視覚能力に差異があるわけではない。本物のヘレネを「ヘレネとそっくり」（七四行）であるとまでは認識できる。しかし彼は真実のヘレネを把握し認識することに失敗している。彼が本物であると思っているのは偽物であり、しかも本物を目前にしてもそれをそれと認めることができない。それはヘレネという事物が名前と実体とに分離しているのにそれに気づかず、名前で表わされるものだけを真実と思い込んでいるからである。

名前と実体との乖離については本篇のみならず、『タウロイ人の地のイピゲネイア』、『オレステス』においても、詩人は触れている[1]。前者の上演年次は前四一四年ないし四一三年と想定されている。後者は前四〇八年である。この二つの作品は、『ヘレネ』を挟んでほぼ近接した時間内に上演されたことになる。「名前と実体の乖離」は、この時期に集中して表わされた詩人の意識であるといえよう。そしてこれはこの時代の風潮を忠実に汲み取ったものであったと想定される[2]。トゥキュディデスによれば、この時期、伝統的な秩序、習慣、また価値観が崩れていくなかで、言葉（オノマ）もまたその意味するものを従来のものと違えてきたことが指摘される。言葉はその本来の意味を失い、状況（テュケー）に応じてなされてきた人間の恣意的な行動を正当化するために使用されるようになる。たとえば勇気という言葉の意味するものは本来のそれではなく、単に無思慮な暴勇にすぎない。また冷静沈着とは、単に卑怯者の口実を表示するものにすぎなくなる。[3]ヘレネという名前はもはやヘレネの実体を表示するものではない。この乖離を知らずしてテウクロスはその名前を使用し、ヘレネの実体を把握したつもりでいる。この時期人々が無思慮な暴勇を勇気と見なしたのと同様に、テウクロスは幻にすぎないものをヘレネと思い込んだのである。

エウリピデスは、右のトゥキュディデスの記述にあるような時代思潮を背景に、ヘレネという名辞で表わされるものは一つではないかもしれないこと、ヘレネは二人いるかもしれないこと、名前は必ずしも実体を伴うとはかぎらないことを、ステシコロスの考案した「幻のヘレネ」という設定を利用して述べようとしたのである。「幻のヘレネ」というトリックを使うことによって時代思潮を、また自らの社会認識、現実認識を表示しようとしたのである。

幻のヘレネを本物のヘレネと見誤ったのはテウクロスだけではない。夫のメネラオスもまたトロイアから奪還したヘレネが幻であるとはつゆ疑いもせず、七年間の漂泊を共にしている。そして実のヘレネと対面し

（1）『タウロイ人の地のイピゲネイア』五〇四行、『オレステス』三九〇、四五四行。また『トロイアの女たち』一二三三行。

（2）前五世紀のソフィストたちの言辞を集めた『ディッソイ・ロゴイ』（『ソクラテス以前断片集』第九十章）にも、一つの事柄が状況によって異なる名称で呼ばれることが述べられている。Cf. Kannicht, Band I, SS. 57–58.

（3）トゥキュディデス『歴史』第三巻八二-四。

ながら思い込みが妨げとなり、それを本物と認識することができない。ついに彼は「心は正常だが眼が病んでいるというのだろうか」（五七五行）と自問するに至る。

テウクロスは、最初ヘレネを見たとき、トロイアで見たヘレネと同一人物であると思った。しかしそれをヘレネに否定されると、その考えを簡単に撤回した、「間違った。怒りにまかせてつい度を越してしまった」（八〇行）と。その眼で見たトロイアのヘレネの姿に固執するからである。メネラオスもヘレネを眼にしたとき、「これほど［妻に］よく似た人」（五五九行）をこれまで見たことがないと言う。しかしトロイアから連れ帰った妻を洞窟に隠しているという「事実」（五七三行）が、目前の彼女を本物と認識することを妨げる。そして、いま本物の妻を見ているその「眼が病んでいる」のではないかと疑うのである。

この「眼が病む」という言葉は寓意的である。いま、彼の眼はけっして病んではいない。本物のヘレネをヘレネとして捉えている。しかし的確にそれと認識することはできない。トロイアで見たヘレネを本物であると思い込んでいるからである。むしろそのトロイアでヘレネを捉えた眼のほうが病んでいる。幻のヘレネを本物と思い込んだからである。

テウクロスの場合も、トロイアで見たヘレネは偽のヘレネだった。そしてエジプトでじっさいに本物を眼にしながら、けっきょくそれと認識することはできなかった。この二つの事例は、見ることだけでは認識に繋がらないということを告げていよう。たとえ「見るも心の働きのうち」（一二二行）としてもである。これは「知性の衰退」現象の一つの顕われである。

名前と実体は乖離した。それを捉えるはずの眼も病んでいる。従来の枠組みでは捉え切れなくなったこの時代状況を、作者は「幻のヘレネ」の仮構に託して描こうとしたのではないか。

六、非悲劇

劇の初めにヘレネは二度同じ言葉で自問する、「なぜまだわたしは生きているのか」と。最初は、夫を裏切りギリシアの人々を大いなる戦いに結び付けたと思われているのに「なぜ」という自問である（五六行）。二度目は、テウクロスの情報によって確信した夫の死ゆえの「なぜ」という問いである（二九三行）。後者の「なぜ」はこのあと夫が登場し、双方たがいを再認し合うことによって解消される。では前者の「なぜ」はどう解消されるだろうか。五六行以下に彼女自身による回答が用意されている。それはヘレネが夫とともにスパルタへ帰り、不貞の噂を払拭する時が来るというヘルメス神の言葉を聞いたからだと言われている。彼女の関心はもっぱら自らの辱を雪《そそ》ぐことのみにあり、トロイアで斃れた無数の兵士に対する責任感はない。神々の戯れの被害者である彼女にそれを求めるのは酷であるが、しかし彼女はここで世界と人間との悲劇的関係に自ら関与する途を閉ざしてしまう。だがそれはさておこう。問題は、彼女がヘルメスの計画を知っていることである。神の力、すなわち必然によってヘレネはエジプトの地に置かれた。名前と実体とが乖離した彼女のこの状況は、じゅうぶんに悲劇へと発展する可能性を秘めている。彼女は「なぜまだ生きているのか」と自問する。ところがせっかく問題を提起しながら、彼女自身がそれに答えてしまう。問題が問題とならない。

エウリピデスの劇には、プロロゴスに神が登場し、以下のアクションの部分のあらましを告知してしまう例は数多い。本篇の「ヘルメスの言葉」もそれに相当するものと言えるかもしれない。しかし神のプロロゴスはその情報を観客に告げこそすれ、劇中の人物に明かすことはしない。それはあくまで劇のアクションの場より外のことなのである。しかし本篇では、観客のみならず劇の主人公ヘレネもその秘密情報を知ってしまう。そしてそれゆえにヘレネは悲劇の主人公たる地位を失ってしまうのである。なぜなら予定調和的な世界に自らが置かれていることを知ってしまった人間には、英雄的行為は取りえないからである。彼はありたいとは思わない。ただあるだけである。彼は自らの意思を持たない。ただ巡り合わせ（テュケー）に身を委ねるだけである。良きにつけ悪しきにつけ、そこではもはや倫理は問題とならない。詩人はヘレネを英雄として描かなかった。すなわち悲劇的人物として描かなかった（悲劇的人物とは英雄たる一瞬を持つ人物の謂である）。

ヘレネだけに止まらない。すでに見たように、メネラオスも自らの意思を持たぬ、ただ巡り合わせに支配されるだけの存在にすぎない。劇中で描写されているその具体的な姿は、英雄の退行現象を示すものにほかならなかった。難破して訪ねたテオクリュメノスの館で老女と対峙したときには、救いを求めて涙を流す。妻と再会後、テオノエを前にしては、妻の存在を意識したためだろうか、涙を流すような女々しい振舞いはせぬと言う（九四七行以下）。

その態度には一貫性がない。状況に合わせて行動しているだけである。脱出法も妻の考案した策に乗っただけである。何よりも彼には一つの目的に向かう崇高なる意思が欠落している。

似たようなことはテオクリュメノスにも言える。テオノエのために真実から目隠しをされた彼は、実のメネラオスを目前にしながらそれと認識できず、仇役を演じるはずが道化役に堕してしまう。彼もまた巡り合わせに翻弄されている。

英雄の退行化とは悲劇の退行化ということである。理想を持たない人間は神あるいは運命、また心中の情念と対決することをしなくなる。心中の悩みは公開され、苦しみは複数の人々によって担われる。英雄が姿を消し小市民が増える。アリストパネスはこの現象を民主的と呼んだ。民主的とは非悲劇的の謂にほかならない。

この英雄の退行化現象は、前五世紀の時代風潮と無関係ではない。自己を取り巻く世界の事物は名前と実体に乖離し、どちらがその真の姿であるか判別しがたい。従来の価値観では把握できなくなった世界、事物、人間。あるいはそれを規定する概念。「幻のヘレネ」はこうした状況を象徴する。見たと思ったものがじっさいには見えていない。見る側の眼も病んでいる。世界が多様化すると同時に、それを捉える眼＝認識力も病み衰えてきたのである。トゥキュディデスが描いてみせた価値観の混乱した世界がここに投影されている。そしてヘレネは、その引き裂かれたアイデンティティの回復に苦慮するわけではない。彼女にその意思はない。ただテュケーに身を委ねるだけである。時代は英雄を、悲劇を要求していないのである。

しかしこうしたテュケーに支配される世界を詩人は是としたわけではないだろう。テュケーに翻弄される各人物を諷するかのごとくにメネラオスの老従僕は言う、「その時々の境遇（巡り合わせ、すなわちテュケー）が変わらずに続くことはないのです」（七一五行）と。そして彼はトロイアでの惨状に対し敵味方ともに予言は何の抑止力にもならなかったとして予言を批判し、それに代わるものとして思慮と判断力を最良の予言者として挙げる（七五七行）[1]。しかし残念ながらいま、思慮も判断力も、ない。誰一人として本物のヘレネを見抜くことはできない。名前に振り廻され、偽の実体に惑わされているだけである。先の見えないままにテュケーに支配され、右往左往している姿、それがこの劇の世界である。

ヘレネとメネラオスは劇の最後で無事エジプト脱出に成功する。これをもって両者ともにそのアイデンティティを――ヘレネは貞淑な妻としてのそれ、メネラオスは戦士としてのそれを――取り戻すとする説がある[2]。メネラオスの場合はさておき、ヘレネははたしてアイデンティティを回復するのだろうか。それはどのようなアイデンティティだろうか。ヘレネは九三〇行以下で、もし自分がスパルタへ帰れば人々はその蒙った禍は神のせいだと思い、自分を夫を裏切った女ではなく、むかしのように思慮深い女と思ってくれようと述べている。しかしそう簡単に事は運ぶだろうか。脱出のための船上での戦いで「トロイアの栄光はどこへ行ったか」とメネラオスの部下を叱咤する彼女の姿を、わたしたちはすでに見た。そしてトロイアでの栄光を取り戻したかに見えるメネラオスともども、彼女はスパルタへ帰って行くのである。それは「トロイアのヘレネ」への回帰であるように、一見思われる。それとも回帰すべき原型としての「貞淑なヘレネ」がかつて呈示されたことがあったろうか。マーキナー上のディオスコロイも、そのことは明言しない。死後の至福を述べるだけである。否、むしろアイデンティティの回復如何よりも、回復できない乖離した状況を表示することに詩人の意図はあったのではないか。劇はハピイエンドに終わるが、わたしたち観客の感じるところは必ずしもハピイなものではない。そして劇の終わりはそれ自体劇の目的ではない。

七、新しい劇

この劇は、『タウロイ人の地のイピゲネイア』との類似点がしばしば指摘される。ラティモアは両者の構成上の類似点を一三項目にわたって挙げ、その近親性を指摘した。[3] 要約すれば、遠い蛮族の地（一方は北方のタウロイ人の地、他方はエジプト）に漂着したギリシア人がそこに抑留されていた近親者（一方は姉、他方は妻）とともに、その近親者が考案した海と船を使った策略によって無事脱出し帰国するというものである。一対の男女の危地からの脱出という点でいえば、『ヘレネ』と同時上演された『アンドロメダ』（断片）をも加えてもよいかもしれない。そうすれば姉弟愛、夫婦愛、若い男女の愛という愛の三つの形態も揃うことに

（1）思慮（エウブーリアー）は、のちにプラトンによって知識（エピステーメー）と見なされているものである。「そしてまさにそのこと、すなわち思慮（エウブーリアー）は、明らかにある一つの知識（エピステーメー）である」（『国家』第四巻四二八B）。

（2）Cf. Segal, p. 260. しかしこれは以下に述べるように、簡単には肯定できない。それに、たとえ百歩譲ってアイデンティティが回復されたとしても、それはヘレネ個人の努力によるものではない。それはテュケーによるものであり、また何よりもヘルメスの言葉に表わされているように、ヘラの配慮によるものなのである。このことははっきりと認識されなければならない。

（3）Cf. Lattimore, pp. 3-4.

なる。時代的にもごく近接したこの三作品は「浪漫的」という形容辞を冠した脱出劇と言えるかもしれない[1]。しかし同時に本篇には『タウロイ人の地のイピゲネイア』と、そして『アンドロメダ』とも異なる点があることが留意されねばならない。それがこれまで右に述べてきたこと、すなわち本篇のもつ時代と密着したリアリズム的側面である。たとえばテオクリュメノスの口からトロイア戦争批判が洩れる、「おおプリアモスよ、トロイアの地よ、そなたらは〔雲の像のために〕〈何と〉無駄に滅び去ったことか！」（一二二〇行）と。これは他の二作品にはないものである。古代ギリシア世界の一大事業に対するこの批判は、ギリシアの伝統的価値観に対して突き付けた大いなる疑問符にほかならない。この点でわたしたちは、同じく蛮族の地からの脱出をテーマとする『キュクロプス』と本篇との類似性を指摘できる。この『キュクロプス』でも同様に、蛮人キュクロプスによる痛烈なるトロイア戦争批判が見られるのである。またそこでは法が否定され（三三六—三四〇行）、オデュッセウスに代表されるギリシア的知が揶揄された（たとえばウーティスの策略の空まわり）。これはギリシア的世界を支えてきた知や法という伝統的価値観が揺らぎ始めてきたことを意味している。その揺らぎが、『ヘレネ』では「名前と実体の乖離」というかたちをとって現われてきたのではなかったか。知の堕落、知の衰退は名前と実体の乖離を助長する一方（トゥキュディデスの報告を見よ）、乖離した実体の把握にも無力である。

そうした現実を作品に投影させ、活写したという点で、『ヘレネ』は写実劇である。単なる浪漫的な脱出劇にだけ止まるものではない。逆に言えば、浪漫的な脱出劇という体裁を取りながら、きわめて現実的な色彩をもつ。ヘレネもメネラオスも、もう英雄ではない。老女が、従僕が、多くの脇役が登場し、「彼らに劣らず」物を言う。その点で「民主的」である。さらに合唱隊の歌（オルケーストラーでの歌）に代わって舞台上での俳優のせりふの遣り取りが増える（一六二七行以下の従僕を見よ）。スティコミューティアー（一行対話）の増大がそれを支援する。新しいかたちの劇が始まっている。悲劇的人物の登場しない劇、運命や魂の深みとは無関係な劇、舞台中心の新たな写実劇が始まる。わたしたちはアリストパネスが言った、「新しきヘレネ」の「新しき」の中に、こうした意味も含み込ませることができるのではないか。

（1）『ヘレネ』のもつこうした「浪漫性」に、のちのヘレニズム期以降のギリシア小説の萌芽を見ようとする評家（Lesky, Tovar）もいる。しかしそれもさることながら、以下に述べるように、悲劇的要素を排除した写実性、ひいては悲劇と喜劇の混淆こそ小説というジャンルの萌芽となるものではないか。プラトンは『饗宴』の末尾で、ソクラテスにアガトンとアリストパネスを前にして同一作家における悲劇と喜劇の総合を説かしめた。これは、ある現代の卓越した知識人の言うように、小説の可能性を示唆しようとしたものと思われる。「わたしはここを読むたびに、内にさまざまな胚芽を有する魂たるプラトンがここで小説の種子 la simiente de la novela を蒔いたのではないかと思ったものだ」（Ortega y Gasset, p. 152）。わたしたちが見てきた『ヘレネ』は、このプラトンの言うところとさほど懸け離れているとも思えない。

本篇には真偽二人のヘレネが登場する。テウクロスもメネラオスもこれに翻弄されるが、この場面を少し変えれば、つまりのちの中期喜劇、新喜劇に有力な喜劇要因として抬頭してくる「取り違え（クイー・プロー・クオー）」の手法をこの二人のヘレネとテウクロス、メネラオスの対面シーンに適用していれば、エウリピデスは（その意図の有無は別として）喜劇詩人にもなりえたのである。さらには古代小説の祖ともなりえたかもしれない。エウリピデスにはどうやらその意図はなかったらしいが。丹下「笑いの系譜」七頁以下参照。また同「喜劇になり損ねた話」一〇一頁以下参照。

『フェニキアの女たち』を読む――パノラマ

一、連続と不連続

ギリシア悲劇のことをギリシア語でトラゴーディアーという。ギリシア喜劇のことはコーモーディアーという。しかしまた両者を総称してドラーマともいう。アリストテレスの『詩学』にこうある、「ある人々によれば、それゆえに悲劇と喜劇は行為する（ドラーン）者を再現するからである」（一四四八a二八―二九。松本仁助・岡道男訳、岩波文庫）と。

前者はその淵源に関係し、後者はそのじっさいの様態からそう言われる。しかしドラーマという言い方が総体としての（ギリシア）劇を捉えたものと言えるかというと、必ずしもそうは言いえない。劇は俳優によって舞台上で演じられる（ドラーンされる）もの（ドラーマ）であると同時に、観客席にいる観客によって見られる（ホラーンされる）もの（ホラーマ）でもあるからである。(1)

じっさい観客席にいる観客は眼の前の舞台上で展開される行為（ドラーマ）を見て楽しむ。観客にとって劇とは見ることにほかならない。そして見ることによって劇場全体が生み出す演劇という芸術創作に参加しているのである。ただし見るということでいえば、古代ギリシアの観客は劇のすべてを見ることは、じつはできなかった。舞台が一つに固定されて舞台転換ということがなかったために、他の場所で起きた事象は舞台上に再現できず、そこから派遣されて来た使者の報告を聞くというかたちでしか体験できなかった。使者の報告を聞いて想像するだけで、じっさいは目撃できない不可視の舞台、場もあったのである。しかし舞台上で展開される俳優たちのパフォーマンスはすべて見た。そして見ることで劇の内容を理解しようとした。

元来ギリシア悲劇は誰にでもよく知られたギリシア神話、伝承を素材としている。それゆえ劇の内容や背景は観客に予想できることが多い。その上劇機能の一つにプロロゴスというものがあって、劇の冒頭に登場した神、もしくは登場人物の一人が以下に展開する劇の大まかな筋を説明することになっていた（ことにエウリピデスがこの手法を愛用した）。作者はそこで自らの作劇の手の内を見せたのである。観客はまず題名から劇の素材の大凡を知り、次いでプロロゴスを見聞きすることによって作者がその素材をどういうかたちで一篇の劇に仕上げたか、そのアレンジの具合を知りえたのである。

いまわたしたちは『フェニキアの女たち』という作品を前にしている。しかしこの題名からだけでは、この作品がどの神話、どの伝承に拠っているのか、いささか不分明である。何とか想定できるのは、神話上でフェニキアと関係あるのはテバイのカドモス一族だということくらいである。より具体的な劇の内容は劇冒

（1）ホラーマというギリシア語の英訳は that which is seen, a sight on the stage である。ちなみにドラーマの英訳は a deed, action represented である。

頭のプロロゴスで示される。

プロロゴスを語るのはイオカステである。オイディプスの母であり妻でもあるあのイオカステである。彼女は話をテバイ王家の来歴から始める。かつてフェニキアからカドモスがギリシアのこの地へ来訪してテバイ王家の基礎を築いたところから彼女の代まで話が及び、彼女、彼女の夫ライオス、息子のオイディプスのあいだで展開された父殺しと母子相姦という一族のおぞましい事件が語られる。いま本篇の劇の時と場はその事件後のテバイとなっている。

わたくしとの結婚が母親との近親婚だと知ってから／オイディプスはすべての受難を耐え忍んだのち、／おぞましくもわれとわが眼に向けて潰れよとばかり／黄金の留め針を突き差して瞳を血まみれにしました。／息子たちが成人して頬が鬚で黒くなったとき、／彼らは父親を部屋に閉じ込めました。なまじっかな手段では／消えそうにない父親の人生航路を風化させるために。／あの人は館の中に生きています。こうした身の成り行きに心狂い、／わが子らに向けて罪深い呪いをかけています、／二人は研ぎすました鉄の刃でこの家財産を切り分けるがよいと。（五九—六八行）

オイディプスの呪いどおり、いま二人の息子エテオクレスとポリュネイケスとのあいだでテバイの王権をめぐる争いが起きようとしている。二人の母親イオカステは、「この争いの糸をほぐそうと、ポリュネイケスに／戦端を開く前にエテオクレスと和平を結ぶよう説得しました。／送った使者の話では、彼は出向いて来るとのことです」（八一—八三行）と、周旋に心を砕く。母親の要請を受けたポリュネイケスはエテオクレスとの折衝のために単身テバイの城内へ忍んで来る。しかしせっかくの母親の周旋も功を奏さず、兄弟間の折衝は決裂して戦端が開かれ、オイディプスが息子たちにかけた呪いは成就することになる。以下、その顚末がテバイの城内に視点を設定して展開される。

ところで本篇のプロロゴスにはいま一つ別の場面も設定されている。イオカステが退場したあと、舞台にはアンティゴネとその守り役が登場する。アンティゴネは守り役の助けを借りて城館の上階へ梯子を登り(1)、城外に駐屯している敵勢アルゴス軍の陣容を望見する。観客にはアンティゴネと守り役の口を通してその情景が伝えられる。それによって敵の大将たち、アンティゴネの兄ポリュネイケスをはじめヒッポメドン、パルテノパイオス、アンピアラオス、そしてカパネウスらが紹介されることになる。館内の乙女部屋を抜け出して城館の上階に登り、守り役の説明に興味津々聞き入るアンティゴネのお転婆らしい、それでいて頑是ない姿も観客に強く印象づけられる。

このアンティゴネ像には、たとえばソポクレスが描いたアンティゴネ像(『アンティゴネ』)とは一味違う清新さが横溢している。ここには出自(母子相姦による誕生)の暗さはまったく影を落としていないように見える。先ほどの母イオカステ、やがて登場してくる兄ポリュネイケス、そしてこのアンティゴネ、そのそれぞれがじつは暗い過去を引きずっているはずであり、いまもたがいに深刻な状況に陥ってはいるのだが、そこでは過去と現在との因果関係はできるだけ消却されている。ここに提示されているのは、まずはカドモスの

(1)これには俳優の身のこなしの軽さを必要とする。一説に言う、コトルノス(ヒールの高いブーツ)を着用していては不可能な行動である。

裔の一家の「家族」である。

そのことと関連するが、イオカステはその「家族」、より厳密にいえば息子ポリュネイケスとの「親子」の関係を強調するために、夫であり息子でもあるオイディプスとの古い過去（母子相姦）を忘却し放棄する結果になっている。先ほどのプロロゴスに見られたとおり、彼女は息子オイディプスとの母子相姦の事実を語りながら、そのことに対する自らの感情は一切表出していない。ただその後のオイディプスの状況（眼を潰したもののいまだ国外追放とならずにテバイに滞留）を恬淡と語るだけである。オイディプスの眼を潰す行為が母子相姦に気づいたゆえの結果であることを認めながら、それについての彼女のほうの罪の意識にはまったく触れていない。

ソポクレスが描いた『オイディプス王』では、秘密露見後ただちに彼女は自裁した。自らの犯した罪業を恥じてのことだった。しかし本篇はそれとは異なるイオカステ像を提示している。[1] イオカステに母子相姦の罪の意識がなかったとは思われない。それを等閑視して彼女を生かすこと、生かして彼女を二人の息子の対立の場に置くことを作者は優先したのである。二人の息子の対立葛藤を仲裁する母親という状況を設定するためには、母子相姦後に出来《しゅったい》するはずのオイディプスとおのれとの関係は不自然極まりない状況のままに放置するほかなかったのである。

いずれにせよ本篇ではカドモスの裔の「家族」の主要メンバーが一堂に顔を合わせることになっている。そしてその彼らのそれぞれの「いま」が提示されている。

二、家族の肖像

合唱隊が登場して来る（パロドス）。合唱隊を構成するのはフェニキアの乙女たちである。彼女らはテバイのアポロンの社に仕えるためにはるばるフェニキアから送られて来たのである。フェニキアはテバイ王家の祖カドモスの出生地である。テバイ王家の内紛に建国の祖の故国フェニキアの女たちが登場して劇に関わりを持つのは、けっして不自然なことではない。しかも彼女らの名が劇に題名として冠せられている。

第一エペイソディオン（第一場）でポリュネイケスが登場して来る。母イオカステの要請を受けて兄エテオクレスと和平の折衝をするためである。場の前半ではイオカステとポリュネイケス母子の久方ぶりの邂逅が描かれる。ポリュネイケスは母イオカステの問い掛けに応えて亡命生活の辛さ苦しさを縷々物語る。そして最後に、「わたしは自分から望んで武器を手にしたのではない、／いちばん血の濃い人間［エテオクレス］が先に仕掛けてきたのを受けただけ」（四三三―四三四行）と言い、「さあ、今回のこの騒動の解決はあなたにかかっています、／［母上、同族の身内の者を和解させて］／あなたとわたしと国全体の苦悩をお終いにしてください」（四三五―四三七行）と母親の周旋に期待を示す。彼の主張によれば、今回の騒動の原因は兄ポ

（1）ステシコロス（前七―六世紀の抒情詩人）にこれと同じくイオカステが二人の子供エテオクレス、ポリュネイケスの王位争いを仲裁する場面が歌われている。Cf. Davies, p. 213 ff. またアルクマン他『ギリシア合唱抒情詩集』丹下訳、一二五頁以下参照。ここではオイディプスはすでに死んでいるが、イオカステはなお存命し、ポリュネイケスもまだアルゴスへ出奔する以前の時点という設定になっている。

リュネイケスの契約違反ということに尽きる。テバイを二人が一年交代で統治するとした約束をエテオクレスが守ろうとしない、約束が保証されるならいつでも兵を引く用意はある、と彼は言う。

一方エテオクレスは一度手にした王権を手放そうとはしない。彼は「人間どうしても不正を働かねばならぬとあれば、／王権のためにこそそうするのが最善」（五二四―五二五行）と嘯《うそぶ》く。これには合唱隊も異を唱える。

イオカステはこのエテオクレスに対し、家の財産は公平に分け合えと諭す。そして「王権を取るか国を救うほうを取るか」と問いを立て、王権に固執してもし戦いに敗れれば、テバイの町はたいへんな災禍を被ることになると迫る。

ポリュネイケスに対しても祖国を攻めるのは愚行であると諭す。祖国を戦火で攻略して何の得があるかと。またもし負けた場合どの面下げてアルゴスへ戻るつもりかと。「吾子よ、そなたは二つの禍に向かって急いでいる。／国許でもここでも、双方で持てるものを失うのです、志半ばで」（五八二―五八三行）と。

そして最後にイオカステは二人の息子に向かって「二人とも求めすぎてはいけません、求めすぎては。二つの愚かさが／同じ的に向かうとき、それはこの上ない憎しみを生む禍となります」（五八四―五八五行）と話を結ぶ。

作者はここで母親と二人の息子を登場させ、それぞれにおのれの立場を表明させた。観客は世に「テバイ攻め」といわれる伝承のあらまし、その原因と当事者たちの意見とをつぶさに実見することができるのである。作者はテバイ攻防戦の実況と結果、その後の事態（たとえば遺体収容など）ではなく、それ以前の戦端が開かれるまでの状況を母親に周旋の場を設定させることによって作り出したのである。それは新しい場面設定、伝承への新しい切り口であったといえる[1]。

この三者の対話の場は兄弟喧嘩を仲裁する母親というきわめて日常的な、家庭的と言ってもよい生活臭を醸し出す。もちろんその兄弟喧嘩が一国の存亡に直結しているという冷厳な事実はあるのではあるが、兄弟喧嘩をじっさいに見せつけられることによって観客がそこに嗅ぎ取るのはむしろ強い平俗性である[2]。

作者がここで意図したのは、イオカステの、かつてオイディプスを相手としたときとは違って息子たちを相手とする母親という新たな像を示すことであり、かつ対立する息子たちそれぞれの実像を観客に提示することにあったと思われる。そのためには、イオカステはオイディプスとの秘密露見後自裁せず生き続けなければならなかった。作者は彼女を生き続けさせるために、オイディプスとの母子相姦の秘密を等閑視させたのである。むしろ本篇における作者の意図はオイディプス一家の家族の肖像の一端を披歴することにあったのである。

プロロゴス以来、頑是ないアンティゴネ、息子たちを心配する母親イオカステ、それぞれ頑固に自説に固

(1) そのためにはイオカステが母子相姦事件以後も存命し続けていることが必要であったが、これをConacherは作者エウリピデスの改新点の一つに挙げている。Cf. Conacher, p. 229. するところは何か、と問いを立てている（p. 229）。Kittoも同様である。Cf. Kitto, p. 373. それはまさに兄弟喧嘩をする二人の息子に母親を立ち会わさせて、一幅の家族の肖像画を描き上げることにあったといえる。

(2) 先のConacherは「イオカステの存命」という改新の意図

執する二人の息子が、かくしてここに紹介されることになる。

母親イオカステの周旋は失敗に終わる。エテオクレスとポリュネイケスの談判は決裂し、戦闘は必至となる。

三、近親者の肖像

次に舞台に姿を見せるのはイオカステの弟クレオンである。彼はテバイの現王エテオクレスの右腕的な位置にある（のちに彼はエテオクレスの戦死後王位に就く）。いまも彼はエテオクレスから城市の防備について質問を受け、敵の動きに合わせて七つの門の守備を固めるようにと進言する。エテオクレスはこれを容れ、それぞれの担当者にそのことを伝えるべく自ら七つの門へと赴く。その際彼は以下の三点を言い残す。(1)妹アンティゴネとクレオンの息子ハイモンとの祝言を進めること、(2)予言者テイレシアスを呼び出して意見を聴取すること、(3)戦勝の暁には弟ポリュネイケスの遺体のテバイでの埋葬を許可しないこと、である。これは自らの死を覚悟した上での遺言と受け止められるが、じっさいわたしたちにはエテオクレスの姿を舞台上で見るこれが最後となる。

次に舞台に登場するのは盲目の予言者テイレシアスである（第三エペイソディオン）。これを舞台上でクレオンが迎える。テイレシアスはアテナイから帰国したばかりである。彼はアテナイ当局に請われてトラキアのエウモルポス軍との戦争の首尾を占い、アテナイを勝利に導いた礼に、ほらこれを貰ったと黄金の冠を誇らしげに見せる。従来の予言者テイレシアス像とは異なる俗臭ふんぷんたる姿がここには見られる。

そのテイレシアスに、クレオンはテバイ攻防戦戦勝のための託宣を求める。テイレシアスはテバイのいまの禍はすべてオイディプス誕生に端を発する病いであると指摘し、このあと起きるエテオクレスとポリュネイケスの死を予言する。そして国を救う手段は一つあると言うが、それが何であるかは口を閉ざす。しつこく問い質すクレオンにこう言い放つ。

そなたは祖国のためにこのメノイケウスを殺さねばならぬ、／おのれの息子をだ、それがそなた自らが呼び出した運勢だ。

（九一三—九一四行）

聞いたクレオンは仰天する。そして国家救済よりもわが子の命のほうが大事とばかりたちまち変心し、メノイケウスに国外逃亡を勧める。このクレオン像も、たとえばソポクレスの『アンティゴネ』における為政者として頑固一徹に自己の信条を押し通そうとするあのクレオン像とは、そしてまた先ほどの国家の要人として国土防衛策を王に献策するクレオン像とは、大きく隔たるものである。

メノイケウスは父親クレオンの助言を受け容れて父親を安心させ、クレオンが息子の亡命のための路銀調達に席を立ったあと、合唱隊に向かってその本心を漏らす。逃亡して国を裏切ることには承服できない、テイレシアスの予言どおり国を救うために潔く自らの命を絶つと。そしてそのまま死地に赴く。

予言の術を商売道具にしているかに見えるテイレシアス、国事よりも私的感情を優先させる「父親」クレオン、いかにも型に嵌ったお仕着せの英雄といった感のあるメノイケウスが観客の眼の前を通り過ぎてゆく。これまた、テイレシアスを除けば、カドモスの裔の一族の肖像でありその紹介である。テイレシアスやクレオンはソポクレスの作品（『オイディプス王』、『アンティゴネ』）で観客がすでに承知している像とは異なる姿を示している。そこで強調されているのはやはり平俗性である。メノイケウスの愛国心と廉恥、そして若者らしい潔癖な正義感はそこに至る経緯が描きこまれていないために、かえって薄っぺらい作り物のように見える。公共のための生贄となることをすすんで引き受ける者の心情を描いたものとしては、同じエウリピデスに『アウリスのイピゲネイア』のイピゲネイア、また若干事情が異なるが、『ヘカベ』におけるポリュクセネの例があるが、それらと比較してメノイケウスの場合は観客への説得性という点で欠けるところが大きい。安っぽいヒロイズムとしか映らないのである。

四、オイディプス登場

劇は後半に入る（第四エペイソディオン）。戦闘が始まっている。七つの門での攻防戦が使者の報告によってイオカステに告げられる。観客は使者の口上から不可視の舞台をイメージすることになる。戦闘はおおねテバイ側の勝利となる。しかしイオカステの関心は攻防戦の次第もさることながら、それよりも二人の息子の身の成り行きにある。その情報を求めるイオカステに使者は二人の一騎打ちが始まろうとしていることを告げ、それをイオカステに中止させるよう要請する。イオカステは娘アンティゴネを館内から呼び出し、連れだって一騎打ちの場へ駆けつけるべく舞台を後にする。

次に舞台に登場するのはクレオンである（エクソドス、すなわち劇の最終場面）。彼は息子メノイケウスの死に打ちひしがれている。そこへ第二の使者が到着し、エテオクレスとポリュネイケスが一騎打ちの結果双方とも死んだことを報告する。加えて二人の息子の死に絶望した母親イオカステも二人の後を追って自死したと告げる。

使者が退場するのと入れ替わりに、アンティゴネが母親イオカステと二人の兄たちの計三体の遺体とともに登場する。そして父オイディプスに館内から出てくるようにと呼びかける。これに応えてオイディプスが舞台に姿を現わし、妻と息子たちの死を悼む。彼はかつて息子たちに呪いをかけた、「二人は研ぎすました鉄の刃でこの家財産を切り分けるがよいと」(六八行)。しかしいま彼は呪いの成就を喜ぶことはしない。口を衝いて出てくるのは悲しみの言葉である、「ああ、この惨めな親父の惨めに死んだ愛しき子ら!」(一七〇一行)と。

ここにおいてオイディプス像も一貫していない。先の「呪い」といまの「嘆き」は彼の中でどう整合するのか。

クレオンがふたたび登場する。そしてオイディプスに国外追放を言い渡す。加えてポリュネイケスの埋葬禁止を公言する。これは先にエテオクレスから託されていたことであった。これに反発するアンティゴネは、これもエテオクレスから遺言されていたハイモンとの結婚を拒否し、盲目の父親オイディプスの道案内人となって共にテバイを出て行くことを表明する。二人の愁嘆の場が長々と続いたあと、放浪の旅へ出る二人が舞台を後にするところで劇は終わる。

ところで作者はなぜここでオイディプスを登場させたのだろうか。ソポクレスの『オイディプス王』では、父殺しと母子相姦の秘密が明らかになった時点でオイディプスはおのれの眼を潰し、そのあとほどなくしてテバイを出ることになっている。二人の息子たちのテバイの覇権をめぐる争いは、放浪の旅の最終地アテナイ郊外のコロノスでイスメネの口から耳にすることになっている（『コロノスのオイディプス』三六一行以下）。

しかし本篇の作者エウリピデスは、オイディプスにその罪の露見後眼を潰すことはさせたが、ただちにテバイを出て放浪の旅に上ることはさせなかった（眼を潰す行為はおのれの罪の自覚を表わすものであろうが、追放の延引はまた罪の封印をも意味していよう。この点イオカステが自裁せず生き延びているのと軌を一にする）。いまオイディプスは新しくテバイの王となったクレオンの命令で祖国から追放される。

わたしはあなたがこれ以上この土地に住むことを禁ずる。／それはテイレシアスがはっきりと言ったからだ、／あなたがこの地に住むとこの国のためによろしくないと。（一五八九—一五九一行）

ただ二人の息子の死後まで追放が延引された理由は不明である[1]。

オイディプスの追放が二人の息子の死後にまで延引された結果、アンティゴネは兄ポリュネイケスの遺体の埋葬、またハイモンとの結婚、そして父オイディプスの逃避行に同行することのいずれかを選択しなければならなくなる。彼女は三番目を選択する。ソポクレスが問題とした兄の埋葬問題は、エウリピデスでは取り上げられない。エウリピデスは埋葬問題のソポクレス流の取り上げ方（国家の法vs.神の法）は意図しなかったのである。それよりは、事ここに至っては、オイディプスの国外追放に同行することを優先させたのである。

しかしオイディプスがこうして舞台に登場することによって、テバイのオイディプス一族の全員が、その一族の没落にまつわる一連の事件をそれぞれ分担して担うかたちで顔を揃えることになる。そのためにはオイディプスは国外逃亡を延ばさざるをえなかったし、イオカステは死ぬことを延ばさざるをえなかったのだ。これは一つの家族の問題を描く劇である。[2] その家族の問題の中心は二人の兄弟による家督相続争いである。そしてそこへ至るまでの経緯とそこから発生する問題に一族の面々がそれぞれに関わりを持つ。

イオカステ（とライオス）の過ちに始まりオイディプスによって増幅された一族の禍が、エテオクレスとポリュネイケスの争いと死、イオカステの自死、そしてオイディプスの国外追放によって幕を閉じる。その一連の出来事が観客の眼の前を通過してゆく。[3]

五、パノラマ

パノラマ panorama という言葉がある。「連続して展開する光景」といった意味である。ギリシア語で「光景」を意味するホラーマ horama に「すべて」を意味する接頭辞パン pan（これも元はギリシア語の形容詞 pas に由来する）が付いたものである。

（1）Conacher はこの延引もエウリピデスの伝承に対する改新であるとしている（p. 229）が、その明確な理由づけはしていない。Kitto も同様である（p. 373）。

（2）Cf. Mastronarde, p. 7. ここで Mastronarde は劇全体にわたるモチーフとして「親族 Kinship」という概念を挙げる。また Rawson は作中でのオイディプス一家の親子兄弟の親密な関係を指摘し強調している。Cf. Rawson, pp. 109 ff.

（3）Cf. Podlecki, pp. 372-373.

劇場の観客は舞台上に「連続して展開する光景」を見る。しかし彼らはいわゆるパノラマを見ているわけではない。なぜなら彼らが見る「連続して展開する光景」にはふつうその間に因果関係が構築されていて、連続的であると同時に重層的に展開するからである。パノラマは各場面の展開が重層的ではなく並列的である。

しかし右で概観した本篇はこのパノラマ的要素が濃い。物語を構成する各場面はたがいに関係し合っているが、因果的な発展性には乏しいからである。そこには因果的発展性を保証する統一的なテーマが不分明なのである。(1) たとえば同様に（いや本篇以上に）パノラマ的要素が濃いと一見考えられる作品、エウリピデス『トロイアの女たち』と比較してみるとそれがわかる。

『トロイアの女たち』は本篇と同じく合唱隊からその題名がとられている。そしてその合唱隊の面前で、そしてまた観客の面前で劇の各場面が一見パノラマ的に展開される。舞台は敗戦直後の町トロイアである。ギリシア軍将官の捕虜となった女たちカッサンドラやアンドロマケがギリシア行きの船に乗り込む前に、各自の惨状を縷々述べる。しかし各場面には老王妃ヘカベが必ず付いていて、彼女らの嘆きを聞きとめる役割を果たしている。それは劇の統一的テーマを担う象徴的存在と見なしてよい。ではその統一的テーマとは何か。これは劇冒頭のプロロゴスにおけるポセイドンの予告（ギリシア軍の帰路での難破）(2) とも関連するが、勝者ギリシア軍の驕りに対する敗者の側からの告発である。カッサンドラやアンドロマケたちが登場する各場面はその告発状の証拠資料であると言ってもよい。それを端的に示す一事件が劇中で起きる。アステュアナクスの処刑である。頑是ない幼児殺害に対して祖母のヘカベが強烈な告発の言葉を発する。

おまえの墓に詩人はいったい何と書きつけようか、／「そのむかしギリシアの武士《もののふ》ら、この子を恐れるあまり
殺戮せり」／とでも？　ギリシアにとってはいい恥さらしの文句じゃ。　（一一八九―一一九一行）

劇は一見各場面の羅列に見えて、その内部に「告発」という劇を一貫する重いメッセージを秘めている。この点で本篇と様相を異にするのである。

本篇でも、プロロゴスに登場したイオカステの口から「オイディプスの呪い」による二人の息子の闘争と死が告げられる。(3) 劇の近未来を告げるという点では『トロイアの女たち』のポセイドンの予告と同列である。しかしそれが神の予告ではなくまたオイディプス本人の口から発せられたものでもないところに、前者ほどのインパクトはないと言わざるをえない。イオカステの口を借りて出たその言葉は、統一的テーマとなり切

（1）この点はConacher（p. 230), Kitto（p. 373）もつとに指摘している。

（2）「愚かな奴らよ、城市を攻略し、／神殿と死者を祀る神聖なる菩提所を荒らしまわったあげくに、／今度はおのれの身を滅ぼすことになろうとはな」（九五一―九七行）。

（3）この呪いは国外追放の身となったオイディプスを助けようとしない息子たちへの呪い（アポロドロス『ビブリオテーケー（神話集）』三・五・九）あるいはポリュネイケスによる追放への呪い（ソポクレス『コロノスのオイディプス』一三五四行以下）、すなわち父親の不幸を等閑視しながら家財産は受け継ごうとする身勝手で冷酷な息子たちの措置への恨みゆえの呪いと解される。ただし本篇ではオイディプスはまだ追放されず館内に留まっている。それはオイディプスも家族の肖像を描くこの劇に一族の一員として顔見世する必要があるからだが、呪いの状況はいかにも中途半端で不徹底である。ちなみに「呪い」を劇の統一的テーマと見るのはGrube（pp. 354, 370)。またFergusonはこの「呪い」を同時上演の『オイノマオス』、『クリュシッポス』と共通する統一テーマと考える（Ferguson, p. 432)。

るには力が弱いのである。[1] しかも「呪い」はエクソドスで「嘆き」に代わってしまった。

さらに本篇では二人の息子の闘争と死の他に、メノイケウスの死、テバイ攻防戦、ポリュネイケスの遺体をめぐるアンティゴネとクレオンとの遣り取り、オイディプスの嘆きの場など、「オイディプスの呪い」という枠組みから厳密な意味で外れる事象が多々描かれる。そして、繰り返すが、それぞれの場面は並列的にただ配置されているだけで、重層的な展開になりえていない。そこではたがいの因果関係は希薄である。いや内的、有機的関係性が断絶していると言ってもよい。たとえば、エテオクレスは戦場に出陣し弟との一騎打ちで死に果てるが、その間テバイの勝利を約束するメノイケウスの犠牲死は知らぬままである。また息子メノイケウスの死を嘆くクレオンにはエテオクレスとポリュネイケスの一騎打ちの結果の情報は入っていない。さらに一騎打ちによる二人の死はテバイ攻防戦の帰趨に関係せず、戦争を終結に導くことはできない。あるいはまたアンティゴネとポリュネイケスはポリュネイケスの死まで両者が劇中で遭遇することはない。[2] いずれも一つの物語を統一的に構成する上で杜撰な連携ミスと言わざるをえない点である。これは作者が各場面を提示することに急なあまり、全篇を貫く有機的な筋書きを書き忘れた（!）ことによるものだろう。

こうした中で、しかし本篇が古代から人気作品であったことを考慮して、作品を魅力あらしめる何らかの劇概念を抽出しようとする向きもある。その一つが「アンティゴネ像の変容」である。それを劇中人物の成長と捉え、そこに劇の存立理由を見ようとするのである。[3] アンティゴネは二人の兄、そしてまた母イオカステの死を経験することによって頑是ない乙女（プロロゴスのそれ）から精神的に成熟した一個の人間（オイディプスの放浪の旅に同行を決意するエクソドスのそれ）に成長したのであると見るのである。これは一つの見解である。しかしどうだろうか。

一方でまた如上のアンティゴネ像が示す二面性は、そのまま性格の破綻（それはそのまま作者の人物造形の破綻を示す）であるとも見えないこともない。たしかに近親者の死に遭遇したことがアンティゴネに人間的成長をもたらすということは考えられないことではないけれども、それを成長と捉えるのはいささか拙速にすぎよう。人間が「成長する」ためには、ふつうもう少し時間がかかるものである。それは異常な体験が引き起こした彼女の、彼女が有するもう一つの人間的側面の喚起あるいは覚醒という方が当たっている。これを破綻と言ってしまえばあるいは語弊があるかもしれない。ただ作者は劇の冒頭では頑是ない少女アンティゴネの姿を提示することを欲したが、劇の最後になってそれとは違う自立した一個の人間アンティゴネを提示せざるをえなかったのである。それはオイディプスをテバイに長く滞留させたために劇の最後になってその国外追放という処置をとらざるをえず、それゆえ伝承に従って彼に同行するアンティゴネ像を提示する必要があったからにすぎない。盲目の放浪者の道案内役が頑是ない少女では困るからである。

このように本篇には首尾一貫した統一的な人格を保持しえていない登場人物が少なくない。イオカステを

(1) プロロゴスが二つに割れている点（このあとパロドスまでの間にイオカステの独白とまったく趣を異にするアンティゴネと守り役の場が介在する）も、統一テーマ樹立にとっては弱点となろう。『トロイアの女たち』のプロロゴスも話者はポセイドンだけではなく、それに遅れてアテナも加わるかたちになっているが、その言わんとするところはギリシア軍非難で両者一致している。
(2) Cf. Mastronarde, p. 10.
(3) 安西、三八五頁以下参照。

想い起こそう。彼女が二人の息子の仲裁役として登場するのは優れた新機軸といってよいが、そしてそこには見事な母親像が示されているが、その代わり彼女はオイディプスとのあいだの秘密（母子相姦）が露見したあとも、恥知らずにも（！）生き続けなければならなかったのである（その件について、つまりその罪の意識については、彼女は口をつぐんでいる。この沈黙を合理的に解釈し説明することは難しい）。

テバイに長期滞在し続けているオイディプス像もそうである。ソポクレス（の『オイディプス王』）から知るわたしたちのオイディプス像は、秘密露見後罪の意識に苛まれつつ眼を潰しかつ苦悩に満ちてはいるものの、自らの意志で逃避行に出ようとする不羈独立の人間像である。本篇の作者エウリピデスは観衆にその残像があることをおそらく承知の上で、それとは対照的な息子たちに虐げられて館内に幽閉され続ける屈辱的なオイディプス像を、そしてまたその処置を恨み息子たちに呪いをかけるという高貴さを置き忘れた惨めなオイディプス像を提示した。眼を潰すことによっておのれの罪の償いをする姿を見せたのもつかの間、逃避行への出発の時機を逸したオイディプスは、おそらくはその意図に反して、惨めな姿を晒さざるをえなかったのである。そしてそれはオイディプスを、その一族の没落の時に合わせた「顔見世」に登場させたいがための措置だったのだ。カドモスの裔の一族が祖国テバイ存亡の時に揃って顔を見せるために、時の前後でその人間像のあいだに生じる不自然さや不整合性は承知の上で、作者はその全員を劇中に配置したのである。それが本篇の劇を成立せしめるさまざまな場面となった。

本篇に付けられたヒュポテシス（古伝梗概）の一つにこうある。

この劇は舞台の見栄えという点では優れているが、あれこれ詰め込みすぎるところがある。城壁の上から「城外を」眺めるアンティゴネは劇の構成要素たりえていないし、ポリュネイケスが休戦して姿を見せるのも無意味である。何よりもオイディプスがお喋りっぽい歌とともに追放されて行く姿はまったく必然性がない(1)。右で「あれこれ詰め込みすぎるところ」と訳したのは parapleromatikos という語で「追加、補充、間に合わせ、場塞ぎの」などの意味である。後に続くアンティゴネの場以下の場を指すと思われる。しかしこれは冒頭の「見栄え」の要素の列挙であって、「無意味」でも「必然性がない」わけでもない。全体を統一するテーマが明確にされていれば、それに対して「無意味」であったり「必然性がない」と言えたりするだろうが、いま右で見たとおりわたしたちはそうしたテーマを見つけられなかった(このヒュポテシスの筆者もそれを明示していない)。本篇はさまざまな人物と場面を(その間の不整合を承知で)満載した「見栄え」のよい劇であるということでじゅうぶんなのである。パノラマ劇と言うゆえんである。

(1)「ヒュポテシス(古伝梗概)」三参照。

『オレステス』を読む——知と連帯

一、オレステス像の変容

エウリピデスは、オレステスという人物が登場する作品（断片ではなく完成したかたちのもの）を四つ残した。『アンドロマケ』、『エレクトラ』、『タウロイ人の地のイピゲネイア』、『オレステス』である。『アンドロマケ』を除く三作品は、いずれも詩人の最晩年に、かつ時代を接して書かれたものであり、アトレウス家の悲劇に材を取り、しかも母親殺害とその後の状況を連続して描いている点で、アイスキュロスの『オレステアイア』三部作ほど密接ではないにしてもたがいに有機的な関連をもっているといえるものである。しかし単に物語の連続性ということ以上にこの三作品には共通項が見出される。それはピリアー（友情あるいは血縁、また連帯感）の概念であり、アポロンの神託に対する非難であり、オレステスの人間としての弱さ、主体性のなさであり、かつまたオレステスの生命への執着の強さである。

『オレステイア』三部作においてアイスキュロスが描いたオレステスは、共同体の正義という一つの規範に則って主体的に行動する自己肯定的な像であり、またアポロンの絶対的な帰依者でもあった。たとえば母親殺害後の裁判の席で彼は次のように言う。「ええ、ここまで来たこの身の成り行きを後悔はしていません」(『慈しみの女神たち』五九六行)。また「このとおり、わたしはやりました。そのことは否定しません。/でもそれがあなた〔アポロン〕の御心に照らして正しいことなのかどうか、/この流された血潮の判定をお聞かせください、ここにいる人たちに言ってやりますから」(同六一一—六一三行)。ここにはある意味で非常に健康な、疑いを知らない魂がある。

一方、同じオレステス伝説に取材したエウリピデスが創造したオレステス像は、アイスキュロスのそれとは対照的な姿を示している。そこでは、母親殺害という行為はアポロンの命令によって〝心ならずも〟なされた行為であり、結果の重大さにおののくオレステスの口からはしばしば神託への非難が漏れる。たとえばオレステスは次のように言う。「悪いのはこのお方〔アポロン〕であって、ぼくではありません」(『オレステス』五九六行)。

この対照的なオレステス像は、一つにはアイスキュロスの場合、「咎めには咎めが帰る」(『アガメムノン』一五六〇行以下)という古くからの因果応報の正義の観念が法の正義へと包摂され移行する段階をオレステス伝説に托して描いたのに対して、エウリピデスの場合、法の正義に基づくポリス社会が崩れていくなかで、すでに何ら確固たる規範をもたない一個人を捉えて描いている点に起因すると言ってよい。すなわちエウリピデスはオレステスを扱った三作品において、母親殺害という行為の倫理的あるいは法的是非、およびそれに伴う法廷論争よりも、その行為が彼の心中に喚起する内面の葛藤を描写することを重視したように思われる。その意味で、たとえば『オレステス』の場合、母親殺害直後に劇の場を設定したことはきわめて意図的だった。

二、シュネシス（知）

エウリピデス『エレクトラ』においてすでに見られたように、オレステスは母親殺害後自責と後悔の念に苛まれる姿を見せる。彼を覆うこの重苦しい雰囲気は、殺害直後に場を設定された本篇『オレステス』にもそのまま持ち込まれる。

劇の冒頭、オレステスは二つの危機に晒されている。魂の危機と生命の危機である。母親殺害後瞬時にして彼に取り憑いたエリニュス（復讐の女神）たち、その迫害によって生じる狂気は彼を心身ともに消耗させずにはおかない。また母親殺害という行為は、一方で国中の憤激と非難を買う結果となり、彼は今日にも石打ちの刑を受けて死ななければならない。処刑という生命の危機と、狂気に象徴される魂の危機、二つの危機に打ちひしがれた彼には、外面的にも内面的にも安らぎはない。事態は切迫し、彼は追いつめられている。こうしたいわば八方ふさがりの危機的状況から劇は出発する。この危機をオレステスがいかに脱出し、超克していくか、彼の精神と行動の遍歴、その展開がこの劇の主要な流れとなる。(1)

まず魂の危機について述べたい。狂気に象徴されるオレステスの魂の痛みは、三八〇行以下のメネラオスとの対話の中で心情告白というかたちをとって示されるが、いわゆる魂の危機は次の三行に要約される。すなわちオレステスは、「どんな病毒がおまえを苦しめるのだ」と問うメネラオスに対して、「大それたことを犯《や》ったということを知っている、このシュネシス［意識］」（三九六行）と答え、また「とりわけこの身を責めるのは胸の苦しみ」（三九八行）、次いで「そして狂気、母の血の怨みの」（四〇〇行）と答える。彼を苦しめるものに、単に狂気の発作だけでなくシュネシスがある。この「シュネシス（知ること、意識）」という言葉に留意したい。

エリニュスたちの迫害による狂気の発作が、あるいはエリニュスというキャラクター自体が魂の痛み、苦悩を象徴的に示すものだとすれば、それはすでに前記のアイスキュロスにおいても見られた。しかし本篇では、狂気とともにシュネシスがオレステスを苦しめる具体的原因として挙げられている。アイスキュロスにおいてエリニュスというかたちをとり、いわば擬人化され象徴化されたものが、ここではオレステス個人の内面に踏み込んでより明確に描かれている。

これは二人の詩人の劇作法の相違だけに起因するものではない。アイスキュロスにおけるがごとく、共同体の正義という枠内で自己の意志と行動とが見事に一致し、神託の絶対性に全幅の信頼を置くオレステスが、母親殺害に関して「身の成り行きを後悔はしない」と言うのは当然であり、また「後悔しない」と言う彼がシュネシスという意識をもちえないのも当然である。そこでは個人の意識よりも共同体の正義が優先されているからである。

---

(1) エウリピデスは、アイスキュロスにおいては問われなかった〈生命の危機〉――市民らによる石打ちの処刑――という状況設定を本作品において創作した。この〈生命の危機〉からの脱出はもちろんこの劇の大きな目的である。しかし同時に、〈魂の危機〉も問われていることが看過されてはならない。

エウリピデスにおけるオレステスには、この共同体の正義という個人を超えて存在する絶対的な概念はもはや存在していない。しかもまた、たとえその行為が外的な規範に照して妥当性を欠くとしても、主観的には自己の行為の有意性を信じさせるに足るだけの行為への情熱——たとえばパイドラやメデイアのような——それもまた彼にはないと言わなければならない。「恐ろしいことをやろうとしているのだ。でも——それが神々の意にかなうのなら、／そうなるがよい。だがそうは言っても、これはぼくには辛い闘いだ」（『エレクトラ』九八六—九八七行）という言葉どおり、母親殺害という行為は心ならずもなされた行為だった。行動を起こすための論理、あるいは情念が欠けているにもかかわらずなされた行為である。つねに自己の行為に疑いの眼を向けざるをえず、さりとて神に絶対的な信頼を寄せることもできないオレステスが、母親殺害後「悔いはしない」と言いえないことは当然だろうし、だからこそ彼はシュネシスという意識に達しえたのだと言えるだろう。

しかしアイスキュロスにおけるオレステスも母親殺害に関してつねに平然としているわけではない。自己の行為への自信とアポロンに対する絶対的信頼の背後には、ある瞬間精神的なアメーカニアー（躊躇、恐れ、自責の念）がほの見える。[1] この点エウリピデスにおけるオレステスと通底するところがある。だがアイスキュロスにおけるオレステスのこのアメーカニアーが、躊躇とか恐れといった感覚、情念の世界に単に精神的なアメーカニアーとして止まるものであるのに対して、エウリピデスはこのアメーカニアーをシュネシス（知ること）という言葉でもって、一つの認識として規定した。[2] このシュネシスは、一つの、なされた行為自体から生じたオレステス自身の純粋な経験認識である。したがってそれは共同体の正義という外的な規範、あるいは神託などの介在を許さない、純粋にオレステス個人の独立した赤裸々な自覚の精神であると言える。また、オレステスには、このシュネシスが自己を苦しめているというはっきりとした意識がある。[3] 大それた

(1)『供養する女たち』八九九行に「ピュラデス、どうしよう。母親殺しは憚かるべきだろうか」とある。また一〇二三―一〇二五行には母親殺害後の不安定な心理状態が表明されている。

(2) Snell は、シュネシスをモラル・アメーカニアー（道徳的無力）として捉え、メデイア、パイドラ以来のこのモラル・アメーカニアーを『オレステス』においてはじめて詩人はシュネシス（良心 conscience）と命名したと述べている（Snell, p. 48）が、これはアイスキュロスと比較したいまの場合も同様に言えることだろう。すなわちアイスキュロスでは単なる精神的なアメーカニアーであったものが、『オレステス』においてはじめてシュネシスとして認識されたのである。ただし、シュネシスが moral なアメーカニアー、つまり conscience であるかどうかは意見の分かれるところである。三九六行の訳を二、三列挙してみると、⑴ Ma conscience. Je sens l'horreur de mon forfait（Budé）、⑵ La conciencia, por la cual comprendo que he cometido una acción horrible（Gómez de la Mata）、⑶ I call it conscience. The certain knowledge of wrong, the conviction of crime（Modern Library）、⑷ To know. I have wrought a fearful deed（Loeb）、⑸ Die（späte bzw. zu späte）Einsicht richtet mich zu Grunde（die darin besteht）, daß ich mir bewußt bin, Schreckliches, Frevelhaftes begangen zu haben（Biehl, S. 46）、⑹ my intellect — I am conscious of having done awful things（West）。また Di Benedetto は、行の後半部を顧慮してこのシュネシスに内省的な意味（valore introspettivo）を与えてシュネイデーシス *συνείδησις*（良心）に近い意味に解そうとしている（Di Benedetto, pp. 85–86）。この三九六行全体では、罪の意識というか、内省的な感情が込められていると言えるかもしれない。しかしシュネシスは、この言葉の元の意味がそうであったように、ここでは「知ること」という意味にとりたい。それは、後悔とか良心という倫理的な要素も含み込んだ上での一つの認識ということである。「知ること」が「痛み」であるといったような。この意味で右の訳のうちでは、⑷⑸⑹が適当であると思われる。Rodgers（pp. 241–254）、Willink（ad 396）の見解もわたしたちの立場に近い。

(3)『オレステス』三九五、三九六行。

ことを仕出かしたということを知っていること――自意識、およびその自意識がまた自分を苦しめるということを認識していること、この二重の認識がオレステスを他のいま一人のオレステスと区別していると言えるだろう。

人間の尊厳を示すこの自覚の精神はオイディプスを想い出させる。オレステス同様の異常な行為を犯したオイディプスは、しかし次のように言う。「数かずの苦労、これまで過ごした長い年月、／さらには生まれついての気高さが、わたしに辛抱することを教えたからだ」（ソポクレス『コロノスのオイディプス』七―八行）。ここには、自己の運命を呪いながらも受難に敢然と耐えていく高貴な精神が窺われる。しかし一方のオレステスには、たとえ結果がいかに辛いものであろうとも甘んじてそれを引き受け、その重荷に耐えるという感情はついに生まれてこない。むしろ母親殺害を示唆したという理由で全責任はアポロンへ転嫁されてしまう。彼にあっては、死を賭しても現在の不幸を敢然として受け容れるという精神の尊厳よりは、むしろ〝生き延びる〟ことが第一義であるように見える。

かくしてメネラオスとの対話は、シュネシスという言葉に象徴される自覚の精神、精神の独立はついに追求され深められることなく、助命嘆願に終始するのである。メネラオスに託された希望は死刑を免れるためのものである。すなわち、メネラオスはオレステス（およびエレクトラ）の生命の危機だけに対する救い主として想定されていると言えるだろう。最初述べた二つの危機のうち、シュネシスに象徴される魂の危機については、その救出の望みはメネラオスに託されていないのである。そしてメネラオスにもその力はないと言わねばならない。なぜならば、物理的にはいかに有力な（現状はそれも危ういのだが）スパルタ王であり、また彼にその意志があったとしたところで、それは他人の力によってはとうてい救うことのできないオレステス個人の内面の問題だからである。この魂の危機の救出は、現在の不幸を生み出した元凶である（とオレステスが思っている）アポロンに求められている。[1] しかしこれは可能だろうか。

三、ピリアー（連帯）

生命の危機およびそれをいかに超克するかについて、いますこし述べたい。

シュネシスという言葉と対比的に用いられているのは、ソーゼイン（救う）、ソーテーリアー（無事）、メー・タネイン（死なないように）、プシューケーン・ディドナイ（命を救う）あるいはこういった言葉を補足するエルピス（希望）という言葉だろう。これは生命の危機からの脱出への願望、生への意思を示すものと考えられる。これらは一貫して劇中に散見される。たとえばすでに冒頭のエレクトラの独白の中で、「けれどまだわたしたちには死なずにすむ（メー・タネイン）かもしれないという希望（エルピス）がある。／というのは、メネラオスさまがトロイアからこの地へお帰りになったからです」（五二―五三行）とエレクトラは

(1)『オレステス』四一四、四一六行参照。三八〇行以下のオレステスの窮状説明の場は大きく二分される。三八〇―四二六行までの前半は魂の危機の表明であり、その救い主としてはアポロンが想定されている（四一四―四一六行）。四二七行以下の後半は生命の危機の説明であり、その救い主としてはメネラオスが想定されている（四四八、六六二―六六三行）。

言っているし、また六六二行以下でオレステスはメネラオスに対して「ぼくの命は不幸な父上に免じて救って（プシューケーン・ディドナイ）くださらなければなりません。／［それに長いこと処女《むすめ》のままでいる姉の命も。］」（六六二—六六三行）と言っている。また終局近く、ヘルミオネに剣を突き付けたオレステスはメネラオスに対して「おれたちを殺さぬようにと（メー・タネイン）。町にそう頼むのだ」（一六一一行）と言っている。こうした言葉の頻出は〝生きる〟ということ、つまり生命の危機からの脱出がこの劇のいま一つの大きな目的であることを示している。この意味でこの作品もまた、『ヘレネ』、『タウロイ人の地のイピゲネイア』、『アンドロメダ』などと共通した、いわば危機脱出をテーマとする作品群に属するものだと言えるだろう。

しかし本篇においては、危機からの脱出の過程がより複雑化している。脱出が単に生命の危機からの脱出だけにとどまらず、いかにして魂の危機を免れるかという点も同時に顧慮されなければならないからである。さらにまた、生命の危機からの脱出だけに限っても、脱出成功に至る過程には一度ならぬ希望と挫折が繰り返されなければならないからである。メネラオスへの助命嘆願の期待が裏切られたのち、民衆裁判における敗北、そしてメネラオスへの報復のための謀略の行使、と段階を踏まなければならないからである。

さて、いかにして生命の危機を脱出するか、そのための種々の試みの背後にあるものを、わたしたちはピリアー（友情、連帯、仲間意識）という概念で捉えたい。ピリアー、それにピロス（親しい友人、仲間）という言葉もまた劇中に頻出するのである。まずオレステスをしてメネラオスに助命嘆願させる。その根本には彼らがたがいにピロス（甥と叔父という血縁）であるという感情が作用している。次に、オレステスとピュラデスが共同して民衆裁判に当たり、あるいはメネラオスへの報復作業に当たりうるその根底には、二人がピロス（友人、仲間、同志）であるということが作用している。

しかしながらこの二つのピリアーはその内実でたがいに相異なる。オレステスとメネラオスのあいだのピリアーと、オレステスとピュラデスのあいだのピリアーとは本質的に異なるものなのである。メネラオスはオレステスにとっては身内（叔父）であり、その上ヘレネひいてはトロイア戦争をめぐって父アガメムノンから多大な恩恵を蒙っている男でもある。それゆえオレステスは、「そこ［トロイア］であなたが［父から］受けたのと同じものを／ぼくに返してください」（六五五―六五六行）と要求すると同時に、「逆境にあるときこそ身内の者はたがいに助け合うべきなのです」（六六六行）と迫る。これは、恩義という概念、あるいは強い血縁関係に基づく伝統的なピリアーの概念と言ってよい。

一方オレステスとピュラデスとのあいだのピリアーはこれと対立するかたちで示される。それはメネラオスの卑劣さと対照的な〝美しい友情〟であるといえる。加えてピュラデスは、オレステスにとって「腹をうち割った間柄《なか》」（八〇五行）であると同時に、「じっさいぼくも一緒にやったんだからな。何もしなかったとは言わんぞ」（一〇八九行）と言うとおり、オレステスの母親殺害を計画し協力した共犯者でもあり、またそのために父親によって故国ポキスを追われた身でもある。さらにまたピュラデスにとって、未来の花嫁であるエレクトラを確実にわが物とするためには、エレクトラひいてはオレステス救出に加勢することが必要である。二人を救出することは彼の利益と一致するのである。ここには血縁とは無関係の、利害損失が一致する共犯者意識、連帯感情があるといってよいだろう。

メネラオスは、テュンダレオスによってスパルタの王権を脅かされており、オレステスを救うかスパルタの王権を守るかの二者択一を迫られる。さらにメネラオス、オレステス両者の関係の背後には、アルゴスの支配をめぐる対立も読み取れる。けっきょくメネラオスはオレステスを捨て、二人のあいだのピリアーは破れることになるが、それはメネラオスの性情の卑劣さのみによるのではない。それは、利害の一致しない二人のあいだにはピリアーはしょせん存在しないということである。そこではオレステスが血縁による恩恵を求めること自体、ないものねだりにすぎない。メネラオスの性情の卑劣さのみを責めることに急であってはならない。彼もまた、生きるためにその利害意識に従って自らの行動を選択しただけなのである。

つまりこうした二人のあいだのピリアーの破綻は、血縁関係あるいは恩義という概念に基づくピリアーの否定を示している。むしろここには、血縁関係が介在することを拒否する新しい人間関係、利害に基づく連帯関係、党派心ともいうべきものが見られると言ってよい。トゥキュディデスが言うように、党派というものは、「既存の法に支えられずに、掟に違反して利欲によって成立していた」（『歴史』第三巻八二）[1]のであるから、そこでは「進んで決然と大胆なことを敢行するようになったため、その結束が強化し、血縁の絆の方は疎遠なものとなった」（同）のもけだし当然である。

メネラオスに託された生命の危機脱出への期待は破られた。メネラオスとのピリアーが破綻を来したいま、オレステスは生きるためには新しい連帯関係であるピュラデスとのピリアーに頼らざるをえない。あらゆる行為を起こすにあたって、つねに他人の助力なしにはなしえないオレステスという、すでに『エレクトラ』や『タウロイ人の地のイピゲネイア』に見られたと同じパターンがここでも現われる。レスキイは「メネラオスの裏切行為がオレステスの生への意志をかきたてた」[2]と言うが、それもピュラデスとの強力なピリアーあってのことだろう。民衆裁判の場における献身的な友情、またヘレネ殺害の計画において、あるいは決行前の祈りの場において見せるピュラデスの強い指導性は、メネラオスの言辞行動ときわめて明確な対照を示している。このいわば同志意識に基づく一党派が、利害の一致しない他党派に向かうとき、その行為は苛烈を極める。「あらゆる方法で相互に勝ち残ろうと競争し、最も恐るべきことを敢行することになった」とトゥキュディデスが言った（同右）、そのとおりである。弱々しい嘆願者であったオレステスは、ピュラデスによって変身する。敵への復讐に燃えた彼の姿は、プリュギア人の奴隷によって「獅子」とも「猪」とも形容されているが、それはあの、「大それたことを犯《や》ったということを知っている、このシュネシス［意識］」（三九六行）と言ったオレステスときわめて対照的な姿を示してる。そして人質ヘルミオネに剣を突き付けた彼は、メネラオスに向かって叫ぶ、「おれたちを殺さぬようにと。町にそう頼むのだ」（一六一一行）と。これは脅迫であるとともに嘆願であるが、このあくなき生への執念はついにアポロンを呼び出す。

四、デウス・エクス・マーキナーの皮肉

当初、オレステスは命の危機からの救出をメネラオスに、魂の危機からの救出はアポロンに想定していた。

（1）このトゥキュディデスの記述はケルキュラ内乱の描写に関連して書かれたものであるが、考察はむしろ一般的普遍的であり、広くペロポネソス戦役下における社会状況、ひいては人間の本性に対する透徹した分析と言えるだろう。訳文は藤縄謙三訳を使用させていただいた。

（2）Lesky, S. 240.

メネラオスへの期待は破れた。ではアポロンは彼の魂の危機の救い主となりうるのだろうか。本篇におけるデウス・エクス・マーキナー（機械仕掛けの神）は、事件の結果に対して神の立場からいわゆるモラル・ジャッジメントを加え、対立する人物相互の誤解や秘密の解明にあたるといったものとは異なり、それなしには決着がつかないというドラマの筋立て自体の行き詰まりを打開するもの、と言ってよい。そこに託されているものは、モラル・ジャッジメントではなく、ただ神のみがもちうる超人的な力（パワー）である。ゆえにそれは、オレステスとメネラオスとのあいだの対立を回避し、オレステスの命を救うには効力があるが、その心の悩みを救う力はない。エリニュスたちによる審判は将来に持ち越される。このことは、オレステスの魂の危機はまだ続くことを示している。オレステスがアポロンに求めた魂の危機からの脱出は成功しないのである。むしろ皮肉なことに、魂の危機の救い主として想定されたアポロンは生命の危機を回避すべく作用するのである。

彼によって、死刑判決を下した町との和解が成り立つ。生命の危機は回避される。しかしながら魂の危機のほうは神アポロンによっても救われえない（おそらく将来においても）。けだし当然と言わなければならないだろう。なぜならば、シュネシスという魂の危機はアポロンによってもたらされたものではなく、母親殺害という事実行為自体から生じたオレステスという人間個人の精神の問題だからである。逆に言えば、神によっても救われえなかったという事実は、シュネシスという精神上の問題は純然たる人間オレステス個人だけに関わる問題であるということ、神すらもそこに介入しえぬものであるということを示している。したがって魂の危機脱出をアポロンに期待すること自体、ないものねだりだった。オレステスは人間独自の自立する精神を持っている。

生命の危機を回避することによって、劇はそのいちおうの目的を遂げる。対立は一転して和解へと進み、事態は収拾される。「劇は喜劇的要素の濃い終わり方をする」(アリストパネス・ヒュポテシス)のである。だが魂の危機は回避されたわけではない。それは依然として続く。エリニュスたちの迫害、狂気の発作はこののちもまだ続くことが予想される。そして何よりもシュネシスという魂の痛みは、おそらく死に至るまで続くだろう。たとえエリニュスたちによる審判が下っても。そういう魂の痛みを背負ったオレステスにとっては、生きることは苦しむことである。激しい生への願望は達せられたけれども、そのことが逆に彼を苦しめることになるのである。その意味で、本篇のデウス・エクス・マーキナーはきわめてアイロニカルである。

五、小市民オレステス

前四一五年を境に、エウリピデスは一つの転換をしたように思われる。パイドラやメデイアなどの行為の要因がエロース(恋)とかテューモス(怒り)という言葉で表現されるように、行動における主体的精神のあり方において前四一五年以前の作品およびその登場人物たちは、いわば能動的であり、以後の作品および登場人物たちは「逃げる」という行為に象徴されるように、受動的である。

『オレステス』もまたこの逃亡の系譜に連なる。策略を弄して危機を脱出するというテーマは、『タウロイ人の地のイピゲネイア』、『ヘレネ』などと共通する。しかし『オレステス』の場合、その逃亡は単なる浪漫的な逃亡ではない。ひとまず生命の危機は脱したけれども、魂の危機は救われないまま、その痛みを抱きながらまだパラシア、アテナイと逃亡を続けなければならない。喜びにあふれたデウス・エクス・マーキナーの場で、オレステスはアポロンに向かってふと漏らす、「だがわたしは、復讐の女神の言う言葉をあなたのお言葉と／聞き違えているのではあるまいか、とも恐れております」（一六六八―一六六九行）と。これは救われきれずにまだ彼の心に巣喰っている不安、苦悩、魂の痛みの表明であるとともに、前途多難な将来への予言のように思われる。シュネシスという精神の重荷を背負って絶えず逃げていかなければならない不幸。生きることは苦しむことだと知りながらなお生きるために逃げていく苦悩。それは逃げることが痛みとなってはね返ってくる逃亡である。

シュネシスという、彼を彼の内部から凝視してやまない眼を意識しながら、しかし彼はそれに殉じ切ることはできなかった。オイディプスのように、耐えることによって人間の精神の尊厳を示すといういわゆる英雄的振舞いはオレステスには無縁であった。むしろ劇の大半は生命の危機をいかに回避するか、その曲折した過程の描写に割かれていたのであり、そこに特徴的に描かれていたのは、とにかく何とかして生き延びたいという生への執念、それを支えるピリアーすなわち新しい連帯意識であった。そこに見られた欲望充足のためのアナーキーな闘争は、トゥキュディデスに拠るまでもなくきわめて当世風であると言えるだろう。アテナの主催する裁判の席で合法的にオレステスの無罪を決定したアイスキュロスの場合と違って、民衆裁判で民主的に決定した死刑判決を結果的には覆すことになったこのドラマの結末は、いわば反ポリス的風潮を象徴的に示すものであり、普遍の枠が解かれ、理性の統制が乱れたペロポネソス戦争下、それも末期の社会状況がここに如実に反映しているとも言えるだろう。

オレステスは英雄ではない。単に当世風の小市民にすぎない。しかし彼はシュネシスという自立する精神を持つ。シュネシスという自立する精神を持ちながら、それに殉じえなかったところに彼の悲劇があるといえるかもしれない。しかし英雄ならぬ彼には殉じうるだけの力量はなかった。オレステスは生きることは苦しむことだということを知りながら、なお生への執念に燃えつつおそらく終わりのない逃亡を続けなければならない。これこそ英雄ならぬ、いわば当世風の小市民の悲劇といえるだろう。そして詩人の意図も、この小市民の悲劇を書くことにあったのだと思われる。このオレステスの前途にコスモポリタン的な像を予想することも、あるいは可能だろう。

『バッコス教の信女たち』を読む——武具と女衣

一、ディオニュソスという神

テバイの地をいま一つの病いが吹き荒れている。テバイの若き君主ペンテウスは、それを病いと見なしている。彼はこれを邪宗とも言う。バッコス教である。「たまたま国許を留守にしていたのだが」、彼は言う、「いま聞いた、町に新たな禍が出来《しゅったい》したとな。／わが国の女たちがバッコス教とかいういかがわしい宗教に入信して／家を捨て、小暗い山の中をうろつき廻り、／ディオニュソスとか称する新来の神を／歌舞いをして寿ぎ祀っている」（二一五—二二〇行）。この宗教は新来のものでもある。

デュオニュソスという神を盟主とする新しい宗教教団が疾風のようにテバイに侵入してきた。しかもそれは、くだんのペンテウスの言葉に窺えるように、いささかのうさん臭さも持ち合わせているようである。女たちをして家の仕事を放棄させ、山中で狂喜乱舞させるというのである。民政の衝に当たるペンテウスは、この事態に対して何らかの措置を講じなければならない。ここに、ディオニュソス神あるいはバッコス教対テバイ王ペンテウスという対立の図式が一つ浮かび上がってくる。それはどのような色彩を帯びたものなのか、政治的社会的あるいは宗教的対立なのか、あるいはもっと精神的なものなのか、ここではまだはっきりと限定できない。

そもそもディオニュソスとはいかなる神であり、その教義はいかなるものか。またそれはいかなる目的でテバイの地に侵入してきたのか。侵入を受けたテバイ側の反応はどうか。まずプロロゴス（劇の前口上）から見よう。

この劇のプロロゴスは、エウリピデスの他の劇いくつかにその例を見るように、神によってなされる。すなわち先の対立の図式の一方の担い手であるディオニュソス神である。この神は、自分はゼウスを父としテバイの前王カドモスの娘セメレを母に生まれた神ディオニュソスであると名乗り上げる。そしてリュディアをはじめペルシア、アラビア等アジア各地を遍歴し、人々をバッコス教に入信させたのち、いまその姿を神から人間に変えてテバイへやって来たと告げる。来訪の目的はギリシアの人間におのれの神威を示すことにあるが、わけてもギリシアで最初の布教地を故地テバイに選んだのは、カドモス一族の者たちがゼウスの胤という ディオニュソスの神性を疑い、これを誹謗した罰を懲らしめるためだった。かくしていまテバイの女たちは彼ディオニュソスの起こす狂乱に憑かれ、家を捨てて野山を彷徨している。

一方、テバイの地を治める王ペンテウスは、この神を迎え入れようとしない。神に対するこの敵対行為は、人間の増上慢として罰せられなければならない。もしペンテウスが布教活動に対し武力で対抗するならば、ディオニュソス自ら信女たちを率いて抗戦する覚悟であり、そのためにこそ姿を人間に変えているのだ、と語られる。

ディオニュソスの出自、そのテバイへの到来の理由は以上見たとおりであるが、さてディオニュソスとはいかなる神であり。その教義はいかなるものか。バッコス教の信女たちから成る合唱隊が次のように歌う。

喜ばしさ、山中で／激しい狂乱の群から／地上へ倒れ伏すときの。小鹿の皮の／聖なる衣を身にまとい、殺した山羊の／血を焦がれ吸い、生肉を喰らう嬉しさ。（一三五―一三九行）

ディオニュソスの教義の一端がその姿を現わす。狂乱のうちに動物を生きながら引き裂き（スパラグモス）、それを生喰い（オーモパギアー）すること、これは歴史現象としてのじっさいのバッコス教の祭儀でもその主要な部分であった。この行為は狂乱状態にあってはじめてよくなしうるもの、すなわち人間の理性の対極にあるものと言わなければならない。ディオニュソスの教義は、まず非合理的もしくは非理性的なものとして位置づけられる。

ここに「バッコス教」のこの劇における位置がおぼろげながら現われてこよう。それは、アジアより到来した新宗教であり、しかも人間に姿を変えた伝道者ディオニュソスとその信女たちから成る布教集団である。そしてその教義は、狂喜乱舞のうちに非理性的な荒々しい秘儀を伴うものである。

このような新しい宗教の到来、教団の布教活動に対して、それでは到来を受けたテバイと国主ペンテウス、そして市民らの反応はどうなのか。

二、孤独な対決者ペンテウス

それについては、第一エペイソディオン（対話の場）におけるテバイの若き君主ペンテウス、ペンテウスの祖父で前王のカドモス、そして盲目の予言者テイレシアスというテバイを代表する三人の男たちの対話が、その間の状況を雄弁に語ってくれる。

新しい宗教の到来に対する三人の対応の仕方は三様である。まずペンテウスは絶対拒絶の態度を示す。彼にとっては、この宗教は邪宗でしかない。そう認識する背景には、この宗教が性的ないかがわしさを含むものであるとの思い込みがある。「信女の群れの真中に酒を満たした瓶を置き、／めいめい勝手に人目につかぬところへ忍んで行っては／男どもの欲望に奉仕している。／信女として犠牲の仕事をしているというのは口実で、／じつはバッコスならぬアプロディテの祭儀を行なっているというのだ」（二二一—二二五行）と彼は言い、またこの教団の長ディオニュソスを評しては次のように言う、「聞いた話では誰かよそ者が入り込んで来た、／リュディアの地からやって来た幻術使い、魔法使いということだ。／金髪の巻毛の頭は馥郁たる香に満ち、／頬は葡萄酒色で、眼は愛欲の歓びを宿している。／これが昼夜分かたずバッコスの秘儀を催して／若い娘らと交わっていると」（二三三—二三八行）。

伝聞によるこの認識は、バッコス教を正確に捉えていないかもしれない。しかし彼はこう認識したのであり、そして彼はテバイの責任者の地位にある人間であった。それゆえ彼はこの邪宗の伝道者を捕らえ、布教を止めさせ、狂気に誑《たぶら》かされた女たちを山から狩り出さなければならないと考える。女たちが家を捨て性的放縦にふけることは、国の秩序を脅かすものと考えられるからである。ここには彼の個人的な気質とともに、公人（為政者）としての姿が色濃く投影している。ペンテウスの対ディオニュソス意識は政治的様相を帯びている。

一方カドモスとテイレシアスは、いずれもこの新来の宗教を受け容れる姿勢を見せる。まずテイレシアスは言う、「われらは神的存在に対して小賢しい振舞いをすることはしません。／父祖伝来の慣習はわれらが長い時間をかけて獲得してきたもので、／いかなる理屈もこれを覆すことはできません。／たとえそれが深く考えた末に見つけられた知恵であっても」（二〇〇―二〇三行）。

これが彼の、神と人間との関係についての基本理念である。この立場から彼はペンテウスの行為を批判し警告を発する。「そなた、よく舌が廻っていっぱしの考えがあるのかと思わせるが、／しかしそなたの言うことには心が籠っていない。／猪突猛進で、しかも弁が立つという輩は／市民としてよろしくない、理性が欠けているからだ」（二六八―二七一行）。あるいはまたこうも言う、「人間を力で抑えられると思い上がってはいかん。／善いことを考えたと思っても、それは間違った思いつきにすぎない。／考えたなどと思わんがいい」（三一〇―三一二行）と。

すなわち、この世には人間の賢しき理屈（ト・ソポン）の及ばぬ存在があること、人間はたとえ賢者（ソポス）であろうとも、その知の運用を誤れば過ちを犯し国家に害を及ぼすこと、また権力（デュミナス）への過信、思いつき（ドクサ）による行動は厳に慎むべきこと、である。

テイレシアスも賢者である。しかし彼は、自らの知を超える存在がこの世にはあること、その知の運用を誤れば過誤を犯すこと、すなわち人間の知には限界があることを知っている。それゆえに彼は、人間の知を超えるものと彼が考えるこの新しい神を受け容れるのである。

カドモスもこの新来の神を受け容れようとする。そもそも彼は最初この神がゼウスの子であるか否かその出自を疑い、この神の復讐を招来する原因を作った人間だった（プロロゴス参照）。それがいま、「たとえこのお方が、おまえの言うように、真実神でないとしても、／まあそうであるとしておいたらどうだ。嘘でよい、／セメレの子だとしておけ。すると彼女《あのこ》は神さまを産んだことになり、／われら一族全体に箔が付くことになる」（三三三―三三六行）と言い、テイレシアスともども神に帰依することを勧める。「嘘でよい」および「一族全体に箔が付く」という言葉どおり、これは宗教的感情にほど遠い便宜主義的かつ実利主義的な態度である。彼もまたその受容態度は合唱隊の信女の熱烈な帰依とはまったく事情を異にしている。しかしともかく彼らはこの新来の神を受け容れようとするのであり、またペンテウスにもそうするよう忠告するのである。

ペンテウスはこの忠告に従わない。カドモスのこの態度も、テイレシアスの扇動によるものと見なして、予言を業とする彼の占い所の打ち壊しを部下に命じ、一方で邪宗を広める伝道者への弾圧を決意する。

ペンテウスにとって問題なのは、ディオニュソスが神であるか否か、あるいはどんな神であるのかということではない。彼はディオニュソスを神とは捉えていない。邪宗教団の伝道者、魔法師あるいはペテン師と捉えている。むしろこの新来の宗教がテバイの人心に及ぼした影響のほうが問題なのであり、山野に狂気乱舞する女たちをいかに狩り出すかが問題なのである。布教集団として外襲してきたこの新宗教は、彼にとっては力ずくで対決すべき対象であり、秩序への挑戦者、破壊者と考えられる。国主である彼はこれと対決し国土を防衛しなければならない。テイレシアスは力に頼るなと言う。しかし国主であるペンテウスは頼らざるをえない。そうした彼を、テイレシアスは賢しき理屈（ト・ソポン）に毒された者、国家に禍をなす者と見なし、「とうとう気が違われたか」（三五九行）と突き放す。しかし賢しらな人智しか持ちえないペンテウスは新来の宗教を邪宗としか見なしえず、力の場においてしか対応しきれないのである。

テイレシアスの警告は、ペンテウスには届かない。かの便宜主義者にして実利主義者カドモスの存在は、ただペンテウス像の潔癖で頑迷な一面を焙り出すだけに終わる。逆に彼ら二人（の警告）はペンテウスの運命の歯車を悲劇的な結末へ向けて廻転させる役割を担う。

ペンテウスは孤独な対決者となる。

三、知と叡智

カドモス、テイレシアスの登場は、ペンテウス像の陰翳を一段と濃くするのに役立った。ディオニュソスとの対決に逸るペンテウスがなぜそうするのか、テイレシアスは別の角度から照明を当てて示唆してくれたように思われる。すなわち彼は、人間に対する神の存在、賢しらな人智（ト・ソポン）に対する神霊の存在を指摘して、ペンテウスの偏頗な思考を浮彫りにした。こうした偏頗な思考に捉えられた者は、一見分別あるようでいて真に賢いわけではなく、人間を超える存在を認識できない。それは知恵の運用の誤りであり、賢しらな人智の限界だった。テイレシアスは、ペンテウスの神に対する強硬な姿勢にはこの賢しらな人智が介在していることを見抜いたのである。このことは、ペンテウス対ディオニュソスという対立の図式に賢しらな人智（ト・ソポン）とそれを超える存在という側面があることを示している。第一スタシモン（合唱隊唱舞の場）の次の詩句はこの新たな側面をより明確なかたちで示してくれよう。

賢い（ト・ソポン）というのは知恵（ソピアー）ではない。／人間の分を越えたことを考えるのもそうだ。／人生は短い。それなのに／誰が大いなるものを追い求め、／いまあるものでは我慢できないと言うだろうか、／わたしに言わせれば、それは心の狂った人間、／間違った考えの輩のやることだ。（三九五―四〇一行）

これは、布教集団の信女たちから成る合唱隊のペンテウス批判である。そしてこれは先述のテイレシアスの賢しらな人智への批判と相呼応する。

「賢い（ト・ソポン）というのは知恵（ソピアー）ではない（ウー）」。先にテイレシアスによって言及されたト・ソポンがもう一度繰り返される。ト・ソポンはソピアーではないという。この一見逆説的な句の意味は何か。

ドッズは、このト・ソポンを先に挙げた二〇三行におけるト・ソポンと同じ意味合いのものととり、それは信仰に基づく敬虔な知の対極にあるもので、「思案が思案となっていない」ペンテウスのような人間の誤れる知であるとしている。[1] さらにドッズはこれに続けて、「理性（ヌース）が理性を持たぬ」（『アウリスのイピゲネイア』一一三九行）や「美わしからぬ（ウー・カロン）美わしきこと（ト・カロン）」（『オレステス』八一九行）といった例を挙げて、こうした逆説的な表現形式は、トゥキュディデスの指摘（『歴史』第三巻八二）に見ら

（1）Cf. Dodds（1960）, p. 121.

れるとおり、伝統的な価値観が急速に変容していく時代に独特の産物であると言い添えている。[1] ただもちろん、「ト・ソポン・ウー・ソピアー」という表現と、たとえば「ト・カロン・ウー・カロン」とは異なるものだと言わなければならない。後者はたしかに逆説的表現であるが、前者のほうは一見逆説に見えてそうではない。ト・ソポンという主語とソピアーという述語は別物である。ト・ソポンは文字どおりソピアーではないのである。

わたしたちはここで、ト・ソポンというギリシア語が中性形であり、ソピアーというギリシア語が女性形であることに注意する必要がある。これをボナールは、中性形のト・ソポン――人間が知と呼ぶもの――は、学問的で知に人工的な性質を付与する言葉であるのに対し、女性形のソピアーは、人間が批判的精神を捨てたときに見出す知を意味するもので、古来一般に用いられた言葉であり、生き生きとした実り豊かな知を表わすのに適している、といみじくも喝破した。[2] そしてこのト・ソポンは、このあと二度（八七七行以下、一〇〇五行）、都合四度劇中で言及され、そのうち三度（一度は「知とは何か」という問い掛けのかたち）は批判的なニュアンスで捉えられている。人為的な知の否定は、ペンテウスに対するアンチテーゼとしてあたかも通奏低音のように劇を貫いて流れている。

ペンテウスはト・ソポンの持主にすぎない。それゆえに人智を超えた存在を認識することができず、ディオニュソスを神と認識できないでこれと力ずくの対決に立ち至ることになる。それは「心の狂った人間、間違った考えの輩のやること」にほかならない。こう合唱隊はペンテウスを批判しつつ、ペンテウスとディオニュソスのいま一つの対立点を明確に示すのである。

四、ペンテウス対ディオニュソス

ディオニュソスとペンテウスが直接に対峙する。ペンテウスは祖国を襲った病いの根源、邪宗の伝道者を手中にしている。そしてその捕らえた男に対し、傲岸な態度で尋問する。もちろん彼はこの伝道者が神であることを知らない。二人のあいだに教義問答が交わされる(四七一―四八〇行)。

この問答を通して、わたしたちはこれまで見てきたペンテウス像を再確認することができる。テイレシアスあるいは合唱隊の証言から、わたしたちはペンテウスがト・ソポンに固執する存在であることを知った。いまここで彼は、「信心すればどんな利益があるのか」と尋ねる。これは、宗教をいかにも現実的に捉える仕方であり、理性的に知識で捉えようとする姿である。その知識が賢しらな人智であることは言うまでもない。同様に「神はどんな姿をしていたか」という問い掛けも、すべてのものを形において捉えようとする、

(1) 五六三頁註(1)参照。ただしこれらはエウリピデス『エレクトラ』の「愛しくもあり、愛しくもない人に」(一二三〇行)やアリストパネスの『アカルナイの人々』に見える「ご不在でもあり、おいでにもなる」(三九七行)といった表現の単なる言葉の洒落とは区別されなければならないとしている。

(2) ボナール、五六頁参照。

賢しらな人智に毒された知性偏重の姿を示すものと言ってよい。これは知識であって信仰ではない[1]。このような彼が、神、信仰、宗教を捉えきれないのは当然である。

ディオニュソス　いやいまでもすぐ近くにおられて、わたしがどんな目に遭っているかごらんになっています。

ペンテウス　どこにいるというのだ、おれの眼には見えぬが。

ディオニュソス　わたしの脇に。あなたは不敬な人間であるがゆえに眼に入らぬのです。

（五〇〇―五〇二行）

これは単にペンテウスを嘲弄する言葉ではない。その賢しらな人智の限界を示すものである。ペンテウスには宗教が理解できない。それは彼には閉じられた世界なのである。

と同時に、賢しらな人智はその持主自らの内面の姿に対しても眼を曇らす。

ディオニュソス　あなたはわかっておられない、自分がどう生きているのか、何をしているのか、また自分が何者なのか。

ペンテウス　おれはペンテウスだ、アガウエの子で、父はエキオン。

（五〇六―五〇七行）

この問いと答えのあいだにある懸隔は、そのままディオニュソス対ペンテウスの対立の図式の、ついに埋めきれない距離を示すものである。しかもペンテウスの答えは、その悲劇的な結末をアイロニカルに自ら予言している、「アガウエ［栄光］を母とし、エキオン［竜］を父として生まれたペンテウス［悲嘆］がこのおれだ」と。この自己確認の失敗は、くだんの賢しらな人智によって神を捉えようとする行為と裏腹の関係にあるものと言ってよい。そしてこれは彼を悲劇的な結末へと導く一つの要因となる。

ところで、この第二エペイソディオンにおいていま一つ看過しえないものがある。それは、ギリシア人対バルバロイという対立概念である。

ペンテウス　その神を持ち込んだのは、このテバイの地がはじめてか。
ディオニュソス　異国の民は皆、この神の祭礼を設けて舞い踊っております。
ペンテウス　ギリシアびとよりはるかに考えが浅い連中だからだ。
ディオニュソス　少なくともこのことに関しては彼らのほうがずっとまともです。慣習《しきたり》は異なりますが。
（四八一―四八四行）

ギリシア人が自らの民族的特質をいかに意識し、また他民族をいかなる距離感覚で捉えていたか。これについてはさまざまな証言がある。たとえばヘロドトスは、自由（エレウテリアー）、法（ノモス）＝慣習の集積、

（1）Doddsは、知識と信仰との関係を啓蒙という観点からクセノパネスを例に挙げて論じた。Cf. Dodds (1951), pp. 180–181.「もし牛が絵を描くことができたら、その描く神は牛に似た姿であるだろう」――このようにクセノパネスの功績は宗教的な諸観念の相対性を発見したことにあった、しかし彼自身は「姿も考えも人間に似ることのない」神を信じていた、だが彼はそれが信仰であって知識ではないことを自覚していた、と。さらにDoddsは、知りうるものと知りえぬものを実直に区別する態度は前五世紀の思想に繰り返し現われ、これが前五世紀の主たる栄誉である、学問的なつつましさはここに始まる、と言い添えている。こうした背景を考えるとき、わたしたちはいまペンテウスの姿に前五世紀ギリシアの啓蒙主義理性主義の集積の一端を――偏頗なかたちで――窺い知ることもできるであろう。またDoddsは、エウリピデスはクセノパネスを読んだと確信をもって言える最初のアテナイ人であるとも言い添えている。

叡智（ソピアー）、勇気（アレテー）といった概念をギリシア民族の特質に挙げているし、またプラトンは、ギリシア民族と他民族との優劣の差を法（ノモス）概念の有無に求めた。[1] これはおおむねギリシア人の自他についての意識の最大公約数的なものと言ってよい。「[異国の民（バルバロイ）は]ギリシアびとよりはるかに考えが浅い連中だからだ」というペンテウスのせりふは、右のギリシア人に一般的な優越意識に裏付けられてのものであることは言を俟たない。彼の対バルバロイ意識の中には、明らかに蔑意が含まれている。[2]

しかし異民族に対する優越感がギリシア人一般の意識であった半面、啓蒙思想が進展してくる過程において思想の相対化が進み、ギリシア人のいわゆる中華思想が揺らぎ始めたことも事実である。ペロポネソス戦争下の社会的道徳的秩序の崩壊という現象もそこに大きな要因として介在していたろう。文明社会では極悪の市民といえども立派と思われるバルバロイよりもまだましだと言ったプロタゴラスも、死ぬ前には自分の考えを改めるにじゅうぶんな根拠を持ったことだろう、とドッズは述べている。[3]

「少なくともこのことに関しては彼らのほうがずっとまともです。慣習《しきたり》は異なりますが」というディオニュソスの反論は、こうした文脈の中で捉えられなければならない。そしてまた、ここにわたしたちはアジアとギリシアのそれぞれのノモス（法、習慣）が相拮抗して対立する姿を認めることができる。ここに見られる優劣意識の相対化は、前五世紀末のギリシア思潮の反映であるとともに、おそらくは作者エウリピデスの偽らざる心中の吐露でもあったろう。

ともあれ、ヘレネス（ギリシア人）対バルバロイ（非ギリシア人、アジア人）という対立概念もまたペンテウス対ディオニュソスという対立の図式の一つの側面である。

五、怒るペンテウス

ペンテウスによる迫害は頂点に達する。教団の長ディオニュソスは獄屋に引かれて行った。そして彼に従う信女らはいま縄目にかけられようとしている。

ペンテウスへの懲罰を祈る信女らの声に応えてディオニュソスは、これまで知られなかったその恐ろしい一面をはじめて見せる。以前の平和を愛する優しい神の面影はもはやない。大地を揺るがし、館を倒し、セメレの墓所に火を燃やす。いわゆる〈館の奇蹟〉である。そして彼はペンテウスの眼をくらましつつ苦もなく縛めを解き、ふたたび信女らの前に姿を現わす。狼狽し怒りに心駆られたペンテウスも後を追って登場し、再度二人の対決となる。

ここで注意すべきは、この〈館の奇蹟〉はまぎれもなくディオニュソスのペンテウスに対する最初の力強

(1) ヘロドトス『歴史』第七巻一〇二、一〇三、プラトン『プロタゴラス』三二七C、D参照。なおこの論証に関しては、Dodds (1951), pp. 183-184, および松平の所説に負うところが大きい。

(2) バルバロイという語が価値判断を伴い蔑意を含むようになるのは、一般にはペルシア軍の侵攻という危機に際しての民族意識の昂揚と、戦勝後の自己の文化全般に対する自信と優越感によるものとされる。前掲、松平論文参照。なおまたペンテウスの対バルバロイ優越意識の表明は、七七八、七八〇、一〇三九—一〇四〇行においても見られる。

(3) Cf. Dodds (1968), pp. 183-184.

い反撃であり、ペンテウスの破局を象徴的に前触れするものだということである。

と同時に忘れてはならないのは、この奇蹟がペンテウスに及ぼした影響である。「怒りを静められるがよろしい」（六四七行）とのディオニュソスの言葉から窺われるごとく、それは激怒である。奇蹟は彼にそれに対する畏れの感情あるいは帰依の念は生じさせなかった。奇蹟は神からの反撃であると同時に、その衝撃によって帰依を促す神からの勧奨であったかもしれない。だがペンテウスはそれと悟らなかった。あるいは悟れなかった。ディオニュソスに対する彼の怒りはさらに増し、そしてそのことによって彼は自らの破滅へと向かう運命の歯車を一挙に回す。歯車は加速度を増す。このペンテウスに、さらに続けて一つの怒りの材料が提示される。牛飼による山中の信女たちの実態報告がそれである。

館の奇蹟のあと、ディオニュソス、ペンテウスの両者がふたたび対峙する前に、山から降りてきた牛飼が山中での信女たちの祭儀の実態を報告する。アウトノエ、アガウエ、イノにそれぞれ率いられた信女の群は、朝の光の中、アガウエの号令一下眼を覚ます。そこにはペンテウスの想像するような酒と性（セックス）にふけって寝乱れた様子はなく、その行動は規律正しい。そして彼女らは、世にも不思議な薄気味悪い振舞いをなす。若い母親はその張った乳房を仔鹿や狼の仔にふくませる。霊杖（テュルソス）を取って岩を打てば清水が迸り、大地を突けば葡萄酒が湧き出す。指先で地面を掻くだけで乳が吹き出し、霊杖からは甘い蜜もしたたり落ちる。バッコス教の秘蹟である。秘蹟を目撃した牛飼は神の威力に打たれる。

牛飼仲間のうちの一人がペンテウスへの忠義だてに、アガウエを捕らえて喜んでもらおうと提案する。しかしその行為は手ひどい反撃を喰う。牛飼たちは辛うじて難を逃がれるが、怒り狂った信女らは牛の群に跳びかかってその四肢を引き裂き、あるいはまた麓の村を襲って略奪の限りを尽くす。しかも槍で刃向かう村人を杖一本で撃退してしまう。恐ろしく残酷な神の一面がここに示される。そしてこれはペンテウスの破滅の暗示でもある。信女らに引き裂かれて死ぬことになるペンテウスの。神の秘蹟、その恐ろしい力を目撃した牛飼は、ペンテウスにこの神を受け容れるよう慫慂《しょうよう》する。これは第三者からなされた最後の勧告である。だがペンテウスには通じない。牛飼の報告は彼を怒らせるだけだった。「信女らの狼藉《ろうぜき》ぶりはすでに火のごとく燃え上がり、／すぐ近くまで迫っている。ギリシアにとっては大いなる恥辱だ。／だがぐずぐずしている場合ではない」（七七八―七八〇行）と彼は言い、信女討伐を命ずる。

ペンテウスの怒りは頂点に達する。館の奇蹟が彼を怒らせ、牛飼の報告が彼を怒らせる。怒りは、けっきょくこの神を理解できないことへの彼のいらだちの証明でもある。そしてこの怒りの中に、彼のこれまでのすべての立場――邪宗の襲来に対する国主としての政治的立場、賢しらな人智でもって人為を超える存在と対決しようとする立場、バルバロイに対し蔑意と優越感をもって対処しようとする立場――が収斂《しゅうれん》され、全面的かつ具体的な対決に入る。館の奇蹟がその破滅を象徴的に予告し、牛飼の報告がその死を暗示しているのにも気づかずに。

だが神はもう一つ恐ろしい、そして最後の罠を用意する。

六、内なるディオニュソス的なもの

ディオニュソスとペンテウスはふたたび対決する。しかし〈館の奇蹟〉と〈牛飼の報告〉という二つの場の介在は、両者の関係に微妙な変化をもたらす。ペンテウスの怒りは、いまや山中の信女の群をその対象とするに至る。その武力行使への決意は、プロロゴスで述べられたディオニュソスの予想どおりの事態の進展を見るかに思われる。一方ディオニュソスはその巨大な力を徐々に露《あらわ》にしてくる。ペンテウスからの弾圧を穏やかに耐えながら、その都度周到に布石し張り巡らしてきた復讐の網をここでしぼり始める。狩る者が狩られる者に、狩られる者が狩る者へと、攻守その所を替える。

　しかしディオニュソスはなおもペンテウスに対して言う。「ペンテウス殿、あなたはわたしの言葉を聞かれても一切／従おうとなされませんな。わたしはあなたからひどい目に遭わされましたが、／でも申し上げよう、神に対して武器を向けるべきではないとな。／静かにしておられるのがよろしい。ブロミオスの神［バッコス］は黙っておられますまいぞ、／もし〈あなたが〉信女らをエウホイの声を挙げている山から狩り立てようなどとすればな」（七八七―七九一行）と。さらにはまた、「ねえ、事態をうまく収める方法がまだありますよ」（八〇二行）、「わたしが武器を使わずに女たちをここへ連れて来ましょう」（八〇四行）と提案する。しかしペンテウスはいずれにも耳を傾けない。「［供の者に］武器《えもの》を持って来い、［ディオニュソスに］物を言うのをやめろ」（八〇九行）――これがペンテウス側の最後通告である。

　局面が変わる。これに対してディオニュソスは次のように言う、「あなたは彼女らが山で集《つど》っている様子をごらんになりたいとは思われませぬか」（八一一行）。

　これは奇妙な一行である。なぜなら次に、「ぜひとも、たとえ千貫万貫の黄金を積んでも」（八一二行）というペンテウスの答えを引き出すからである。これまでディオニュソスの言葉に一切耳を貸そうとしなかったペンテウスが、とつぜんその態度を変えるからである。この一行はあたかも呪文のように彼の心に響く。彼は信女の生態を見ることに異常な熱意を示す。

諸家の指摘するとおり、この一行はディオニュソス対ペンテウスという対立関係に決定的な転換をなすものである。この一行を境に、狩る者と狩られる者とが攻守その所を替える。この一行によってディオニュソスの主導権が確立される。そして以下ペンテウスはまったくディオニュソスの術中に陥ってしまう。

ペンテウスのこのとつぜんの変貌は何ゆえだろうか。これはディオニュソスの戦術の巧みさによるだけではない。もちろん催眠作用などではない。ペンテウスの内部で、それまで彼を支えていたものが崩れ出すのである。ドッズは、ペンテウス自身の内にあるディオニュソス的なものへの憧れこそが自己抑制の喪失をもたらすのだという。[1] すなわち、すでに四七五行においてペンテウスは伝道者ディオニュソスから巧みにその憧れをかきたてられているという事実がある。そして〈館の奇蹟〉は彼の自己抑制の垣根を弱め、〈牛飼の報告〉に対する怒りは自制の崩壊の近いところを物語る。それは最後の自己主張にすぎない。八一一行の問い掛けは、こうした状況下の彼にその自制力を完全に放棄させる、というわけである。つまりディオニュソスは自らと同質のものがペンテウスの心中に蔵されているのを鋭く見抜き、それを突破口に難敵を屈服せしめたのである。

(1) Cf. Dodds (1960), pp. 172, 173, 175. 同様に Conacher (pp. 67-68) も、ディオニュソスはペンテウスの心中にすでに存在していた性向を巧みに利用してその支配下に置いたと見る。

この、ドッズがディオニュソス的なものへの憧れと呼ぶものを、しかしわたしたちは性欲だけに限定する必要はないだろう。たしかに性に対して頑ななまでの潔癖さを示すペンテウスを見てきたわたしたちは、その裏返しとしての異常な性欲を予想することはできる。すでに挙げた二二一―二二五行のせりふ、あるいは女たちの生態を覗きに行くこと自体、そしてのちの「いや眼に見えるようだぞ、女たちが鳥のように茂みの中で、／愛の床のこの上なく甘い網に取り籠められている様子が」(九五七―九五八行)といったせりふは、それを証拠づけるものといってよい。だが彼の心中に隠された衝動を性欲だけに限定することは、わたしたちのペンテウス像の矮小化に繋がるだろう。それは、性欲も含めたさまざまな欲望、理性によって制禦されえない混沌とした原初的本能的力でなければならない。そしてこれはペンテウスに限らずすべての人間が無意識のうちに心中に秘匿しているもの、いわゆるディオニュソス的なものである。ただドッズのように、ペンテウスにおける自己抑制は段階的に退潮してきたのだと必ずしもとる必要はない。彼のような人間はつねに自己の内部からとつぜん崩壊する危機にある。

こうしたペンテウスの変身はテバイにおけると同様、彼の心中においても生じた原初的なものの蜂起であるとも言える。テバイに生じた力に対しては、彼は力による対処の方途を見出せる。現に武力で山狩りをしようとしている。しかし自らの心中に生じた力に対してはなす術を持たないのである。だが彼はまだ完全にディオニュソスに屈したわけではない。まだ武力行使を捨てたわけではない。ディオニュソスはペンテウスをキタイロンの山中に案内する条件として、彼に女物の衣(テーレイアストレー)を着るようにと言う。これは彼の承知できぬところである。だが信女の生態を覗き見する魅惑にも抗しがたい。彼は逡巡する。

ディオニュソスが仕掛けた優しくも残酷な罠は功を奏した。ペンテウスはまだ完全に罠に落ちたわけではないが、罠に掛かった。あとはほんの少し押してやるだけでよい。ディオニュソスはその最後の恐ろしい一撃をいとも気安く加える。女物の衣に袖を通すよう、頭を狂わせ正気を失わせるのである。女物の衣を着て町なかを歩いていくペンテウスの姿は、恰好の笑い物となるだろう。そして町中の笑い物になりながらその行き着く先は、母親の手によってなされる死である。

七、ペンテウス、二度の死

ペンテウスは死んだ。いや、まだ肉体的には死んでいない。しかしわたしたちのペンテウスは死んでしまった。武具（ホプラ）の代わりに女物の衣（テーレイアストレー）を身に着けることによって[1]。

館から女装したペンテウスが出てくる。すでに正常心を失っている。混濁した眼には太陽が、城門が二重に映って見え、ディオニュソスの姿が雄牛に見える。雄牛はディオニュソスの真の姿の一面、獣性を象徴するものである。いままで何度もその機会を与えられながら捉えられなかったディオニュソスの姿を、彼は

（1）Rosenmeyer は、アガメムノンの例 —— 紫紅色の絨緞を踏むことでその死が暗示される場 —— を引用しつつ、ペンテウスは信女の生態を覗き見ることを願う時点ですでに死んだのだと言う。Cf. Rosenmeyer, pp. 167 f. ただペンテウスはまだ逡巡している。逡巡のあげく女装する時点で彼は確実に死ぬのである。

狂ってはじめてその混濁した眼に捉える。だがこれは遅すぎる。捉えたからとてそれと悟ることもできないのである。理性を麻痺させられたペンテウスは、ピクニックに出掛ける子供のようにはしゃぎ、心弾ませる。町なかを女装束で通って行くことも恥ずかしくはない。正気の人間ではなくなったペンテウスと神との対話は痛烈なアイロニイを醸し出さずにはいない。ディオニュソス対ペンテウスという対立の図式は崩壊したのである。

ここでわたしたちはもう一度対立の図式を捉え直してみたい。

まずペンテウスは賢しらな人智（ト・ソポン）の持主であり、またバルバロイに対するギリシア人の優越意識をじゅうぶんすぎるほど持ち合わせている人間であった。さらに彼は一国の君主である。それも部下の兵や牛飼の言動から明らかなように、典型的な専制君主である。一方これに対してディオニュソスはどうだったか。まず酒と性（セックス）による歓びを司る神であり、また人間のあらゆる苦悩、差別からの解放者であり平和主義者である。他方、館の奇蹟、あるいは合唱隊および牛飼の報告で言及された動物の引き裂きと生食、あるいはペンテウスの混濁した眼に現われた雄牛に象徴されるように、破壊的な力と獣性を併せもつ恐ろしい神でもある。

こうした神がとつぜんバルバロイの地アジアから侵入してくる。しかも神は人間に姿を変え、信女の集団を連れている。彼は布教集団の長なのである。そして彼はテバイの女たちを扇動して家を捨てさせ、キタイロンの山中に狂喜乱舞させる。これは一つの力であり現象である。テバイを襲った社会現象である。テバイの国主であり、バルバロイを蔑視しギリシア人であることに誇りを抱くペンテウスが、これをギリシアに対する冒瀆ととり自らの主権に対する挑戦と見なして、力ずくで阻止しようとするのは当然である。かくしてディオニュソスとペンテウスの関係はまず対立関係となり、しかもそれはすぐれて政治的対立関係となる。

以後ペンテウスの行動は政治家としてのそれである。彼はこの新来の宗教の伝道者を、合唱隊の信女を、そしてまた入信して山中に狂うテバイの女たちを、力ずくで押さえ込もうとする。テイレシアス、カドモスは、彼に対しそれぞれの立場から批判し忠告する。だがそれは、祖国と自らの主権の安泰に腐心する政治家ペンテウスにとっては無理な注文だった。ただこの盲目の予言者は、ディオニュソスの到来をペンテウスのように単に外襲の力、社会現象としてではなく、人為を超えた存在＝神として捉えていた。そしてこの神を認めるようペンテウスを説く。しかし賢しらな人智しか持ち合わさないペンテウスには、ディオニュソスを神として認め受け容れる力はない。

一方ディオニュソスは、その多彩な姿を示しつつ神としての認知をペンテウスに迫る。しかし館の奇蹟、牛飼の報告に見られた力の誇示は徒らにペンテウスの怒りに油を注ぎ、その力の対決を強固にするだけに役立った。

終始政治的行動をとり続けてきたペンテウスの立場は、信女狩りに自ら出動すべく武具（ホプラ）を身に着けようとするところでその頂点に達する。武具こそは、それまでのペンテウスの立場を象徴するもの、その標識と言ってよい。しかしいま見たとおり、ペンテウスは武具を身に着けるには至らなかった。彼がその身に着けたのは、武具ではなくて、女物の衣（テーレイアストレー）であった。これは何を意味するのか。

それはとりもなおさずこれまで見てきたわたしたちのペンテウスの、死である。武具よりも女衣を選んだことで、彼はそれまでの彼の言辞行動、その全人格を放棄したのである。女装束は「それを着て／母親の手で殺されてあの世へ旅立つ」（八五七―八五八行）文字どおりの「死出の旅路の衣装」だった。女衣は、ペンテウスの中のディオニュソス的なものの象徴にほかならない。自らの中のバルバロス的なもの、理性に対する反理性の象徴にほかならない。

ディオニュソス対ペンテウスという対立の図式は、ペンテウスが女物の衣に袖を通すことによって崩壊する。これは、アジア生まれの新宗教の到来を外襲の力と受け止め、それとの政治的対決のみに終始したペンテウスの行為が結果的には愚行にすぎなかったこと、バルバロイの力はペンテウスが蔑視していたよりはずっと大きなものであったこと、そしてまたディオニュソスという神がペンテウス自らの内にも存在していたこと、そしてその内なるディオニュソスに彼は負けたことを意味している。これは、すべての現象を賢しらな人智で捉えようとして捉えきれなかった、いわば人間の理性の限界と蹉跌、あるいは理性の対岸からの反撃を示すものだと言ってよい。賢しらな人智（ト・ソポン）は、人為を超える存在に対しても、また自らの内に潜むものに対しても同等に無力なのである。

ペンテウスは女物の衣に袖を通すことで自らの世界を閉じる。けっきょくこれはペンテウスの自己否定である。しかしもう一度彼は完全に否定し去られる。肉体的な死がすぐあとに続く。ペンテウスは、バッコス教の秘儀の作法どおりに残酷な死を遂げる。しかもじつの母親の手によって。テバイという一つの共同体が自らの蹉跌によって滅びていく。これはあたかもギリシア世界の自己否定であるかのようにも思われる。

八、非ギリシア的なものの勝利

エウリピデスはこの作品より約二〇年前に『メデイア』（前四三一年）と『ヒッポリュトス』（前四二八年）の二作品を書いている。いずれも激情（テューモス）と愛欲（エロース）という人間存在の暗い一面に焦点を絞り、そうしたものの前では人間の知性がいかに弱いものであるか、その破壊的な力を剔抉《てっけつ》してみせたものである。この世には人間の知性ではどうにもならないものがあるという作者のこの感慨は、二〇年後の『バッコス教の信女たち』においてふたたび示される。ここからわたしたちは、『バッコス教の信女たち』と、ことに『ヒッポリュトス』との類似性を指摘することもできるだろう。ベリンガーは、ヒッポリュトス、ペンテウス両者の類似性を次のように指摘する。[1] すなわち、両者ともに神に抗い破滅する若者であること、その保守性、また親の手で殺されるという死に様の類似性、などである。ただし、とベリンガーは言う、これはもちろん二つの伝承それぞれに固有の特色であり、作者の意図した類似とは言えないかもしれない、だがペンテウスの母親に対する哀訴とヒッポリュトスの父に対するそれとの酷似は、作者の意図したものであったと。さらにわたしたちは、ベリンガーの言うとおり、『ヒッポリュトス』の老僕の「神さまのほうが人間どもより賢い存在であるべきですから」（一二〇行）というせりふと、本篇のカドモスの「神が人間と同じように怒りをぶつけるのは、身にふさわしくありません」（一三四八行）というディオニュソス批判との類似を指摘することができる。あるいは、人智を探求することの愚と、神への帰依によってもたらされる幸を素直

（1）Cf. Bellinger, p. 26.

に享受する喜びとを歌う両作品の合唱隊[1]の酷似していることもその証拠に挙げられよう。

しかし両作品の相違点も指摘されなければならない。諸家の指摘するとおり、何よりもディオニュソスはアプロディテと異なり、人間の姿に身を変えて登場し、また最後まで舞台上に居残るといった点がそれである。これは一見単純ではあるが重要な指摘である。なぜならば、すでにわたしたちが考察してきたとおり、神が人間に姿を変えて登場するということは、ディオニュソス対ペンテウスの対立関係を外的なもの、すなわち〈政治的対決〉に変容させるものだからである。同時にペンテウスは、ドッズの指摘するとおり[2]、典型的な専制君主すなわち政治的人間として描かれており、またわたしたちもそう見てきた。彼はヒッポリュトスのエピゴーネンではない。さらにまた、ペンテウスはその心中に理性と感情の悲劇的な相剋を持たないという点でパイドラとも異なること、ウイニントン－イングラムの指摘するとおりである[3]。ペンテウスは最後には自らの内のディオニュソス的なものによって破滅していくけれども、彼はつねにディオニュソスを外襲の力として捉え、政治的に対決してきた。それは内なる葛藤として捉えられることはなかった。これは二〇年の年月の経過のせいなのか、それとも死を前にして祖国を離れた作者の心境を述べたものなのか。

ドッズは、作者の創作の動機を、前五世紀末のアテナイの知識過剰の社会状況の中で失われていた作者の若々しい活力が、マケドニアの山地に残るバッコス祭儀に直接触れることによって触発されたのだと言っている[4]。バッコス祭儀を目撃することではじめて作者の創作意欲が触発されたのか、あるいは作者が祖国を出るときにすでにそのような心境にあったのか、そしてそれゆえに祖国を捨てたのか、速断は許されない。賢しらな人智（ト・ソポン）はディオニュソスの根源的な力らの前には滅びていかなければならない、というこの劇の告げるところは、『メデイア』、『ヒッポリュトス』に見られた理性と感情の相剋と同一線上にあるものと言いうる。しかしそれは単に人間に不変の心理を剔抉するに止まるだけのものではなく、より広く自らも含めた祖国アテナイの知的状況に対する苦い確認と反省——アテナイには、ギリシア世界には、けっきょくソピアーはなかったという——の証でもあるのではないか。右のペンテウス像を介した劇の構造が、そうわたしたちに教えてくれる。加えてまた本篇には、作者の、祖国の——単に知的状況のみに止まらず——社会的状況に対する思惑あるいは政治的考察も込められていると思われる。ペンテウスがつねにディオニュソスを外襲の力として捉え、それと政治的に対決してきたということ、これは作者が新宗教の到来を媒介に、アジア（バルバロイ）とギリシアの力関係の拮抗を予感していたことを示すものではないか。

ドゥルベックはペンテウスにアルキビアデスを比定した。[5] これはにわかには認知しがたい。しかし詩人が、当時のアテナイに数多くいたアルキビアデスたちあるいはそのエピゴーネンを念頭に置いていたかもしれないということはじゅうぶん想像されえよう。あるいはまたウイニントン－イングラムの言うように、[6] バッコ

（1）『ヒッポリュトス』一二一一—一二一七行、『バッコス教の信女たち』九九七—一〇一〇行。

（2）Cf. Dodds（1960）, p. xliii.

（3）Cf. Winnington-Ingram, p. 174.

（4）Dodds（1960）, p. xlvii.

（5）Cf. Delebecque, pp. 396 ff. その具体的根拠は、アルキビアデスがしばしば〝獅子〟になぞらえられた（アリストパネス『蛙』一四二七—一四二九行）事実と、本篇での〝獅子〟への言及（一一七三、一一九六、一二一五、一二七八行）との関連である。

（6）Cf. Winnington-Ingram, p. 171.

ス教の到来が政治問題として捉えられるとしても、それがただちに前五世紀末にアテナイに流行したアジア生まれの宗教――サバジオスとかベンディス崇拝――を具体的に示すものだとはされえないかもしれない。しかし詩人が当時のアテナイに猖獗を極めた新来の宗教を強力な一つの力の外襲と見なしていたということは、これまたじゅうぶん想像できることである。そしてまたすでにわたしたちは、メロス島事件、シケリア遠征などの政治的愚行を演じた祖国に対する憂慮とそれからの逃避を反映した作品群――いわゆるロマンス劇――を知っている。逃避への憧れは本篇の第一スタシモンにおいても見られた。本篇は、あるいはマケドニアで目撃したバッコス祭儀に触発されて書かれたのかもしれない。しかしそれを書かせる土壌はすでにアテナイにおいて準備されていたこと、あるいはそれゆえに老齢にもかかわらず祖国を後にしたこと――こう想定することは許されないだろうか。

これは素材となった神話伝承に対する読み込みすぎ――少々乱暴な――であると言われるかもしれない。本篇に先行するアイスキュロス等の同一素材を扱った作品は散逸著しく、はたして本篇においてエウリピデスがどこまでその改新性を発揮したものか不明である。しかし右の非難に対しては、わたしたちは、本篇が前五世紀末という時代の詩人の最晩年に、しかも祖国アテナイを離れた場で書かれたという事実をもって答えとしたい。

堅固に見えた理知の世界が、バッコス教という新来の宗教によって脆くも崩れていく。しかもまた自己の内部から。けっきょくそれは、前五世紀末のギリシア世界に賢しらな人智（ト・ソポン）はあっても真の知恵（ソピアー）はなかったという詩人の苦い認識だった。しかしまたそれはそうした時代的意味とともに、人間の理性の限界といった点で普遍的意味をもつだろう。エウリピデスがディオニュソスと呼んだそれと同じものを、わたしたちはいま何と呼ぶのだろうか。そしてわたしたちの知は、はたしてソピアーだろうか。

参考文献表

一、翻訳に際して底本以外に用いたテクスト、註釈書、翻訳書は次のとおりである。

（1）四作品に共通するもの

Donner, J. J., Kannicht, R., Hagen, B., Jens, W., *Euripides Sämtliche Tragödien in Zwei Bänden* I, II, Kröner, Stuttgart, 1985

García, G. C., Alberto de Cuenca y Prado, L., *Eurípides Tragedias* III, Gredos, Madrid, 1985 (1979)

Grégoire, H., Méridier, L., Chapourtier, F., *Euripide* VI, 1, Les Belles Lettres, Paris, 1959

Grégoire, H., Meunier, J., *Euripide* VI, 2, Les Belles Lettres, Paris, 1961

Murray, G., *Euripidis Fabulae* III, Oxford, 1978 (1909)

Way, A. S., *Euripides* I, II, III, Loeb Classical Library, Harvard U.P., 1988 (1912)

（2）『ヘレネ』

Allan, W., *Euripides Helen*, Cambridge, 2008

Alt, K., *Euripidis Helene*, Teubner, Stuttgart/ Leibzip, 1964

Dale, A. M., *Euripides Helen*, Oxford, 1967

Kannicht, R., *Euripides Helene* I, II, Carl Winter Universitätsverlag, Heidelberg, 1969

細井敦子訳『ヘレネー』「ギリシア悲劇全集8」所収、岩波書店、一九九〇年

中村善也訳『ヘレネ』「世界古典文学全集9　エウリピデス（下）」所収、筑摩書房、一九六五年（ちくま文庫「ギリシア悲劇Ⅳ　エウリピデス（下）」一九八六年に再録）

(3)『フェニキアの女たち』

Craik, E., *Euripides Phoenician Women*, Aris & Phillips, Warminster, 1988

Kinkel, G., *Ausgewählte Tragödien des Euripides, Erstes Bändchen: Phönissen*, Berlin, 1871

Mastronarde, D. J., *Euripides Phoenissae*, Cambridge, U.P., 1999 (1994)

安西眞訳『ポイニッサイ――フェニキアの女たち』「ギリシア悲劇全集8」所収、岩波書店、一九九〇年

岡道男訳『フェニキアの女たち』「世界古典文学全集9　エウリピデス（下）」所収、筑摩書房、一九六五年（ちくま文庫「ギリシア悲劇Ⅳ　エウリピデス（下）」一九八六年に再録）

(4)『オレステス』

Biehl, W., *Euripides Orestes*, Akademie-Verlag, Berlin, 1965

Di Benedetto, V., *Orestes, Introduzione, Testo Critico, Commento e Appendice Metrica*, La Nuova Italia Editrice, Firenze, 1965

West, M. L., *Euripides Orestes*, Aris & Phillips, Warminster, 1987

Willink, C. W., *Euripides Orestes*, Oxford, 1986

中務哲郎訳『オレステース』「ギリシア悲劇全集8」所収、岩波書店、一九九〇年
松本仁助訳『オレステス』「世界古典文学全集9　エウリピデス」所収、筑摩書房、一九六五年（ちくま文庫「ギリシア悲劇Ⅳ　エウリピデス（下）」一九八六年に再録）

(5)『バッコス教の信女たち』

Dodds, E. R., *Euripides Bacchae*, Oxford, 1960 (1944)
Roux, J., *Euripide Les Bacchantes* I, II, Les Belles Lettres, Paris, 1970, 1972
Seaford, R., *Euripides Bacchae*, Aris & Phillips, Warminster, 1996
Tyrrell, R. Y., *The Bacchae of Euripides*, Macmillan, London, 1961 (1892)
逸身喜一郎訳『バッカイ――バッコスに憑かれた女たち』「ギリシア悲劇全集9」所収、岩波書店、一九九二年
松平千秋訳『バッコスの信女』「世界古典文学全集9　エウリピデス」所収、筑摩書房、一九六五年（ちくま文庫「ギリシア悲劇Ⅳ　エウリピデス（下）」一九八六年に再録）

二、作品解説作成に参照した研究書は次のとおりである。

(1)『ヘレネ』を読む――新ヘレネ

Burnett, A. P,. *Catastrophe Survived*, Qxford, 1973
Clark, W. G., “Notes on some corrupt and obscure passages in the Helena of Euripides”, *Journal of Classieal and Sacred*

Philology. 4 (1858)
Conacher, D. J., *Euripidean Drama: Myth, Theme and Structure*, University of Toronto Press, 1967
Dale, A. M. (ed.), *Euripides Helen*, Oxford, 1967
Davies, M. (ed.), *Poetarum Melicorum Graecorum Fragmenta*, Vol. 1, Stesichorus 192. Oxford, 1992 (1991) (アルクマン他『ギリシア合唱抒情詩集』丹下和彦訳、京都大学学術出版会、二〇〇二年)
Grube, G. M. A., *The Drama of Euripides*, London, 1941
Kannicht, R. (hrsg.), *Euripides Helena*, Band II, Heidelberg, 1969
Lattimore, R. (tr.), *Euripides Iphigeneia in Tauris*, Oxford, 1973
Ortega y Gasset, J., *Meditaciones del Quijote, Ideas sobre la Novela*, Colección Ausral, 1350, Espasa-Calpe, S. A., Madrid, 1964
Pickard-Cambridge, A. W., *The Theatre of Dionysus in Athens*, Oxford, 1946
Segal, Ch., *Interpreting Greek Tragedy: Myth, Poetry, Text*, Cornell U.P., 1986
Solmsen, F., "ΟΝΟΜΑ and ΠΡΑΓΜΑ in Euripides' Helen", *CR* 48 (1934)
Tovar, A., "Aspecto de la《Helena》de Eurípides", In: *Estudios sobre la tragedia griega*, Madrid, 1966
丹下和彦「喜劇になり損ねた話」、『ギリシア悲劇ノート』所収、白水社、二〇〇九年
――――「脇役登場」、『ギリシア悲劇ノート』所収、白水社、二〇〇九年
――――「上演形式、劇場、扮装、仮面」、「ギリシア悲劇全集別巻」所収、岩波書店、一九九二年
――――「笑いの系譜」、「ギリシア喜劇全集別巻」所収、岩波書店、二〇〇八年

(2)『フェニキアの女たち』を読む――パノラマ

Conacher, D. J., *Euripidean Drama: Myth, Theme and Structure*, University of Toronto Press, 1967

Davies, M.（ed.）, *Poetarum Melicorum Graecorum Fragmenta*, Vol. 1, Stesicorus 222b, Oxford, 1992（1991）（アルクマン他『ギリシア合唱抒情詩集』丹下和彦訳、京都大学学術出版会、二〇〇二年）

Erbse, H., “Beiträge zum Veretändnis der euripideischen „*Phoinissen*“”, *Philologus* 110（1966）

Ferguson, J., *A Companion to Greek Tragedy*, University of Texas Press, 1972

Grube, G. M. A., *The Drama of Euripides*, London, 1941

Kitto, H. D. F., *Greek Tragedy: A Literary Study*, London, 1939/ New York, 1954.

Mastronarde, D. J.（ed.）, *Euripides Phoenissae*, Cambridge U. P., 1994

Podlecki, A. J., “Some Themes in Euripides’ *Phoenissae*”, *TAPA* 93（1962）

Rawson, E., “Family and Fatherland in Euripides’ *Phoenissae*”, *GRBS* 11（1970）

安西眞『ポイニッサイ（フェニキアの女たち）』解説、「ギリシア悲劇全集8」所収、岩波書店、一九九〇年

(3)『オレステス』を読む――知と連帯

Biehl, W.（hrsg.）, *Euripides Orestes*, Akademie-Verlag, Berlin, 1965

Di Benedetto, V., *Euripides Orestes*, La Nuova Italia Editrice, Firenze, 1965

Gómez de la Mata, G., *Eurípides Orestes, Medea, Andrómaca*, Colección Austral, 653, Espasa-Calpe, S. A., Madrid, 1965（1946）

Grene, D. and Lattimore, R.（eds）, *Euripides* III, Modern Library, 1959
Lesky, A., *Die Griechische Tragödie*, Alfred Kröner Verlag, Stuttgart, 1968（1938）
Rodgers, V. A., "Σύνεσις and the Expression of Conscience", *GRBS* 10（1969）
Snell, B., *Scenes from Greek Drama*, University of California Press, 1967（1964）
West, M. L., *Euripides Orestes*, Warminster, 1987
Willink, C. W., *Euripides Orestes*, Oxford, 1986

（4）『バッコス教の信女たち』を読む――武具と女衣

Bellinger, A. R., "The *Bacchae* and *Hippolytus*", *YCS* 6（1939）
Conacher, D. J., *Euripidean Drama: Myth, Theme and Structure*, University of Toronto Press, 1967
Delebecque, É., *Euripide et la guerre du Péloponnèse*, Paris, 1951
Dodds, E. R., *Euripides Bacchae*, Oxford, 1960（1944）
――――, *The Greeks and the Irrational*, University of California Press, 1968（1951）
Rosenmeyer, Th. G., "Tragedy and Religion: The Bacchae", In: *Euripides: A Collection of Critical Essays*, ed. by E. Segal, Prentice-Hall, Inc., Englewood Cliffs. N. J., 1968（1951）
Winnington-Ingram, R. P., *Euripides and Dionysus*, Cambridge, 1948
逸身喜一郎「『オイディプース王』と『バッカイ』――ギリシャ悲劇とギリシャ神話」書物誕生――あたらしい古典入門、岩波書店、二〇〇八年

A・ボナール（岡道男、田中千春訳）『ギリシア文明史』三、人文書院、一九七五年
松平千秋「アトッサの夢――ヘレネス対バルバロイ」『西南アジア研究』二〇、一九六八年

訳者略歴

丹下和彦（たんげ　かずひこ）

大阪市立大学名誉教授

一九四二年　岡山市生まれ

一九七〇年　京都大学大学院文学研究科博士課程中退

二〇〇五年　京都大学博士（文学）

和歌山県立医科大学教授、大阪市立大学教授、関西外国語大学教授を経て二〇一四年退職

主な著訳書

『ギリシア悲劇研究序説』（東海大学出版会）

『女たちのロマネスク――古代ギリシアの劇場から』（東海大学出版会）

『旅の地中海――古典文学周航』（京都大学学術出版会）

『ギリシア悲劇――人間の深奥を見る』（中公新書）

『ギリシア悲劇ノート』（白水社）

『食べるギリシア人――古典文学グルメ紀行』（岩波新書）

『ギリシア悲劇全集』5・6巻（共訳、岩波書店）

『ギリシア悲劇全集』別巻（共著、岩波書店）

『ギリシア喜劇全集』3・8巻（共訳、岩波書店）

『ギリシア喜劇全集』別巻（共著、岩波書店）

カリトン『カイレアスとカッリロエ』（国文社）

アルクマン他『ギリシア合唱抒情詩集』（京都大学学術出版会）

エウリピデス『悲劇全集』1～3（京都大学学術出版会）

ルキアノス『食客――全集3』（京都大学学術出版会）

エウリピデス　悲劇全集《ひげきぜんしゅう》 4　　西洋古典叢書　2014 第5回配本

二〇一五年二月十八日　初版第一刷発行

訳　者　丹《たん》下《げ》和《かず》彦《ひこ》

発行者　檜山爲次郎

発行所　京都大学学術出版会

606-8315 京都市左京区吉田近衛町六九 京都大学吉田南構内

電　話　〇七五-七六一-六一八二

FAX　〇七五-七六一-六一九〇

http://www.kyoto-up.or.jp/

印刷／製本・亜細亜印刷株式会社

ISBN978-4-87698-489-3

定価はカバーに表示してあります

西洋古典叢書［第Ⅰ～Ⅳ期、2011～2013］既刊全106冊（税別）

【ギリシア古典篇】

アイスキネス　弁論集　木曾明子訳　4200円
アキレウス・タティオス　レウキッペとクレイトポン　中谷彩一郎訳　3100円
アテナイオス　食卓の賢人たち　1　柳沼重剛訳　3800円
アテナイオス　食卓の賢人たち　2　柳沼重剛訳　3800円
アテナイオス　食卓の賢人たち　3　柳沼重剛訳　4000円
アテナイオス　食卓の賢人たち　4　柳沼重剛訳　3800円
アテナイオス　食卓の賢人たち　5　柳沼重剛訳　4000円
アラトス／ニカンドロス／オッピアノス　ギリシア教訓叙事詩集　伊藤照夫訳　4300円
アリストクセノス／プトレマイオス　古代音楽論集　山本建郎訳　3600円
アリストテレス　天について　池田康男訳　3000円
アリストテレス　魂について　中畑正志訳　3200円
アリストテレス　動物部分論他　坂下浩司訳　4500円

アリストテレス　ニコマコス倫理学　朴　一功訳　4700円
アリストテレス　政治学　牛田徳子訳　4200円
アリストテレス　トピカ　池田康男訳　3800円
アリストテレス　生成と消滅について　池田康男訳　3100円
アルクマン他　ギリシア合唱抒情詩集　丹下和彦訳　4500円
アルビノス他　プラトン哲学入門　中畑正志訳　4100円
アンティポン／アンドキデス　弁論集　高畠純夫訳　3700円
イアンブリコス　ピタゴラス的生き方　水地宗明訳　3600円
イソクラテス　弁論集　1　小池澄夫訳　3200円
イソクラテス　弁論集　2　小池澄夫訳　3600円
エウセビオス　コンスタンティヌスの生涯　秦　剛平訳　3700円
エウリピデス　悲劇全集　1　丹下和彦訳　4200円
エウリピデス　悲劇全集　2　丹下和彦訳　4200円
エウリピデス　悲劇全集　3　丹下和彦訳　4600円
ガレノス　自然の機能について　種山恭子訳　3000円

ガレノス　ヒッポクラテスとプラトンの学説 1　内山勝利・木原志乃訳　3200円
ガレノス　解剖学論集　坂井建雄・池田黎太郎・澤井　直訳　3100円
クセノポン　ギリシア史 1　根本英世訳　2800円
クセノポン　ギリシア史 2　根本英世訳　3000円
クセノポン　小品集　松本仁助訳　3200円
クセノポン　キュロスの教育　松本仁助訳　3600円
クセノポン　ソクラテス言行録 1　内山勝利訳　3200円
セクストス・エンペイリコス　ピュロン主義哲学の概要　金山弥平・金山万里子訳　3800円
セクストス・エンペイリコス　学者たちへの論駁 1　金山弥平・金山万里子訳　3600円
セクストス・エンペイリコス　学者たちへの論駁 2　金山弥平・金山万里子訳　4400円
セクストス・エンペイリコス　学者たちへの論駁 3　金山弥平・金山万里子訳　4600円
ゼノン他　初期ストア派断片集 1　中川純男訳　3600円
クリュシッポス　初期ストア派断片集 2　水落健治・山口義久訳　4800円
クリュシッポス　初期ストア派断片集 3　山口義久訳　4200円
クリュシッポス　初期ストア派断片集 4　中川純男・山口義久訳　3500円

クリュシッポス他　初期ストア派断片集　5　中川純男・山口義久訳　3500円
テオクリトス　牧歌　古澤ゆう子訳　3000円
テオプラストス　植物誌　1　小川洋子訳　4700円
ディオニュシオス／デメトリオス　修辞学論集　木曾明子・戸高和弘・渡辺浩司訳　4600円
ディオン・クリュソストモス　トロイア陥落せず――弁論集　2　内田次信訳　3300円
デモステネス　弁論集　1　加来彰俊・北嶋美雪・杉山晃太郎・田中美知太郎・北野雅弘訳　5000円
デモステネス　弁論集　2　木曾明子訳　4500円
デモステネス　弁論集　3　北嶋美雪・木曾明子・杉山晃太郎訳　3600円
デモステネス　弁論集　4　木曾明子・杉山晃太郎訳　3600円
トゥキュディデス　歴史　1　藤縄謙三訳　4200円
トゥキュディデス　歴史　2　城江良和訳　4400円
ピロストラトス／エウナピオス　哲学者・ソフィスト列伝　戸塚七郎・金子佳司訳　3700円
ピロストラトス　テュアナのアポロニオス伝　1　秦　剛平訳　3700円
ピンダロス　祝勝歌集／断片選　内田次信訳　4400円
フィロン　フラックスへの反論／ガイウスへの使節　秦　剛平訳　3200円

プラトン　ピレボス　山田道夫訳　3200円
プラトン　饗宴／パイドン　朴　一功訳　4300円
プルタルコス　モラリア　1　瀬口昌久訳　3400円
プルタルコス　モラリア　2　瀬口昌久訳　3300円
プルタルコス　モラリア　5　丸橋　裕訳　3700円
プルタルコス　モラリア　6　戸塚七郎訳　3400円
プルタルコス　モラリア　7　田中龍山訳　3700円
プルタルコス　モラリア　8　松本仁助訳　4200円
プルタルコス　モラリア　9　伊藤照夫訳　3400円
プルタルコス　モラリア　10　伊藤照夫訳　2800円
プルタルコス　モラリア　11　三浦　要訳　2800円
プルタルコス　モラリア　13　戸塚七郎訳　3400円
プルタルコス　モラリア　14　戸塚七郎訳　3000円
プルタルコス　英雄伝　1　柳沼重剛訳　3900円
プルタルコス　英雄伝　2　柳沼重剛訳　3800円

プルタルコス　英雄伝 3　柳沼重剛訳　3900円
プルタルコス／ヘラクレイトス　古代ホメロス論集　内田次信訳　3800円
ヘシオドス　全作品　中務哲郎訳　4600円
ポリュビオス　歴史 1　城江良和訳　3700円
ポリュビオス　歴史 2　城江良和訳　3900円
ポリュビオス　歴史 3　城江良和訳　4700円
ポリュビオス　歴史 4　城江良和訳　4300円
マルクス・アウレリウス　自省録　水地宗明訳　3200円
リバニオス　書簡集 1　田中　創訳　5000円
リュシアス　弁論集　細井敦子・桜井万里子・安部素子訳　4200円
ルキアノス　偽預言者アレクサンドロス──全集 4　内田次信・戸田和弘・渡辺浩司訳　3500円

【ローマ古典篇】

ウェルギリウス　アエネーイス　岡　道男・高橋宏幸訳　4900円
ウェルギリウス　牧歌／農耕詩　小川正廣訳　2800円

ウェレイユス・パテルクルス　ローマ世界の歴史　西田卓生・高橋宏幸訳　2800円
オウィディウス　悲しみの歌／黒海からの手紙　木村健治訳　3800円
クインティリアヌス　弁論家の教育　1　森谷宇一・戸高和弘・渡辺浩司・伊達立晶訳　2800円
クインティリアヌス　弁論家の教育　2　森谷宇一・戸高和弘・渡辺浩司・伊達立晶訳　3500円
クインティリアヌス　弁論家の教育　3　森谷宇一・戸田和弘・吉田俊一郎訳　3500円
クルティウス・ルフス　アレクサンドロス大王伝　谷栄一郎・上村健二訳　4200円
スパルティアヌス他　ローマ皇帝群像　1　南川高志訳　3000円
スパルティアヌス他　ローマ皇帝群像　2　桑山由文・井上文則・南川高志訳　3400円
スパルティアヌス他　ローマ皇帝群像　3　桑山由文・井上文則訳　3500円
セネカ　悲劇集　1　小川正廣・高橋宏幸・大西英文・小林　標訳　3800円
セネカ　悲劇集　2　岩崎　務・大西英文・宮城徳也・竹中康雄・木村健治訳　4000円
トログス／ユスティヌス抄録　地中海世界史　合阪　學訳　4000円
プラウトゥス　ローマ喜劇集　1　木村健治・宮城徳也・五之治昌比呂・小川正廣・竹中康雄訳　4500円
プラウトゥス　ローマ喜劇集　2　山下太郎・岩谷　智・小川正廣・五之治昌比呂・岩崎　務訳　4200円
プラウトゥス　ローマ喜劇集　3　木村健治・岩谷　智・竹中康雄・山澤孝至訳　4700円

プラウトゥス　ローマ喜劇集 4　高橋宏幸・小林　標・上村健二・宮城徳也・藤谷道夫訳　4700円
テレンティウス　ローマ喜劇集 5　木村健治・城江良和・谷栄一郎・高橋宏幸・上村健二・山下太郎訳　4900円
リウィウス　ローマ建国以来の歴史 1　岩谷　智訳　3100円
リウィウス　ローマ建国以来の歴史 3　毛利　晶訳　3100円
リウィウス　ローマ建国以来の歴史 4　毛利　晶訳　3400円
リウィウス　ローマ建国以来の歴史 9　吉村忠典・小池和子訳　3100円